Marie Force

Für immer und ewig du

Montlake

Das Buch

Maggie Harrington hat ihr glamouröses Leben in New York City für immer hinter sich gelassen, um in der ländlichen Abgeschiedenheit von Tennessee »Matthews House« zu leiten, ein Heim für Familien in Not. Besonders die Kinder in ihrer Obhut brauchen viel Zuwendung, und Maggie ist überglücklich, als sie den gefragten Pferdeflüsterer Brayden Thomas für das therapeutische Reiten gewinnen kann.

Der kernige Cowboy erobert die Herzen von Kindern und Müttern im Sturm, und auch Maggie fühlt sich sehr zu ihm hingezogen. Vielleicht zu sehr. Denn er ist ein Mann mit einer dunklen Vergangenheit, die ihn nicht nur seinen Job kosten könnte, sondern auch Maggies Liebe …

Die Autorin

Marie Force ist die Autorin von über 80 zeitgenössischen Liebesromanen, von denen sich etliche auf den Bestsellerlisten der New York Times, der USA Today und des Wall Street Journal platziert haben. In deutscher Sprache sind bisher die erfolgreichen Reihen »Gansett Island«, »Quantum« und »Neuengland« erschienen.

Marie Force wurde in Rhode Island geboren, wo sie auch heute wieder mit ihrem Mann und ihren beiden fast erwachsenen Kindern lebt.

Marie Force

Für immer und Ewig du

Ein Neuengland-Roman

Aus dem Amerikanischen
von Lotta Fabian

Montlake

Die amerikanische Ausgabe erschien 2020 unter dem Titel »Finding Forever«
bei HTJB, Inc., Portsmouth, Rhode Island.

Deutsche Erstveröffentlichung bei
Montlake, Amazon Media EU S.à r.l.
38, avenue John F. Kennedy, L-1855 Luxembourg
September 2020

Die Übersetzung dieses Buches wurde durch Amazon Crossing ermöglicht.

Umschlaggestaltung: bürosüd° München, www.buerosued.de
Umschlagmotiv: © Elisabeth Ansley / ArcAngel; © Suriya KK / Shutterstock; © kzww / Shutterstock; © Josh Brown / Shutterstock; © Igor Zvencom / Shutterstock; © Alexey Repka / Shutterstock; © Just dance / Shutterstock
Lektorat: Ute-Christine Geiler & Birte Lilienthal, Agentur Libelli GmbH
Gedruckt durch:
Amazon Distribution GmbH, Amazonstraße 1, 04347 Leipzig /
Canon Deutschland Business Services GmbH, Ferdinand-Jühlke-Str. 7, 99095 Erfurt /
CPI books GmbH, Birkstraße 10, 25917 Leck

ISBN 978-2-49670-589-8

www.montlake.de

Für all die Leser, die in den letzten sieben Jahren immer wieder nach Maggies Geschichte gefragt haben, das hier ist für Sie. Danke, dass Sie mich gebeten haben, diese Serie zu Ende zu schreiben. Sie hatten recht. Wir haben noch ein letztes Buch gebraucht.

Kapitel 1

Der Frühling in Tennessee kam ganz plötzlich. Nach wochenlangem Regen erstrahlte die hügelige Landschaft über Nacht meilenweit in saftigem Grün, Knospen erschienen an Kräuselmyrten, Ahornen und Eichen, und der süße Duft von neuem Leben erfüllte die Luft. Forsythien, die ersten Vorboten des Frühlings, waren schon Wochen früher als zu Hause in Rhode Island in leuchtendem Gelb explodiert, dicht gefolgt von Narzissen und Tulpen, die die Beete mit bunten Farbtupfern übersät hatten. In der vorletzten Maiwoche waren die Tage schon länger und wärmer geworden, und es regnete seltener.

Maggie Harrington nahm eine Tasse Kaffee mit, als sie über die Einfahrt zu den Ställen ging, um nach den Pferden zu sehen. Sie in der Nähe zu haben war einer der größten Vorzüge ihres neuen Lebens, seit sie die Leitung von »Matthews House« übernommen hatte, einem Heim, das Frauen und Kindern in Krisensituationen Zuflucht bot, gegründet von Maggies berühmter Schwester Kate und deren Mann Reid Matthews. Maggie war schon ihr ganzes Leben lang verrückt nach Pferden, und sie hatten ihr in den Jahren, in denen sie in New York gelebt hatte, unglaublich gefehlt.

Sie entdeckte Thunder, den eleganten dunklen Vollbluthengst, den Reid Kate vor mehr als zehn Jahren, als sie das erste Mal zusammen gewesen waren, geschenkt hatte, auf der Koppel, wo er ausreichend Bewegung hatte und die warmen Sonnenstrahlen genießen konnte. Der alte Bursche wieherte fröhlich, als er Maggie bemerkte, vermutlich weil er wusste, dass sie immer eine Leckerei für ihn dabeihatte. Er kam zu ihr herübergetrottet. Maggie stand auf der untersten Sprosse des weißen Zauns, der rings um die Koppel verlief, und fütterte das Pferd mit Apfelstückchen und Mohrrüben, und das, obwohl Kate eigentlich verfügt hatte, dass er abnehmen musste.

Maggie war da anderer Ansicht. Sie fand, er hatte inzwischen ein Alter erreicht, in dem er alles bekommen sollte, was er haben wollte.

Sie lachte, als er ihr mit seiner samtigen Zunge über die Handfläche fuhr und die Möhren in seinem Maul verschwanden.

Thunder schnaubte und stieß sie an, da er offenbar mehr wollte. Kate behauptete immer, dass das Pferd sich fast wie ein Mensch benahm, und Maggie musste ihrer Schwester recht geben. Aus Rücksicht auf ihre Schwangerschaft hatte Kate das Reiten aufgegeben und Thunder hier untergestellt, damit Maggie ihn bewegen konnte. Maggie stimmte der Gedanke traurig, dass er sie nach der Geburt des Babys wieder verlassen würde.

Sie fischte einen Zuckerwürfel aus ihrer Tasche und gab ihm den, und dann fühlte sie sich schuldig, weil sie ihn so bevorzugte. Nachdem sie die anderen Pferde, die angetrabt kamen, um ebenfalls Hallo zu sagen, mit Apfelstückchen gefüttert und jedem etwas Aufmerksamkeit geschenkt hatte, kehrte sie zum Haus zurück, um sich wieder ihrer Arbeit zu widmen. Wenn ihr keine neue Krise einen Strich durch die Rechnung machte, wäre sie heute vielleicht so früh fertig, dass sie vor dem geplanten Dinner mit Kate und Reid noch etwas ausreiten konnte.

Das Hupen eines Autos auf der langen Einfahrt ließ sie vor der Haustür innehalten. Sie erkannte Ashton Matthews' silberfarbenen Jaguar. Ashton, Reids Sohn, war mit Maggies Schwester Jill verlobt und erledigte alle juristischen Angelegenheiten im Zusammenhang mit dem Heim. Und ja, ihre Schwestern waren mit Vater und Sohn zusammen, und ihre Geschichte hatte begonnen, nachdem Kate als Achtzehnjährige Reid kennengelernt und sich in ihn verliebt hatte, als sie nach Nashville gekommen war, um ihren Traum zu verwirklichen, ein Country-Star zu werden.

Groß, blond, breitschultrig und ausgesprochen attraktiv, stieg Ashton aus dem Sportwagen, eine lederne Aktentasche unter dem Arm. Er trug einen schmal geschnittenen dunkelblauen Anzug mit dazu passendem Schlips. »Gut, dass ich dich erwische. Ich bin auf dem Weg in die Kanzlei und hatte gehofft, kurz mit dir reden zu können.« Seit ihrer Verlobung letztes Weihnachten wohnte Ashton bei Jill in ihrem Haus auf Kates Anwesen. Ashton und Jill wollten Ende Juli in Newport, Rhode Island, der Heimatstadt der Harrington-Schwestern, heiraten.

»Was ist los?«, fragte Maggie.

Ashton hatte seinen Teil zu dem Projekt beitragen wollen, das in seinem ehemaligen Elternhaus untergebracht war, und angeboten, Matthews House seine Dienste als Anwalt unentgeltlich zur Verfügung zu stellen. »Ich habe den Hintergrundcheck für deinen Pferdeflüsterer fertig.«

Brayden Thomas, der Maggie gegenüber in höchsten Tönen gelobt worden war, sollte heute Nachmittag zu seinem Vorstellungsgespräch eintreffen. Sie hatte Ashton gebeten, ihn zu überprüfen, genau wie er das bei jedem anderen getan hatte, den sie in den letzten Monaten eingestellt hatten. Dass Ashton persönlich vorbeigekommen war, um ihr das Ergebnis mitzuteilen, verhieß nichts Gutes. »Und?«

»Ist so weit okay, allerdings gibt es eine komische Sache.«

»Und zwar?«

»Er hat einen Eintrag im Jugendstrafregister.«

»Was hat er denn getan?«

»Keine Ahnung. Das lässt sich nicht rausfinden. Das Jugendstrafregister ist nicht einsehbar. Ich habe den Eintrag überhaupt nur entdeckt, weil ich ziemlich gründlich vorgegangen bin.«

»Hm.« Maggie versuchte sich einen Reim auf diese unerwartete Entwicklung zu machen. Brayden kam mit den besten Empfehlungen. Sie hatte nicht damit gerechnet, in seinem Keller auf irgendwelche Leichen zu stoßen.

Ashton zog einen ausgedruckten Bericht aus seiner Aktentasche und reichte ihn ihr. »Was auch immer es war, es liegt Jahre zurück. Inzwischen ist er beinahe dreißig. Als Erwachsener hat er sich nicht das Geringste zuschulden kommen lassen, da ist seine Weste lupenrein weiß. Er hat einen Bachelor und einen Master in Pferdewissenschaft von der Uni in Knoxville.«

Maggie hatte einen Zuschuss für ein Reittherapie-Programm für die Kinder im Heim beantragt, der bewilligt worden war. Für dieses Programm wollte sie Brayden einstellen, sofern das Vorstellungsgespräch gut lief. Das Programm war etwas, was ganz allein auf ihre Initiative hin passierte, und unabhängig von dem, was Reid und Kate mit Matthews House getan hatten. Nachdem Maggie am College Kurse für Reittherapie belegt hatte, war sie entschlossen, so etwas auch ihren Schützlingen hier anzubieten.

»Was wirst du tun?«, erkundigte sich Ashton.

»Mich mit ihm treffen und ihn danach fragen, vermute ich.« Es hatte Monate gedauert, Brayden zu finden, und dann, nach einer Woche des Austauschs mittels Textnachrichten und E-Mails, hatten sie den Termin für heute ausgemacht. Allein der Gedanke, noch einmal von vorn anzufangen und sich jemand anderen zu suchen, erschöpfte sie – und dabei war es gerade erst halb neun.

»Das würde ich auch tun. Vielleicht ist es irgendein Dummejungenstreich oder irgend so was gewesen.«

Wenn es mehr gewesen war, würde Maggie sich noch einmal überlegen müssen, ob sie den Mann für die Arbeit mit den in vielen Fällen traumatisierten Kindern einsetzen durfte, die bei ihnen Aufnahme fanden.

Weil Kate und Reid die gesamte Einrichtung aus ihrem Privatvermögen finanzierten, konnten sie ihre eigenen Regeln und Vorschriften festlegen, aber Sicherheit stand ganz weit oben auf der Liste ihrer Prioritäten. Sie hatten einiges investiert, und die Zufahrt war bewacht, damit die Frauen und Kinder, die hier Zuflucht suchten – viele aus gewalttätigen Beziehungen –, sich sicher fühlen konnten. Das war auch Maggie am allerwichtigsten.

»Viel Glück damit«, sagte Ashton, als er zurück in sein Auto stieg. »Sehen wir uns heute Abend beim Dinner?«

»Ja, klar.«

Er winkte, ehe er den Jaguar wendete und in Richtung Stadt davonfuhr, fort von dem Haus, in dem er aufgewachsen war. Reid war alleinerziehender Vater gewesen, weil seine Frau, Ashtons Mutter, bei einem Autounfall gestorben war, als Ashton gerade mal zwei gewesen war. Von Jill hatte Maggie erfahren, dass Ashton keinerlei Erinnerung an seine Mutter hatte, nur die Fotos, die sein Vater besaß, und die Geschichten, die ihm erzählt worden waren.

Maggie konnte sich nicht vorstellen, wie es gewesen sein musste, ohne Mutter aufzuwachsen. Sie hatte drei Jahre ohne ihre verbringen müssen, nachdem die infolge eines Unfalls ins Koma gefallen war. Der Tag, an dem das Wunder geschehen und sie wieder aufgewacht war, war der beste Tag in Maggies Leben gewesen. Manchmal konnte sie immer noch nicht glauben, was nach dem Unfall ihrer Mutter alles passiert war.

Im Grunde genommen war ihr Leben in zwei Abschnitte geteilt: in den vor dem Unfall und in den danach.

Sie erschauerte, musste wieder an das Entsetzen denken, als ihre Mutter von dem Auto erfasst worden war, das Clare zwar bemerkt hatte, dem sie aber dennoch nicht ausgewichen war, an den dumpfen Laut, der den Aufprall begleitet hatte. Wie in Zeitlupe sah sie ihre Mutter erneut durch die Luft fliegen und auf der Windschutzscheibe aufkommen, hörte wieder das Geräusch, eines, wie sie es nie zuvor und nie danach gehört hatte.

»Stopp. Denk nicht darüber nach.« Das war leichter gesagt als getan. Bilder von dem furchtbaren Unfall waren ihr unauslöschlich in die Seele gebrannt. Sie quälten sie immerhin nicht mehr so, wie sie es in den Monaten direkt danach getan hatten. Die Zeit und viele Stunden Psychotherapie hatten ihr Werkzeuge an die Hand gegeben, mit denen es ihr meistens gelang, das Trauma in Schach zu halten. Allerdings lauerten zu dieser Jahreszeit die Erinnerungen dichter unter der Oberfläche, da sich das Ganze an einem Tag ereignet hatte, der wie der heutige gewesen war. Maggie schüttelte die beunruhigenden Gedanken ab und ging ins Haus, schenkte sich eine weitere Tasse Kaffee ein und nahm sie mit in ihr Büro, um mit ihrem Arbeitstag zu beginnen.

Erst checkte sie ihr Handy und fand eine Textnachricht von ihrem Bruder Eric, der bald die Highschool abschließen würde.

> Hilfe. Sie treiben mich in den Wahnsinn. Ich möchte dieses Jahr nicht ans College. Ich brauch mal eine Verschnaufpause vom Lernen und von der Schule. Versprichst du, es nicht weiterzusagen? Ich hab ein Geheimnis!

Maggie überraschte es nicht, von Erics mangelndem Interesse an einem College-Besuch zu lesen. Seine Begeisterung hatte schon zu wünschen übrig gelassen, als ihr Vater und ihre

Stiefmutter Andi mit ihm eine Tour zu infrage kommenden Hochschulen unternommen hatten, und er hatte sich nur auf den Druck seiner Eltern, Lehrer und Schulberater hin überhaupt beworben. Er war an allen fünf Schulen, denen er seine Bewerbung geschickt hatte, angenommen worden und hatte sich widerstrebend am allerletzten Tag an der Northwestern in Andis Heimatstadt Chicago eingeschrieben.

Wann habe ich schon jemals deine Geheimnisse verraten? Raus damit!

Ich habe mich beim Friedenskorps gemeldet.

Wow. Das war eine Riesenneuigkeit. Das finde ich TOLL! Ich kann mir das für dich total gut vorstellen.

Wirklich? Ich könnte Gebärdensprache unterrichten.

Eric war von Geburt an gehörlos, und Maggie hatte von ihm und Andi Gebärdensprache gelernt. Als Maggie nach der Uni keinen Job als Familientherapeutin gefunden hatte, hatte sich diese Fertigkeit als äußerst nützlich erwiesen, da sie damit eine Stelle beim Gericht ergattert hatte, wo sie bei Strafprozessen für Gehörlose gedolmetscht hatte.

Ja, genau! Das wird so ein Abenteuer. Schreib mir, sobald du mehr weißt, und wenn du bereit bist, es den Eltern zu beichten, helfe ich dir.

Du bist die Beste. HDL.

Ich dich auch, halt mich auf dem Laufenden.

Er antwortete mit einem Daumen-hoch-Emoji.

Maggie hoffte, dass es Eric gelingen würde, sich durchzusetzen, vor allem da ihr Vater sich darauf versteift hatte, dass sie alle ans College sollten. Sie hatte auf dem College mehr als genug Leute getroffen, die dort gar nicht hingehörten und auch gar nicht sein wollten, und sie hatte keinerlei Hemmungen, das ihrem Vater und Andi mitzuteilen, falls es so weit kam. Vielleicht konnte Eric erst mal ein paar Jahre im Friedenskorps arbeiten und später ans College gehen.

Teresa, die für die Nachtschicht verantwortlich war, erschien ein paar Minuten später an Maggies Bürotür. »Guten Morgen.«

»Morgen. Wie ist die Lage?«

»Alles ruhig. Die Familie McBride hatte einen guten Start in den Tag. Debbie hat die Kinder rechtzeitig geweckt, fertig gemacht und zur Bushaltestelle geschickt.«

»Konnten sie diesmal frühstücken?« An zwei Tagen letzte Woche waren die McBride-Kinder ohne Frühstück zur Schule gefahren, weil sie sich so hatten beeilen müssen, um den Bus noch zu erreichen. Maggie hatte ihnen in letzter Sekunde Müsliriegel und Trinkpäckchen zugesteckt.

»Ja, das hat geklappt.«

»Also, das ist dann ja schon mal ein Fortschritt.« Zusätzlich zu der Unterkunft, ihren Therapieangeboten und einer allgemeinen Beratung für den beruflichen Wiedereinstieg unterstützten sie die Mütter auch beim Erlernen von Kompetenzen und bei der Entwicklung von Alltagsroutinen, damit sie irgendwann einmal außerhalb der Einrichtung mit ihren Kindern zusammenleben konnten. Manche brauchten mehr von dieser Hilfe als andere. Eins der Dinge, die Maggie besonders an Matthews House gefielen, waren die Ratschläge, die erfahrenere Mütter bereitwillig an jüngere weitergaben, was dazu beitrug, ein Netzwerk zu knüpfen, das hoffentlich die Zeit hier überdauern würde.

»Außerdem hat Corey Wehen. Es könnten aber auch nur Vorwehen sein. Ich hab sie ganz oben auf die Liste für Arnelle gesetzt, wenn sie nachher kommt.«

Die Nachricht, dass bei der zwanzigjährigen Corey Gellar, die ihr erstes Kind erwartete, vorzeitige Wehen eingesetzt haben könnten, beunruhigte Maggie. Die junge Frau war auf Empfehlung der Polizei von Davidson County bei ihnen aufgenommen worden, nachdem die Beamten zu einem Einsatz wegen häuslicher Gewalt in ihre Wohnung gerufen worden waren. Ihr Freund, der mit ihr dort lebte, war wegen gefährlicher Körperverletzung an seiner schwangeren Freundin verhaftet worden und saß immer noch im Gefängnis. »In welchen Abständen kommen die Wehen denn?«

»Zwölf Minuten.«

»Verdammt. Sie ist gerade erst in der dreißigsten Woche. Sollten wir einen Rettungswagen rufen?« Dies waren die Augenblicke, die Maggie bei ihrem Job am schwierigsten fand. Wann handelte es sich um eine echte Krise, und woher sollte sie wissen, ob sie das Richtige tat?

»Corey glaubt nicht, dass das nötig ist.«

»Okay«, sagte Maggie und atmete erleichtert auf. »Warten wir ab, was Arnelle meint.«

Von da an geriet Maggies Tagesablauf immer weiter außer Kontrolle. Als Arnelle die Ansicht vertrat, dass Corey tatsächlich echte Wehen hatte, ließen sie den Krankenwagen kommen. Maggie begleitete Corey und blieb bei ihr, bis die Ärzte entschieden, sie dazubehalten und zu versuchen, die Wehen zu stoppen. Sie verabschiedete sich erst, als eine Freundin von Corey gekommen war, um ihr Gesellschaft zu leisten.

»Ich erkundige mich später nach dir«, erklärte sie der zierlichen jungen Frau mit dem blonden Haar und den zarten Gesichtszügen, die immer noch von zahllosen blauen Flecken verunstaltet waren, was Maggie wütend machte. Wie irgendein

Mann eine schwangere Frau schlagen konnte, würde sie nie begreifen.

In den vergangenen Monaten hatte sie gelernt, solche Fragen nicht mehr zu stellen, sonst wäre sie angesichts der Dinge, die sie tagtäglich sah und hörte, verrückt geworden. Sie würde nie verstehen, wie jemand demjenigen, den er angeblich liebte, so etwas antun konnte, aber es passierte viel zu oft.

Arnelle sagte immer, die Krisen sorgten dafür, dass sie nicht überflüssig wurden, was leider stimmte. Sie sagte ebenfalls, dass schwarzer Humor unverzichtbar für die geistige Gesundheit sei, wenn man mit Familien in schwierigen Verhältnissen arbeitete.

Während Maggie über die malerischen gewundenen Landstraßen zurück zum Haus fuhr, ließ sie das Fenster runter und stellte das Radio laut. Hier in der Gegend war Countrymusik in, doch das war nicht die Sorte Musik, die ihr am besten gefiel. Sie zog ihre Independent-Playlist jederzeit vor, auch wenn sie das ihrer Schwester Kate niemals unter die Nase reiben würde.

Einzig für Kate, die berühmte Singer-Songwriterin, machte Maggie bei dieser Regel eine Ausnahme. Sie liebte Kates Songs genauso wie die von Buddy Longstreet und Taylor Jones, dem Ehepaar – beide selbst Megastars der Country-Szene –, das Kates Karriere gefördert hatte. Buddy, Taylor und ihre vier Kinder gehörten für Kate und Reid zur Familie, zumal Reid mit Buddy aufgewachsen war.

Maggie nahm die letzte Kurve vor dem bewachten Tor, wo der attraktive junge Wachmann ihr zulächelte und sie durchwinkte. Xander war immer freundlich und zu einem Flirt aufgelegt, wozu sie ihn allerdings nicht ermutigte, weil sie sich im Moment nicht in der Lage fühlte, sich mit Männern oder Beziehungen oder irgendetwas in der Art zu befassen. Nach dem, was sie mit dem letzten Typen erlebt hatte, mit dem sie ausgegangen war, reichte allein der Gedanke daran aus, dass ihr schauderte.

Sie folgte der langen Auffahrt zum Anwesen, fuhr an dem zweistöckigen Gästehaus im Tudor-Stil vorbei, in dem Kate ihre erste Nacht in Nashville verbracht hatte, und parkte ihren Wagen auf ihrem gewohnten Stellplatz hinter den Ställen.

Erst als sie um die Ecke bog und vor einem attraktiven Mann in verwaschenen Jeans und einem karierten Hemd im Westernstil stand, fiel ihr wieder der Termin mit Brayden Thomas ein, den sie über der Aufregung mit Corey ganz vergessen hatte.

Die Fotos von ihm, die sie zuvor gesehen hatte, waren ihm nicht gerecht geworden. Er war groß und breitschultrig, hatte dunkles Haar und braune Augen, wirkte wie die Kino-Version eines Cowboys. Er nahm seinen verbeulten braunen Stetson vom Kopf, eine respektvolle Geste, die sie unglaublich charmant fand.

»Sind Sie Maggie?«

»Ja, das bin ich.«

Er trat vor, hielt ihr eine Hand hin. »Brayden Thomas. Freut mich, Sie endlich persönlich kennenzulernen.«

Sie ergriff seine von der harten körperlichen Arbeit raue Hand und erwiderte seinen intensiven Blick. Gute Manieren und Augenkontakt, zwei Dinge, die Leuten, die in der Reittherapie arbeiteten, wichtig waren. »Mich ebenfalls. Tut mir leid, dass ich mich verspätet habe, aber es gab einen Notfall mit einer der Frauen.«

»Kein Grund zur Sorge. Arnelle hat mir erzählt, was passiert ist. Und dadurch hatte ich Zeit, mich etwas umzuschauen. Sie haben hier wirklich eine sehr schöne Einrichtung.«

»Sie gehört meinem Schwager und meiner Schwester, wenn man's genau nimmt.«

»Ihre Schwester ist Kate Harrington, richtig?«

»Das stimmt.«

In seinen Augen glomm Interesse auf. »Ich bin ein Riesenfan. Ich habe sie schon fünf- oder sechsmal live gesehen. Sie ist fantastisch.«

Maggie war sich nie sicher, was sie antworten sollte, wenn jemand Kate lobte, daher sagte sie, was sie immer sagte: »Danke. Wir sind sehr stolz auf sie.«

»Die Familienähnlichkeit ist allerdings nicht sehr ausgeprägt.«

»Nein, ich schlage meinem Vater nach, während sie unserer Mutter wie aus dem Gesicht geschnitten ist. Aber wir haben die gleichen Augen.« Warum redete sie mit ihm über so was, wo sie ihn doch eigentlich fragen sollte, wie er zu dem Eintrag im Jugendstrafregister gekommen war?

»Ich hatte Gelegenheit, mir die Stallungen anzuschauen, und sie gehören zu den besten, die ich kenne. Ich freue mich wirklich darauf, mehr darüber zu hören, was genau Ihnen in Bezug auf die Reittherapie hier vorschwebt.«

Das wäre jetzt der beste Zeitpunkt dafür, ihm mitzuteilen, dass du niemanden einstellen kannst, der eine kriminelle Vergangenheit hat, Maggie. »Wie Sie bereits wissen, konzentrieren sich die meisten Programme auf Kinder und Erwachsene mit Behinderungen. Bei uns dreht es sich jedoch darum, eine tiergestützte Therapie und Reitunterricht für Kinder anzubieten, die Traumata hinter sich haben oder unter einer posttraumatischen Belastungsstörung leiden.«

Er nickte, hörte ihr aufmerksam zu.

Maggie merkte, dass er sich in Richtung Ställe in Bewegung gesetzt hatte und sie, ohne eine bewusste Entscheidung getroffen zu haben, neben ihm herlief, als wäre sie hypnotisiert.

»Die Kinder sind also Opfer von Misshandlungen?«

»Manche schon. Andere haben Dinge gesehen, die kein Kind je sehen sollte – Eltern im Drogenrausch, Väter, die Mütter schlagen, Mütter, die Väter schlagen, und andere unschöne Dinge, die unauslöschliche Spuren hinterlassen.« *Wie beispielsweise der Anblick der eigenen Mutter, die vor deinen Augen von einem Auto angefahren wird …*

»Verstehe. Für mich ist das Wichtigste, das Selbstvertrauen der Kinder zu stärken. Ich erzähle ihnen immer, wenn man sich auf ein Tier setzt, das ein halbe Tonne wiegt, und es dazu bringen kann, zu tun, was man von ihm verlangt, dann kann man alles schaffen.« Er streichelte einer Quarterhorse-Stute namens Dandy die Nase, woraufhin das Pferd sich an seine Hand presste. »Mir scheint, diese Herangehensweise wäre für die Kinder in Ihrem Programm sehr erfolgversprechend.«

Es wäre perfekt. Das war genau das, wovon Maggie geträumt hatte, als sie Reid und Kate vorgeschlagen hatte, ein paar der Pferde, die in den Stallungen eingestellt waren, für ein therapeutisches Reitprogramm zu nutzen. Nachdem sie jemanden angeheuert hatte, der dieses Programm verantwortlich leitete, würde jedes einzelne Tier begutachtet und eine Wesenseinschätzung vorgenommen werden, damit sie beurteilen konnten, ob es für das Programm geeignet war.

Maggie hatte sich von den Besitzern der Einstellpferde schriftlich bestätigen lassen, dass die Tiere, sofern sie infrage kamen, zu diesem Zweck eingesetzt werden durften. Die meisten Besitzer waren Freunde von Reid oder Ashton, sodass es nicht schwierig gewesen war, die Erlaubnis zu erhalten. Genau genommen waren die Besitzer begeistert gewesen, dass ihre Pferde Kindern helfen könnten, die das brauchten, und zusätzlich regelmäßig bewegt werden würden.

»Wie ich schon am Telefon erwähnt hatte, ist es wichtig, dass ich eng mit einem Therapeuten oder Betreuer zusammenarbeite, damit wir gemeinsam das Programm genau auf die Bedürfnisse eines jeden Kindes abstellen können.«

»Das ist der Punkt, an dem ich ins Spiel komme«, erklärte Maggie. »Mein Zweitfach an der Uni war Sozialarbeit, und meinen Master habe ich in Familienberatung gemacht.« Sie hatte sich abgerackert, um beides in nur knapp über fünf Jahren an der NYU abzuschließen.

Sein attraktives Gesicht strahlte bei seinem breiten Lächeln auf. »Das passt perfekt zu dem, was ich tue.«

Aus irgendeinem Grund verspürte Maggie den Drang, laut aufzulachen, als sie ihn die Worte »passt perfekt« sagen hörte. Ja, *er* passte perfekt in ihr Programm, und die Tatsache, dass er atemberaubend gut aussah, schadete nicht.

»Sind dies die Pferde, mit denen ich arbeiten würde?«

Das wäre der Augenblick dafür, ihm zu gestehen, dass er hier nicht arbeiten konnte. »Ja, alle außer Thunder.« Sie deutete auf den Hengst. »Er kommt allmählich in die Jahre, und Kate dachte, es wäre besser, ihn außen vor zu lassen.«

Brayden schritt den Gang zwischen den Boxen ab, widmete jedem Tier für einen Moment seine Zeit und Aufmerksamkeit. Jedes einzelne reagierte erfreut auf ihn, sogar Lonnie, der sonst niemanden mochte – wenigstens hatte es den Anschein. »Ist Thunder gesund?«

»Kerngesund, und außerdem ist er lammfromm.«

»Das wäre optimal für das Programm, aber ich kann es natürlich verstehen, wenn Ihre Schwester nicht möchte, dass er mitmacht. Meiner Erfahrung nach sind ältere Pferde besser für eine Reittherapie geeignet. Vermutlich, weil sie bereits ihr Mütchen gekühlt haben – wenn man es so ausdrücken kann.«

»Ich bin mir sicher, Kate wäre durchaus bereit, es sich noch einmal zu überlegen.«

Er strich mit einer Hand über Thunders eleganten Hals, und das Pferd wieherte zur Antwort. »Haben Sie die Informationen über meine Zertifizierung und die Versicherung erhalten, die ich geschickt habe?«

Sie befeuchtete sich die Lippen, die trocken geworden waren, während sie zugeschaut hatte, wie er sich mit den Tieren beschäftigte, und festgestellt hatte, dass jedes einzelne ihm vertrauensvoll begegnet war. »Ja, danke, dass Sie sie geschickt haben.«

Von seiner unverkennbaren Liebe zu Pferden abgesehen, hätte Maggie schon tot und begraben sein müssen, um nicht zu bemerken, dass er ohne jeden Zweifel der attraktivste Mann war, dem sie je begegnet war. Er hatte sie sprachlos gemacht und total verwirrt, einfach dadurch, wie er mit den Pferden umgegangen war, die sie so sehr liebte, als wären es Menschen.

Er hatte eine sanfte, beruhigende Art, die ideal wäre für die Sorte Kinder, mit der er arbeiten würde. Genau genommen war es beinah unmöglich für sie, die Information, die Ashton ihr gegeben hatte, mit dem Mann, der gerade vor ihr stand, in Einklang zu bringen.

Vielleicht hatte er den falschen Brayden Thomas erwischt.

Das wäre möglich, oder?

Sie holte tief Luft, atmete langsam wieder aus. »Wir haben einen Hintergrundcheck gemacht, wie wir das bei jedem tun, den wir einstellen.«

»Okay.«

»Dabei haben wir herausgefunden, dass Sie einen Eintrag im Jugendstrafregister haben.«

»Stimmt.«

»Würden Sie mir verraten, worum es dabei ging?«

»Nein.«

Kapitel 2

Maggie kam leicht verspätet zum Dinner, aber das war nichts Neues. Früher einmal war sie stolz auf ihre Pünktlichkeit gewesen, doch in ihrem neuen Leben hier schaffte sie es so gut wie nie rechtzeitig irgendwohin. »Sorry«, sagte sie zu Kate, als sie in die geräumige Küche im Haus ihrer Schwester trat.

Reid und Ashton saßen an der Bar und hielten sich an Chips und Salsa schadlos, während Kate und Jill sich um das Essen auf dem Herd kümmerten.

Kate küsste sie auf die Wange. »Du hast nicht viel verpasst.« Sie blickte zu den Männern. »Sie reden nicht, bevor die erste Schüssel Chips aufgegessen ist.«

»Das stimmt.« Jill küsste Maggie auf die andere Wange. »Wie war dein Tag, Kleines?«

»Totaler Wahnsinn.«

»Auf gute oder auf schlechte Art?« Kate musterte sie eindringlich, wie sie es neuerdings immer tat, als versuche sie zu erkennen, ob Maggie unter dem Stress ihres neuen Jobs zusammenzubrechen drohte.

»Von beidem etwas«, antwortete Maggie. Sie stellte wöchentlich einen Bericht für Kate und Reid zusammen, den sie immer freitags erhielten und in dem sie zu jedem derzeitigen Bewohner von Matthews House auf den neuesten Stand gebracht wurden, genau wie zu den Bemühungen des Teams, das Maggie eingestellt hatte. Sie hatte sich mit ihrer Schwester und ihrem Schwager auf dieses Vorgehen geeinigt, damit sie sich nicht genötigt fühlen mussten, jedes Mal, wenn sie zusammen waren, über das Heim zu sprechen.

»Brauchst du uns?«, erkundigte sich Reid.

»Im Augenblick nicht, aber ich sag Bescheid, wenn sich das ändert.«

»Wir sind immer für dich da, Süße. Das weißt du.«

»Auf jeden Fall.« Maggie lächelte ihren Schwager an, wie immer gerührt von seiner Herzensgüte und bezaubert von seinem charmanten Akzent. »Ich freue mich über eure Unterstützung, doch worüber ich mich im Moment noch mehr freuen würde, wäre eine Margarita. Und zwar eine große.«

»Kommt sofort.« Jill stellte den Mixer an und hatte im Nullkommanichts eine Erdbeer-Margarita fertig, die sie gekonnt mit einer Limettenscheibe verzierte.

Maggie nahm einen Schluck, schloss genüsslich die Augen, als sich die Hitze des Tequila in ihr ausbreitete und sie nach dem verrückten Tag beruhigte. »Das schmeckt himmlisch.« Als sie die Lider wieder öffnete, merkte sie, dass die anderen sie besorgt ansahen. »Mir geht's prima. Ich liebe jede Sekunde meiner Arbeit. Es ist viel, aber ich schaff das. Das könnt ihr mir glauben.«

Obwohl sie während ihrer Collegezeit in New York ein Jahr lang ehrenamtlich in einem Obdachlosenasyl ausgeholfen hatte, war sie da vor allem für die Hausaufgabenbetreuung der Kinder zuständig gewesen und hatte bei der Spendenwerbung gearbeitet. Eine ganze Einrichtung zu leiten war entschieden mehr Arbeit und kostete mehr Kraft – was sie an den meisten Tagen allerdings genoss.

Kate und Reid wechselten einen Blick, der Maggie verriet, dass sie befürchteten, sie könne sich übernommen haben, indem sie ihr Herzensprojekt auch zu ihrem gemacht hatte. Maggie wollte nicht, dass sie sich sorgten. Sie wollte, dass sie davon überzeugt waren, die richtige Entscheidung getroffen zu haben, als sie Kates unerfahrene Schwester als Heimleiterin ausgesucht hatten.

Trotzdem fand sie es natürlich schön, dass ihnen ihr Wohlbefinden wichtiger war als das Programm, obwohl die beiden dem Wohltätigkeitsprojekt im letzten halben Jahr viel Zeit und Aufmerksamkeit geschenkt hatten. Mittlerweile hatten sie sich zurückgezogen und den Großteil der Verantwortung an Maggie übergeben, hatten jedoch keinen Zweifel daran gelassen, dass ein Anruf genügte, falls sie mehr Hilfe brauchte. Bevor Maggie etwas einfiel, was sie noch sagen könnte, um sie zu beruhigen, klingelte Jills Telefon.

»Das ist Mom mit einem Videoanruf zu den Hochzeitsplänen.« Die Hochzeit war für das letzte Wochenende im Juli geplant und würde im Infinity stattfinden, dem Hotel, das die Firma ihres Vaters am berühmten Ocean Drive in Newport errichtet hatte. Im Zusammenhang mit diesem Auftrag hatte er seine neue Frau Andi kennengelernt, die später zur Hoteldirektorin dort befördert worden war.

»Du hast uns alle zum Preis von einem Anruf erwischt«, teilte Jill ihrer Mutter Clare mit, während sie das Handy hochhielt, um sie alle zu zeigen.

»Meine drei Mädchen zusammen. Wie schön. Wie geht es euch?« Clare hatte blondes Haar und die gleichen wunderschönen blauen Augen wie Kate und Maggie. Auch wenn sie inzwischen Ende fünfzig war, sah man ihr das nicht an. Sie behauptete immer, dass Max und Nick, die Söhne, die sie mit ihrem zweiten Ehemann Aidan adoptiert hatte, sie jung hielten.

»Maggie hat Stress, Kate einen Riesenbauch, und mir geht's prächtig«, erklärte Jill.

»Ich weiß, warum Kate einen Riesenbauch hat – schließlich werde ich dank ihr bald Großmutter –, aber warum ist Maggie gestresst?«

»Das bin ich doch gar nicht.« Maggie starrte Jill finster an. »Ich gewöhne mich nur gerade an meinen neuen Job und daran, für zwanzig weitere Leute verantwortlich zu sein. Alles gut.«

»Sie sorgt dafür, dass es einfach wirkt, obwohl es das gar nicht ist«, erklärte Kate.

»Aber genug von ihnen.« Jill drehte sich weg. »Lass uns über mich und meine Hochzeit reden.«

»Siehst du, was du da heiraten willst?«, wandte sich Maggie an Ashton.

Er grinste wie ein liebeskranker Narr, was er ja auch war. Wenigstens benahm er sich so, wenn er in Jills Nähe war. »Ist sie nicht einfach großartig?«

Maggies Antwort bestand aus einem Würgegeräusch, über das alle lachen mussten.

Jill bedachte ihren Geliebten mit einem breiten Lächeln. »Damit hast du jede Menge Punkte gemacht, die du beim Schlafengehen einlösen kannst, Liebster.«

Ashton reckte sich und gähnte übertrieben. »Plötzlich bin ich total müde.«

Während die anderen lachten, verspürte Maggie eine komische Leere in sich. Jill und Kate hatten sich ihr Leben genau nach ihren Wünschen eingerichtet und hätten nicht zufriedener sein können. Nur sie suchte noch nach ihrem Weg. Sicher, sie war einige Jahre jünger als die beiden, aber trotzdem … Ihr überschäumendes Glück weckte in ihr die Frage, ob sie jemals so etwas finden würde wie die Liebe, die ihre Schwestern mit Ashton und Reid verband.

Aus irgendeinem Grund musste sie plötzlich an Brayden Thomas denken. Sie hätte am liebsten laut aufgelacht über die Richtung, die ihre Gedanken genommen hatten, doch ihre Familie glaubte ja ohnehin schon, sie befände sich am Rande eines Nervenzusammenbruchs. Es bestand keine Notwendigkeit, ihnen dafür weitere Beweise zu liefern.

Während Jill und Kate mit ihrer Mutter über die Hochzeitspläne sprachen, stellte sich Maggie an den Herd und rührte in der Pfanne, damit das Hähnchenfleisch nicht anbrannte, das darin für die Fajita-Füllung briet.

»Wie ist es mit dem Pferdeflüsterer gelaufen?«, erkundigte sich Ashton.

»Ich bin mir nicht sicher.«

Er bot ihr eine weitere Margarita an, die sie ablehnte. Ein Cocktail war das Maximum für sie. Schließlich konnte sie nicht wissen, wann sie zur nächsten Krise ins Heim gerufen werden würde. Dann musste sie fit und einsatzbereit sein – und fahrtüchtig. »Was ist passiert?«

»Ich hab erwähnt, dass wir auf seinen Eintrag im Jugendstrafregister gestoßen sind, und hab ihn gefragt, ob er mir mehr darüber sagen kann.«

»Und?«

»Er hat erwidert, und ich zitiere wörtlich: ›Nein.‹«

Ashton legte den Kopf schief. »Das war alles? Einfach nur ›Nein‹?«

»Ja.«

»Hm, also, er ist nicht verpflichtet, dir als seinem zukünftigen Arbeitgeber darüber Auskunft zu geben. Meiner Meinung nach sind ohnehin die zwölf Jahre seines Erwachsenenlebens interessanter, in denen er sich nicht das Geringste hat zuschulden kommen lassen.«

»Also hättest du keine Probleme damit, ihn trotzdem einzustellen?«

»Ich glaube nicht.«

»Und das, obwohl du weißt, dass da was in seiner Vergangenheit ist, das zu einer Jugendstrafe geführt hat?«

»Ich weiß ja nicht, wie das bei dir ist, aber ich fände es furchtbar, wenn mir als Erwachsenem Dinge vorgehalten werden würden, die ich als Kind oder Jugendlicher angestellt habe.«

»Stimmt auch wieder.«

Ashton grinste und beugte sich vor. »Was hast du dir zuschulden kommen lassen?«

Bevor sie Brayden Thomas begegnet war, hatte Maggie geglaubt, Ashton sei einer der bestaussehenden Männer, die sie je getroffen hatte. Doch jetzt war die Latte höher gelegt worden.

»Träum weiter. Das werde ich dir nicht verraten.«

»Ich bin sicher, du warst ziemlich wild«, meinte er lachend.

»Ich hatte jede Menge Spaß, bin aber nie in echte Schwierigkeiten geraten. Was war es, was meine Großmutter immer gesagt hat? ›Das haben wir nicht uns selbst, sondern allein Gottes Gnade zu verdanken.‹«

»Buddys Mom sagt das auch immer.«

»Ich vermute, jeder von uns hat früher mal was getan, das er heute bereut. Brayden kommt mit allerbestem Leumund, zudem hat er als Erwachsener ein makelloses Führungszeugnis. Ich habe all die Leute angerufen, die er als Referenz genannt hat, und sie loben ihn samt und sonders in den Himmel. Sein letzter Arbeitgeber hat mir erzählt, sie hätten ihn bloß deswegen entlassen, weil die finanzielle Unterstützung für ihr Programm nicht verlängert wurde. Ich wollte eine dreimonatige Probezeit, aber Brayden hat erklärt, entweder alles oder nichts. Wenn er Nägel mit Köpfen macht und herzieht, dann soll es nicht nur vorübergehend sein.«

»Wir können seinen Vertrag so formulieren, dass das Arbeitsverhältnis aus triftigen Gründen beendet werden kann.«

»Was heißt das?«

»Dass du ihm jederzeit kündigen kannst.«

»Ist das denn fair?«

»Es ist fair für dich. Das bietet dir einen Ausweg, wenn er seine Pflichten nicht ordnungsgemäß erfüllt oder weitere Informationen ans Licht kommen. Die Formulierung steht oft genug in Anstellungsverträgen. Und ihm gibt es ebenfalls das Recht, mit Wochenfrist zu kündigen.«

»Also können wir beide, falls nötig, aus dem Vertrag raus.«

»Exakt.«

Die anderen Mitarbeiter von Matthews House hatten unbefristete Vollzeitstellen. Ashton hatte ihr vorgeschlagen, Brayden – und jeden anderen, der für ein besonderes Programm geholt wurde – als freien Mitarbeiter einzustellen.

»Ich werde den Vertrag aufsetzen und ihn dir morgen früh mailen. Dann kannst du ihm den zeigen, und dann schauen wir mal. Wenn er bereit ist, zu unterschreiben, schick ihn in meine Kanzlei, wir kümmern uns um den Rest.«

»In Ordnung, danke. Ich bin wirklich froh über deine Hilfe.«

»Kein Problem.«

»Maggie«, rief Jill, »Mom und die Jungs möchten mit dir reden.«

»Ich komme.« In den nächsten paar Minuten sprach sie mit ihrer Mutter, ihrem Stiefvater Aidan, Max und Nick.

»Wir können es gar nicht erwarten, euch wiederzusehen«, erklärte Clare.

»Wir rechnen jederzeit damit, dass sie platzt.« Maggie warf einen Blick zu Kate, die auf einem Sofa im Wohnzimmer ruhte, die Füße hochgelegt. Ihr Ehemann war wie immer an ihrer Seite. »Es kann jeden Moment losgehen.«

»Dad hat ein Flugzeug bereitstehen, um uns alle schnell runterzufliegen.«

»Natürlich hat er das«, erwiderte Maggie lachend. Wenn es seine Kinder betraf, reagierte ihr Vater Jack stets vorhersehbar.

»Wir können es immer noch nicht fassen, dass Kate uns zu Großeltern macht!«

»Sie nimmt den Druck von uns anderen.« Maggie fühlte sich, als ob sie Lichtjahre von dem Punkt entfernt wäre, den ihre Schwestern erreicht hatten, die verheiratet waren oder heiraten würden, eine Familie gründen würden. Sie versuchte immer noch herauszufinden, was sie mit ihrem Leben eigentlich anfangen wollte. Und nach dem, was in New York passiert war … *Stopp. Denk nicht dran.*

»Wie läuft es mit dem Job?«

»Es ist ein Abenteuer. Jeder Tag ist anders. Heute hat sich alles um vorzeitige Wehen gedreht. Morgen kann es ein Fall von Kopfläusen sein. Es ist jedenfalls nie langweilig, so viel steht fest.«

»Puh. Nur für den Fall, dass ich es noch nicht oft genug erwähnt habe: Ich bin unglaublich stolz auf dich. Du hilfst dabei, ganze Leben zu ändern.«

»Das ist das Ziel. Schauen wir mal, wie es wird.«

»Ich bin da zuversichtlich, Maggie. Kate und Reid hätten dir diese Aufgabe nicht übertragen, wenn sie dir das nicht zutrauen würden.«

Sosehr Maggie glauben wollte, dass das stimmte, fragte sie sich manchmal, ob sie auch nur den Hauch einer Chance gehabt hätte, den Job zu bekommen, wenn nicht ihre Schwester und ihr Schwager das Sagen hätten. Vermutlich eher nicht, da sie in diesem Betätigungsfeld null Erfahrung hatte, doch die sammelte sie jeden Tag bei der Arbeit. »Danke für die aufmunternden Worte, Mom. Wir sehen uns bald.«

»Ich kann's gar nicht erwarten. Hab dich lieb, Kleines.«

»Ich dich auch.«

Maggie brachte Jills Handy zurück ins Wohnzimmer und reichte es ihrer Schwester. »Ich bin mir nicht sicher, wer aufgeregter ist wegen des Babys – Kate, ihr oder der Trupp in Rhode Island.«

»Es steht vermutlich unentschieden«, erwiderte Kate. »Sie schickt mir jeden Tag eine Textnachricht, um sich nach dem Stand der Dinge zu erkundigen, und Dad tut das auch. Andi nur ungefähr einmal die Woche, daher bekommt sie den Preis für Selbstbeherrschung und Zurückhaltung.«

»Unser Kleines wird so sehr geliebt werden«, erklärte Reid. »Das steht jedenfalls fest.«

Sein Akzent war einfach unwiderstehlich. Maggie konnte gut verstehen, dass die achtzehnjährige Kate an den Mann, der ein College-Freund ihres Vaters war, ihr Herz verloren hatte. Damals hatte Maggie sich nicht vorstellen können, sich zu einem Mann hingezogen zu fühlen, der so viel älter war als sie, aber Reid bildete die Ausnahme zu jeder Regel, und er war bis über beide Ohren verliebt in Kate. Das konnte niemand abstreiten, der auch nur etwas Zeit mit ihnen verbrachte. Sie waren zehn Jahre getrennt gewesen, bevor sie ihre zweite Chance auf Glück erhalten hatten, und jetzt waren sie überglücklich.

Was mehr konnte man sich wünschen, als eine Schwester, die man so liebte wie sie Kate, mit einem Mann zusammen zu sehen, der ihr derart zu Füßen lag? Beide Matthews-Männer waren ein echter Hauptgewinn und repräsentierten für Maggie das Beste, was man sich von seinem Lebenspartner erhoffen konnte. Die meisten Männer, denen sie bisher begegnet waren, schnitten da im Vergleich nicht gut ab.

Ein Bild von Brayden Thomas' attraktivem Gesicht flackerte vor ihrem geistigen Auge auf, erinnerte sie daran, dass sie immer noch entscheiden musste, was sie seinetwegen tun sollte. Vorhin waren sie zu keinem endgültigen Ergebnis gekommen, und sie hatte ihm versprochen, sich bald bei ihm zu melden. Normalerweise würde sie Reid und Kate nach ihrer Meinung fragen, aber das therapeutische Reiten war ihr Baby, und sie würden ihr ohnehin nur sagen, die Entscheidung, wer die Leitung übernehmen sollte, liege ganz bei ihr.

Außerdem hatten sie mit der bevorstehenden Geburt genug um die Ohren, auch ohne dass Maggie ihnen noch mehr aufhalste. Ihr Job war es, das Heim so zu leiten, dass Kate und Reid sich nicht darum kümmern mussten. Das war ihre Aufgabe, und sie würde sie erfüllen.

Nach einem lebhaften, unterhaltsamen und absolut köstlichen Dinner küsste Maggie Kate zum Abschied auf die Wange. »Ich gehe jetzt. Danke fürs Essen.«

»Wir genießen es jedes Mal, wenn eine von euch reinschneit«, erklärte Reid.

Maggie legte eine Hand auf Kates Babybauch. »Ruf mich auf jeden Fall an – zu jeder Tages- oder Nachtzeit. Ich komme sofort.«

»Das mach ich, keine Sorge. Ohne dich und Jill steh ich das nicht durch.«

»Wir passen auf dich auf.« Maggie und Jill hatten sich darauf geeinigt, in der Nähe zu bleiben, wenn das Baby auf die Welt kam, aber Kates Angebot abgelehnt, sie in den Kreißsaal zu begleiten. Sie hatten beide Angst davor, etwas zu sehen, was sie nie wieder würden vergessen können. »Ich schaue morgen nach dir.«

»Hey, Maggie?«

Maggie drehte sich zu ihrer Schwester um.

»Wenn dir der Job zu viel wird, bist du nicht verpflichtet, unseretwegen daran festzuhalten. Das weißt du, oder?«

»Ja, und auch wenn ich dankbar bin, dass du mir diesen Ausweg bietest, habe ich doch vor, auf Dauer bei der Stange zu bleiben. Also keine Sorge.«

»Wenn du irgendwas brauchst, Kleines, du weißt, wo du uns findest«, fügte Reid hinzu.

»Danke euch beiden. Aber wie gesagt, macht euch keine Sorgen um mich. Konzentriert euch einfach darauf, meine Nichte oder meinen Neffen auszubrüten.«

Kate strich sich über den großen Bauch. »Das ist ohnehin alles, wozu ich dieser Tage tauge.«

Maggie lachte über Kates Grimasse und ging zurück in die Küche, wo Jill gerade Ashton küsste. »Nehmt euch ein Zimmer, okay? Oh, Moment, ihr wohnt ja schon zusammen, also warum müsst ihr das hier tun?«

»Sei kein Spielverderber, Maggie«, erwiderte Jill, ohne den Blick von Ashtons Gesicht zu wenden.

»Ich bin dann mal weg.«

»Fahr vorsichtig«, erwiderte Jill.

»Tschüss, Maggie«, fügte Ashton hinzu.

Maggie lenkte ihren Wagen durch die Dunkelheit nach Hause, dachte an ihre Schwestern und das Glück, das sie mit Reid beziehungsweise Ashton gefunden hatten. Sie war nie auch nur irgendwo in der Nähe von dem gewesen, was die beiden hatten. Wobei sie einmal geglaubt hatte, dass … Allein der Gedanke daran – an *ihn* – tat weh, daher versuchte sie, ihn und die Zeit auf dem College nach Möglichkeit zu verdrängen, als sie geglaubt hatte, sie hätte den Richtigen gefunden, bis er sie betrogen und ihr das Herz gebrochen hatte. Manchmal, wenn sie mit ihren glücklich verliebten Schwestern zusammen war, war es schwierig, nicht an das berauschende Gefühl der ersten großen Liebe zu denken, von der sie angenommen hatte, sie würde ewig andauern.

Warum mussten ihre Gedanken jetzt eigentlich darum kreisen, wo sie doch so viele positive Dinge hatte, auf die sie sich konzentrieren konnte? Ihr neuer Job, ihr neues Zuhause, ihre Nichte oder ihr Neffe, der bevorstehende Besuch der Familie und Jills Hochzeit nächsten Monat … Das Leben war gut und geschäftig und erfüllt. Sie hatte absolut keinen Grund, irgendetwas nachzutrauern.

Als sie in die lange Einfahrt einbog, die zu ihrem neuen Zuhause führte, schwor sie sich, sich von nun an einzig auf die Gegenwart und die Zukunft zu konzentrieren.

Sie würde ein für alle Mal damit aufhören, in der Vergangenheit zu leben.

* * *

»Denkst du, es geht Maggie gut?«, wollte Kate von Reid wissen, nachdem er ihr geholfen hatte, sich ein Nachthemd überzustreifen und ins Bett zu steigen. Sie war inzwischen so unförmig, dass sie bei den einfachsten Dingen Hilfe brauchte. Während sie es kaum noch erwarten konnte, endlich ihr Baby zu bekommen und im Arm zu halten, freute sie sich beinahe genauso darauf, nicht mehr schwanger zu sein. Dass Schwangerschaft angeblich das Natürlichste auf der Welt sein sollte, überstieg ihr Vorstellungsvermögen.

Nur mit Boxershorts bekleidet, schlüpfte Reid hinter ihr unter die Decke und schmiegte sich an ihren Rücken. »Sie ist noch in der Eingewöhnungsphase, sowohl in ihrem neuen Zuhause als auch im Job. Da sind ein paar Stolpersteine nur natürlich.«

Kate konnte sich nicht mehr erinnern, wie sie je ohne seine Arme um sich hatte schlafen können, selbst wenn sie im Moment gar nicht mehr um sie herumreichten. »Ich mache mir Sorgen, dass sie es uns nicht sagt, wenn sie sich mit dem Job nicht mehr wohlfühlt.«

»Das kann ich mir nicht vorstellen.«

»Sie wird uns nicht enttäuschen wollen.«

»Wir behalten sie im Auge. Alles wird gut.« Er küsste sie auf die Stirn. »Soll ich dir den Rücken massieren?«

»Ist schon okay.«

»Ich tue das gern.«

»Das weiß ich.«

»Was ist denn los, Liebling?«

»Ich bin es so leid, so dick und aufgedunsen zu sein, und ich möchte Sex mit dir haben, aber ich kann nicht, wegen diesem blöden Bauch und … Lachst du etwa? Wenn du jetzt lachst, bring ich dich um.«

»Na ja, dazu musst du mich erst mal fangen, und das wird schwierig werden.«

»Ich kann einfach nicht glauben, dass du dich über mich lustig machst, wo du mir das doch überhaupt angetan hast.«

»Ich mach mich nicht über dich lustig.«

»O doch, und ich werde das nicht vergessen haben, wenn ich nicht mehr so dick bin und du derjenige bist, der Sex will.«

»Süße, wenn du Sex haben möchtest, musst du's bloß sagen.«

»Wir können nicht! Ich erdrück dich mit diesem Ungetüm.«

Er bebte vor stummem Gelächter.

»Wenn du nicht aufhörst, mich auszulachen, lass ich mich scheiden.«

»Nein, wirst du nicht.«

»Aber so was von.«

»Wenn du dich von mir scheiden lässt, bekommst du heute keinen Sex.«

»Jetzt bist du einfach gemein.«

Er schmiegte sich noch enger an sie, strich ihr mit einer Hand über den runden Bauch bis zu ihrem Oberschenkel. »Mein süßer Liebling, ich kann gar nicht gemein zu dir sein, wie du genau weißt. Wenn die Mutter meines Babys Lust auf Sex hat, muss sie es mir nur sagen, und wir kümmern uns darum.«

»Der Bauch ist riesig.«

»Und dein Ehemann überaus erfinderisch.« Er streichelte ihre empfindsamen Brüste, und schon bald rieb sie sich ungeduldig an ihm.

Ihr Körper war, während die Schwangerschaft sich ihrem Ende zuneigte, eine unerschöpfliche Quelle der Faszination für sie. Obwohl sie gedacht hätte, Sex wäre das Letzte, woran sie zu diesem Zeitpunkt interessiert wäre, merkte sie, dass sie sich danach verzehrte. Sie hatte das für sich behalten, weil sie insgeheim befürchtet hatte, ihr Ehemann würde sich von ihrem unförmigen Körper abgestoßen fühlen. Dabei hätte sie es besser wissen müssen.

Seine Hand glitt nach vorn, streichelte zärtlich den Babybauch.

Kate erzitterte unter dem beinahe schmerzlichen Verlangen nach ihm.

Ihr Nachthemd wurde nach oben gezogen, während sie sich unruhig zu bewegen begann.

»Ganz ruhig, Süße. Entspann dich.«

Sie war so erregt, dass er nur mit den Fingern über das Zentrum ihrer Lust fahren musste, um sie zu einem intensiven Höhepunkt zu bringen.

»Mhm, ich liebe meine schwangere Kate. Wir müssen dieses Babymachen unbedingt bald wieder ausprobieren.«

Kate stöhnte. Das Allerletzte, woran sie im Moment denken wollte, war eine weitere Schwangerschaft. Sie wusste, wenn sie zwei Kinder haben wollten, würde das zweite dicht hinter dem ersten kommen müssen. Einzig wenn sie übers Kinderkriegen sprachen, spielte der erhebliche Altersunterschied zwischen ihnen eine Rolle. Die restliche Zeit über verschwendete sie praktisch keinen Gedanken daran.

Sie hatte erfahren, dass es durchaus Vorteile hatte, einen älteren, erfahreneren Ehemann zu haben, wie zum Beispiel jetzt, als er von hinten ganz leicht in sie eindrang und sie dazu brachte, seinen Namen zu schreien, bevor ein zweiter, sogar noch heftigerer Orgasmus sie erfasste.

»Gott, ja … Kate.« Er hielt sie dicht an sich gedrückt, während er ihr zum Höhepunkt folgte.

Sie schwiegen für eine lange Zeit, während ihr Körper abkühlte und unter den Nachbeben pochte.

»Und? Besser?«, erkundigte er sich mit dem gedehnten Tennessee-Akzent, der sie vom ersten Moment an bezaubert hatte, in dem sie ihn getroffen hatte. In all den Jahren, in denen sie voneinander getrennt gewesen waren, hatte sie das fast am meisten vermisst.

»*Viel* besser.« Ihre Lider waren so schwer, dass sie die Augen kaum offen halten konnte.

»Wann immer du mich brauchst, weißt du, wo du mich findest.«

Sie drückte ihm die Hand, die er auf ihren Bauch gelegt hatte. Ihr Baby wählte diesen Augenblick, um ihnen mitzuteilen, dass es wach war.

Reids leises Lachen entlockte ihr ein Lächeln. »Ich fürchte fast, unser Kleines wird ein echter Wildfang.«

»Und wenn kein Wildfang, dann vielleicht ein Kicker im Football-Team.«

»Oder ein Fußballstar.«

»Oder eine Primaballerina.«

»Oder eine berühmte Turnerin, ein Skirennfahrer, eine Langstreckenläuferin …«

Kate schlief zu ihrem Lieblingsklang auf der ganzen Welt ein: der Stimme ihres Mannes.

Kapitel 3

Maggie wusste genau, wie es war, wie auf glühenden Kohlen zu sitzen und auf die Nachricht zu warten, ob man einen Job auch tatsächlich bekam, daher hatte sie vor, Brayden Thomas gleich als Erstes am nächsten Morgen anzurufen, damit er nicht unnötig lange im Ungewissen blieb. Sie hatte sehr unruhig geschlafen, war die verschiedenen Szenarien im Geiste durchgegangen und hatte beschlossen, dass der hervorragende Ruf, den er sich erworben hatte, schwerer wog als der Umstand, dass er als Jugendlicher mal straffällig geworden war.

Um acht Uhr griff sie zum Telefon, erreichte ihn jedoch nicht. Daher hinterließ sie eine Nachricht, in der sie ihn bat, sich bei ihr zu melden. Danach fühlte sie sich merkwürdig enttäuscht, weil sie nicht persönlich mit ihm hatte sprechen können. »Sei nicht albern«, wies sie sich selbst zurecht, bevor sie ihre Aufmerksamkeit den E-Mails zuwandte.

Zehn Minuten später traf Teresa mit dem Morgenbericht ein und hatte Kaffee für sie beide dabei. »Guten Morgen.«

Maggie hatte Teresa schon ein paarmal versichert, dass sie sich ihren Kaffee selbst holen könne, aber die ältere Frau hatte erwidert, dass es ihr Freude bereite, sich um andere zu kümmern. Seither ließ Maggie sie gewähren. Teresa hatte kurzes graues Haar, warme braune Augen und einen schier unendlichen Vorrat an Mitgefühl, der sie bei den Müttern im Heim so beliebt machte.

»Guten Morgen. Gibt es was Neues von Corey?«

»Ich hab heute Morgen in der Entbindungsstation angerufen und erfahren, dass sie die Wehen haben stoppen können. Sie würden sie gern weitere vierundzwanzig Stunden dabehalten, nur um ganz sicherzugehen. Ihre Freundin ist bei ihr, und sie weiß, dass sie uns Bescheid sagen soll, wenn sie bereit ist, das Krankenhaus zu verlassen.«

»Danke. Wie ist die Lage sonst?«

»Ruhig.«

»Ruhig ist gut.«

»Richtig. Die McBrides haben einen weiteren Morgen ohne Zwischenfälle gemeistert, die Kinder waren mit Luft am Bus und hatten vorher Zeit für ein ausgiebiges Frühstück.«

»Schon zwei Tage hintereinander. Ist es zu früh, um das als Serie zu bezeichnen?«

»Lass uns nicht vorschnell sein.«

Maggie lachte.

»Was ist denn mit dem sexy Cowboy? Die Mütter reden über ihn.«

Einen Moment lang wusste Maggie nicht, wen sie meinte. »Brayden Thomas?«

Teresa musterte sie über den Rand ihrer Kaffeetasse hinweg. »Heißt er so?«

»Mhm.«

»Ist das der Typ für die Reittherapie?«

»Genau.«

»Wirst du ihn einstellen?«

»Das hoffe ich wenigstens. Ich warte auf seinen Rückruf.« Maggie wollte Teresa nach ihrer Meinung zu Braydens Eintrag im Jugendstrafregister befragen, doch das machte der Datenschutz unmöglich. Also erwähnte sie es nicht. Manchmal war es schwierig, erwachsen zu sein und Arbeitgeberin, und das hier war einer dieser Zeitpunkte. Sie musste auf ihr Bauchgefühl vertrauen – und auf Ashtons Rat –, wenn es um Brayden ging.

Teresa brachte sie zu jedem ihrer Schützlinge auf den aktuellen Stand. »Und jetzt fahr ich heim und lege mich schlafen.«

»In Ordnung. Wir sehen uns morgen.«

»Frisch und munter in aller Herrgottsfrühe. Schick mir eine Textnachricht, wenn es Neuigkeiten von Corey gibt.«

»Auf jeden Fall. Ich werd sie nachher besuchen.«

»Das ist nett von dir. Ich bin sicher, sie freut sich. Also gut. Ich bin dann weg.«

»Bis morgen.«

Nachdem Teresa fort war, stürzte sich Maggie in die Unmengen Papierkram, die zu ihrem Job gehörten. Sie verhandelte mit Schulen, Krankenhäusern, der Polizei, dem Sozialamt und mit der Kinder- und Jugendhilfe. Letzteres kostete sie die meisten Nerven. Inspektoren konnten ohne Vorwarnung auftauchen, um nach den Kindern zu sehen, die in Matthews House wohnten. Maggie plagte die Sorge, dass bei einer dieser Inspektionen etwas schiefgehen würde, selbst wenn es nicht ihre Schuld wäre.

Matthews House bot Essen, Unterkunft, Kleidung, Berufsberatung und langfristige Hilfe bei der Suche nach einer Wohnung. Beim Eintritt in die Einrichtung musste eine Erklärung unterschrieben werden, auf der Ashton bestanden hatte und in der die Stiftung hinter Matthews House, die Familie Matthews und alle Angestellten von jeglicher Haftung für die Bewohner und ihre Kinder freigesprochen wurden. Anders ausgedrückt, oblag es den jeweiligen Eltern, ihre eigenen Kinder in der geschützten Umgebung, die die Einrichtung bot, angemessen zu versorgen.

Maggie war Mitglied in einer Online-Gruppe von Leitern von Einrichtungen wie der von ihr geführten, wo ihr geraten worden war, Matthews House nicht zu schön und bequem für ihre Schützlinge zu machen, damit die nicht für immer dortbleiben wollten. Ziel sollte es sein, ihnen dabei zu helfen, Stabilität in ihren Alltag zu bringen, und ihnen eine Verschnaufpause zu verschaffen, in der sie sich in Ruhe überlegen konnten, wie der nächste Schritt für sie aussehen sollte. Aber der Aufenthalt sollte auf jeden Fall nur vorübergehend sein.

Eine der Familien würde bald schon in eine kleine Wohnung umziehen, nachdem sie zwei Monate bei ihnen gewesen war. Sie waren die erste von, wie Maggie hoffte, einer ganzen Reihe von Erfolgsgeschichten von Menschen, die den Sprung in ein selbstständiges Leben geschafft hatten. Sobald eine Familie das Programm der Einrichtung durchlaufen hatte, zu dem gegebenenfalls auch eine Schuldnerberatung gehörte, erhielt sie finanzielle Unterstützung dabei, eine Wohnung zu finden.

Im Vorfeld der Eröffnung von Matthews House hatten Reid und Kate mit mehreren Experten gesprochen und versucht, eine Liste davon zu erstellen, was Familien in schwierigen Situationen benötigten. So gab es einen ganzen Katalog von möglichen Hilfsangeboten, die Maggie und den Angestellten zur Verfügung standen, inklusive Beratung bei Suchtmittelabhängigkeit und häuslicher Gewalt.

Während Maggie die immer umfangreicher werdende Website mit den verschiedenen Programmen auf notwendige Updates hin durchschaute, hatte sie auf einmal das Gefühl, beobachtet zu werden. »Guten Morgen, Travis.«

»Guten Morgen, Ms Maggie. Können wir uns heute die Pferde angucken?«

Sie drehte sich zu dem niedlichen kleinen Jungen um. Er hatte hellbraune Haut, krause dunkle Locken und Pausbacken, wodurch er wie ein kleiner Engel aussah. Als er mit seiner Mutter Kelsey hier angekommen war, war sein Gesicht voller blauer Flecke gewesen, und seine braunen Augen hatten matt und leer gewirkt. Zu erleben, wie er und seine Mutter lernten, wieder zu lächeln und Vertrauen zu fassen, war einer der Lichtblicke in Maggies neuem Leben. »Absolut, wir können gleich los. Weiß deine Mutter, wo du bist?«

»Ich hab ihr gesagt, ich will mit dir Pferde gucken.«

»Dann müssen wir das auch tun. Lass uns nur erst Äpfel und Möhren holen.« Maggie folgte Travis in die Küche, wo er schnurstracks zum Kühlschrank lief, um an die Tüte mit den Möhren zu gelangen, während Maggie ein paar Äpfel nahm und in Stücke schnitt. Es freute sie, wie wohl sich das Kind in seinem vorübergehenden Zuhause fühlte, und sie genoss die Zeit, die sie mit ihm verbrachte, während die älteren Kinder in der Schule waren.

»Du hast auch ganz bestimmt deiner Mom erzählt, wo du bist, oder?«

»Ja, Ma'am.«

Als sie sich anschickten, die Küche zu verlassen, kam gerade eine der anderen Mütter herein. »Travis und ich sind in den Ställen, nur falls Kelsey ihn sucht.«

»Dieses Mal hab ich es ihr echt gesagt, Ms Maggie. Versprochen.«

Lächelnd hielt ihm Maggie ihre Hand hin.

Er ergriff sie und zog sie zur Tür hinaus.

Als sie die Reittherapie geplant hatte, hatte sie das mit Kindern wie Travis im Sinn getan, Kindern, die Traumatisches erlebt hatten und erst wieder Selbstachtung und Selbstvertrauen aufbauen mussten. In den Ställen begegneten sie Derek, dem älteren Stallmeister, der schon seit Jahren für die Familie Matthews tätig war. Er hatte weißes Haar und das wettergegerbte Gesicht eines Mannes, der sein Leben lang im Freien gearbeitet hatte. Reid versuchte schon seit Jahren, ihn dazu zu überreden, sich mit einer großzügigen Pension zur Ruhe zu setzen, aber Derek hatte das abgelehnt und gesagt, dann würde er vor Langeweile sterben.

Derek schüttelte Travis die Hand. »Ich hab mich schon gefragt, wann du wohl wieder zu Besuch kommst.«

Travis strahlte beim Anblick von Derek auf, der wirklich gut mit den Kindern umgehen konnte.

»Hast du was für die Pferde dabei?«

»Ja, Sir.«

Die Manieren des Kleinen waren wie immer untadelig. »Ich hab hier eine Box, die ich ausmisten muss und bei der ich dringend deine Hilfe brauche. Hast du Lust?«

»Ja, Sir!«

»Dann fangen wir mal an.«

Während Maggie zuhörte, wie Derek Travis die einzelnen Schritte geduldig erklärte, besuchte sie der Reihe nach alle Pferde, schenkte ihnen Möhren und Aufmerksamkeit und bedachte Thunder, der Kate zu vermissen schien, mit einer Extraportion Streicheleinheiten. »Diese Woche machen wir einen Ausritt«, versprach ihm Maggie.

Thunder antwortete mit einem Wiehern, über das sie lachen musste. Alle, die den Hengst kannten, waren sich einig, dass an dem Tier ein Mensch verloren gegangen war.

Ihr Handy klingelte, und als sie die Nummer auf dem Display erkannte, beschleunigte sich ihr Herzschlag, und Adrenalin strömte durch ihre Adern. Bevor sie darüber nachdenken konnte, was das wohl bedeuten mochte, brach das Klingeln ab. Maggie wollte gerade zurückrufen, als es wieder einsetzte. Diesmal ging sie sofort ran.

»Maggie Harrington.«

»Hey, hier ist Brayden Thomas. Tut mir leid wegen dem ersten Anruf. Ich sitze im Auto und bin gerade durch ein Funkloch gefahren.«

»Kein Problem.«

»Ich melde mich auf Ihre Nachricht von vorhin.«

»Ja, danke. Also, ich hoffe, Sie sind weiter an dem Job in Matthews House interessiert.«

»Auf jeden Fall.«

»Ausgezeichnet.« Maggie nannte ihm das Gehalt und zählte die verschiedenen Zusatzleistungen auf, die Reid und Kate all ihren Angestellten boten.

»Klingt großartig. Ich sollte vielleicht erwähnen, dass ich Ende dieser Woche einen einwöchigen Urlaub mit ein paar Freunden geplant habe. Ich kann entweder vorher oder danach anfangen, ganz, wie Sie möchten.«

»Vorher passt mir gut. Als Wohnraum steht Ihnen eines der beiden Apartments über den Stallungen zur Verfügung.«

»Das ist großartig. Ich habe auch ein eigenes Pferd. Ich nehme an, ich kann es mitbringen und auf dem Anwesen unterstellen?«

»Ja, natürlich. Ich werde das Derek gegenüber erwähnen, unserem Stallmeister, der das andere Apartment bewohnt.«

»Vielen Dank. Ich komm dann später heute vorbei.«

Heute? »Alles klar.«

»Ich freue mich darauf, mit Ihnen und den Heimbewohnern zusammenzuarbeiten.«

»Gleichfalls. Dann bis nachher irgendwann.«

»Ich werde Ihnen meine ungefähre Ankunftszeit nennen, sobald ich sie abschätzen kann.« Er zog aus der Gegend um Chattanooga, wo er in einem Gestüt gearbeitet hatte, nach Nashville.

»Klingt prima. Gute Fahrt.« Maggie beendete den Anruf, steckte das Handy zurück in ihre Hosentasche und begab sich auf die Suche nach Derek und Travis.

»Er ist ein tüchtiger Arbeiter«, lobte Derek den Jungen, der voller Konzentration den Boden der Box harkte.

»Das sehe ich. Wenn er so weitermacht, müssen wir ihn auf die Lohnliste setzen.«

»Was ist eine Lohnliste?«, wollte Travis wissen.

»Das benutzen Firmen, um ihre Angestellten zu bezahlen«, erklärte Maggie.

»Mit Geld?«

»Ja, genau.«

»Ich mag Geld.«

Maggie und Derek lachten.

»Arbeite weiter so fleißig, dann sorg ich dafür, dass du ein paar Dollar bekommst«, sagte Derek.

Travis klatschte ihn ab. »Ja!«

Maggie vermerkte sich im Geiste, Derek etwas Geld zu geben, mit dem er Travis für seine Hilfe bezahlen konnte. »Habt ihr beide hier noch zu tun?«

»Ja, Ma'am«, antwortete Derek. »Ich bringe ihn zurück zum Haus, wenn er fertig ist.«

»Dann viel Spaß.«

»Werden wir haben.«

»Außerdem wollte ich Ihnen mitteilen, dass ich Brayden Thomas für unsere Reittherapie eingestellt habe.«

»Freut mich, das zu hören. Scheint mir ein netter junger Mann zu sein.«

»Er wird sein Pferd mitbringen.«

»Wir werden uns bemühen, dass er sich hier wohlfühlt, Ma'am.«

»Das ist schön.«

Maggie ging zurück zum Haupthaus, amüsiert darüber, von einem Mann, der fünfzig Jahre älter war als sie, »Ma'am« genannt zu werden, aber seit sie nach Tennessee gezogen war, hatte sie gelernt, die Manieren der Südstaaten-Gentlemen nicht zu hinterfragen. Sie fand die Aufmerksamkeit großartig, die Derek jedem der Kinder zuteilwerden ließ, die sich für Pferde interessierten, genau wie sie es getan hatte. Im Alter von acht Jahren hatte sie um Reitstunden gebettelt. Als sie neun geworden war, hatten ihre Eltern schließlich nachgegeben, und der Rest war Geschichte.

Mit das Schönste an ihrem Job hier waren die Pferde und die Möglichkeit, jederzeit zu reiten. Wobei sich herausgestellt hatte, dass sie für regelmäßige ausgedehnte Ausritte gar nicht die Zeit hatte. Wenn alles super lief, schaffte sie es einmal pro Woche. Trotz der Hektik ihres Alltags war der Umzug nach Tennessee insgesamt eine gute Idee gewesen. Sie liebte ihre Arbeit, die Pferde und die Nähe zu ihren Schwestern.

Die größte Herausforderung bestand für sie darin, ihr Herz vor den schrecklichen Erfahrungen zu schützen, die die Menschen gemacht hatten, die sich Hilfe suchend an sie wandten. Das war schon als Gebärdendolmetscherin beim Gericht in New York ein Problem für sie gewesen. Manches von dem, was sie gesehen oder gehört hatte, würde sie nie vergessen können.

Es war eine Erleichterung, das hinter sich zu lassen, und auch das andere, an das sie nicht denken wollte, damit sie sich auf die Gegenwart konzentrieren konnte und nicht in die Vergangenheit gesogen wurde. Leider war das manchmal leichter gesagt als getan. Manche Dinge konnte man nicht so einfach aus dem Gedächtnis streichen.

Kapitel 4

Als eine neue Familie eintraf, die vorübergehend eine Unterkunft brauchte, wurde Maggies Tag hektisch. Bei der Mutter war Krebs diagnostiziert worden, und sie konnte während der Behandlung nicht weiterarbeiten. Nach einem Anruf vom örtlichen Sozialamt nahm Maggie Trish Lawson und ihre drei Kinder in Empfang – die sechsjährige Lily, den fünfjährigen Jimmy und Chloe, die erst zwei war.

Nachdem sie dafür gesorgt hatte, dass die Kinder in der Küche etwas zu essen bekamen, begab sich Maggie ins ehemalige Ess- und jetzige Besprechungszimmer, um dort mit Trish zu reden. Als sie sich dem Zimmer näherte, hörte sie schon das Schluchzen der Frau.

Sie ging kurz in ihr Büro, um eine Packung Taschentücher zu holen, und nahm sie und den Kaffee mit, um den Trish gebeten hatte, als Maggie gefragt hatte, ob sie etwas trinken wolle. »Hier, bitte«, sagte sie und versuchte angesichts von Trishs Verzweiflung ruhige Kompetenz auszustrahlen.

»Vielen Dank.«

Die Frau war etwa eins fünfundsechzig groß, und ihr hübsches Gesicht war tränenüberströmt. Das Tuch, das sie sich um den Kopf gewickelt hatte, war verrutscht, wodurch sie insgesamt irgendwie schief aussah.

Maggie wollte sie umarmen und ihr versichern, dass alles gut werden würde. Doch sie hatte gelernt, keine Versprechungen zu machen, die sie vielleicht nicht würde halten können. Tatsächlich konnte sie nicht wissen, ob es für die Familien gut ausgehen würde. Alles, was sie tun konnte, war, in der Zeit, die sie mit ihnen verbrachte, ihr Bestes für sie zu geben.

Trish tupfte sich die Augen mit einem Taschentuch ab. »Tut mir leid.«

»Bitte, das muss es nicht. Wir sind hier, um zu helfen.«

»Gott sei Dank, denn ich habe keine Ahnung, an wen ich mich sonst hätte wenden sollen. Als der Vermieter mir sagte, ich müsse noch heute aus der Wohnung raus oder er würde die Polizei rufen, wusste ich nicht mehr weiter. Ich habe eine Notunterkunft kontaktiert, doch da war kein Platz für uns alle. Immerhin haben sie mich an Ihre Einrichtung vermittelt.«

Maggie reichte ihr ein weiteres Taschentuch. »Ich bin sehr froh, dass Sie den Weg zu uns gefunden haben und dass wir Sie und Ihre Kinder aufnehmen konnten.«

»Ich hätte nie gedacht, dass mir so was passieren würde«, sagte Trish leise. »Ich hatte einen guten Job. Ich habe jeden Monat meine Miete bezahlt und mich um meine Kinder gekümmert. Aber als ich dann Eierstockkrebs bekommen hab, habe ich es einfach nicht mehr geschafft.«

»Natürlich. Das würde jedem schwerfallen.«

»Meine Freundinnen haben mich wirklich so weit wie möglich unterstützt, nur hatte keine von ihnen Platz für uns alle, und meine Familie lebt in Texas. Meine Ärzte sind hier. Ich wollte bloß … Ich weiß einfach nicht …«

Maggie legte ihre Hand über die von Trish. »Atmen Sie tief durch. Sie und Ihre Kinder sind hier in Sicherheit.«

Trish schluchzte erneut auf.

Maggie stand auf, um die andere Frau tröstend in den Arm zu nehmen. »Unsere Krankenschwester Arnelle wird Ihnen bei der Bewältigung der Nebenwirkungen der Behandlung helfen und sich, wenn Sie das wollen, mit den Ärzten abstimmen. Darüber hinaus stehen wir Ihnen natürlich auch bei allem anderen, was Sie sonst noch brauchen, gerne mit Rat und Tat zur Seite.«

Trish klammerte sich förmlich an sie. »Oh, vielen Dank. Sie haben keine Ahnung, was für ein Geschenk des Himmels Sie für mich sind.«

In der nächsten Stunde sah Maggie immer wieder nach Lily, Jimmy und Chloe, die mit einigen der anderen Kinder und ihren Müttern im Spielzimmer waren, während sie Trishs Fragen zum Ausfüllen der Aufnahmeunterlagen beantwortete. Als sie sie schließlich in einem geräumigen Zimmer im Obergeschoss untergebracht hatte, war es nach drei, und aus ihrem Plan, Corey vor dem Abendessen im Krankenhaus zu besuchen, würde wohl nichts werden.

Sie würde später rüberfahren.

Als sie einen Moment für sich hatte, setzte sie sich an ihren Schreibtisch, schloss die Augen und atmete sich durch den emotionalen Sturm, den jede neue herzzerreißende Geschichte mit sich brachte. Dennoch liebte sie diese Arbeit, die Menschen, die Herausforderung. Sie liebte es, dass sie für Frauen in Not wirklich etwas tun konnte.

Aber manchmal … manchmal war es zu viel. Nicht, dass sie das jemals zugeben würde.

Gott verhüte, dass Reid und Kate es sich noch anders überlegen und ihr den Job ihres Lebens wieder wegnehmen würden. Sie wollte sie stolz machen und so vielen Menschen helfen, wie sie konnte.

Als sie ein Räuspern hörte, öffnete Maggie die Augen und entdeckte Brayden Thomas an der Tür.

»Entschuldigen Sie die Störung.«

»Sie stören nicht. Ich habe nur mal kurz durchgeatmet.«

»Sie müssen mir das nicht erklären.« Den abgetragenen Cowboyhut in den Händen, sah er unglaublich sexy aus. »Man hat mir gesagt, ich solle mich bei Ihnen melden.«

Maggie riss sich zusammen und stand auf. »Ja, ich werde Ihnen kurz etwas über unser Aufnahmeprozedere erzählen.« Sie griff nach dem Klemmbrett, auf dem sie zuvor die Infos zusammengestellt hatte, und führte ihn ins Besprechungszimmer. »Kann ich Ihnen etwas zu trinken anbieten?«

»Wasser wäre toll.«

»Kommt sofort.« Auf dem Weg zur Küche schaute sie kurz im Spielzimmer vorbei und nahm erfreut zur Kenntnis, dass Trishs Kinder sich fröhlich mit dem breiten Sortiment an Spielzeug beschäftigten, das Reid und Kate angeschafft hatten. Sie hatten keine Kosten gescheut, damit die Kinder alles hatten, was man sich nur wünschen konnte.

Maggie hatte gescherzt, dass das Spielzimmer eher einem Spielzeugladen ähnele. Jedes Kind bekam in diesem Raum glänzende Augen. Und Kate hatte der Einkaufsbummel riesigen Spaß gemacht, hatte sie erzählt.

Maggie kehrte mit einem Glas Eiswasser ins Besprechungszimmer zurück. »Hier, bitte.«

»Vielen Dank.« Brayden leerte das Glas halb. »Langsam wird es ziemlich heiß da draußen.«

Hier drinnen wird es auch langsam heiß, dachte Maggie und unterdrückte das Bedürfnis, wie ein Schulmädchen zu kichern.

Der Mann sah einfach viel zu gut aus. Zusätzlich zu den breiten Schultern hatte er dichtes dunkles Haar, das dazu neigte, ihm in die Stirn zu fallen, goldbraune Augen und Wimpern, für die jede Frau töten würde. Die hohen Wangenknochen, seine markante Kinnpartie und der Dreitagebart unterstrichen seine Attraktivität nur noch. Als er die Formulare ausfüllte, entdeckte Maggie, dass er Linkshänder war. Als sie ihren Blick auf seine rechte Hand richtete, die flach auf dem Tisch lag, fiel ihr auf, wie groß seine Hände waren.

»Ich fühle mich beobachtet«, sagte er, ohne vom Papier hochzuschauen.

Maggies Gesicht wurde warm vor Verlegenheit. »Entschuldigung. Ich habe an etwas anderes gedacht.« *Lügnerin.*

»Ich kann die hier auch allein fertig machen, falls Sie noch was anderes zu erledigen haben.«

»Klar. Danke.« Verlegen stand sie auf und verließ den Raum. Er hatte sie schon bei einem vermeintlichen Nickerchen am Schreibtisch erwischt, und nun hatte er sie darauf hingewiesen, dass sie ihn anstarrte. »Tolle Art, eine berufliche Beziehung zu beginnen.«

»Was war das?«, fragte Mitch, der Koch, der mit Einkaufstüten beladen durch die Küchentür kam. Er bereitete jeden Tag das Abendessen für die Bewohner zu und unterrichtete diejenigen, die kochen lernen wollten. Mitch, ein ehemaliger Marine, war Mitte fünfzig und trug sein graues Haar sehr kurz geschoren.

»Ach, ich hab nur Selbstgespräche geführt.«

»Erstes Anzeichen von Senilität.«

»Sehr lustig.«

»Ich hab gehört, du hast noch etwas Testosteron rangeschafft.«

»Da hast du richtig gehört.«

»Er ist so was wie ein Pferdeflüsterer, oder?«

»Etwas in der Art. Ich habe ihn eingestellt, um Reittherapie für Kinder anzubieten.«

»Es wäre toll, wenn wir so etwas hätten. Das, was manche von ihnen erzählen …« Er schüttelte den Kopf. »Das ist manchmal schwer auszuhalten.«

»Ich weiß. Wenn du Unterstützung brauchst …«

»Es geht mir gut. Ich mach mir nur Sorgen um sie, wegen der Spätfolgen.«

»Wir werden alles für sie tun, was wir können, jetzt und in Zukunft. Meine Schwester und mein Schwager wollen, dass Matthews House die Familien langfristig unterstützt. Sie haben viele Pläne für Stipendien und Ähnliches, was auch noch greift, nachdem die Familien die Einrichtung verlassen haben. Wir werden für sie da sein, Mitch.«

»Das, was hier passiert, ist so wichtig. Ich bin wirklich froh, ein Teil davon zu sein.«

»Und wir sind froh, dass du in unserem Team bist. Aber ich halte dich jetzt nicht weiter von deiner Arbeit ab.«

»Es ist Taco-Nacht«, rief er über seine Schulter, während er in Richtung Speisekammer ging. »Die Kinder werden sich freuen. Das ist ihr Lieblingsessen.«

Maggie lächelte. Glückliche Kinder, die sich sicher fühlten, waren das, was sie erreichen wollten. Ihr Handy klingelte, und sie nahm den Anruf entgegen. »Hey.«

»Wie sieht's bei dir aus?«, fragte Jill.

»Das übliche Chaos. Und bei dir?«

»Hochzeitswahnsinn. Ich glaube, Mom regt sich wegen allem mehr auf als ich.«

»Ganz sicher nicht.«

Jill lachte. »Sie und Andi haben viel zu viel Spaß bei der Planung.« Ihre Mutter hatte sich mit Andi zusammengetan, die sich als Managerin des Infinity Newport Hotel, in dem die Hochzeit stattfinden sollte, um die meisten Details persönlich kümmerte.

»Kann man zu viel Spaß haben?«

»Wenn es jemand kann, dann Mom.«

»Stimmt«, stellte Maggie fest. »Was immer sie will, oder?«

»Du sagst es.«

Seit dem Wunder, dass sie nach einem dreijährigen Koma aufgewacht war, hatten die Schwestern ihrer Mutter praktisch alles nachgesehen. Sie waren einfach nur glücklich, sie wieder in ihrem Leben zu haben, sodass sie ihr alles durchgehen ließen.

»Ich rufe an, um dich an das Interview morgen zu erinnern.«

Für einen kurzen Moment war Maggies Verstand wie leer gefegt. Sie stand in ihrem Büro und schaute aus dem Fenster. »Äh, welches Interview?«

»Maggie! Komm schon! Du hast es versprochen. Ich zähle auf dich.«

Plötzlich fiel es Maggie wieder ein. Jill meinte einen gemeinsamen Auftritt von Kate, Jill und ihr in irgendeiner Lokalnachrichtensendung. Offenbar interessierten sich die Leute dafür, wie Kate Harrington mit ihren beiden Schwestern in Nashville zusammenarbeitete, und Kate hatte dem Interview unter der Voraussetzung zugestimmt, dass es vor der Geburt des Babys stattfand. »Keine Panik, Frau Anwältin. Ich habe gesagt, ich würde es tun, und das werde ich auch.« Selbst wenn es erforderte, dass sie schon am Vormittag eine perfekte Frisur und Make-up trug. Das wurde derzeit nur selten von ihr erwartet.

»Sie sind morgen früh um zehn bei Kate.«

»Ich werde da sein.«

»Um neun, für Haare und Make-up.«

»Ja, Ma'am.«

»Ashton hat erwähnt, dass du jemanden für die Reittherapie gefunden hast?«

»Ja, stimmt. Er fängt heute an.«

»Herzlichen Glückwunsch, Maggie. Du hast so viel Arbeit da reingesteckt. Ich freue mich für dich.«

Als kleiner Schwester von zwei wahnsinnig erfolgreichen Frauen bedeutete Maggie das Lob ihrer ältesten Schwester eine Menge. »Danke. Ich freue mich auch sehr.«

»Es ist wirklich eine unglaubliche Sache, die du, Kate und Reid da auf die Beine stellt.«

»Hauptsächlich die anderen. Ohne ihre Unterstützung könnte ich das alles gar nicht schaffen.«

»Das meiste kommt von dir, Maggie. Stell dein Licht nicht unter den Scheffel. Mit diesem Programm veränderst du das Leben der Menschen.«

»Das ist das Ziel.«

»Du klingst bedrückt. Was ist los?«

»Überhaupt nichts. Ich bin nicht bedrückt. Nur beschäftigt.«

»Wirklich? Du würdest es mir oder Kate sagen, wenn es dir nicht gut geht, oder?«

»Natürlich.«

»Versprochen?«

»Ja, Jill«, erwiderte Maggie leicht genervt. »Ich verspreche es. Bis morgen früh.«

»Ja, bis dann. Hab dich lieb.«

»Ich dich auch.« Maggie beendete den Anruf und murmelte etwas von überfürsorglichen älteren Schwestern, die sie ständig bemuttern wollten. Auch das war letztlich dem Unfall ihrer Mutter geschuldet, nach dem Jill und Kate viel mehr als ältere Schwestern für Maggie geworden waren. Zusammen mit ihrer Stiefmutter Andi waren sie es gewesen, die Maggie in der Pubertät, während ihrer ersten Periode, bei ihrem ersten Date und bei vielen anderen Gelegenheiten beigestanden hatten.

»Aber manchmal treiben sie mich echt in den Wahnsinn. Ich habe schon eine Mutter. Genauer gesagt sogar *zwei*, Andi mitgerechnet.«

Von der Tür her erklang ein tiefes Räuspern. Maggie schloss ihre Augen und zählte bis fünf. Lieber Gott, nun hatte der Mann sie auch noch bei Selbstgesprächen erwischt. Sie öffnete die Augen, wandte sich zu ihm um und zwang sich zu einem Lächeln. »Fertig mit dem Papierkram?«

Dankenswerterweise ging er nicht weiter auf das ein, was er mit angehört hatte. »Ja, Ma'am.«

»Nein, Sir.«

»Ma'am?«

»Sie werden nicht ›Ma'am‹ zu mir sagen.« Sie warf einen Blick auf das Formular, auf dem sein Geburtsdatum stand. »Sie sind vier Jahre älter als ich. Ich bin Maggie. Nicht ›Ma'am‹.«

»Entschuldigung, Ma'am … Äh, ich meine, Maggie.« Und der Akzent … Der war genauso traumhaft wie der von Reid und Ashton. Himmel, er war wirklich die personifizierte Versuchung.

Maggie schaute ihn finster an und versuchte, sich nichts von ihren Gefühlen anmerken zu lassen. »Wenn man mich ›Ma'am‹ nennt, fühle ich mich, als wäre ich achtzig.«

Er lächelte, und liebe Güte, dieses Lächeln machte aus einem sehr gut aussehenden einen geradezu unwiderstehlich attraktiven Mann.

Sie blinzelte und zwang sich, trotzdem professionell zu bleiben. Sie nahm ihm das Klemmbrett ab und legte es auf den Schreibtisch. »Okay, dann zeige ich Ihnen als Nächstes Ihre Unterkunft.« Sie bedeutete ihm, ihr vorauszugehen, und nachdem sie ihre Bürotür abgeschlossen hatte, folgte sie ihm zur Einfahrt, in der ein riesiger schwarzer Pick-up mit einem Pferdeanhänger parkte.

Im Stall stellte Maggie Brayden Derek vor.

»Willkommen«, sagte Derek, und die beiden Männer schüttelten einander die Hände. »Ich kümmere mich gleich mal um eine Box für Ihr Pferd.«

»Das wäre toll. Vielen Dank.«

»Kein Problem.«

Maggie deutete zur Treppe. »Die Wohnung ist da oben.«

Sie stieg die Stufen hinauf, wusste, dass er direkt hinter ihr war, und war dankbar für die Jeans, die sie sich in New York gegönnt hatte und die ihrer Figur schmeichelte, auch wenn sie sich im Geiste dafür zurechtwies. Hatte sie ihre Lektion nicht beim letzten Mann gelernt, den sie durch ihre Arbeit kennengelernt hatte?

Die Erinnerungen drangen in einer Flut von Bildern auf sie ein, Dinge, die sie nie vergessen würde. Ihr schauderte vor Abscheu, und für eine schreckliche Sekunde fürchtete sie, sich vor ihrem neuen Mitarbeiter übergeben zu müssen. Oben auf der Treppe hielt sie inne, atmete tief durch und versuchte, ihr inneres Gleichgewicht wiederzufinden.

»Alles gut?«, fragte Brayden.

Verdammt, dachte Maggie. Das Letzte, was sie brauchte, war, dass er mitbekam, wie sie wegen etwas, das vor Monaten passiert war und längst vergessen sein sollte, die Fassung verlor. Es war ewig her, dass sie aus dem Schlaf hochgeschreckt war, weil sie von dieser Nacht geträumt hatte. Warum tauchte das alles jetzt urplötzlich wieder auf? »Ja«, sagte sie. »Alles in Ordnung.«

Sie holte noch einmal tief Luft und deutete zur Tür auf der rechten Seite. »Dort wohnt Derek. Sie sind hier untergebracht.« Sie öffnete die Tür auf der linken Seite des Flurs und führte ihn in ein gemütliches Apartment mit Küchenzeile, Bad und einem Schlafzimmer. »Es ist nicht besonders groß, aber es ist sauber, und die Möbel sind neu.«

»Das ist mehr als genug für mich. Ich brauche nicht viel.«

Er war so groß, dass er mühelos nach oben greifen und die niedrige Decke mit den Fingern berühren konnte. Wie er da neben ihr stand, erschien ihr die Wohnung noch kleiner.

Sie reichte ihm einen Satz Schlüssel. »Bettwäsche und Handtücher finden Sie im Badezimmerschrank, und im Haupthaus gibt es neben der Küche einen Raum mit Waschmaschine und Trockner, die Sie gerne benutzen können.«

»Klingt gut. Vielen Dank.«

»Ich lasse Sie jetzt allein, damit Sie sich einrichten können. Melden Sie sich, wenn Sie etwas brauchen.«

»Das werde ich. Danke nochmals.«

Maggie ging die Treppe hinunter, sehnte sich nach frischer Luft und einem Moment allein, um ihr inneres Gleichgewicht wiederzufinden. Warum jetzt? Warum hatten ihr auf dem Weg zu Braydens Apartment diese Dinge einfallen müssen, wie um sie daran zu erinnern, dass sie zwar weglaufen, sich aber nicht vor dem Albtraum verstecken konnte, der einer der Gründe dafür war, dass sie New York den Rücken gekehrt hatte? Tränen brannten ihr in den Augen, während sie zu einem ausgetretenen Pfad hinter den Ställen lief, der durch die jahrelange Benutzung durch Füße und Hufe entstanden war.

Sie senkte den Kopf und machte sich zu einer Wiese auf, von der Kate ihr gesagt hatte, dass sie zu ihren Lieblingsplätzen auf dem riesigen Grundstück gehörte. In der Ferne konnte Maggie den Windsack erkennen, der das eine Ende des Rollfelds markierte, sowie den Hangar, in dem Reid und Ashton ihre Cessna aufbewahrten. Als Maggie vor Jahren von einer Leiter gefallen war und sich schwer verletzt hatte, hatte Reid Kate nach Hause geflogen, nach Rhode Island, damit sie bei ihr sein konnte.

Denk weiter über solche Dinge nach. Wie überrascht sie gewesen war, Kate zu sehen, als sie nach Stunden der Bewusstlosigkeit aufgewacht war. Wie ihre Mutter, Stiefmutter und ihre Schwestern ihr monatelang bei allem geholfen hatten, weil sie sich beide Arme gebrochen hatte.

Denk daran. Damals hatte Maggie geglaubt, zwei gebrochene Arme zu haben sei das Schlimmste, was ihr je passieren würde. Inzwischen hatte sie gelernt, dass es noch sehr viel schlimmer kommen konnte.

Denk an die Jungs … Eric, John und Rob, die Söhne ihres Vaters mit Andi, und Max und Nick, die Söhne ihrer Mutter mit Aidan. Ihre Brüder hatten ihr unendlich viel Liebe und Freude gebracht, besonders Eric, der einer ihrer engsten Freunde war. Sie beide hatten eine besondere Verbindung, seit er mit Andi bei ihrer Familie eingezogen war, und dieses Band hatte sich im Laufe der Jahre nur verstärkt.

Maggie dachte an John und Rob, die mitten in der Little-League-Baseball-Saison steckten, und daran, wie aufgeregt sie bei jedem Spiel waren. John war Pitcher, Rob Fänger, beide die Stars ihrer Mannschaft.

Und Max und Nick, die so groß geworden waren und immer mit Maggie reden wollten, wenn sie mit ihrer Mutter im Videochat war. Den beiden war es unbegreiflich, dass Maggie Skateboarden und Hockey nicht so toll fand wie sie.

Wann immer die Erinnerungen an diese spezielle Nacht zurückkehrten, versuchte sie, ihre Gedanken auf die Menschen zu richten, die sie liebte, ihre kleine Nichte oder den Neffen, die oder der bald auf die Welt kommen würde, und alles andere, wofür sie dankbar sein konnte. Wenn sie nur die Bilder auslöschen könnte, die sie verfolgten, das von dem Moment eingeschlossen, in dem ihre Mutter vor all den Jahren von einem Auto angefahren worden war, und die aus einer schrecklichen Nacht, die nun sieben Monate zurücklag, aber immer noch viel zu präsent war.

Vielleicht, wenn sie es jemandem erzählen würde …

»Nein. Das werde ich nicht tun. Was sollte das bringen?« Es würde nichts ändern und nur denjenigen aufregen, dem sie es sagte. Sie musste einfach aufhören, darüber nachzudenken, das alles in der Vergangenheit lassen, wo es hingehörte, und verdammt noch mal weitermachen.

Maggie stieß einen Frustschrei aus und war dankbar für die Weite, in der sie ihre Gefühle in den Wind schreien konnte, ohne Angst haben zu müssen, belauscht zu werden.

Kapitel 5

Brayden stand am Fenster, das einen weiten Blick über die sanfte Hügellandschaft des Anwesens bot, und beobachtete, wie Maggie sich entfernte. Die Hände in die Taschen ihrer Jeansjacke gesteckt, die Schultern hochgezogen, vermittelte sie den Eindruck, als würde das Gewicht der Welt auf ihren schmalen Schultern lasten.

Das hatte sie bei ihrem letzten Treffen nicht ausgestrahlt. Im Gegenteil, sie hatte ihn mit ihrer ruhigen Kompetenz in einem Job beeindruckt, der ihr emotional und körperlich vermutlich viel abverlangte. Er konnte das verstehen, da er einen großen Teil seines Arbeitslebens mit Kindern in Krisensituationen verbracht hatte, von deren Schmerz einem genau wie angesichts ihrer inneren Stärke das Herz brechen konnte.

Bei ihrem ersten Treffen hatte Maggie einen ganz anderen Eindruck gemacht. Noch Tage hinterher hatte er immer wieder an die faszinierendsten blauen Augen denken müssen, die er je gesehen hatte, an ihr hübsches Gesicht und das lange dunkle Haar, das sie zu einem unordentlichen Knoten hochgesteckt hatte. Sie hatte während des Gesprächs ganz geschäftsmäßig gewirkt, aber ihr Mitgefühl für die Menschen, denen sie half, war ihr deutlich anzumerken gewesen – durch die Art, wie sie über die Einrichtung sprach und darüber, was sie, ihre berühmte Schwester und ihr Schwager hier zu erreichen hofften.

Bis auf diese unglaublich blauen Augen glich Maggie in nichts ihrer Schwester, deren Karriere Brayden von Anfang an verfolgt hatte. Für Kate Harrington zu arbeiten, und sei es indirekt, war eine große Ehre und mit ein Grund dafür, dass der Job ihn so sehr interessiert hatte.

Doch er hatte sich von Anfang an als Mann zu Maggie hingezogen gefühlt, und diese Anziehung hatte ihn zögern lassen, den Job anzunehmen. Das Letzte, was er brauchte, waren persönliche Verwicklungen an seinem Arbeitsplatz. Dennoch, trotz des guten Rufs, den er sich in seinem Berufsfeld erworben hatte, war die Stelle in Matthews House die erste, die er nach monatelanger Suche hatte finden können. Insofern war abzulehnen eigentlich keine Option gewesen.

Seine letzte Anstellung hatte jäh geendet, als dem Programm die Gelder gestrichen worden waren, und obwohl er sein Suchgebiet in den letzten paar Monaten über hundertfünfzig Kilometer ausgedehnt hatte, hatte sich nichts ergeben. Er hatte gerüchteweise von der geplanten Reittherapie in Matthews House gehört und sich auf die Chance gestürzt. Hier würde die Finanzierung kein Problem sein, nicht, wenn Kate Harrington und Reid Matthews dahinterstanden. Der erfolgreiche Immobilien-Entwickler war in Tennessee fast so bekannt wie seine Frau.

Brayden schaute Maggie hinterher, bis sie aus seinem Blickfeld verschwunden war, und drehte sich dann um, um sich seine Unterkunft näher anzusehen. Das Apartment war wirklich nicht groß, aber sauber und nett eingerichtet. Vor allem jedoch musste er keine Miete dafür zahlen, ebenso wenig wie für den Stallplatz für Sunday Morning, sein geliebtes Quarterhorse.

Er setzte sich auf das noch leere Bett und atmete erleichtert auf. Nach dem plötzlichen Jobverlust vor zwei Monaten war er in letzter Zeit immer nervöser geworden. Seine Ersparnisse, die er sich so hart erarbeitet hatte, waren gefährlich schnell geschrumpft, auch wegen der Kosten für die Unterbringung von Sunday, während er eine neue Stelle gesucht hatte. Er hatte Interesse bei einer großen Anzahl von möglichen Arbeitgebern geweckt, aber keiner von ihnen hatte was frei gehabt.

Insofern hatte Maggies Anruf ein enormes Problem für ihn gelöst, nicht dass er ihr das jemals verraten würde. Sie stand unter dem Eindruck, dass sie jemanden bekommen hatte, der sehr gefragt war, nicht einen Typen, der gerade noch ein paar Tausend Dollar auf dem Konto hatte. Er war fest entschlossen, die Reittherapie in Matthews House zu einem großen Erfolg zu machen, und wenn die Zeit reif war, wollte er ihr vorschlagen, das Programm vielleicht auch für andere Kinder hier am Ort zu öffnen.

Dass es sich trotz seiner unbestreitbaren Erfolge so schwierig gestaltet hatte, einen neuen Job zu finden, hatte sogar in ihm Zweifel an seiner Berufswahl geweckt. Damit hatte er ganz sicher nicht gerechnet. Die lange Jobsuche hatte ihm viel zu viel Zeit dafür gelassen, über jede Entscheidung, die er je getroffen hatte, nachzugrübeln, jeden Kampf, dem er sich gestellt hatte, um das Leben zu führen, zu dem er sich berufen fühlte. Er hatte viel geopfert, um seinem Traum zu folgen, und die Zeit nach dem Jobverlust hatte ihn zutiefst erschüttert. Das, zusammen mit dem plötzlichen Tod seiner Mutter, die seine größte Unterstützerin gewesen war, hatte ihn ziemlich aus der Bahn geworfen.

Er stand auf und schwor sich, die Unsicherheit abzuschütteln und weiterzumachen. Das hier war ein solide finanziertes Vorhaben, das in ihrer Branche jetzt schon einen hervorragenden Ruf hatte, und damit der Beginn ganz neuer Möglichkeiten. Er hatte herumgefragt, bevor er unterschrieben hatte, um sich zu vergewissern, dass das Programm etwas taugte. Jeder, mit dem er gesprochen hatte, hatte ihm versichert, dass man seit der Eröffnung im März nur Gutes über Matthews House gehört habe.

Also hatte er schnell zugegriffen und war entschlossen, dafür zu sorgen, dass alles glattlief, weswegen es auch schlicht nicht ging, dass er derart unangemessene Gedanken über seine neue Chefin hegte.

Brayden lief die Treppe runter, um nach Sunday Morning zu schauen. Zuerst musste er Derek fragen, wo er das Pferd unterbringen sollte. Er fand den älteren Mann weiter hinten im Stall, wo er einen kleinen Jungen beaufsichtigte, der das Heu in einer der freien Boxen harkte.

»Hallo«, sagte Brayden, als er zu ihnen trat.

Das Kind ließ den Rechen fallen, rannte zu Derek und versteckte sich hinter ihm.

»Hallo, Brayden.«

Brayden lehnte sich vor, versuchte den Blick des Kindes einzufangen, doch der Junge starrte nur zu Boden. »Schön, Sie wiederzusehen, Sir. Wen haben Sie denn da?«

»Das ist Travis. Er ist ein sehr tüchtiger Stallbursche, falls Sie je Hilfe bei Ihrem Pferd brauchen.«

»Ich brauche immer Hilfe bei meinem Pferd. Wie lange arbeitet er schon für Sie?«

»Etwa eine Woche«, antwortete Derek. »Aber er ist jetzt schon ein unverzichtbares Mitglied des Teams.«

»Gut zu wissen.«

Der kleine Junge spähte hinter Derek hervor und musterte Brayden vorsichtig.

Derek hielt einen Arm um den Jungen gelegt, und Brayden hockte sich hin, um auf Augenhöhe mit dem Kind sprechen zu können. »Hallo, Travis. Ich bin Brayden.« Er streckte dem Jungen die Hand hin, der sie lange anstarrte, bevor er sie nahm und schüttelte. »Freut mich, dich kennenzulernen.«

Das Kind zog seine Hand zurück und starrte wieder zu Boden. Kleine Schritte.

»Reitest du gerne, Travis?«

Der Blick des Jungen zuckte hoch, offenbarte eine Sehnsucht, die Brayden tief berührte. »Schätze schon.«

»Du weißt es nicht?«

Travis schüttelte den Kopf.

»Bist du schon mal geritten?«

Travis schüttelte erneut den Kopf.

»Nun, das müssen wir ändern. Was hast du denn heute noch vor?«

Travis sah zu Derek, versuchte offenbar, die Reaktion des vertrauten Mannes einzuschätzen.

»Mein Pferd Sunday Morning liebt es, große Jungs wie dich auf seinem Rücken zu tragen. Würde dir das Spaß machen?«

Travis schaute Brayden mit großen, ernsten dunklen Augen an und nickte.

»Wie sagt man?«, erinnerte ihn Derek.

»Bitte und danke«, erwiderte Travis schnell.

»Wir müssen erst deine Mutter fragen. Willst du schnell zu ihr laufen, während ich Sunday Morning aus dem Trailer hole und es ihr hier bequem mache?«

Travis nickte ein weiteres Mal und schoss dann wie ein geölter Blitz in Richtung Haus davon.

»Ich hab ihn noch nie so schnell rennen sehen«, sagte Derek und lachte. »Er ist ein liebes Kind. Still, aber sehr gut erzogen.«

»Kennen wir seine Vorgeschichte?«

»Wir wissen nur, dass er und seine Mutter eine Beziehung voller Misshandlungen hinter sich haben. Er war grün und blau geschlagen, als sie hier angekommen sind.«

Brayden verspürte bei dieser Information den üblichen Schrecken, während er sich vorstellte, was das Kind wohl durchgemacht hatte. Er hatte im Laufe seiner Karriere viele traumatisierte Kinder kennengelernt, und es wurde nie einfacher, zu hören, was sie erlebt hatten. »Wird seine Mutter es ihm erlauben?«

»Da bin ich mir sicher. Jedenfalls findet sie es gut, dass er hier bei mir im Stall aushilft. Es hat ein paar Tage gedauert, doch jetzt fängt er langsam an, mehr zu reden als am Anfang.«

»Gut zu wissen. In welche Box kann ich Sunday bringen?«

»In die dritte auf der linken Seite, gegenüber von Thunder. Das Pferd ist Ms Kates ganzer Stolz. Er ist gerade reingekommen, nachdem er sich vorhin auf der Weide gesonnt hat.«

Brayden ging zu der Box hinüber und nahm sich einen Moment Zeit, um Thunder Guten Tag zu sagen, einem dunklen Vollblut mit klugen Augen und einer sanften Art. »Hallo, mein Hübscher.« Brayden strich dem herrlichen Tier über die Nase. »Ich hab gehört, du bist der Star hier, was?«

»Das stimmt. Ms Kate und Ms Maggie sind ganz verrückt nach ihm. Er bekommt viel Aufmerksamkeit, nun, vielleicht etwas weniger, seit Ms Kate schwanger ist. Sie hat ihn hergebracht, damit Ms Maggie mit ihm ausreiten kann, aber Ms Kate besucht ihn immer noch regelmäßig.«

»Also kommt sie her?«

»O ja. Sie und Mr Reid sind nicht nur Geldgeber, auch wenn Ms Maggie alles leitet. Sie schauen immer mal vorbei.«

Brayden versuchte sich vorzustellen, wie es sein würde, tatsächlich Kate Harrington zu begegnen.

»Sie sind ein Fan, was?« Derek lachte leise, während er Brayden zum Trailer folgte, wo sie gemeinsam Sunday ausluden.

»Ich liebe ihre Musik. Ich kann nicht glauben, dass ich allen Ernstes für sie arbeite.«

»Sie ist wirklich nett. Sie werden sie mögen. Ich muss zugeben, ich war anfangs ganz schön schockiert, als sie und Mr Reid ein Paar geworden sind.«

»Weil er deutlich älter ist als sie?«

»Ja, aber wenn Sie sie zusammen erleben … Nun, es ist ziemlich offensichtlich, dass die beiden genau dort sind, wo sie hingehören.«

»Den Eindruck hatte ich nach allem, was ich über das Fernsehen und so mitbekommen habe, ebenfalls.«

»Sie sind sehr glücklich, und das Baby kommt jetzt auch bald.«

Sie brachten Sunday in ihrer Box unter, gaben ihr Wasser und Heu und ließen sie zurück, damit sie sich eingewöhnen konnte, während Derek Brayden die Sattelkammer zeigte, wo es schon einen Platz gab, an dem Sunday Mornings Name stand. Etwas an dieser kleinen Geste sorgte dafür, dass Brayden sich sofort zu Hause fühlte.

»Benutzen Sie ruhig alles, was Sie brauchen.«

Brayden schüttelte Derek die Hand. »Danke, das ist sehr nett.«

»Ich bin froh, Sie in unserem Team zu haben. Sie können den Trailer hinter dem Stall parken. Da ist jede Menge Platz. Lassen Sie es mich wissen, falls Sie noch etwas brauchen.«

»Mach ich. Noch mal danke.« Brayden verbrachte den Rest des Nachmittags damit, seinen Pick-up auszuladen und sich in seinem neuen Zuhause einzurichten.

Später kam Travis mit seiner Mutter Kelsey zu Brayden.

»Sie haben angeboten, Travis auf Ihrem Pferd reiten zu lassen?«

Er hörte das Zögern in der Stimme der Frau. »Ja, Ma'am. Ich würde es ihm gerne beibringen.«

»Ich bin etwas hin- und hergerissen, ob ich es ihm jetzt erlauben soll, wo doch klar ist, dass ich es mir nicht leisten kann, wenn wir hier wieder wegmüssen.«

»Er darf jederzeit gerne herkommen und bei mir reiten, wenn er möchte.«

Travis zog an der Hand seiner Mutter. »Bitte, Mama. Darf ich?«

Tränen glitzerten in Kelseys Augen. »Sie sind alle so nett. Ich habe noch nie so viel Freundlichkeit erlebt.«

»Wir sind hier, um auf jede nur mögliche Art zu helfen.«

»Ich danke Ihnen so sehr.« Sie hockte sich hin, um direkt mit ihrem Sohn zu sprechen. »Mr Brayden ist hier der Boss. Du machst, was er dir sagt. Und benimm dich, verstanden?«

»Klar, Mama.«

Sie gab ihm einen Kuss auf die Wange. »Na dann mal los. Viel Spaß, und sei vorsichtig.«

In der nächsten halben Stunde ging Brayden mit dem Jungen jeden Schritt des Sattelns und Aufzäumens durch, brachte ihm die Namen der verschiedenen Utensilien bei und zeigte ihm, wie man sie benutzte. Das Kind lernte schnell und stellte viele intelligente Fragen, was Brayden beeindruckte.

Er setzte Travis einen passenden Helm auf, bevor er ihm in den Sattel half. Während Kelsey vom Zaun aus zusah, führte Brayden das Pferd in einem großen Kreis, damit der Junge sich an das Gefühl gewöhnte.

»Du machst das toll. Sunday mag dich.«

»Woher wissen Sie das?«

»Sie hat den Kopf oben, schlägt mit dem Schwanz und schreitet gut aus. Sie hat genauso viel Spaß wie du.«

»Das ist der beste Tag meines Lebens.«

Bei dieser Bemerkung wurde ihm erneut bewusst, dass dies genau der richtige Job für ihn war.

Nach bestimmt fünfzig Runden um die Weide zeigte Brayden Travis, wie man den Sattel abnahm, und ließ sich von dem Jungen dabei helfen, ihn zurück in die Sattelkammer zu tragen, wo sie ihn aufhängten. »Das hast du gut gemacht. Nächstes Mal zeige ich dir, wie du sie abreibst, aber jetzt will ich erst noch mit ihr ausreiten.«

»Was sagst du zu Mr Brayden?«, fragte Kelsey.

»Vielen Dank, Mr Brayden.«

»Gerne doch. Das wiederholen wir bald, okay?«

Travis nickte und flitzte los in Richtung Haus.

»Vielen Dank noch mal«, sagte Kelsey. »Ich habe ihn schon sehr lange nicht mehr so fröhlich gesehen.«

»Ich hoffe, Sie haben ein paar Fotos gemacht.«

»Auf jeden Fall.«

»Dann einen schönen Abend noch.«

»Ihnen auch.«

Während sich die Sonne in Richtung Horizont senkte, sattelte Brayden Sunday erneut und brach zu einem Ausritt auf, da sie beide Bewegung brauchten.

Sie folgten dem Weg hinter den Ställen einige Kilometer weit durch die grünen Hügel, die zum Matthews-Land gehörten. Wiesen voller Wildblumen bildeten immer wieder Farbtupfer. Seine Mutter hätte den Namen von jeder einzelnen dieser Pflanzen gekannt. Brayden hatte sie sich nie merken können, auch wenn sie sich große Mühe gegeben hatte, sie ihm beizubringen.

Und jetzt war es zu spät. Sein Herz schmerzte bei dem Gedanken an die Frau, die alles für ihn getan hatte, die in seiner schlimmsten Zeit bedingungslos zu ihm gestanden hatte. Er versuchte immer noch, sich in einer Welt zurechtzufinden, zu der sie nicht länger gehörte.

Wie immer bewegten er und Sunday sich in perfekter Harmonie. Sie war das beste Pferd, das er je gehabt hatte, in gewisser Weise seine Seelengefährtin. Sie waren sich auf eine Weise nahe, die er nie mit irgendjemand anderem als seiner Mutter gekannt hatte. Sie hatte ihn ermutigt, seinem Traum zu folgen, egal wohin der ihn führte.

Brayden spürte, dass ihm die Augen feucht wurden. Wie konnte sie einfach fort sein, ohne jede Vorwarnung, dass das

Leben, das er kannte, sich innerhalb eines Moments verändern würde?

In derselben Woche, in der er seinen Job verloren hatte, hatte die Polizei vor seiner Tür gestanden, um ihm mitzuteilen, dass seine Mutter bei einem Autounfall ums Leben gekommen war. Sie war sofort tot gewesen. Selbst zwei Monate später konnte er nicht fassen, dass sie wirklich nicht mehr da war. Er griff immer noch jeden Tag nach seinem Handy, um sie anzurufen oder ihr eine Nachricht zu schicken, bevor ihm einfiel, dass das nicht ging. In schmerzvollen Gedanken verloren entfernte er sich viel weiter von den Gebäuden, als er eigentlich vorgehabt hatte. Das Tageslicht verblasste bereits, als er Sunday wieder in Richtung Heimat wandte. Er ritt jetzt langsamer, um das Risiko einer Verletzung in der Abenddämmerung gering zu halten.

Das war seine größte Angst, jetzt, da seine Mutter nicht mehr da war: dass Sunday etwas passieren würde. Sie hatten es fast zurück zum Haus geschafft, als ein weiteres Pferd mit Reiter um den Stall herum- und auf sie zukam.

Brayden hielt an, als er Maggie auf Thunder erkannte. Brayden fiel auf, wie geschickt sie mit dem großen Tier umging und mit welcher Sicherheit sie im Sattel saß. Ihr langes dunkles Haar hatte sie zu einem Pferdeschwanz zusammengefasst, der fast so lang wie Sundays Schweif war. Mit dieser Frisur sah sie glatt zehn Jahre jünger aus.

»Hatten Sie einen schönen Ausritt?«, erkundigte sie sich.

»O ja. Die Gegend ist herrlich.«

»Es ist wunderbar. Ich liebe alles hier. Anfangs war ich mir nicht so sicher, ob es mir hier gefallen würde, da ich an der Küste aufgewachsen bin.«

»Wo?«

»Rhode Island. In Newport.«

»Sehr nobel.«

Sie zuckte die Achseln. »Es ist mein Zuhause. Wo kommen Sie her?«

»Direkt hier aus Tennessee.« Er warf einen Blick zur Sonne, die bereits hinter dem Horizont verschwand. »Sie sind noch ziemlich spät unterwegs.«

»Nur ganz kurz, damit Thunder mal ein bisschen rauskommt. Ich mach mich lieber auf den Weg. Haben Sie alles gefunden?«

»Ja, danke.«

»Im Haupthaus gibt es was zu essen, falls Sie hungrig sind. Fühlen Sie sich ganz wie zu Hause.«

»Vielen Dank.«

»Wir sehen uns dann morgen.« Sie drückte Thunder die Fersen in die Seite, und er trabte los, konnte es offensichtlich nicht erwarten, loszulaufen.

Selbst nachdem sie aus seinem Blickfeld verschwunden war, stand Brayden mit Sunday quer auf dem Pfad, um ihnen nachzuschauen. Er sagte sich, dass ihn das Pferd interessierte, aber als er sich zehn Minuten später immer noch nicht von der Stelle bewegt hatte, musste er zugeben, dass er die Reiterin mindestens genauso faszinierend fand wie das Tier.

Kapitel 6

Am nächsten Morgen war Maggie spät dran. Als sie bei Kate eintraf, waren ihre Schwestern bereits fertig frisiert und geschminkt, während sie selbst noch aussah, als sei sie von einem Rübenlaster gefallen. Das war nichts Neues. Sie hatte das Gefühl, dass sie schon ihr ganzes Leben lang versuchte, ihre Schwestern einzuholen. »Tut mir leid, dass ich jetzt erst komme. War ein anstrengender Morgen.«

»Alles in Ordnung?«

»Jetzt schon.« Sie wollte nicht darüber reden, dass mehrere der Kinder beim Frühstück zu raufen angefangen hatten oder wie Brayden Thomas eingeschritten war, bevor sie es hatte tun können, und die Lage mit Ruhe und Entschlossenheit unter Kontrolle gebracht hatte, was sie weiter beeindruckt hatte. Sie wollte nicht darüber reden, wie sehr sie sich zu ihrem neuen Angestellten hingezogen fühlte, weil es sich einfach nicht gehörte, dass sie ihn so sexy fand. »Wo soll ich hin?«

»Hier.« LeAnn und Marcy waren schon seit Jahren für Kates Haare und ihr Make-up zuständig, daher kannte Maggie sie beide.

»Meine Damen, vor Ihnen liegt eine schwere Aufgabe«, erklärte Maggie ernst.

»Das ist nichts.« LeAnn legte ihr ein Cape um die Schultern. »Da gab es schon viel größere Herausforderungen.«

Maggie lachte. »Gut zu wissen, dass es tatsächlich noch schlimmer geht.«

In den nächsten zwanzig Minuten vollbrachten die beiden Frauen ein kleines Wunder. Als sie fertig waren, schimmerte Maggies dunkles Haar, war geglättet und in Form gebracht, und ihr Make-up war dezent, aber perfekt.

»Danke, so bringe ich meine Schwester nicht in Verlegenheit.«

»Keine Sorge, ist ausgeschlossen«, erklärte Marcy. »Du siehst toll aus. Deine Augen sind wie die von Kate einfach umwerfend.«

»Die haben wir von unserer Mutter.«

»Es sind die blauesten Augen, die mir je untergekommen sind.«

Jill kam ins Schlafzimmer, als LeAnn Maggie gerade das Cape abnahm. »Bist du fertig?«

»Ja, besser wird's nicht.« Maggie folgte Jill in den riesigen Wohnraum, der in ein Fernsehstudio verwandelt worden war, komplett mit Kameras, Lichttechnik und Kabeln an allen Ecken und Enden. Drei Stühle waren aufgestellt worden: einer in der Mitte für Kate, rechts davon der für Jill und auf der anderen Seite der für Maggie.

»Ihr Mädels macht ganz schön was her«, stellte Kate fest, als sie verkabelt und mit Mikrofonen ausgestattet auf ihren Plätzen saßen.

»Aber nur dank deiner Glamour-Truppe. Das hier«, erwiderte Maggie und beschrieb mit dem Finger einen Kreis vor ihrem Gesicht, »wäre ohne professionelle Intervention nie möglich gewesen.«

»Dito«, pflichtete ihr Jill bei.

»Ihr stellt euer Licht unter den Scheffel. Ihr braucht keine Unterstützung dabei, großartig auszusehen.«

»Das sagt die Frau, die jeden Tag aus dem Bett purzelt und aussieht wie ein Superstar«, bemerkte Jill.

Maggie lachte. »Oder?«

»Das stimmt doch gar nicht. Fragt Reid.«

»Fragt Reid was?«, wollte ihr Ehemann wissen, der gerade ins Zimmer kam.

»Ob Kate morgens direkt nach dem Aufstehen schon aussieht wie ein Superstar«, erklärte ihm Maggie und sprach das letzte Wort mit Ostküsten-Akzent aus.

»Sie sieht immer wie ein Superstar aus.«

Die Schwestern mussten darüber lachen, wie er versuchte, mit seiner gedehnten Südstaatensprechweise den Neuengland-Akzent nachzuahmen.

»Lachen die mich etwa aus?«, wandte sich Reid an den grinsenden Kameramann.

»Ich fürchte ja, Sir.«

»Hm, das machen sie oft. Nur gut, dass ich nicht leicht beleidigt bin.«

»Du weißt, dass wir dich toll finden, Süßer«, warf Kate ein und bedachte ihren Ehemann mit einem liebevollen Lächeln, das jedoch plötzlich zu einer Grimasse wurde.

»Was ist?«, fragte Reid sofort besorgt.

Kate strich sich mit der Hand über den Bauch. »Nur so ein merkwürdiges Ziehen.«

»Schon wieder?«

Kate biss die Zähne zusammen und nickte.

»Wie lange hast du das denn schon?«, wollte Jill wissen.

»Seit gestern Nachmittag«, antwortete Reid für Kate, ohne den Blick von ihr zu nehmen.

»Vermutlich bloß eine von diesen lästigen Vorwehen«, meinte Kate.

Maggie schaute zu Jill und fragte sich, ob bei Kate schon Geburtswehen eingesetzt hatten, sie es aber noch nicht begriffen hatte. Sobald dieses dumme Interview vorbei war, würden sie den Arzt rufen.

Lila Johansen, eine regional bekannte Reporterin, mit der Kate sich über die Jahre angefreundet hatte, kam mit ihrem Team im Schlepptau in den Raum gerauscht. Einer ihrer Mitarbeiter trug ein Klemmbrett, ein anderer eine große Tasse Kaffee.

Waren denn wirklich mehrere Leute notwendig, um diese Reporterin mit allem Nötigen zu versorgen? Für Maggie war das eine alberne Verschwendung von Ressourcen, sie behielt diese Ansicht jedoch für sich. Sie hatte festgestellt, dass sie, seit sie in Matthews House zu arbeiten begonnen hatte, ganz allgemein weniger Geduld für übertriebenen Luxus, Verschwendung und überflüssige Privilegien aufbrachte. So viele Menschen brauchten Hilfe, einfach um zu überleben. Sie war glücklich, dass sie ihren Teil dazu beitragen konnte, war sich aber gleichzeitig deutlicher als zuvor der vielen Ungerechtigkeiten bewusst, unter denen die vom Schicksal weniger Begünstigten jeden Tag litten.

Lila schenkte allen das strahlende Lächeln, für das sie bekannt war. »Hallo, die Damen, ihr seht toll aus.« Jedes einzelne ihrer roten Haare befand sich an genau dem Platz, an den es gehörte, und ihr Make-up war makellos.

Maggie war froh, dass sie keinen Job hatte, bei dem es erforderlich war, die ganze Zeit über perfekt auszusehen. Dazu wäre sie nie imstande.

Lila beugte sich vor und umarmte Kate, flüsterte ihr etwas zu, über das Kate lächelte.

»Kann jede Sekunde losgehen.« Kate legte sich eine Hand auf ihren enormen Babybauch. »Ich kann nicht glauben, dass du mich dazu bringst, das hier zu tun, obwohl ich so ein Wal bin.«

»Du bist wunderschön, wie immer, und da du im nächsten Jahr eine Pause einlegst, hieß es: Jetzt oder nie.«

Kate freute sich so sehr darauf, ein Jahr mal nicht auf Tour zu gehen oder ein neues Album aufzunehmen, und Maggie war stolz auf ihre Schwester, die genau das Leben führte, das sie wollte. Nachdem sie sich im Musikgeschäft beinahe zehn Jahre lang den Hintern aufgerissen hatte, hatte sie sich das definitiv verdient. Wozu waren all der Erfolg und das viele Geld gut, wenn sie sich nicht die Zeit gönnen konnte, die Früchte ihrer Arbeit zu genießen?

Kates Pause bedeutete auch eine für Jill, die Kate sonst begleitete.

Jill hatte immer noch genug mit Kates Firma zu tun, die weiter betreut werden musste, selbst wenn der große Star keine Auftritte hatte und keine Musikaufnahmen machte. Außerdem würde sie bei Ashton in seiner auf Medienrecht spezialisierten Kanzlei einsteigen.

»Wenn ihr dann alle fertig seid«, sagte Lila und nahm den Schwestern gegenüber Platz, »würden wir anfangen.«

Sie begann mit der Einführung, und dabei war von ihrem Südstaatenakzent nichts mehr zu hören. »Ich freue mich sehr, heute den Country-Megastar Kate Harrington und ihre Schwestern Jill und Maggie Harrington bei mir zu haben, für das erste gemeinsame Interview der drei überhaupt. Wie viele von Ihnen vermutlich wissen, ist Jill Anwältin und Managerin ihrer Schwester, und Maggie ist vor Kurzem ebenfalls ins Familienunternehmen eingestiegen. Meine Damen, vielen Dank, dass Sie heute hier sind.«

»Danke für die Einladung«, erwiderte Kate.

»Kate, Sie erwarten in Kürze Ihr erstes Kind. Wie geht es Ihnen?«

»Ich fühle mich, als ob ich jeden Moment platzen könnte. Und ich kann es gar nicht erwarten, meinen Sohn oder meine Tochter endlich begrüßen zu dürfen.«

»Sie wissen also noch nicht, was es wird?«

»Nein. Mein Ehemann und ich wollen uns überraschen lassen.«

»Wo wir von Ihrem Ehemann Reid sprechen, unsere Zuschauer sind von Ihrer Geschichte fasziniert. Können Sie uns etwas mehr darüber verraten?«

Maggie musste sich beherrschen, um nicht die Augen zu verdrehen. Gab es irgendjemanden, der schon mal von Kate gehört hatte und die Geschichte nicht kannte?

»Wir kennen uns, seit ich das erste Mal nach Nashville gekommen bin, aber damals war ich erst achtzehn und stand ganz am Anfang meiner Karriere. Das Timing war einfach nicht richtig für uns. Als wir uns zehn Jahre später wiederbegegnet sind, war das anders. Seither sind wir zusammen.«

»Und Jill, Sie sind mit Reids Sohn Ashton verlobt und werden ihn im Juli heiraten. Schwestern, die mit Vater und Sohn verheiratet sind. Das hört man nicht alle Tage.«

Jill, die inzwischen an die Frage gewöhnt war, lächelte. »Nein, wirklich nicht, doch das ist uns nun mal passiert. Ashton und ich hatten so oft miteinander zu tun, dass wir beschlossen haben, der Einfachheit halber auch zu heiraten.«

Lila lachte. »Ich bin mir sicher, es war etwas komplizierter.«

Sie hat ja keine Ahnung, dachte Maggie. Die Beziehung der beiden war voller Spannungen gewesen und von jeder Menge Streit geprägt, bevor Liebe daraus geworden war.

»Genau genommen ist meine Beziehung zu Ashton überhaupt nicht kompliziert«, fuhr Jill fort. »Ich kann es kaum erwarten, dass ich ihn nächsten Monat heiraten kann.«

»Ihre Hochzeit soll in Newport, Rhode Island, stattfinden, richtig?«

»Stimmt. Meine Schwestern und ich stammen ursprünglich von da, und unsere Familie lebt noch dort.«

»Maggie, Sie sind nun ebenfalls Teil des Familienunternehmens hier in Tennessee. Könnten Sie uns etwas über Matthews House erzählen?«

»Reid, Kate und Ashton haben in dem früheren Wohnhaus der Familie Matthews ein Heim für Frauen und Kinder in schwierigen Situationen eröffnet, und ich bin überglücklich, dass ich als Leiterin für diese wichtige Initiative verantwortlich zeichne. Seit der Eröffnung im März haben wir schon zehn Familien helfen können, von denen eine Ende der Woche in eine eigene Wohnung umzieht. Wir hoffen sehr, dass wir diesen großartigen Erfolg mit all den Familien erzielen, die sich an uns wenden.«

»Was für eine wunderbare Idee. Kate, können Sie uns sagen, wie es zu dem Entschluss kam, so ein Angebot wie Matthews House ins Leben zu rufen?«

»Wir wollten irgendetwas Wichtiges mit dem Familiensitz von Reid anfangen, der bis auf die Stallungen praktisch leer stand. Als wir davon erfahren haben, dass es hier in der Gegend kaum Unterbringungsmöglichkeiten für Frauen und Kinder in Krisensituationen gibt, konnten wir uns keine bessere Nutzung für das Gebäude vorstellen. Maggie hat hervorragende Arbeit geleistet und ein Programm zusammengestellt, mit dem wir den bei uns untergebrachten Familien dabei unter die Arme greifen, ihr Leben wieder auf die Spur zu bringen.«

»Ein wirklich wichtiger und dringend notwendiger Schritt. Welche Angebote können die Familien in Matthews House denn beispielsweise in Anspruch nehmen, Maggie?«

»Wir bieten alles von Berufsberatung über Erziehungskurse bis hin zu Finanzplanung und Schuldnerberatung an. Vor Kurzem haben wir zudem einen Spezialisten für Reittherapie eingestellt, der mit den Kindern arbeiten wird, worauf wir besonders stolz sind.«

»Es muss eine sehr befriedigende Arbeit sein.«

»Das ist es, auch wenn es einem manchmal fast das Herz bricht. Ich möchte gerne glauben, dass wir dabei helfen, im Leben dieser Menschen etwas zu bewirken.«

»Kate, Sie müssen froh sein, dass Ihre beiden Schwestern für Sie arbeiten.«

»Ich könnte nicht glücklicher sein. Wir drei haben uns schon immer sehr nahegestanden, und Jill und ich waren überglücklich, als Maggie sich dafür entschieden hat, zu uns zu stoßen.«

»Kate, Sie haben den Entschluss gefasst, sich dieses Jahr eine Auszeit zu gönnen, auf Konzerte und Auftritte sowie das Aufnehmen neuer Songs zu verzichten, um ganz für Ihr Baby da zu sein. Wir haben von einigen Ihrer Fans gehört, die jetzt befürchten, dass Sie ganz aus dem Business aussteigen könnten. Was möchten Sie diesen Fans sagen?«

Kate lachte. »Nun, auf keinen Fall werde ich gar nichts mehr von mir hören lassen, doch nach über zehn Jahren, in denen ich praktisch ununterbrochen geschrieben und aufgenommen habe und auf Tour gewesen bin, habe ich ohnehin eine Verschnaufpause gebraucht, um meine Akkus wieder aufzuladen – sowohl die kreativen als auch die körperlichen. Die Zeit, die ich jetzt schon kürzertrete, hat mir sehr gutgetan, und da nun bald das Baby kommt, dehne ich das einfach bis in den nächsten Sommer aus. Danach werde ich, denke ich, wieder kleinere Tourneen machen. Vor allem aber werde ich versuchen, eine gesunde Balance zwischen der Arbeit und meinem sonstigen Leben zu finden.«

»Das ist absolut verständlich. Eine Karriere wie die Ihre kann sehr kräftezehrend sein.«

»Allerdings. Ich möchte nur nicht, dass irgendjemand meint, ich sei nicht dankbar für das, was ich erreicht habe. Meine Fans sind mir eine unglaubliche Stütze, und ich bin so froh über jeden einzelnen von ihnen. Ich muss nur einfach akzeptieren, dass ich keine Maschine bin, die die ganze Zeit auf Hochtouren laufen kann.«

»Das kann niemand, und es ist sehr klug von Ihnen, eine Pause einzulegen, anstatt weiterzuarbeiten, bis der Körper schlappmacht.«

»So weit war es schon einmal, als ich eine Lungenentzündung hatte und mir nicht die Zeit genommen habe, sie so auszukurieren, wie das notwendig gewesen wäre. Das hat ja dann zu meiner berühmt-berüchtigten Interpretation eines sterbenden Schwans auf der Bühne geführt. Das hat mich aufgerüttelt.«

»Das muss sehr beängstigend für alle gewesen sein, die Sie lieben.«

»›Beängstigend‹ ist noch untertrieben«, erklärte Jill. »Ich bin wirklich froh, dass Kate danach beschlossen hat, sich Zeit für sich selbst zu nehmen. Sie hatte so durchgepowert, das konnte nicht mehr lange gut gehen.«

»Sie müssen die Gerüchte gehört haben, die über Sie im Umlauf sind.«

»Ja«, sagte Kate seufzend, »und sie verletzen mich. Ich habe nie irgendwelche Drogen angerührt, und es ist für mich schon eine große Sache, wenn ich mir an Silvester mal ein Glas Champagner gönne.«

»Sie verträgt überhaupt nichts«, warf Jill mit einem Lachen ein.

»Stimmt«, pflichtete Kate ihr bei. »Das war schon immer so, und das ist auch der Grund, warum ich ohnehin kaum Alkohol trinke. Ich hatte eine Lungenentzündung und habe zu schnell weiterarbeiten wollen. Das ist die Wahrheit, und wenn die Leute irgendwelche unrichtigen Behauptungen über Drogenmissbrauch und andere Lügengeschichten in den sozialen Medien posten, frage ich mich immer, ob ihnen eigentlich bewusst ist, dass sie damit einen anderen Menschen treffen. Man kann natürlich einwenden, dass ich mir das schließlich selbst ausgesucht habe, denn ich habe mich für ein Leben in der Öffentlichkeit entschieden, aber ehrlich gesagt habe ich mich dafür entschieden, meine Musik vorzutragen, nicht dafür, mit Lügen überschüttet zu werden und mein Privatleben durch den Schmutz gezogen zu sehen. Ich begreife, dass diese Sachen zu der Zeit gehören, in der wir leben, daher versuche ich, das Negative so weit wie möglich zu ignorieren und mich auf das zu konzentrieren, was wirklich wichtig ist – meine Familie, meine Freunde und die Musik.«

»Klingt ganz so, als hätten Sie Ihre Prioritäten klar gesetzt.«

»Das ist mein Ziel.«

»Nun, im Namen Ihrer Millionen Fans wünsche ich Ihnen das Beste. Und natürlich alles Gute für die Geburt Ihres Kindes.«

»Danke. Ich bin sowohl nervös als auch aufgeregt, beides zur gleichen Zeit.«

»Vielen Dank für das Gespräch, Kate, Jill und Maggie. Wir freuen uns, dass Sie sich heute für uns Zeit genommen haben.«

»Vielen Dank, dass wir dabei sein durften«, erwiderte Jill.

»Und damit sind wir draußen.« Lila stand auf, um ihnen die Hand zu geben. »Vielen Dank, Leute. Das war wunderbar. Die Fans werden begeistert sein, dich zu sehen, Kate, und mehr über deine Schwestern zu erfahren. Wir hoffen, dass wir das gleich heute Abend senden können.«

»Noch mal danke, Lila«, sagte Kate.

Jill half Kate aus dem Stuhl hoch, und zu dritt gingen sie in die Küche, während die Fernsehmitarbeiter die Technik abbauten.

»Äh, Leute?«, meldete sich Kate.

Jill und Maggie drehten sich zu ihr um.

»Regt euch bitte nicht auf, aber könntet ihr Reid Bescheid geben, dass er mich ins Krankenhaus fahren muss … und zwar *jetzt*? Das wäre klasse.«

Kapitel 7

Die nächsten paar Stunden vergingen für Maggie wie im Flug, während sie und Jill mit Kate und Reid im Krankenhaus warteten. Als sie und Jill es ablehnten, für die eigentliche Geburt dazubleiben, nannte Kate sie Weicheier. Trotzdem war sich Maggie sicher, die richtige Entscheidung getroffen zu haben, vor allem nachdem sie Kate die immer heftiger werdenden Wehen hatte durchleiden sehen.

Sie nutzte die Gelegenheit, bei Corey vorbeizuschauen, die auf der gleichen Station lag. Bei ihr ging es den Ärzten darum, dem Kind noch ein paar Wochen im Mutterleib zu verschaffen, damit es weiter wachsen und gedeihen konnte, bevor es auf die Welt kam.

»Mir ist so langweilig«, beschwerte sich Corey. Das blonde Haar der jungen Frau war vom Liegen im Bett zerdrückt, und ihre haselnussbraunen Augen waren rot gerändert, weil sie nicht genug Schlaf gefunden hatte und vermutlich auch ein paar Tränen vergossen hatte. »Sie haben mich bloß dafür aufstehen lassen, die Toilette zu benutzen und zu duschen. Außerdem muss ich weiter hierbleiben, weil mein Blutdruck Achterbahn fährt.«

»Am Ende wird es alle Opfer wert sein, wenn du dein gesundes Baby im Arm hältst.«

»Ich weiß.«

Maggie fragte sich einmal mehr, was eigentlich mit dem Vater des Kindes war oder mit Coreys Familie, doch die junge Frau hatte nicht über ihre Vergangenheit reden wollen, als sie zu ihnen gekommen war.

»Hey, guck mal!« Corey deutete auf das TV-Gerät, in dem gerade das Interview von Maggie und ihren Schwestern lief, das vorhin aufgezeichnet worden war. »Du bist im Fernsehen.«

»Oh, prima.« Es war wirklich merkwürdig, sich selbst auf dem Bildschirm zu sehen. Maggie war es gewohnt, dass Kate die ganze Zeit in irgendwelchen Medien präsent war, aber nicht sie selbst oder Jill.

»Das ist so cool. Ich hoffe, ich lerne Kate kennen, während ich in Matthews House bin.«

»In nächster Zeit wird sie ziemlich beschäftigt sein, schließlich muss sie sich um ihr neugeborenes Baby kümmern.«

Corey nickte und schien von der Vorstellung, ein Neugeborenes zu haben, eher eingeschüchtert.

Gemeinsam schauten sie sich das Interview an, und Maggie war erleichtert, dass sie weder sich selbst noch ihre Schwestern blamiert hatte. Sie schickte eine Nachricht in die Familiengruppe, um allen Bescheid zu sagen, dass das Interview gesendet worden war und sie online danach suchen sollten.

Maggie verbrachte noch einige Zeit bei Corey, bevor sie zurück zu Jill ins Wartezimmer ging, wo sie irgendwann total erledigt einschlief.

Gegen vier Uhr morgens weckte Jill sie. »Sie ist da«, sagte sie.

»Es ist eine Sie?«

»Jap.«

Während sie Jill in Kates Zimmer folgte, reckte Maggie sich und drehte den Kopf in alle Richtungen, um die

Nackenverspannungen von der Nacht in dem unbequemen Stuhl loszuwerden.

Kate saß im Krankenbett, ihre frisch geborene Tochter im Arm, ihren Ehemann neben sich, der einen Arm um ihre Schultern gelegt hatte. Kate wirkte unfassbar glücklich und gleichzeitig erschöpfter, als Maggie sie je gesehen hatte.

»Kommt rein«, forderte Kate ihre Schwestern auf. »Darf ich euch vorstellen: Poppy Harrington Matthews.«

»Poppy«, wiederholte Jill mit einem Seufzen. »Wie schön.«

Maggie fand den Namen ebenfalls wunderschön, doch der große Kloß in ihrer Kehle verhinderte, dass sie auch nur ein Wort herausbekam, daher drückte sie Kate die Schulter, während sie ihre schlafende Nichte betrachtete.

»Ich bin so froh, dass euch der Name gefällt. Wir hatten ihn schon sehr früh in die engere Wahl gezogen, für den Fall, dass es ein Mädchen werden würde, und sind immer wieder darauf zurückgekommen.«

»Er ist perfekt«, flüsterte Maggie und blinzelte die Tränen zurück. »Genau wie sie.«

»Wie geht es dir?«, wollte Jill von Kate wissen.

»Als ob ich in der Mitte durchgesägt worden wäre, wie bei einem dieser Zaubertricks, allerdings ohne hinterher wieder richtig zusammengesetzt zu werden.«

»Autsch.«

»Eure Schwester war unglaublich«, schaltete sich Reid ein, der selbst mit seinen Gefühlen zu ringen schien. »Sie war unglaublich tapfer und hat alles gegeben, bis unser kleiner Engel da war.«

»Das hätte ich ohne dich nie geschafft, Süßer«, erklärte Kate und blickte ihn an.

»Mom und Dad halten es kaum noch aus. Sie wollen unbedingt, dass wir sie per Videocall anrufen«, warf Jill ein. »Bist du dazu bereit?« Ihre Eltern hatten darum gebeten, in der Minute, in der das Baby da war, benachrichtigt zu werden, egal, wie spät es war. So, wie sie Clare und Jack kannten, waren die beiden vermutlich überhaupt nicht zu Bett gegangen und liefen unruhig auf und ab, während sie darauf warteten, von ihnen zu hören.

Kate schnitt eine Grimasse, als sie sich bequemer hinzusetzen versuchte. »Sicher.«

»War es so schlimm, wie du dachtest?«, fragte Maggie.

»Darauf werde ich nicht antworten. Ich möchte schließlich Nichten und Neffen.«

»Also war es furchtbar«, schloss Jill.

»Das habe ich nicht gesagt.«

Jill rief bei ihrer Mutter an, während Maggie die Nummer ihres Vaters wählte. Beide Elternteile gingen sofort ran, als hätten sie ihre Handys nicht aus dem Auge gelassen und nur darauf gewartet, dass sie klingelten. Die Schwestern wussten natürlich, dass es ganz genau so gewesen war.

»Wir sind alle hier«, verkündete Jill und lachte, als Aidan sich neben seiner Frau Clare ins Bild quetschte, so wie Andi es bei Jack tat.

»Die Neugier und die Ungewissheit bringen uns schier um«, erklärte Jack. »Wie lautet das Urteil?«

»Reid und ich sind überglücklich, euch Poppy Harrington Matthews vorzustellen.« Kate hielt das Baby so, dass die Kamera des Handys auf das Gesicht des kleinen Mädchens gerichtet war.

»Poppy«, sagte Clare leise. »Wir haben eine Enkeltochter! Ich bin Oma! Wie kannst du es wagen, mir das anzutun?«

Alle mussten lachen. Niemand konnte sich mehr darauf freuen, Großmutter zu werden, als Clare in den letzten paar Monaten.

»Herzlichen Glückwunsch euch beiden«, schaltete sich Jack mit rauer Stimme ein. »Sie ist wunderschön.«

»Wir können es gar nicht erwarten, sie zu besuchen«, gestand Clare. »Morgen sind wir da.«

»Ich freue mich schon so darauf, dass ihr kommt«, antwortete Kate. »Und Poppy geht es genauso.«

»Du siehst wunderschön aus, Kate«, erklärte Andi.

»Ja, nicht wahr?«, erkundigte sich Reid. »Man kann gar nicht glauben, wie tapfer sie war.«

»Danke, Leute. Ihr seid wirklich gut für mein Ego. Aidan, kannst du Grammy und den anderen O'Malleys Bescheid sagen, dass Poppy da ist?«

»Ich hab die Nachricht schon in der Familiengruppe gepostet, und die Glückwünsche trudeln im Minutentakt ein. Colin nennt mich jetzt nur noch ›Opa‹.«

Darüber mussten alle lachen.

»Werdet ihr mir je verzeihen, dass ich euch zu Großeltern gemacht habe?«

»Das haben wir schon längst«, erwiderte Jack.

* * *

Maggie fuhr zurück zu Matthews House, gerade als die Sonne aufging und ihren rosigen Schimmer über die hügelige Landschaft warf. Sie konnte einfach nicht aufhören zu gähnen und hatte die Fenster offen und die Musik laut gestellt, um wach zu bleiben. Sie hatte eine kleine Nichte! Poppy. Maggie liebte den Namen.

Sie hatte nicht damit gerechnet, auf die Ankunft des Babys so emotional zu reagieren, aber das heute erinnerte sie an die Geburt ihrer Zwillingsbrüder an dem Tag, an dem ihr Vater Andi geheiratet hatte. Maggie hatte damals genau das Gleiche empfunden – Glück, Freude, Liebe, Aufregung … Es war beinahe zu viel, um es zu verarbeiten, dachte sie, während sie das Auto über die gewundene Auffahrt nach Hause lenkte.

An irgendeinem Punkt in den vergangenen Wochen hatte Matthews House begonnen, sich wie ihr Zuhause anzufühlen, was ihr bis jetzt gar nicht klar gewesen war. Sie parkte ihren Wagen hinter den Stallungen, lief völlig übermüdet um die Ecke des Gebäudes herum zum Hauseingang … und prallte so heftig gegen etwas Hartes, dass sie rückwärtsstolperte und hinfiel.

Sie landete mit einem lauten »Uff« auf dem Hintern.

»O mein Gott, das tut mir so leid!« Brayden Thomas ragte über ihr auf. Offensichtlich war er das Harte, in das sie reingelaufen war, und lieber Himmel, sah er so früh am Morgen toll aus, mit dem Bartschatten auf Kinn und Wangen und in einem karierten Hemd mit hochgekrempelten Ärmeln, unter denen kräftige Unterarme zu erkennen waren. Als er ihr eine Hand hinstreckte, um ihr aufzuhelfen, bemerkte Maggie, wie perfekt seine verblichenen Jeans saßen.

Einen Sekundenbruchteil nachdem sich der Gedanke in ihrem Kopf geformt hatte, wies sie sich im Geiste dafür zurecht, dass sie so etwas im Zusammenhang mit einem ihrer Angestellten gedacht hatte. *Schlag dir das sofort aus dem Sinn.*

Er zog sie vorsichtig auf die Füße. »Alles in Ordnung mit Ihnen?«

Maggie ließ seine Hand los, um sich den Schmutz und das Gras von der Kleidung zu klopfen, die sie seit gestern Morgen anhatte. Das passte ja, dass sie mit ihm zusammenstieß, während sie selbst aussah wie der Tod auf zwei Beinen, ungewaschen und mit ungeputzten Zähnen, die Haare wirr und insgesamt völlig übernächtigt. Sie fuhr sich mit den Fingern durchs Haar und versuchte einen Rest Haltung zu finden.

»Es tut mir so leid«, sagte er. »Ich hab nicht darauf geachtet, wohin ich laufe.«

»Das ist nicht Ihr Fehler. Ich habe auch nicht aufgepasst.«

»Alles okay?«

»Alles bestens. Meine Nichte Poppy ist heute Nacht auf die Welt gekommen.« Warum erzählte sie ihm das?

Auf seinem Gesicht breitete sich ein erfreutes Lächeln aus. »Das ist großartig. Meinen Glückwunsch. Wie geht es Ihrer Schwester?«

»Sie ist erschöpft, aber überglücklich. Ist eine lange Nacht gewesen.«

»Sie sehen wirklich gut aus für jemanden, der die ganze Nacht kein Auge zugetan hat.«

Einen Augenblick lang raubte das unerwartete Kompliment Maggie die Sprache. Dann fiel ihr wieder ein, dass sie gestern die Haare und das Make-up von einem Profi gemacht bekommen hatte. »Ich hatte ein Interview mit meinen Schwestern, bevor bei Kate die Wehen eingesetzt haben. Obwohl es mir ewig her zu sein scheint, war das tatsächlich erst gestern. Jedenfalls stammen daher Frisur und Make-up.« *O mein Gott, hör auf, so ein dummes Zeug zu reden. Deine Frisur und dein Make-up interessieren ihn nicht.*

»Das hab ich gestern Abend gesehen. Es war gut.«

»Danke.«

»Derek hat mich gebeten, heute Morgen die Fahrt zur Bushaltestelle für ihn zu übernehmen. Ich hoffe, das ist in Ordnung.«

»Natürlich. Fühlt er sich nicht wohl?«

»Er glaubt, er könnte sich einen Magen-Darm-Infekt eingefangen haben.«

Flüchtig hatte Maggie eine entsetzliche Vision davon, wie ein Virusinfekt im Haus umging. »Oh, der Arme. Ich werde nachher mal bei ihm reinschauen.«

Die Küchentür flog auf, und mehrere Mütter mit ihren Kindern kamen heraus, die Kinder allesamt mit Schultaschen und Lunchboxen.

Maggie stellte erfreut fest, dass die McBride-Kinder und ihre Mutter darunter waren.

»Dann hole ich mal besser den Bus«, erklärte Brayden. »Und Sie ruhen sich aus.«

»Es wird vermutlich noch ein bisschen dauern, bis ich das kann. Lassen Sie uns nach dem Mittagessen über den Start Ihres Programms sprechen.«

»Klingt gut. Ich komme vorbei.«

Wenigstens etwas, auf das ich mich freuen kann, dachte Maggie, bevor sie sich wieder ermahnte, dass es nicht richtig war, so für einen Angestellten zu empfinden. Sie wünschte, sie könnte ihre unangemessenen Gedanken auf den Schlafmangel schieben, aber sie hatte gestern das Gleiche gefühlt, als sie munter und erholt gewesen war. Der Mann war einfach atemberaubend. Sie müsste schon tot sein, um das nicht zu bemerken, und da sie das nicht war, fiel er ihr auf. Na und? Das hieß überhaupt nichts.

»Rede dir das nur weiter ein«, murmelte sie vor sich hin, während sie nach drinnen ging.

»Hast du was gesagt, Maggie?«, fragte Mitch aus der Küche.

»Ich führ bloß Selbstgespräche.«

»Ah, okay. Kommst du jetzt erst heim?«, erkundigte er sich mit einem Lächeln.

»Ja. Meine Schwester hat heute Nacht ihr Baby bekommen.«

»Oh, das sind ja wunderbare Neuigkeiten. Was ist es denn?«

»Ein kleines Mädchen namens Poppy. Sie ist unfassbar niedlich.«

»Herzlichen Glückwunsch, Tante Maggie.«

»Das ist das erste Mal, dass mich jemand so nennt.«

»Wird nicht das letzte Mal sein.«

Teresa kam in die Küche. »Hab ich das richtig gehört, dass das Baby da ist?«

»Ja, heute Morgen, ganz früh. Sie ist absolut perfekt.«

»Fantastisch! Gratuliere.«

»Danke. Es fühlt sich merkwürdig an, wenn man mir gratuliert, obwohl ich überhaupt nichts getan habe.«

»Du bist Tante geworden. Das ist eine große Sache.«

»Stimmt. Danke.«

Nach einer Stippvisite in ihrem Apartment, wo sie sich rasch mit dem Kamm durchs Haar fuhr, die Zähne putzte, sich wusch und umzog, erzählte Maggie die Neuigkeit jedem, dem sie in den nächsten paar Stunden begegnete. Freunde von zu Hause, Kollegen und Bekannte aus New York ließen ihr Handy überhaupt nicht zur Ruhe kommen, nachdem Kates Management die Nachricht über Poppys Geburt veröffentlicht hatte.

Sie trank gerade eine Tasse Kaffee, als eine weitere SMS eintraf, diese allerdings von dem letzten Menschen auf der Welt, von dem sie je wieder hatte hören wollen. Hab gerade von dem Baby deiner Schwester erfahren. Gratulation.

Maggie verschluckte sich an dem Kaffee, den sie gerade im Mund hatte, und hätte sich vor Schreck und Ekel beinahe übergeben, als sie seinen Namen auf dem Display las. Wie war das möglich? Sie hatte ihn schließlich geblockt, oder? Ihre Hände zitterten, während sie versuchte, ihre Kontakte aufzurufen, um das zu überprüfen. Sie brauchte dafür länger, als sie sollte, aber sein Name war da weiter gelistet. Und wieso glaubte er, es sei in Ordnung, ihr so beiläufig eine Nachricht zu schicken, als wären sie immer noch Freunde?

Sie fand die Einstellung, mit der sie ihn blockieren konnte, und klickte sie an, bevor sie ihr Telefon auf den Schreibtisch fallen ließ und sich die Hände vors Gesicht schlug, während eine Flutwelle unwillkommener Gedanken und Erinnerungen auf sie eindrang.

Schritte näherten sich, und sie tastete verzweifelt nach einem Taschentuch, um sich die Tränen abzuwischen und ihre ausufernden Gefühle unter Kontrolle zu bringen.

»Wenn es gerade ungünstig ist …«, sagte Brayden von der Türschwelle her.

Wieder einmal ertappte er sie in einem wenig professionellen Moment.

»Ich kann später wiederkommen.«

Maggie fasste sich mit Mühe, drängte energisch die traumatischen Erinnerungen zurück in die Kiste, in der sie sie so lange eingesperrt hatte. »Nein, ist schon in Ordnung. Kommen Sie rein.« Sie holte tief Luft und hielt sie einen Moment lang an, bevor sie langsam wieder ausatmete und sich weiter zu beruhigen versuchte. Offenbar gelang ihr das nicht besonders gut.

»Was ist denn los?«

Maggie starrte hoch in sein attraktives Gesicht und konnte keinen einzigen Satz rausbringen. Die Worte purzelten in ihrem Kopf durcheinander, doch sie konnte ihnen keinen Sinn entlocken. In ihrer Erschöpfung, zusammen mit dem Aufreißen einer noch nicht verheilten Wunde, war sie wie gelähmt.

»Möchten Sie ausreiten?«

Maggie nickte. Das wollte sie mehr als irgendetwas anderes.

»Dann lassen Sie uns das tun.«

Irgendwie gelang es ihr, aufzustehen, ihm zu folgen, sich ihre Stiefel anzuziehen und sich bei den Stallungen mit ihm zu treffen, wo sie wie eine absolute Närrin danebenstand, während er geschickt erst sein Pferd und dann Thunder sattelte, bevor er sie beide nach draußen führte.

»Brauchen Sie Hilfe beim Aufsitzen?«

Sie schüttelte den Kopf, schwang sich in den Sattel und verspürte sofort die innere Ruhe, die sie hier immer überkam. Auf Thunders Rücken zu sein erfüllte sie mit Glück und Zufriedenheit, wie nichts anderes das vermochte. Seit ihr eigenes Pferd Destiny vor Jahren gestorben war, hatte Maggie sich nicht dazu durchringen können, ein neues anzuschaffen. Als sie nach Tennessee gekommen war, hatte sie sich Thunder sofort auf besondere Weise verbunden gefühlt, was sich als glücklicher Umstand entpuppt hatte, da Kate während ihrer Schwangerschaft auf das Reiten verzichtet hatte.

Maggie folgte Brayden um die Stallungen herum zu dem ausgetretenen Weg, den sie in der Nacht zuvor genommen hatte. Sie legten mehrere Kilometer schweigend zurück, genossen die natürliche Schönheit des Landes, das den Matthews gehörte. Maggie wusste es zu schätzen, dass Brayden sie nicht in eine Unterhaltung zu verwickeln versuchte. Er leistete ihr einfach nur Gesellschaft, während sie zu einem Waldstück ritten, das sie bisher nicht erkundet hatte.

Sie zügelten die Pferde, während sie sich dem Wald näherten.

»Sind Sie hier schon mal entlanggeritten?«, wollte er wissen.

»Noch nicht. Ich hatte etwas Angst, alleine herzukommen.«

»Als Kind zu oft ›Rotkäppchen‹ gelesen?«, erkundigte er sich mit einem leichten Grinsen.

»Etwas in der Art.«

Sie war ihrer eigenen Version des großen bösen Wolfs begegnet, der allerdings einen maßgeschneiderten Anzug und italienische Lederschuhe getragen hatte. Bei der Erinnerung erschauerte sie.

Vielleicht war es doch keine so gute Idee, mit einem Mann, den sie kaum kannte, in den Wald zu reiten. Woher konnte man schon wissen, wer vertrauenswürdig war und wer nicht? »Lassen Sie uns hier anhalten«, sagte sie, und ihre Stimme klang höher und viel unsicherer als sonst, was sie ärgerte.

Ausgerechnet jetzt, wo sie ernst und professionell wirken wollte, fühlte sich ihr Inneres an, als sei es im Aktenvernichter geschreddert worden. Zur Hölle mit Ethan und seiner Textnachricht, die sie um Monate zurückgeworfen hatte.

Als sie das Flüsschen erreichten, das durch das Anwesen floss, saßen sie ab, um die Pferde trinken zu lassen.

»Ich möchte, dass Sie wissen …« Maggie begann zu sprechen, bevor sie sich die Worte zurechtgelegt hatte.

»Was?«

»Dass ich nicht immer so durch den Wind bin. Offenbar nur, wenn Sie in der Nähe sind, wenigstens scheint es so.«

Er lachte. »Ich enthalte mich jeglichen Urteils, versprochen.«

»Danke, aber trotzdem … Ich habe gestern nicht geschlafen. Ich schließe bloß oft die Augen, wenn ich nachdenke.«

»Was ist denn heute passiert?«

»Etwas, das ich lieber vergessen würde.«

»Ah. Ja, das kenne ich.«

»Wirklich?«

Er nickte.

Maggie fragte sich, ob er wohl auf das anspielte, was ihn vors Jugendgericht gebracht hatte, doch sie konnte ihn das nicht fragen. Er hatte ihr zu verstehen gegeben, dass das tabu war. »Nachdem die Neuigkeit von der Geburt von Kates Baby veröffentlicht worden war, habe ich eine Nachricht von jemandem bekommen, obwohl ich eigentlich felsenfest überzeugt war, ihn geblockt zu haben. Jemand, den ich hätte blocken sollen.« Warum erzählte sie ihm das? Was hatte er nur an sich, dass es ihr so leichtfiel, mit ihm zu reden?

»Oh, Mist. Das ist schlimm.«

»Sie haben keine Ahnung, wie schlimm das in Wirklichkeit ist.«

»Ich hoffe, Sie haben ihn jetzt endgültig geblockt.«

»Aber hallo. Trotzdem kann ich nicht glauben, dass er die ganze Zeit in meiner Kontaktliste auf dem Handy war, sich jederzeit bei mir hätte melden können. Ich fühle mich, als wäre ich mit einer entsicherten Handgranate in der Tasche rumgelaufen, die jeden Moment hätte explodieren können.«

»Sie müssen ziemlich durcheinander gewesen sein, nachdem das passiert ist, was auch immer es war, dass Sie vergessen haben, seine Nummer zu sperren.«

»Stimmt, ich war durcheinander. Bin ich sogar noch immer, wenn eine harmlose Textnachricht mich so aus der Bahn werfen kann.«

»Die Textnachricht war überhaupt nicht harmlos, und das muss er gewusst haben.«

»Ja, das wusste er bestimmt.«

»Es tut mir leid, dass er Ihnen einen ansonsten perfekten Tag verdorben hat.«

Maggie zwang sich, das Kinn zu heben, sich zusammenzureißen und weiterzumachen, wie sie es in den vergangenen Monaten getan hatte. »Das hat er nicht geschafft. Ich werde nicht zulassen, dass er mir das ruiniert, oder Poppy.«

»Gut«, erwiderte Brayden.

»Danke für den Vorschlag mit dem Ausritt. Es hat mir geholfen.«

»Das hilft immer.«

»Sollen wir die Besprechung hier draußen abhalten?«

»Damit hab ich kein Problem.« Er trat zu seinem Pferd, öffnete die Satteltasche und holte eine Decke heraus, die er auf der Erde ausbreitete. »Nehmen Sie doch in meinem Büro Platz.«

Maggie lächelte. »Was haben Sie sonst noch da drin?«

Er wackelte mit den Augenbrauen. »Das wüssten Sie wohl gerne, was?«

Ja, das wüsste ich wirklich gerne. Sogar sehr *gerne.*

Brayden setzte sich neben sie auf die Decke. Er hatte die Stelle so gewählt, dass sie die Pferde immer im Blick behalten konnten.

Thunder würde nirgendwo ohne sie hingehen. Sie nahm an, dass das auch für sein Pferd und ihn galt. »Wie heißt Ihr Pferd?«

»Sunday Morning.«

»Das gefällt mir. Wie sind Sie auf diesen Namen gekommen?«

»Das Lieblingslied meiner Mutter war ›Easy Like Sunday Morning‹ von den Commodores. Das hat sie die ganze Zeit gespielt. Es war das erste Lied, das ich auswendig konnte.«

»Sie haben gesagt, es *war* ihr Lieblingslied. Lebt sie nicht mehr?«

Er schüttelte den Kopf. »Sie ist kürzlich gestorben.«

»O Gott. Wie schrecklich.«

»Es ist schwierig gewesen.«

»Wie ist es denn passiert?«

»Bei einem Autounfall.«

Maggie schnappte nach Luft, als die Erinnerungen an einen Unfall auf sie eindrangen, den sie am liebsten für immer vergessen hätte. »Das tut mir so leid, Brayden.«

»Warum sind Sie plötzlich so blass geworden?«

»Bin ich das?«

Er nickte.

»Meine Mutter wurde von einem Auto angefahren, als ich neun war. Ich war dabei und hab es aus nächster Nähe miterlebt.«

»O verdammt, Maggie.«

»Ja.«

»Ist sie … Hat sie …«

»Sie hat überlebt, lag danach aber drei Jahre im Koma.«

Er schnippte mit den Fingern. »Von der Geschichte habe ich gehört. Bei einem Interview Ihrer Schwester im Fernsehen. Sie hat darüber geredet, wie sehr dieser Unfall ihr Leben und das ihrer Familie beeinflusst hat.«

»Das hat er auf jeden Fall, doch wir haben gerade über Ihre Mutter und Sie gesprochen. Ich wollte die Unterhaltung nicht an mich reißen.«

»Ist schon in Ordnung. Das haben Sie nicht. Und es tut mir leid, dass Ihrer Mutter das zugestoßen ist.«

»Und mir tut es leid, dass das mit Ihrer Mutter passiert ist.«

»Danke. Es fällt mir immer noch schwer, zu begreifen, dass sie wirklich nicht mehr da ist.«

»Das kann ich mir gut vorstellen. Es dauert sicher eine Weile, bis man das in all seinen Auswirkungen erfasst.«

»Das habe ich schon von verschiedenen Leuten gehört.«

Maggie drehte sich um, sodass sie ihn anschauen konnte. »Wenn Sie … Wenn Sie mit jemandem darüber reden möchten, der sich in Ihre Lage hineinversetzen kann, wissen Sie, wo Sie mich finden.«

»Danke. Das ist wirklich nett von Ihnen.« Er wartete einen Moment, schien sich zusammenzureißen und die Trauer abzuschütteln. »Ich wollte Ihnen sagen, dass ich gestern in der Kanzlei Ihres Anwalts den Vertrag unterschrieben habe. Er meinte, er werde Ihnen die unterschriebenen Ausfertigungen zukommen lassen.«

»Er ist nicht einfach nur mein Anwalt. Er ist auch mein zukünftiger Schwager. Er heiratet im Juli meine Schwester Jill, und sein Vater ist Kates Ehemann.«

»Ah, okay. Also, lassen Sie mich erklären, was ich mir für die Kinder vorstelle, und Sie entscheiden dann, ob es das sein soll oder was anderes.« Sie hatten die verschiedenen Möglichkeiten beim Vorstellungsgespräch in Grundzügen diskutiert und sich darauf geeinigt, die Einzelheiten zu klären, sobald er im Team war.

»Sie sind der Experte. Ich werde Ihnen keine detaillierten Vorschriften machen.«

»Trotzdem hätte ich gerne Ihre Zustimmung.«

»Okay, ich höre.«

Kapitel 8

»Als Erstes schaue ich mir die Pferde genau an, um zu sehen, welche am besten für das Programm geeignet sind«, erklärte Brayden.

»Ich habe bereits ein paar ins Auge gefasst, von denen ich meine, dass sie ideal wären, aber die endgültige Entscheidung überlasse ich Ihnen. Außerdem hab ich eine Versicherung für das Programm abgeschlossen.«

»Gut. Das wäre meine nächste Frage gewesen. In der ersten Woche mit den Kindern geht es vor allem darum, sie mit den Ställen vertraut zu machen und an die Nähe zu den Pferden zu gewöhnen. Sie müssen die Regeln und den sicheren Umgang mit den Tieren beherrschen und lernen, ihre körperlichen und emotionalen Signale zu verstehen. Sobald ich den Eindruck habe, dass sie die Grundlagen verinnerlicht haben, bringe ich ihnen alles Nötige über Zügel und Zaumzeug bei und darüber, wie man ein Pferd für einen Ausritt vorbereitet. Sie sind an jedem Aspekt beteiligt und werden ein Pferd zehnmal gesattelt haben, bevor sie es reiten.«

Maggie hörte gebannt zu, während er die einzelnen Schritte mit seiner angenehmen Stimme erläuterte, die ruhige Autorität verströmte.

»Sie werden lernen, die Pferde mit Futter und Wasser zu versorgen, wie man sie richtig am Zügel führt, wie man sich ihnen nähert und wie man sie anfassen muss. Das Ziel dabei ist, dass sie, wenn sie schließlich im Sattel sitzen, keine Angst mehr haben. Sie haben sich an den Umgang mit Pferden gewöhnt und kennen hoffentlich die verschiedenen Eigenheiten und Macken der Tiere, ebenso wie sie wissen, dass Sicherheit zu jeder Zeit vorgeht. Danach bringe ich ihnen bei, die Pferde zu versorgen und alles wieder dorthin zu räumen, wo es hingehört.« Er blickte sie an. »Klingt das für Sie so weit okay?«

»Es klingt perfekt. Das ist genau das, was mir für das Programm vorschwebt.«

»Mein Ziel ist es, den Kids zu zeigen, dass sie ein Teil von etwas sind, das größer ist als sie selbst. Die Forschung hat nachgewiesen, dass Reittherapie Kindern und Erwachsenen helfen kann, mit vielen verschiedenen emotionalen und körperlichen Traumata klarzukommen. Sie finden nicht nur ein Hobby, sondern auch neues Selbstvertrauen, das Menschen, die Schlimmes hinter sich haben, oft fehlt.«

»Ja, das habe ich am College gelernt und bin selbst davon überzeugt. Ich habe das auch in der Bewerbung um den Zuschuss für das Programm ausführlich beschrieben.«

»Oh, mir war gar nicht bewusst, dass das Programm über einen Zuschuss finanziert wird.«

»Reid und Kate waren zwar bereit, Geld dafür zu geben, aber ich wollte es separat von dem größeren Programm halten. Das hier ist mein Baby.«

»Ah, verstehe. Okay. Wäre es in Ordnung, wenn ich Sie anrufe oder Ihnen eine Textnachricht schicke, wenn ich Sie für irgendwas brauche?«

»Selbstverständlich«, erwiderte Maggie, deren Herz plötzlich schneller klopfte. *Hör auf. Hör einfach auf. Er ist dein Angestellter.* »Ich benutze mein Handy auch für die Arbeit.«

Brayden tippte etwas in sein Smartphone. »Ich hab Ihnen eine Nachricht geschickt. Jetzt haben Sie meine Nummer.«

»Die hatte ich schon von Ihrer Bewerbung.«

»Oh, richtig.«

Sie saßen eine ganze Weile schweigend da, schauten den Pferden zu und genossen die Stille und das leise, friedvolle Gluckern des Flüsschens, das Summen der Insekten und den süßen Duft der Wiese.

»Ich liebe das hier«, verkündete Maggie.

»Das kann ich gut verstehen. Ist das eigentlich eine Start-und-Lande-Bahn, die man da vom Haus aus sehen kann?«

»Ja, genau. Reid und sein Sohn Ashton haben jeder einen Pilotenschein, und im Hangar steht ein Flugzeug.«

»Cool.«

Maggie warf ihm einen Blick zu. »Danke für das hier. Ich habe das dringend gebraucht.«

»Darf ich etwas sagen, das angesichts des Umstands, dass wir uns erst seit Kurzem kennen und ich zudem für Sie arbeite, vermutlich völlig unangemessen ist?«

»Sie arbeiten *mit mir zusammen*, und ja, immer raus damit.«

»Ich kann wirklich gut zuhören, falls Sie mal mit jemandem reden möchten, der Sie weder verurteilt noch an Ihnen zweifelt oder Ihr Tun hinterfragt.«

Bei seinen freundlichen Worten stiegen ihr Tränen in die Augen, die sie sofort wegwischte. »Ich bin eine furchtbare Chefin.«

»Was? Nein, überhaupt nicht.«

»Doch«, widersprach sie mit einem leisen Lachen. »Bislang haben Sie mich beim Schlafen am Schreibtisch erwischt und dabei, wie ich Sie angestarrt habe, und dann fange ich auch noch an zu heulen, nur weil Sie was Nettes zu mir gesagt haben.«

»Vergessen Sie nicht die Selbstgespräche.«

Maggie schlug sich die Hände vors Gesicht.

Lachend stieß er sie an. »Nichts davon ist irgendwie verwerflich. Glauben Sie mir, ich hatte schon viel schlimmere Chefs.«

Sie ließ die Hände sinken und sah ihn an. »Tut mir leid, das zu hören.«

Er zuckte die Achseln. »Manche Leute sind einfach Idioten.«

»Ja, das stimmt.« Maggie wusste, es wäre besser, wenn sie sich diesem ihr völlig Fremden nicht anvertraute, der zudem für sie arbeitete, aber er hatte etwas an sich, das in ihr den Wunsch weckte, es ihm zu erzählen. Vielleicht war es das Gleiche, was dafür sorgte, dass Pferde ihm bedingungslos vertrauten. »Es gab da einen Mann in New York, einen Anwalt, den ich von der Arbeit kannte. Zu der Zeit war ich Gerichtsdolmetscherin für Gebärdensprache.«

»Wow, das ist ein cooler Job.«

»Mein Bruder Eric ist gehörlos. Daher habe ich die Gebärdensprache gelernt, damit ich mich mit ihm unterhalten kann, und daraus ist mein Beruf geworden, als ich nach dem Hochschulabschluss keinen Job als Familientherapeutin finden konnte.« Sie zupfte an dem Gras neben sich, um ihre Hände zu beschäftigen. »Dieser Typ hieß Ethan und hat sich um mich bemüht, hat mit mir geflirtet und mich dauernd um eine Verabredung gebeten. Ich habe ihn als Schürzenjäger eingeschätzt, daher habe ich mich monatelang nicht breitschlagen lassen, ehe ich dann doch nachgegeben und eingewilligt habe, in der Woche vor Weihnachten mit ihm zu Abend zu essen. Wir hatten eine schöne Zeit, und ich war überrascht, dass ich ihn tatsächlich mochte, mehr, als ich gedacht hätte. Nach dem Dinner hat er darauf bestanden, mich bis an meine Tür zu bringen. Ich dachte, er sei ein Gentleman, aber …«

Brayden legte seine Hand über ihre und drückte sie beruhigend, was Maggie daran erinnerte, dass er direkt hier neben ihr war, und das half ihr, ihm auch den Rest ihrer Geschichte zu erzählen.

»Als ich die Wohnungstür aufgesperrt hatte, hat er mich reingestoßen und die Tür geschlossen und verriegelt. Das alles ist so schnell gegangen, dass ich erst begriffen habe, was passiert ist, als er sich auf mich gestürzt hat. Bei dem Kampf habe ich mein Handy und meinen Schlüsselbund fallen lassen, an dem mein Pfefferspray hängt, genau wie alles andere, was mir hätte helfen können.«

Ein Schluchzen entrang sich ihrer Kehle, als Entsetzen und Ekel sie erneut zu überwältigen drohten, alles wieder hochkam, als wäre es erst gestern passiert statt vor mehreren Monaten.

Brayden setzte sich auf, legte einen Arm um sie, forderte sie stumm auf, sich an ihn zu lehnen. »Geht es?«

Sie nickte. Die Erleichterung, sich jemandem anzuvertrauen, war überwältigend, und sie vergaß ganz, dass er ihr Angestellter war, und nahm den Trost an, den er so bereitwillig bot.

»Ich hab mich gegen ihn gewehrt. Für einen früheren Job hatte ich mal einen Selbstverteidigungskurs belegt, sodass ich wusste, wo ich hinschlagen musste.«

»Gut«, sagte Brayden und rieb ihr in beruhigenden Kreisen über den Rücken.

»Ich hab ihn mit dem Knie im Schritt erwischt, hab ihn von mir gestoßen und bin aus meinem Apartment geflohen. Ich hatte überhaupt nichts bei mir, weder mein Handy noch meine Tasche oder einen Mantel. Ich bin einfach stundenlang durch die Stadt gelaufen, bevor ich mich dazu überwinden konnte, zurückzugehen, um zu sehen, ob er noch da war. Ich weiß, ich hätte die Polizei rufen sollen, aber ich hatte Angst, sein Wort würde gegen meines stehen und dass er im Vorteil sein würde, weil er ein so bekannter Strafverteidiger war.«

»Das kann ich gut nachempfinden.«

»Im Nachhinein erkenne ich, dass ich nicht klar denken konnte. Ich hätte niemals allein zurückkehren sollen, doch ohne mein Handy konnte ich niemanden erreichen, und außerdem wollte ich auch gar nicht, dass irgendjemand erfuhr, was passiert war.«

»Mich erschreckt die Vorstellung, dass du allein dorthin zurück bist, nach dem, was er dir antun wollte.«

»Ich kann mich kaum noch an die Einzelheiten erinnern, aber die Angst, die ich hatte, werde ich so schnell nicht vergessen. Die Tür stand einen Spaltbreit offen, und das Licht in der Wohnung brannte, doch Gott sei Dank war er fort. Ich habe meinen Schlüsselbund und das Pfefferspray gefunden, das mein Vater mir besorgt hatte, als ich in die Stadt gezogen war, auch wenn es dort verboten ist, und damit in der Hand habe ich die Wohnung abgesucht, ohne die Tür zuzumachen, nur für alle Fälle.«

»Das muss wirklich erschreckend gewesen sein.«

»Ich hab die ganze Zeit gezittert.«

»Das kann ich mir gut vorstellen.«

»Als ich begriff, dass er tatsächlich weg war, habe ich die Tür geschlossen und abgesperrt, und dann bin ich zu Boden gesunken und habe stundenlang geheult. Ich war wie gelähmt.«

»Es tut mir so leid, dass du das erlebt hast.«

Sie wischte sich die Tränen vom Gesicht. »Danke fürs Zuhören.«

»Hast du ihn angezeigt?«

»Nein, und dafür hasse ich mich, aber ich war davon überzeugt, dass er einen Weg finden würde, die Wahrheit zu verdrehen und mich als die Schuldige hinzustellen. Am nächsten Morgen hab ich meinen Job gekündigt, bloß damit ich ihn nie wieder sehen musste. Als ich ein paar Tage später zu Weihnachten hergefahren bin und gehört habe, was Reid und Kate vorhatten, habe ich mit beiden Händen zugegriffen und darum gebeten, die Leitung von Matthews House übernehmen zu dürfen, obwohl ich vermutlich nicht über alle Qualifikationen verfüge, die man dafür braucht.«

»Warum sagst du das? Es ist unübersehbar, dass dir viel an den Menschen hier und dem Programm liegt.«

»Das stimmt auch, trotzdem lerne ich jeden Tag noch so viel dazu. Manchmal denke ich, es wäre besser gewesen, sie hätten jemanden mit mehr Erfahrung eingestellt.«

»Ich glaube, dass sie mit dir eine ausgezeichnete Wahl getroffen haben, und der Rest der Mitarbeiter findet das ebenfalls.«

Das überraschte sie. »Woher weißt du das?«

»Ich habe mich umgehört, bevor ich den Job angenommen habe. Und ich habe mit den Leuten geredet, als ich zum Vorstellungsgespräch hier war, bevor du aus dem Krankenhaus zurückgekommen bist. Ich wollte sicher sein, dass ich das Richtige tue, bevor ich zugesagt habe.«

»Oh.«

»Du machst das hier großartig, Maggie. Die Bewohner wissen, wie sehr sie dir am Herzen liegen, und das ist der Schlüssel zum Erfolg auf diesem Gebiet.« Er drückte ihr sachte die Schulter. »Konntest du deinen Schwestern nicht erzählen, was in New York vorgefallen ist?«

Sie schüttelte den Kopf. »Ich hab es einfach nicht über mich gebracht, Kate die Hochzeit zu ruinieren, und dann haben Jill und Ashton ihre Verlobung bekannt gegeben, und alle waren so glücklich und hatten solchen Spaß daran, zusammen zu sein. Es war das erste Mal seit Jahren, dass unsere gesamte Familie gemeinsam Weihnachten gefeiert hat.«

»Ich bin mir sicher, sie hätten wissen wollen, dass es dir nicht gut ging.«

»Ja, das stimmt, aber ich war noch nicht bereit, das alles erneut zu durchleben. Das bin ich eigentlich immer noch nicht.«

»Darf ich etwas sagen?«

Sie lachte schnaubend. »Nach meinem Seelenstriptease kannst du sagen, was immer du willst.«

»Du solltest es wirklich jemandem erzählen.«

Maggie hob den Kopf von seiner Schulter und schaute ihm ins Gesicht. »Das habe ich doch gerade getan.«

* * *

Maggies Geschichte hinterließ bei Brayden ein Gefühl tiefer Beunruhigung, das er für den Rest des Tages nicht abschütteln konnte. Nachdem sie wieder bei den Stallungen angekommen waren, hatte er ihr angeboten, beide Pferde zu versorgen, da er erkennen konnte, dass sie völlig fertig war. Das hatte sie dankend angenommen und war im Haus verschwunden, um sich in ihr Apartment zurückzuziehen.

Dann hatte er auch die restlichen Pferde mit Futter versorgt und die Boxen ausgemistet, die er vorher nicht geschafft hatte, da Derek sich immer noch nicht von dem Infekt erholt hatte. Maggie hatte erwähnt, dass sie bisher keine Gelegenheit gehabt hatte, nach dem älteren Mann zu sehen.

»Ich aber«, hatte Brayden erwidert. »Im Großen und Ganzen ist er okay. Er hat etwas von der Hühnerbouillon gegessen, die Mitch ihm geschickt hat, und sagt, er fühle sich schon viel besser.«

»In Ordnung, das freut mich«, hatte sie geantwortet.

Er hatte gespürt, dass sie etwas anderes als gute Nachrichten über Derek nicht verkraftet hätte.

Später saß er in seiner Wohnung und versuchte, einen Film zu schauen, doch alles, woran er denken konnte, war der Typ in New York, der über Maggie hergefallen war, und dass der Mistkerl dafür nicht zur Rechenschaft gezogen worden war. Gegen Ungerechtigkeit tätig zu werden war das zentrale Thema von Braydens Leben. Es hatte ihm mehr als einmal Ärger eingebracht, und wenn er nicht auf der Hut war, konnte ihm genau das erneut passieren.

Das waren Maggies Probleme, nicht seine. Das durfte er nicht vergessen, auch wenn er dankbar war, dass sie ihm ihr Vertrauen geschenkt hatte, denn so etwas die ganze Zeit mit sich herumzuschleppen konnte nicht gesund sein.

Als er ihr geraten hatte, sie solle es jemandem erzählen, hatte er die Polizei gemeint. Es ihm zu sagen war zwar ein wichtiger Schritt für sie gewesen, aber er wollte, dass der Mistkerl bestraft wurde, selbst wenn er ihr Zögern verstand, Anzeige zu erstatten.

»Es geht dich nichts an«, murmelte er, während er auf den Fernseher starrte, wobei er immer nur vor Augen hatte, wie die süße, bezaubernde Maggie von einem Mann angegriffen wurde, der ungeschoren davongekommen war.

Brayden nahm sein Handy, öffnete den Messengerdienst und starrte eine ganze Weile auf das leere Eingabefeld, bevor er Maggies Namen in die Adresszeile tippte.

Ich wollte nur mal nachfragen, ob alles im grünen Bereich ist. Ach ja, hier ist Brayden.

Er las den Text mehrere Male, bevor er »Senden« drückte. Und dann legte er das Telefon beiseite und ermahnte sich, sich aus ihrem Leben und ihren persönlichen Angelegenheiten herauszuhalten. In einem schwachen Moment hatte sie ihn eingeweiht, weil der Mistkerl, der sie angegriffen hatte, es gewagt hatte, sie zu kontaktieren. Ohne das hätte sie ihm gegenüber kein Wort darüber verloren.

Eine Stunde nachdem er die Nachricht abgeschickt hatte, versuchte er sich immer noch einzureden, dass er ihre Privatsphäre respektieren müsse und sie nicht bedrängen dürfe.

Aber er wollte rüberlaufen, an ihre Tür klopfen und sich mit eigenen Augen davon überzeugen, dass es ihr gut ging und sie nicht unter den Erinnerungen an das Erlebte litt, die wieder wachgerufen worden waren.

»Ach, verdammter Mist«, brummte er leise, während er sich mit den Händen durchs Haar fuhr. Er hatte keine Ahnung, was er tun sollte.

Nein, das stimmte so nicht. Er wusste ganz genau, was er tun sollte, und zur Hölle mit all den Gründen, aus denen das vermutlich nicht klug war.

Er schlüpfte in seine Stiefel, steckte das Handy zurück in seine Gesäßtasche und ging über den Hof.

In der Küche stand Mitch am Herd und wachte über etwas, das vor sich hin köchelte. Der Typ war auf beunruhigende Art und Weise intensiv und zudem ein ausgezeichneter Koch, soweit Brayden das bisher beurteilen konnte.

»Was ist los?«, erkundigte sich Mitch.

»Ist Maggie hier irgendwo?«

»Ich hab sie nicht gesehen. Vermutlich hat sie sich nach der durchwachten Nacht kurz hingelegt.«

»Ja, kann ich mir gut vorstellen. Wäre es okay, wenn ich mal an ihre Tür klopfe? Ich muss sie was fragen.«

Mitch bedachte ihn mit einem stählernen Blick, doch Brayden weigerte sich, auch nur mit der Wimper zu zucken. Er war wild entschlossen, nach ihr zu schauen, selbst wenn das im Haus Gerede nach sich zog. Brayden machte sich mehr Sorgen um sie als um irgendwelchen Klatsch.

»Sicher«, erwiderte Mitch schließlich. »Dritte Tür links.«

»Danke.« Brayden drehte sich um und ging in den Flur, spürte Mitchs Blick in seinem Rücken. Vor der dritten Tür links blieb er stehen, zögerte einen Moment, bevor er die Hand hob und anklopfte.

Keine Antwort.

Er klopfte erneut, dieses Mal lauter.

Die Tür flog auf, und dahinter stand eine verschlafen aussehende Maggie, der das lange dunkle Haar wirr ums Gesicht hing. »Was ist?«

»Tut mir leid, wenn ich störe. Ich wollte mich nur vergewissern, dass es dir nach allem, was wir vorhin besprochen haben, gut geht.«

»Alles in Ordnung.«

»Okay. Tut mir leid, dass ich dich geweckt habe.«

»Macht nichts, ich musste sowieso aufstehen.«

»Dann, äh … verschwinde ich mal.« Er drehte sich um.

»Brayden.«

Er wandte sich wieder um und hob fragend eine Augenbraue.

»Möchtest du meine Nichte kennenlernen?«

Die Frage verblüffte ihn so sehr, dass er einen Moment zu lang mit seiner Antwort zögerte.

Sie verzog das Gesicht. »Ist schon gut. Das war komisch, ich weiß. Manchmal bin ich einfach komisch. Und ich halt jetzt auch den Mund.«

Seltsam bezaubert von ihr lächelte Brayden. »Ich würde deine Nichte liebend gern kennenlernen.«

Kapitel 9

Maggie nahm Brayden tatsächlich mit zu Kate, wobei sie sich während der ganzen Fahrt fragte, was zur Hölle sie sich dabei gedacht hatte, ihn überhaupt einzuladen. Kate würde am ersten Abend, an dem sie mit ihrem neugeborenen Baby zu Hause war, vermutlich lieber keinen Fremden dahaben wollen. Aber die Worte waren Maggie herausgerutscht, bevor sie nachgedacht hatte.

Ihre Gefühle waren nach der Achterbahnfahrt der letzten vierundzwanzig Stunden in komplettem Chaos versunken. Sie wusste, es sollte ihr leidtun, dass sie Brayden mit ihren Problemen belastet hatte, doch das war nicht der Fall. Im Gegenteil – sie verspürte Erleichterung. Sie hatte sich jemandem geöffnet. Endlich. Und er hatte mit genau der richtigen Mischung aus Zuspruch und Wut reagiert.

Sie gestattete sich einen vorsichtigen Blick zu dem Mann auf dem Beifahrersitz. »Ich wollte mich dafür bedanken, dass du mir zugehört hast.«

»Ich würde ja sagen, war mir ein Vergnügen, aber ich finde es furchtbar, was dir passiert ist.«

»Du musst das natürlich für dich behalten.«

»Auf jeden Fall. Ich würde so etwas nie weitererzählen.«

»Danke.«

»Wie fühlst du dich jetzt, nachdem du darüber gesprochen hast?«

»Ich habe gerade darüber nachgedacht, dass ich erwartet hatte, es zu bereuen, doch tatsächlich bin ich vor allem erleichtert. Ich fühle mich bloß schlecht, weil du ja für mich arbeitest …«

»Können wir das bitte einfach vergessen? Du hast hier natürlich das Sagen, keine Frage. Aber ich leite mein eigenes Programm, also bist du technisch betrachtet nicht wirklich mein Boss. Du lässt mich einfach nur meine Reittherapie durchziehen.«

Maggie lachte leise über seine Logik. »Das hast du dir ja schlau zurechtgelegt.«

»Falls wir auf diese Weise Freunde sein können, dann lass es uns einfach so betrachten.«

»Wir sind Freunde?«

»Ich dachte, das ist es, was da draußen passiert ist: Zwei Menschen, die vor ein paar Wochen noch Fremde waren, haben sich kennengelernt, sich persönliche Sachen erzählt und sich gegenseitig geholfen.«

»Die Hilfe war irgendwie einseitig.«

»Nicht unbedingt. Ich rede normalerweise nicht darüber, wie meine Mutter gestorben ist. Es war wirklich gut, dass ich dir das anvertrauen konnte. Und ich vermute mal, du lädst nicht jeden ein, dich zu deiner Schwester zu begleiten.«

»Ich habe bisher noch nie jemanden zu ihr mitgenommen.«

»Siehst du? Wir sind Freunde. Also hör auf, so zu tun, als wärst du nur meine Chefin.«

Maggie lachte. »Du bist ganz schön aufmüpfig. Ich begreife allmählich, wie das laufen wird.«

»Mist, durchschaut.«

Maggie fragte sich trotzdem, ob es eine gute Idee gewesen war, Brayden einzuladen. Würde es Kate stören, dass sie ausgerechnet heute Abend einen Fremden mitbrachte? Verdammt, vermutlich schon … Nun, jetzt war es zu spät, um daran noch etwas zu ändern.

Von Matthews House in Brentwood bis zu Kates Haus in Hendersonville fuhr man etwa eine halbe Stunde, die meiste Zeit auf der I-440. Als Maggie rechts auf die unbefestigte Straße abbog, die zu Kates Anwesen führte, blickte sie zu Brayden. »Ich muss mir aber keine Sorgen machen, dass du ein verrückter Stalker wirst oder so, oder?«

Er lachte leise. »Wie schon erwähnt, bin ich ein großer Fan der Musik deiner Schwester.«

»Wirst du es schaffen, nicht völlig auszuflippen?«

»Vermutlich nicht. Ich werde wahrscheinlich das totale Fangirl raushängen lassen.«

Maggie stöhnte übertrieben auf. »Dann musst du leider im Auto bleiben. Sie hat gerade ein Baby bekommen. Fangirls braucht sie heute nicht.«

»Na gut, dann werde ich mich wohl zusammenreißen müssen.«

Und er war auch noch witzig. »Ja, bitte.«

Maggie war nicht überrascht, als sie Jills Mercedes vor dem Haus entdeckte, allerdings hatte sie nicht damit gerechnet, Buddys und Taylors Range Rover zu sehen.

Oh-oh.

»Das Haus ist unglaublich. Ist es komplett aus Holzstämmen errichtet?«

»Ja, es ist ein Nur-Dach-Blockhaus. Als letztes Jahr zu Weihnachten die ganze Familie zusammengekommen ist, hat Reid eine Miniversion davon gebaut, die sie ›die Schlafhütte‹ nennen. Warte, bis du alles bei Tageslicht siehst. Es ist großartig.« Maggie wurde klar, dass das nur ging, wenn er ein weiteres Mal mit ihr herkam. Großartig. »Äh, was hältst du denn von Buddy Longstreet und Taylor Jones?«

»Ist das eine rhetorische Frage?«

»Leider nein.«

»Ich werde komplett durchdrehen.«

»Brayden! Komm schon! Du musst dich am Riemen reißen. Tu so, als wärst du schon oft mit ihnen um die Häuser gezogen.«

»Ich bin noch nie irgendwo mit Kate Harrington, Buddy Longstreet oder Taylor Jones gewesen, außer in einem riesigen Stadion mit fünfzigtausend anderen Menschen.«

»Muss ich dich im Wagen einschließen?«

Sein Lachen gefiel ihr. Es gefiel ihr, ihn zum Lachen zu bringen.

»Nein, ich werde mich benehmen.«

»Versprichst du mir das?«

»Hoch und heilig.«

Maggie musterte ihn aufmerksam, als versuche sie zu entscheiden, ob sie ihm trauen konnte.

Er lachte wieder. »Ich schwöre es auf einen ganzen Stapel Bibeln. Ich werde still sein, selbst wenn ich innerlich komplett ausflippe.«

»Also gut.« Maggie stieg aus dem Auto und wartete, dass er ihr in die Diele folgte. »Bleib hier. Ich sondiere kurz die Lage.«

»Jawohl, Ma'am.«

»Nenn mich nicht ›Ma'am‹.«

»Sorry, Ma'am.«

Maggie biss sich auf die Lippen, um nicht zu grinsen, und bemühte sich, eine gestrenge Miene aufzusetzen, doch offensichtlich war das nicht besonders überzeugend, denn er lachte nur.

»Geh schon. Ich rühre mich nicht vom Fleck, bis du mir grünes Licht gibst, dass alles klar ist. Aber beeil dich. Buddy, Taylor und Kate sind da drin.« Er erschauerte dramatisch.

»Ich bring dich um.« Maggie wurde klar, dass sie sich noch bei keinem anderen Mann, so kurz nachdem sie ihn kennengelernt hatte, so wohlgefühlt hatte.

In der Küche standen Reid, Ashton und Buddy beisammen, jeweils ein Bier in der Hand.

»Hey, Maggie.« Reid kam zu ihr und begrüßte sie mit einem Kuss auf die Wange. »Jetzt sind wir vollzählig.«

»Wie geht es der frischgebackenen Mutter und der neuen Erdenbürgerin?«

Falls es möglich war, vor Glück zu strahlen, dann tat Reid das jetzt, obwohl er dunkle Ringe unter den Augen hatte. »Absolut fantastisch. Kate hat das großartig gemacht. Man kann gar nicht glauben, dass sie gerade ein Baby bekommen hat. Und die kleine Poppy ist einfach wundervoll.«

»Ich schau mal rein und sag Hallo.«

»Ja, klar. Sie sind im Wohnzimmer.«

»Ich, äh … Ich hab Brayden mitgebracht, den gerade neu eingestellten Reittherapeuten. Er wartet in der Diele, weil ich mich erst vergewissern wollte, dass Kate nichts dagegen hat.«

»Das wird sie nicht stören«, versicherte ihr Reid. »Hol den Kerl aus der Quarantäne.«

Maggie ging in die Diele und winkte Brayden in die Küche. »Brayden Thomas, das sind mein Schwager Reid Matthews, mein zukünftiger Schwager Ashton Matthews und Buddy Longstreet, ein Freund der Familie.«

Brayden riss sich wirklich zusammen, schüttelte den Männern die Hand und gratulierte Reid zur Geburt seiner Tochter. Zu Buddy sagte er: »Ich bin ein großer Fan.«

»Vielen Dank«, erwiderte der. »Sind Sie hier aus der Gegend?«

»Jap«, bestätigte Brayden. »Ich bin in der Umgebung von Nashville aufgewachsen.«

Maggie atmete erleichtert auf, als sie sah, dass Brayden sein Versprechen hielt, und begab sich ins Wohnzimmer, wo sie Kate auf dem Sofa vorfand, umgeben von Jill, Taylor und Taylors Tochter Georgia, die Poppy auf dem Arm hatte.

»Willkommen zu Hause, Kate und Poppy.« Maggie schaute über Georgias Schulter auf die schlafende Poppy. »Gott, ist die niedlich.«

»Aber wirklich, oder?« Wie ihr Ehemann strahlte Kate vor Glück, auch wenn sie erschöpft wirkte.

»Sie ist so lieb.« Georgia, die bald elf wurde, hatte das lange dunkle Haar ihrer Mutter und Buddys Lächeln geerbt und war eindeutig ganz verliebt in den jüngsten Familienzuwachs. Buddy und Taylor hatten Kate seit ihren ersten Tagen in der Musikbranche unter ihre Fittiche genommen. Kate betrachtete die beiden und ihre vier Kinder schon seit Jahren als ihre Nashville-Familie.

»Lass Tante Maggie auch mal, Georgia«, sagte Taylor.

»Nein, das ist schon in Ordnung«, meinte Maggie. »Ich will sie nicht aufwecken.«

»Wir müssen sowieso bald los. Morgen ist Schule.«

Georgia verzog das Gesicht. »Das hier ist eine besondere Situation.«

»Meinst du das auch noch, wenn ich dich morgen früh um sechs aus dem Bett zerren muss?«

»Sie kann morgens brutal sein«, erklärte Georgia.

Maggie und ihre Schwestern lachten.

»So war unsere Mutter auch«, bemerkte Jill. »Morgens war es bei uns zu Hause immer schlimm.«

»Da bin ich aber froh, dass das nicht nur bei meinen Kindern so ist«, stellte Taylor fest.

»Ganz bestimmt nicht«, versicherte ihr Maggie.

»Ich möchte zu Hause unterrichtet werden«, maulte Georgia.

Taylor lachte schnaubend. »Dein Vater ist der Meinung, dass du das dümmste Mädchen in Tennessee sein wirst, wenn wir versuchen, dich zu Hause zu unterrichten.«

»Das stimmt vermutlich«, antwortete Georgia, während die anderen erneut in Gelächter ausbrachen.

»Ich darf über mich selbst so reden«, setzte Taylor hinzu, »du hingegen …«

»Jaja, ich weiß. Ich darf nicht mal andeuten, dass ihr zu dumm seid, um meine Lehrer zu sein. Versteh schon.«

»Vier Kinder, und das letzte wird noch mal mein Tod sein«, sagte Taylor und schüttelte den Kopf, während ihre Augen belustigt funkelten.

»Du liebst mich.«

»Irgendjemand muss es ja tun.«

»Äh, Leute«, begann Maggie zögernd. »Ich hab heute Abend einen Freund dabei. Er würde dich und Poppy gerne kennenlernen, Kate, wenn das in Ordnung ist. Ich weiß, das ist jetzt kaum der richtige Zeitpunkt, aber irgendwie habe ich ihn eingeladen, und …« Sie verstummte, als sie bemerkte, dass alle sie anstarrten. »Was ist?«

»Du stotterst wegen eines Kerls«, erwiderte Jill.

»Stimmt ja gar nicht! Ich stottere, weil ich ihn eingeladen habe, ohne darüber nachzudenken, dass heute vielleicht nicht der beste Abend dafür ist …«

»Wow«, sagte Kate zu Jill und wandte sich dann an Maggie. »Das ist eine große Sache. Hol ihn rein.«

»Vergesst es«, wehrte Maggie ab. »Ihr könnt ihn ein anderes Mal treffen.«

»Muss ich erst vom Sofa aufstehen und ihn persönlich holen?«, fragte Kate. »Denn das werde ich tun, wenn es sein muss.«

Maggie verdrehte die Augen. »Drama-Queen. Ich geb ihm Bescheid, aber macht bitte keine große Sache daraus. Er arbeitet immerhin für uns.«

»Äh … nur fürs Protokoll: Wir sind nicht diejenigen, die aus irgendwas eine große Sache machen«, stellte Jill richtig.

Manchmal konnte Maggie es nur schwer ertragen, zwei ältere Schwestern zu haben, die zu allem ihren Senf dazugeben mussten. Ihr ganzes Leben lang hatte sie stets das Gefühl gehabt, dass sie ihnen hinterherhechelte – eine von ihnen Jahrgangsbeste an einem Elite-College und im Jurastudium, die andere eine wahnsinnig talentierte, erfolgreiche Musikerin, Sängerin und Songwriterin. Irgendwie kam sich Maggie bei den beiden immer wie die unbedeutende kleine Schwester vor. Und sie durchschauten sie jedes Mal.

Sie widerstand der Versuchung, sich auf ein Wortgefecht mit Jill einzulassen, das die ohnehin gewinnen würde, denn schließlich war Jill Anwältin. Maggie ging in die Küche, wo man Brayden ein Bier in die Hand gedrückt hatte. Die Männer schienen ihn sofort in ihren Kreis aufgenommen zu haben, was bei Maggie ein merkwürdiges Gefühl auslöste, das sie nicht richtig beschreiben konnte.

»Willst du Kate und Poppy kennenlernen?«, fragte sie ihn.

»Sehr gerne.«

Von Zweifeln geplagt führte Maggie ihn ins Wohnzimmer, wo die anderen schon gespannt auf ihn warteten.

»Brayden, das sind meine Schwestern Kate und Jill, und das sind Taylor und ihre Tochter Georgia. Und natürlich der Star des Tages, Miss Poppy Harrington Matthews.«

»Freut mich sehr.« An Kate gewandt fügte er hinzu: »Herzlichen Glückwunsch.«

»Danke«, sagte die. »Schön, deine Bekanntschaft zu machen. Wir haben nur Gutes über deine Arbeit gehört.«

»Das freut mich natürlich.«

Maggie bemerkte, dass Brayden sich wirklich Mühe gab, nicht in den Fanmodus zu verfallen. Natürlich war es für Kate und Taylor nichts Neues, dass die Leute in Ehrfurcht vor ihnen erstarrten. Maggie war es genauso gegangen, als sie Buddy und Taylor das erste Mal getroffen hatte, aber unterdessen hatte sie diese Phase überwunden.

Brayden warf einen Blick auf Poppy, die immer noch in Georgias Armen schlief. »Sie ist wunderschön.«

»Danke«, erwiderte Kate. »Wir sind ihr restlos verfallen.«

»Das kann ich gut verstehen.«

»Wie fühlst du dich, Kate?«, wollte Maggie wissen.

»Müde, wund, überwältigt, erleichtert, dass es vorbei und alles gut gelaufen ist.«

»Und? Bereit für den nächsten Anlauf?«, erkundigte sich Jill.

Kate stöhnte auf. »Sei bloß still.«

»Was?«, fragte Jill und lachte. »Du hast gesagt, dass du zwei in zwei Jahren willst, weil Reid nicht jünger wird.«

»Darüber möchte ich heute Abend nicht reden.«

»Ich zieh mich dann mal wieder zu den Männern in die Küche zurück, denke ich«, erklärte Brayden. »Es war nett, euch alle kennenzulernen, und noch mal herzlichen Glückwunsch.«

»Danke gleichfalls, Brayden«, antwortete Kate. »Ich bin froh, dass du zum Matthews-House-Team gehörst.«

»Ich freue mich, dabei zu sein. Vielen Dank für die Chance.«

»Der Dank gebührt allein Maggie. Die Reittherapie ist auf ihrem Mist gewachsen.«

»Das hab ich schon gehört.« Brayden lächelte Maggie zu und verschwand in Richtung Küche.

Nachdem er weggegangen war, herrschte für einen langen Moment Stille, und aller Augen ruhten auf Maggie.

»Also, äh, das ist Brayden, der Pferdetyp.«

»Mhm«, sagte Kate.

Eine weitere lange Stille.

»Wird es jetzt jemand aussprechen, oder was?«, fragte Georgia. »Der Typ ist sch…heiß.«

»Ich habe fast Angst, zu fragen, was das bedeutet«, seufzte Taylor.

Georgia grinste. »Scheißheiß.«

»Stopp! Nicht vor Poppy«, verlangte Taylor.

Georgia verdrehte die Augen. »Oh, bitte. Sie ist nicht mal einen Tag alt. Noch können wir hemmungslos vor ihr fluchen.«

»Nein, können wir nicht. Ich bin davon überzeugt, dass deine älteren Geschwister dich ruiniert haben.«

»Zurück zu Brayden«, sagte Georgia. »Scheißheiß hoch eine Million.«

Maggie fühlte, wie ihr Gesicht sehr warm wurde und vermutlich auch sehr rot, und hätte am liebsten geflucht. Doch sie zuckte nur die Achseln. »Ist mir gar nicht aufgefallen.«

Die anderen Frauen brachen in Gelächter aus, sogar Georgia, die Verräterin.

»Na klar, das hast du überhaupt nicht bemerkt«, kicherte Jill.

»Sei still«, zischte Maggie. »Sonst hört er euch noch.«

»Ach, reg dich ab«, erwiderte Kate. »Er weiß ja nicht, warum wir lachen.«

»Nee, klar. Er verlässt den Raum, und ihr gackert los. Warum sollte er denken, dass das irgendwas mit ihm zu tun hat?«

Die anderen versuchten vergeblich, leiser zu sein.

»Nun, Mags«, sagte Kate. »Das also ist Brayden, der Pferdeflüsterer.«

»Ich glaube, das haben wir jetzt festgestellt.«

»Was wir noch nicht festgestellt haben«, verkündete Jill, ganz die Anwältin, »ist, warum er mit dir hier ist.«

»Ich habe ihn gefragt, ob er euch kennenlernen möchte. Das ist alles.«

»Aha«, antwortete Jill. »Interessant.«

Maggie stand auf. Sie hatte gehofft, dass sie Poppy würde halten können, aber sie würde nicht für eine hochnotpeinliche Befragung hierbleiben. »Ich muss los.«

»Du bist doch gerade erst gekommen«, widersprach Kate.

»Morgen gibt es viel zu tun.« Maggie strich Poppy mit einem Finger federleicht über die Wange, wobei sie sich große Mühe gab, sie nicht zu wecken. »Sie ist wirklich perfekt.«

»Danke, Mags. Du musst nicht gehen. Wir werden dich nicht länger aufziehen. Jedenfalls nicht zu sehr.«

Maggie war hin- und hergerissen. Sie wollte eigentlich verschwinden, aber gleichzeitig auch das Baby halten.

Taylor half ihr, die Entscheidung zu treffen, als sie Georgia anwies, Poppy an Maggie weiterzureichen, weil sie losmussten.

Maggie streckte die Arme aus, und Georgia überließ sie ihr widerstrebend. Maggie barg das Neugeborene an ihrer Brust und betrachtete das perfekte kleine Gesichtchen, dachte an ihren Cousin Owen und ihre Cousine Olivia, Zwillinge, die jetzt zwölf waren, und ihre Zwillingsbrüder John und Rob, die dieses Jahr elf wurden – an all die Babys, die sie früher auf dem Arm gehabt hatte.

Sie waren so schnell groß geworden, genau wie ihre kleine Nichte es werden würde.

Maggie freute sich darauf, in Poppys Kindheit eine Rolle zu spielen, auch wenn Poppys Mutter und ihre Tante sie unglaublich nervten.

Kapitel 10

Brayden konnte nicht glauben, dass er in Kate Harringtons Küche stand und mit Buddy Longstreet ein Bierchen trank. Auf der Skala surrealer Tage stand dieser hier ganz oben, beginnend mit der Unterhaltung, die er vorhin mit Maggie gehabt hatte.

Er konnte nicht aufhören, darüber nachzudenken, was sie ihm erzählt hatte und wie wütend es ihn gemacht hatte.

»Arbeiten Sie schon lange mit Pferden, Brayden?«, fragte Ashton.

»Schon mein ganzes Leben lang. Mein Großvater hatte eine Pferderanch, und wir haben dort gelebt. Ich habe alles, was ich weiß, von ihm gelernt.«

»Maggie ist sehr aufgeregt wegen der Reittherapie«, sagte Reid.

»Reiten kann für Kinder – und Erwachsene –, die Traumata erlebt haben oder mit körperlichen oder emotionalen Problemen zu kämpfen haben, extrem hilfreich sein.«

»Das klingt großartig«, meinte Buddy. »Wichtige Arbeit. Im Vergleich erscheint das, was ich tue, ziemlich oberflächlich.«

»Ihre Musik bereitet unzähligen Menschen große Freude«, widersprach Brayden. »Wie vorhin schon erwähnt, bin ich ein großer Fan. Maggie hat mir eingeschärft, dass ich mich in

Anwesenheit der Stars zusammenreißen soll. Ich muss allerdings zugeben, das ist leichter gesagt als getan.«

»Ach, Sie kriegen das ziemlich gut hin«, beruhigte ihn Ashton, und die anderen lachten.

»Innerlich drehe ich gerade total durch«, gestand Brayden.

»Ich hab Buddy schon gekannt, bevor er berühmt war«, erklärte Reid. »Vertrauen Sie mir. Er ist nichts Besonderes.«

»Danke, Bruder«, erwiderte Buddy mit einem kurzen Auflachen.

»Sie sind Brüder?«, fragte Brayden.

»Nicht leibliche«, präzisierte Buddy. »Meine Mutter war die Haushälterin seiner Familie. Reid und ich sind zusammen im selben Haus aufgewachsen. Er war der mit dem Silberlöffel im Mund.«

»Und du der mit der großen Klappe«, gab Reid zurück. »Da hat sich nichts geändert.«

Brayden lachte über ihren Schlagabtausch.

»Das stimmt vielleicht, aber der Silberlöffel hat mein erstes Demo finanziert«, sagte Buddy. »Dadurch hab ich im Business einen Fuß in die Tür bekommen. Ohne ihn wäre ich nicht, wo ich jetzt bin.«

»Doch, wärst du«, widersprach Reid. »Damals konnte dich nichts aufhalten. Du hast für deine Sache gebrannt.«

»Er streitet die Rolle, die er gespielt hat, immer ab, aber sie war – und ist – erheblich.«

»Nur um das mal zu erwähnen«, meldete sich Ashton mit einem Grinsen zu Wort, »er ist mein Patenonkel, und ich halte ihn auch für nichts Besonderes.«

»Wow«, sagte Buddy. »Bitte nicht alle auf einmal.«

»Unsere Aufgabe ist es, dafür zu sorgen, dass er die Bodenhaftung nicht verliert«, ließ Reid Brayden wissen.

»Na, viel Glück damit«, erklärte Taylor, die gerade mit Georgia in die Küche kam. »›Buddy‹ und ›Bodenhaftung‹ sind zwei Wörter, die selten im selben Satz auftauchen.«

»Sie machen es ihm nicht gerade leicht«, bemerkte Brayden amüsiert.

Buddy hob sein Bier in Braydens Richtung. »Sehen Sie, mit was ich mich hier herumschlagen muss? Ich hab's wirklich nicht leicht.«

»O bitte«, wollte Taylor wissen, »wer hat es denn besser als du?«

Buddy legte einen Arm um seine Frau. »Niemand auf der ganzen Welt.«

»Und das weißt du auch, Baby.«

Ashton tat so, als müsse er sich übergeben.

»Oh, hör dich nur an«, frotzelte Buddy. »Du bist doch selbst bis über beide Ohren verknallt und hältst dich beileibe nicht zurück dabei, das zu zeigen.«

»Da hast du recht, alter Mann.«

Buddy funkelte Ashton gespielt entrüstet an. »Wen nennst du hier alt?«

»Mein Schatz wird bald einundfünfzig.« Taylor streichelte Buddy den Rücken. »Er ist in der Beziehung etwas empfindlich.«

»Er ist ein großes Baby«, warf Georgia ein.

»Ich kann euch alle nicht leiden.« Buddy nahm den schwarzen Cowboyhut, ohne den er das Haus nicht verließ, von der Stuhllehne, an die er ihn gehängt hatte, und machte sich auf den Weg zur Tür. »Brayden, war nett, Sie kennenzulernen. Ich hoffe, wir sehen uns mal wieder.«

»Danke, gleichfalls«, erwiderte Brayden.

»Hat mich ebenfalls gefreut«, sagte Taylor. »Kümmern Sie sich gar nicht um uns. Wir sind eine Familie. Eine etwas fiese.«

»Alles in Ordnung«, meinte Brayden und lachte.

»Auf nach Hause, Georgia Sue.«

»Nenn mich nicht so!«

Die Tür schlug knallend hinter ihnen zu.

»Ach ja, die Vorpubertät«, seufzte Reid.

»Wovon redest du?«, erkundigte sich Ashton. »Du hattest es mit mir doch wirklich leicht. Ich kann mir allerdings gut vorstellen, dass Poppy dich in den Wahnsinn treibt, wenn sie so weit ist.«

»Sprich nicht so über deine kleine Schwester«, brummte Reid mit einem gespielten Stirnrunzeln für seinen Sohn.

Ashton lächelte ihn freundlich an. »Du wirst sowieso zu alt sein, um irgendetwas dagegen unternehmen zu können.«

Brayden verschluckte sich fast an seinem Bier.

»Wie unhöflich«, versetzte Reid mit einem Grinsen. »Ich habe vor, lange genug zu leben, um dich noch deinen Teenagern hinterherrennen zu sehen.«

Ashton hob seine Flasche zum Toast in Richtung seines Vaters. »Wir werden sie gemeinsam jagen.«

Reid stieß mit seiner Flasche gegen Ashtons. »Auf jeden Fall. Ich schau mal nach meiner Frau und sorge dafür, dass sie sich nicht übernimmt.«

Nachdem Reid den Raum verlassen hatte, wandte Ashton seine Aufmerksamkeit Brayden zu, und sein freundliches Lächeln verschwand. »Ich bin Anwalt. Ich kümmere mich um alle juristischen Angelegenheiten von Matthews House.«

Brayden war sich nicht ganz sicher, warum Ashton ihm das erzählte. »Ach ja?«

»Ich habe Ihren Backgroundcheck durchgeführt, bevor Ihnen der Job angeboten wurde.«

Brayden unterdrückte den Impuls, unruhig von einem Fuß auf den anderen zu treten oder sich überhaupt eine Reaktion anmerken zu lassen. »Okay.«

»Ich dachte nur, ich sollte das erwähnen.« Ashton stand von dem Barhocker auf, auf dem er gesessen hatte, und warf seine leere Flasche in die Recyclingtonne, die unter der Arbeitsplatte stand. Er verließ den Raum ohne ein weiteres Wort.

Brayden fragte sich, warum Ashton meinte, ihm das mitteilen zu müssen. Maggie hatte ihm schon gesagt, dass sie von der Jugendstrafe wussten. Aber er durfte mit niemandem über die Einzelheiten des Verfahrens und seine unter Verschluss gehaltene Akte reden. Diese Akten waren aus genau dem Grund verschlossen: damit Leute nicht auf ewig für die Fehler ihrer Jugend büßen mussten.

Nicht dass er das Gefühl hatte, einen Fehler begangen zu haben. Er hatte es mit voller Absicht getan und würde es unter den gleichen Umständen wieder tun, auch wenn er jetzt die Konsequenzen kannte. Trotz wiederholter Bemühungen war es ihm nie gelungen, seine Akte löschen zu lassen, was an der Art seines Vergehens lag, zumindest hatte man ihm das gesagt.

Ashton konnte ihn beobachten, so viel er wollte. Das war Brayden egal, er hatte nichts zu verbergen. Er war angestellt worden, um hier seinen Job zu machen, und das würde er tun.

Es wäre aber vermutlich keine schlechte Idee, sein wachsendes Interesse an der wunderschönen Frau, die sein Boss war, zu zügeln. Wenn ihr Schwager etwas gegen ihn in der Hand hatte, hatte er das Maggie gegenüber wahrscheinlich erwähnt. Also warum hatte sie ihn dennoch eingestellt?

Als hätte er sie mit seinen Gedanken heraufbeschworen, kam Maggie in die Küche und warf ihm einen fragenden Blick zu. »Haben sie dich alle allein hier zurückgelassen?«

»Schon in Ordnung. Ich wollte mich der Familie nicht aufdrängen.«

»Wir können jetzt heimfahren. Ich muss morgen früh raus.«

»Meinetwegen kann's losgehen.«

»Dann verabschieden wir uns.«

Er folgte ihr zu dem riesigen Wohnzimmer. Sein Blick wanderte zu dem gemauerten Kamin in der Mitte der Wand, und er wunderte sich, dass ein so großer Raum trotz allem so gemütlich wirken konnte.

»Morgen zum Abendessen bist du hier, richtig?«, erkundigte sich Kate.

Maggie nickte. »Das ist der Plan.«

»Brayden, du kannst dich uns gerne anschließen. Die Großeltern kommen zu Besuch, um Poppy zu bestaunen.«

»Vielen Dank für die Einladung, aber ich bin morgen nicht da. Es war sehr nett, alle hier kennenzulernen.«

»Gleichfalls«, erwiderte Jill, auch für die anderen. »Ich hoffe, wir sehen uns bald wieder.«

»Ja, ich auch.« Er schüttelte Reid und Ashton die Hand und folgte Maggie durch die Küche zur Diele.

»Danke, dass du mich mitgenommen hast«, sagte er während der Rückfahrt. »Es war echt toll, sie alle mal zu treffen.«

»Sie mögen dich.«

»Woher weißt du das?«

»Sie haben sich in deiner Gegenwart ganz normal benommen. Wenn sie jemanden nicht mögen, werden sie für gewöhnlich still.«

»Also das waren sie ganz klar nicht.«

»Das darfst du als Kompliment werten«, erklärte sie.

»Buddy und Reid haben mir erzählt, dass sie miteinander aufgewachsen sind.«

»Stimmt. Buddy ist Ashtons Patenonkel und wie ein richtiger Onkel für ihn. Ashton kümmert sich für Buddys Firma um alle juristischen Angelegenheiten. Jill arbeitet jetzt in Teilzeit für ihn, weil Kate beschlossen hat, bei den Tourneen eine Pause einzulegen.«

»Wird sie denn wieder ins Business zurückkehren?«

»Ich bin mir sicher, das wird sie irgendwann. Aber im Moment möchte sie zu Hause bei Reid und Poppy sein. Sie wird wahrscheinlich sehr schnell ein weiteres Baby bekommen, nicht dass sie heute darüber sprechen wollte.«

»Wie groß ist der Altersunterschied zwischen Reid und ihr?«

»Achtundzwanzig Jahre.«

»Wow.«

»Ja, sie haben sich kennengelernt, als sie achtzehn und er fünfundvierzig war. Er ist ein College-Freund von meinem Vater, und eigentlich sollte er nur ein Auge auf sie haben, während sie hier versuchte, im Musikbusiness Fuß zu fassen.«

»Ach du Schande. Dein Vater muss ausgeflippt sein, als er herausgefunden hat, dass sie was miteinander hatten.«

»Das ist noch vorsichtig ausgedrückt. Es war eine ziemlich schwere Zeit. Sie haben sich dann getrennt, doch sie hat ihn nie vergessen und er sie umgekehrt auch nicht. Zehn Jahre später hat sie sich dann aufgemacht, um ihn zu suchen, und seitdem sind sie ein Paar.«

»Das ist eine sehr schöne Geschichte.«

»Kate würde dir sagen, dass Liebe Liebe ist und das Alter nur eine Zahl.«

»Wie alt ist Reid?«

»Sechsundfünfzig.«

»Das hätte ich nicht gedacht.«

»Buddy hält ihn für alterslos und für ein Wunder der Natur.«

»Zusammen sind sie alle echt lustig.«

»Ja, das stimmt.«

»Ich hab bisher noch nicht viele berühmte Leute getroffen. Ich hätte nicht erwartet, dass sie so …«

»Normal sind?«

»Ja.«

»Das sagen viele Leute, wenn sie sie kennenlernen. Buddy meint immer, sie wären Menschen wie du und ich. Sie ziehen sich die Hose auch nicht anders an als alle anderen. Er sagt noch einige andere Dinge, die ich lieber nicht wiederholen möchte, aber so sieht er das. Taylor muss immer darauf achten, dass er nicht zu sehr flucht.«

»Er ist wirklich cool. Ich mag ihn. Ich mag sie alle sehr. Ashton … Er ist ein bisschen intensiv, was?«

»Wie meinst du das?«

»Er hat mir erklärt, dass er Anwalt ist und den Backgroundcheck zu mir durchgeführt hat.«

»Himmel, nicht wirklich, oder?«

»O doch.«

»Das tut mir leid. Das hätte er nicht tun sollen.«

»Er wollte keinen Zweifel daran lassen, dass er weiß, dass ich eine Vergangenheit habe. Ich verstehe das.«

»Trotzdem. Das ist nicht richtig.«

»Ich glaube, er will auf dich aufpassen.«

»Ich bin erwachsen. Ich kann selbst auf mich aufpassen.«

»Das hast du schon bewiesen.« Brayden war sich nicht sicher, ob er sich auf das beziehen sollte, was sie ihm früher am Tag anvertraut hatte, doch er wollte, dass sie wusste, dass er sie bewunderte, weil sie ihrem Angreifer entkommen war – und ihm dabei auch noch wehgetan hatte.

»Ich bedaure sehr viel aus dieser Nacht. Ich hätte mich niemals von ihm zur Tür bringen lassen sollen.«

»Maggie, komm schon. Es ist nicht deine Schuld. Der Typ war ein Anwalt, den du von der Arbeit kanntest. Du hättest nichts von ihm zu befürchten haben sollen.«

Sie zuckte die Achseln. »Trotzdem. Er hat mich in einem Moment der Unaufmerksamkeit überrumpelt, und nachdem ich schon viele Jahre in der Stadt gelebt hatte, hätte ich es besser wissen müssen.«

»Du hast dich erfolgreich gewehrt. Das ist es, was zählt. Das weißt du, oder?«

»Daran arbeite ich noch, aber danke noch mal, dass du mir zugehört hast. Es hat wirklich geholfen, mich jemandem anzuvertrauen.«

»Ich bin froh, dass du das getan hast, und du kannst jederzeit wieder mit mir reden, falls es nötig ist.«

»Danke«, sagte sie mit einem tiefen Seufzen.

»Warum der tiefe Seufzer?«

»Ich habe schon an deinem zweiten Tag bei uns ziemlich viele Grenzen überschritten und zudem Persönliches und Berufliches vermischt.«

»Vergiss es. Was sind schon Grenzen? Ich werde hier einen fantastischen Job für dich machen, egal ob wir Freunde sind oder nicht. Wir werden eng zusammenleben und zusammenarbeiten. Ich wäre gern mit dir befreundet. Wir sind keine Angestellten in einem Großkonzern, Maggie, und wir wissen beide genau, was unsere Aufgabe ist.«

»Wenn du es so ausdrückst«, erwiderte sie mit einem Lachen, »scheint es irgendwie dumm, dass ich mir deswegen den Kopf zerbrochen habe.«

Er lächelte sie an und hoffte, dass sie es in der Dunkelheit sehen konnte. »Es *ist* dumm.«

Sie lachte. »Oh, danke. Es ist nur so: Dies ist das erste Mal, dass ich tatsächlich ganz allein für etwas verantwortlich bin, und ich versuche, alles richtig zu machen.«

»Dir sind die Leute, mit denen du arbeitest und für die du arbeitest, sehr wichtig. So macht man das richtig. Lass dich nicht ablenken, indem du dich wegen Dingen aufregst, die letztendlich total unwesentlich sind. Du musst schon über genug nachdenken, einfach um durch den Tag zu kommen.«

»Das stimmt. Danke, dass du das so gelassen nimmst. Deine Unterstützung hilft mir sehr.«

»Du machst das toll. Du bist ein echt guter Boss.«

»Das höre ich gern, aber ich habe noch viel zu lernen.«

»Glaubst du wirklich, dass du in diesem Job irgendwann den Punkt erreicht hast, an dem du sagen kannst: ›Alles klar, jetzt überrascht mich nichts mehr‹?«

»Vermutlich nicht«, gab sie zu. »Jeden Tag passiert was Neues.«

»Genau.«

Maggies Telefon klingelte, und sie nahm das Gespräch von Teresa über die Freisprechanlage entgegen. »Hallo. Ich hab Brayden hier bei mir.«

»Hallo. Ich hab gerade gehört, dass Coreys Baby heute Nacht per Kaiserschnitt geholt wird.«

»Ist jemand bei ihr?«

»Die Krankenschwester hat gesagt, dass eine von Coreys Freundinnen da ist.«

»Gut. Denkst du, ich sollte da mal vorbeischauen?«

»Du solltest wahrscheinlich besser morgen früh rüberfahren.«

»Okay, dann mach ich das. Haben sie gesagt, womit man bei dem Baby rechnen muss?«

»Nein, nur dass es sofort auf die Frühchenstation kommt.«

»Okay. Ich bin gleich wieder zu Hause.«

»Bis dann.«

»Hast du ihr gerade gesagt, dass du mit mir unterwegs bist?«

»Verdammt, hab ich.« Sie zog eine Grimasse. »Es ging nicht anders, weil sie wissen musste, dass ich nicht allein war. Privatsphäre der Klienten und so.«

»Wie weit ist Corey?«

»Dreißigste Woche. Sie hatten auf etwas mehr Zeit gehofft.«

»Man kann für Frühchen jetzt schon sehr viel tun.«

»Stimmt. Es ist trotzdem ziemlich stressig.«

»Ich weiß.«

Das Haus war fast komplett dunkel, als Maggie auf ihren Parkplatz hinter dem Stall fuhr. »Danke, dass du heute Abend mitgekommen bist.«

»Danke, dass du mich eingeladen hast.« Sie stiegen aus dem Auto und gingen um den Stall herum, wo sie sich voneinander verabschieden würden. »Hey, Maggie? Warum hast du das gemacht? Also, mich gefragt, ob ich Lust hätte, dich zu begleiten.«

»Ich, äh … ich weiß es nicht genau. Ich hab mir einfach gedacht, du würdest vielleicht gerne meine Familie kennenlernen, glaube ich.«

»Da hattest du recht. Ich hab gern Zeit mit ihnen verbracht, also noch mal danke. Schlaf gut.«

»Du auch.«

Maggie wandte sich ab, und er wartete, bis sie im Haus war. Er stand dort noch eine ganze Weile und dachte über sie und die Dinge nach, die er an diesem erstaunlichen Tag über sie erfahren hatte, bevor er sich in Richtung seiner Wohnung wandte.

Kapitel 11

Nach einer rastlosen Nacht, in der ihre Gedanken sich wie in den Tagen direkt nach Ethans Vergewaltigungsversuch immer im Kreis gedreht hatten, schleppte sich Maggie früh um sieben Uhr unter die Dusche. Die Rückkehr ihrer Ängste stammte sicher daher, dass sie mit Brayden darüber gesprochen hatte. Warum genau hatte sie das noch mal getan? Und warum hatte sie ihn eingeladen, mit ihr zu Kate zu kommen? Warum dachte sie auf eine Art und Weise über ihn nach, die die Dinge für sie beide nur komplizierter machen würde? Sich mit jemandem, mit dem man zusammenarbeitete, auf etwas einzulassen war immer riskant, umso mehr, wenn man zudem praktisch am gleichen Ort wohnte.

Mal angenommen, sie ließ ihre Gefühle für Brayden zu. Mal angenommen, es entwickelte sich etwas daraus und ging dann doch schief. Das wäre für sie beide eine Katastrophe, genau wie für alle, die mit ihnen arbeiteten. Das allein war Grund genug, ihn auf Abstand zu halten, das Ganze nicht über Freundschaft hinausgehen zu lassen, herzlich und verbindlich, aber nicht mehr. Das konnte sie schaffen. Natürlich konnte sie das. Und da sie ihre Schwestern in der Nähe hatte, mangelte es ihr ja auch nicht an Gesellschaft oder Unterhaltung.

Ihre Schwestern waren Teil ihres täglichen Lebens, und dennoch … Der Erste, dem sie die Sache mit Ethan erzählt hatte, war Brayden.

Während sie sich über das Warum dahinter den Kopf zerbrach, föhnte sie sich das Haar und zog sich an, hatte auch danach keine andere Antwort, als dass er nach der verstörenden Kontaktaufnahme eben da gewesen war und sich ihr als tröstender Zuhörer angeboten hatte. Wenn sie mit Jill oder Kate zusammen gewesen wäre, als die Textnachricht gekommen war, hätte sie es vermutlich ihnen anvertraut. Doch es war nun mal Brayden gewesen, und selbst wenn sie ihn im Grunde genommen nicht wirklich gut kannte, war es – warum auch immer – einfacher gewesen, ihm ihr Herz auszuschütten, als ihren Schwestern.

Maggie wusste, sie sollte sich damit befassen, warum sie so empfand, aber sie hatte im Moment zu viele andere Dinge zu tun, damit angefangen, nach Corey und dem Baby zu sehen. Zuvor musste sie allerdings mit Teresa sprechen und sich vergewissern, dass alle Kinder aus der Einrichtung auf dem Weg zur Schule waren.

Sie ging in die Küche, wo Mitch eine Kanne Kaffee gekocht hatte, goss eine Tasse ein und gab reichlich Milch dazu.

»Was möchtest du heute zum Frühstück?«, wollte Mitch von ihr wissen.

»Wie wäre es mit Porridge?«

»Schon unterwegs.«

»Hab ich schon mal erwähnt, dass du einer der Höhepunkte bei diesem wunderbaren Job bist?«

»Nur jeden Morgen, seit ich hier angefangen habe«, erwiderte er mit dem, was bei ihm als breites Grinsen zählte, selbst wenn seine Gesichtszüge sich kaum veränderten.

Während Mitch ihr das Gewünschte zubereitete, ging Maggie mit dem Kaffee zu Teresa, die im Büro saß und am Computer tippte.

»Guten Morgen«, sagte Maggie und reichte ihr die dampfende Tasse.

»Hey.« Sie nahm den Kaffee dankbar in Empfang. »Oh, vielen Dank!«

»Wie ist die Lage?«

»Die Nacht war ruhig, und alle waren rechtzeitig an der Bushaltestelle.«

»Ausgezeichnet. Irgendwelche Neuigkeiten von Corey?«

»Sie hat eine gute Nacht hinter sich, und ihr Kleiner schlägt sich tapfer.«

»Ah, also ist es ein Junge. Ich fahre sie heute Vormittag besuchen.«

»Die Krankenschwester hat gesagt, sie sei aufgewühlt und sehr emotional, aber vermutlich ist das kein Wunder. Die Hormone, zusätzlich zu dem ganzen Drama, das sie hinter sich hat, und dann auch noch die Frühgeburt.«

»Ja, das ist eine Menge.«

»Sie wird sich über deinen Besuch freuen.«

»Porridge ist fertig«, rief Mitch aus der Küche.

Zu Teresa sagte sie: »Ich komm später noch mal wieder.«

»Klingt gut. Ich habe heute Abend keinen Dienst, also übernimmt Cecilia.«

»Okay. Genieß deinen freien Abend.«

»Den Großteil davon werde ich verschlafen, so viel ist sicher.«

Mit einem Lachen verschwand Maggie, um zu frühstücken, und ein paar Minuten später war sie auf dem Weg in die Stadt. Ein Laster von einer der Holzhandlungen der Gegend fuhr, aus der Gegenrichtung kommend, an ihr vorbei zum Haus. Das musste die Lieferung des Baumaterials sein, das Brayden bestellt hatte, um ein Podest zu errichten, von dem aus die Kinder gut in den Sattel steigen konnten.

Er hatte ihr versichert, er könne das allein zimmern, nachdem er online Baupläne dafür recherchiert hatte und selbst schon viele solche Aufstiegshilfen gesehen und benutzt hatte.

Maggie hatte das seinen fähigen Händen überlassen. Sie würden noch Teilzeitkräfte einstellen müssen, die auf die Kinder aufpassten und sie überallhin begleiteten, so wie das Förderprogramm es vorschrieb. Sie hoffte, dafür Schüler von der Highschool zu finden, die sich etwas Geld dazuverdienen wollten. Das Jobinserat würde sie nachher veröffentlichen, und weil es mit Kate zu tun hatte, rechnete sie mit regem Interesse. Ihre berühmte Schwester wurde von Mädchen im Teenageralter förmlich vergöttert.

Maggie lachte bei dem Gedanken laut auf. Es amüsierte sie, selbst nach all den Jahren, in denen ihre Schwester schon ein Superstar war, dass die Leute sich förmlich überschlugen, um mit ihr zu sprechen, irgendeine Art von Kontakt mit ihr zu haben. Die Nachricht von Poppys Geburt hatte im Internet vermutlich hohe Wellen geschlagen und die sozialen Netzwerke zum Glühen gebracht.

Maggie war um halb zehn am Krankenhaus, und nach einem Abstecher zur Geschenkboutique, wo sie Luftballons und einen Blumenstrauß erstand, fuhr sie mit dem Fahrstuhl in die Wöchnerinnenstation. Im Schwesternzimmer zeigte sie ihren Ausweis von Matthews House und fragte nach Corey.

»Zimmer dreihundertzwölf«, erwiderte die Krankenschwester. »Links.«

»Danke.«

Maggie ging in das Zimmer, stellte die Blumen auf einen Tisch und fand Corey mit tränennassem Gesicht in ihrem Bett, den Rücken zur Tür gewandt. So rot und verquollen, wie Coreys Augen waren, hatte sie die ganze Nacht geweint.

Als die junge Frau Maggie sah, versuchte sie, sich aufzusetzen, und verzog vor Schmerz das Gesicht.

»Ganz langsam.« Maggie half Corey in eine sitzende Position und stopfte ihr ein Kissen als Stütze in den Rücken. »Wie stellt man den Fernseher leise?«

Corey drückte ein paar Knöpfe auf der Fernbedienung, und schon lief das Programm auf Zimmerlautstärke.

»So ist es besser. Wie geht es dir?«

»Furchtbar, als hätte jemand auf mich eingestochen. Ich kann nicht aufhören zu weinen, und meine Brüste bringen mich um.«

»Das sind die Hormone.«

»Das sagen die Krankenschwestern auch. Sie sind so nett zu mir.« Weder stiegen ihr Tränen in die großen Augen. Sie wirkte so jung und verängstigt.

»Und das Baby? Was ist mit ihm?«

»Sie sagen, er macht seine Sache gut, aber er wird trotzdem eine Weile hierbleiben müssen. Er ist noch so winzig. Nur etwas mehr als drei Pfund.« Sie wischte sich neue Tränen ab.

»Was kann ich für dich tun?«

»Die Blumen sind hübsch. Vielen Dank.«

»Sie sind von uns allen in Matthews House.«

»Alle sind so nett zu mir.« Coreys Schluchzen ging in einen Schluckauf über. »Ich weiß nicht, was ich ohne die andern getan hätte.«

»Gibt es irgendjemanden, den ich für dich anrufen könnte?«

Corey zupfte an der Decke. »Ich versuch schon den ganzen Morgen, mich davon abzuhalten, Trey anzurufen.«

»Den Vater des Babys?«

Corey nickte. »Ich denke immer, ich sollte ihm mindestens sagen, dass das Baby da ist, aber …« Sie schloss die Augen und holte tief Luft. »Er verdient es nicht, das zu wissen.«

»Nachdem er dir wehgetan hat, meinst du?«

»Ja. Er ist der Grund, warum das Baby zu früh gekommen ist. Ich bin mir sicher, es war, weil er mich die Stufen runtergestoßen hat.«

Maggie reichte ihr ein Taschentuch. Sie hatte bisher nicht gewusst, dass der Kerl Corey die Treppe runtergeworfen hatte, und diese Information machte sie nur noch wütender.

Corey tupfte sich die Tränen weg und putzte sich die Nase. »Und trotzdem möchte ich ihn dringender hierhaben als irgendjemand anders. Warum?«

»Weil du ihn geliebt hast, bevor du rausgefunden hast, wie er in Wirklichkeit ist.«

»Ich wusste schon immer, wie er ist, und ich habe ihn trotzdem geliebt. Es ist meine Schuld.«

»Was denn?«

»Dass das Baby zu früh auf die Welt gekommen ist. Ich hätte Trey verlassen sollen, nachdem er mich zum ersten Mal geschlagen hatte.«

Maggie reichte Corey ein weiteres Taschentuch. »Es ist nicht deine Schuld, Corey. Du hast nichts getan, was deinen Sohn gefährdet hat.«

»Doch. Ich bin bei Trey geblieben.«

»Weil du geglaubt hast, du könntest nirgendwo anders hin.«

»Ich wäre immer noch mit ihm zusammen, wenn der Arzt in der Notaufnahme mir nicht von Matthews House erzählt hätte.«

»Du bist so schnell gegangen, wie du konntest. Du hast dich um dich selbst und dein Kind gekümmert, indem du ihn schließlich verlassen hast.«

Corey brach erneut in herzzerreißende Schluchzer aus. »Es war zu spät. Das Baby … Er ist so winzig klein.«

»Er ist hier an einem Ort, an dem er bestmöglich versorgt wird, und ich bin mir sicher, alle tun für ihn, was in ihrer Macht steht. Bist du sicher, dass es niemanden gibt, den ich für dich anrufen kann? Was ist mit deinen Eltern?«

»Da ist nur noch meine Mutter, und sie hat mich gewarnt, ich solle mich von Trey fernhalten. Aber ich hab ihre Worte in den Wind geschlagen. Ich kann sie jetzt nicht anrufen und zugeben, dass sie recht hatte.«

»Vielleicht freut sie sich, von dir zu hören.«

»Ich werde sie nicht anrufen.« Corey blickte Maggie an. »Wie soll ich mich bloß um ein Frühchen kümmern, wo ich nicht einmal für mich selbst sorgen kann?«

Maggie hielt Coreys Hand und dachte darüber nach, was sie darauf antworten sollte. »Hast du mit der Sozialarbeiterin hier in der Klinik gesprochen?«

»Vorhin war jemand da, doch das hab ich ihr nicht gesagt.«

»Warum nicht?«

»Ich hatte Angst, es laut auszusprechen.«

»Also gut, jetzt hast du's getan, und das ist auch völlig in Ordnung. Wenn du es dir nicht zutraust, für dein Baby zu sorgen, dann gibt es verschiedene Möglichkeiten, die dir offenstehen.«

Coreys Kinn zitterte heftig, während ihr die Tränen über das Gesicht liefen. »Ich liebe ihn so sehr. Ich hatte nur ein paar Sekunden mit ihm, und ich liebe ihn schon.«

»Du hattest viele Monate mit ihm.«

Corey nickte.

»Niemand kann dir sagen, was das Richtige ist, Corey. Nur du selbst weißt, was das Beste für dich ist.«

Die junge Frau barg ihr Gesicht in den Händen und weinte.

Maggie stand auf und setzte sich auf die Bettkante, umarmte die am ganzen Körper bebende Corey. »Du musst heute noch nichts entscheiden. Er wird schließlich eine Weile hierbleiben, daher hast du Zeit, in Ruhe nachzudenken …«

»Nein.«

»Nein?«

»Er braucht Eltern, die für ihn da sind, gleich jetzt, und das kann ich nicht.«

Maggie strich Corey das blonde Haar aus dem Gesicht. »Was möchtest du tun?«

»Ich glaube, ich möchte noch einmal mit der Sozialarbeiterin sprechen.«

»Soll ich die Krankenschwestern bitten, sie anzurufen?«

»Ja, bitte«, erwiderte Corey leise.

* * *

Auf der gesamten Fahrt nach Hause liefen Maggie die Tränen über die Wangen. Coreys Verzweiflung war so tief und umfassend gewesen, dass Maggie sich gefühlt hatte, als würde sie selbst die notwendigen Schritte dafür einleiten, ihr eigenes Kind zur Adoption freizugeben.

Nachdem die Sozialarbeiterin eingetroffen war, war alles ganz schnell gegangen. Eine Mitarbeiterin des Beratungsteams war hinzugezogen worden, um zu bestätigen, dass Corey sich in vollem Umfang der Tragweite dessen bewusst war, was zu tun sie im Begriff stand, bevor sie die Formulare unterzeichnete, mit denen sie alle Rechte an ihrem Kind abtrat. Als die Sozialarbeiterin sich nach dem Namen des Vaters des Babys erkundigte, hatte Corey den Kopf geschüttelt und sich geweigert, darauf zu antworten. Die Sozialarbeiterin hatte nicht nachgehakt, aber Maggie fragte sich insgeheim, ob und auf welche Weise Trey auf seine Rechte verzichten müsste.

Maggie hatte versprochen, dass Corey so lange in Matthews House wohnen bleiben konnte, wie sie das brauchte, um sich von der Geburt zu erholen. Sie war während des gesamten Prozesses bei ihr geblieben, und dann noch zwei Stunden, als die anderen schon gegangen waren, hatte die junge Frau getröstet und ihr den Rücken gerieben, bis sie eingeschlafen war, auch wenn die Tränen nicht versiegt waren.

Maggie war restlos erschöpft, als sie schließlich die Einfahrt zu Matthews House hoch- und bis hinter die Stallungen fuhr. Dort entdeckte sie Brayden, der sein Hemd ausgezogen hatte und Nägel in die Bretter schlug, aus denen er die Aufstiegshilfe zimmerte. Sie konnte sich mit eigenen Augen davon überzeugen, dass der gewöhnlich unter seinen Westernhemden verborgene Oberkörper ausgesprochen gut gebaut und muskulös war. Sie beobachtete fasziniert das Spiel seiner Muskeln und wie eng seine verblichene Jeans Po und Oberschenkel umschloss. Sie schob sich die Sonnenbrille ins Haar, um besser sehen zu können.

Himmel, der Mann war einfach perfekt.

Sie blinzelte mehrmals, versuchte sich zu erinnern, was sie eigentlich hatte tun wollen, bevor sie ihn erblickt hatte. Oh, richtig, ihr Auto abstellen, aussteigen und zurück an die Arbeit gehen.

Nachdem sie geparkt hatte, schaltete sie den Motor aus, nahm ihre Handtasche und öffnete die Fahrertür. Als sie draußen stand, bemerkte sie, dass er sich umgedreht hatte und ihr eine uneingeschränkte Sicht auf seine breite Brust und den flachen Bauch bot. Die Vorderseite war sogar noch besser als die Seitenansicht. Seine Brust war behaart, aber nicht zu sehr, sondern gerade genug. Sein Bauch war definiert, und die Jeans saßen tief und …

»Du hast geweint.«

Als sie endlich ihre aus Lust geborene Erstarrung abschütteln konnte, stellte Maggie fest, dass Brayden direkt vor ihr stand, halb nackt, die gebräunte Haut mit einem feinen Schweißfilm überzogen, der in der Nachmittagssonne schimmerte.

»Maggie?«

»Was?«

»Ich hab gesagt, dass du geweint hast. Warum?«

»Ich war bei Corey im Krankenhaus. Sie hat die schwierige Entscheidung getroffen, ihren Sohn zur Adoption freizugeben.«

»O nein. Das ist echt nicht leicht.«

»Es war schrecklich, aber sie ist davon überzeugt, dass es das Richtige ist. Sie meint, sie könne sich ja nicht einmal um sich selbst kümmern, und ganz bestimmt nicht um ein Frühchen mit allem, was da möglicherweise dranhängt.«

»Wie geht es für sie jetzt weiter?«

»Wir bringen sie wieder her, damit sie sich von der Geburt erholen kann, und dann müssen wir mal sehen. Sie ist herzlich eingeladen, so lange zu bleiben, wie sie das möchte.«

»Sie kann sich glücklich schätzen, dich zu haben und alle anderen aus Matthews House. Das wird ihre Rettung sein.«

Bei seinen freundlichen Worten bildete sich ein Kloß in Maggies Kehle, und da sie Angst hatte, vor ihm restlos die Fassung zu verlieren – und nicht zum ersten Mal –, richtete sie ihren Blick auf das Gerüst, das er aufgebaut hatte. »Du hast schon eine Menge geschafft.«

Er schaute zu der Bretterkonstruktion. »Es ist nichts Großartiges oder Kompliziertes, aber ich stehe unter Zeitdruck, weil es fertig sein soll, bevor ich heute Abend aufbreche, damit wir nächsten Montag anfangen können.« Nach einer Pause fügte er hinzu: »Du erinnerst dich noch, dass ich den bereits fest geplanten Urlaub erwähnt habe, oder?«

»Ja, klar. Wohin geht es?«

»Mit ein paar College-Freunden nach Key West zum Angeln.«

»Das klingt nach einer Menge Spaß.«

»Den werden wir auf jeden Fall haben. Wir fahren jedes Jahr. Ruf mich an, falls du irgendwas von mir brauchst, solange ich weg bin.«

Maggie, die sich bereits zum Haus umgedreht hatte, wandte sich noch einmal um. »Was sollte das sein?«

Er zuckte die Achseln, während seine Lippen sich zu einem kleinen Lächeln verzogen. »Jemand, mit dem du reden kannst? Bei dem du deinen Frust abladen kannst? Der dir zuhört? Was auch immer es ist, ich bin für dich da.«

Seine Freundlichkeit machte sie genauso sprachlos wie seine Attraktivität. »Das … äh, behalte ich im Kopf. Danke.«

»Ich wünsch dir eine schöne Zeit mit deiner Familie.«

Maggie hatte beinahe vergessen, dass in ein paar Stunden ihre Eltern kamen. »Danke. Und genieß du deinen Urlaub.«

»Das werde ich. Wir haben immer viel zu lachen, gönnen uns Bier, Fisch und jede Menge Sonne.«

»Das ist auf jeden Fall eine tolle Kombination.«

»Du solltest es auch mal ausprobieren. Ich wette, es würde dir gefallen.«

»Na klar. Ich war oft mit meinem Vater auf seinem Boot angeln. Allerdings war ich die Einzige von den Kindern, die nie etwas gefangen hat.«

»Was für ein Boot hat dein Vater denn?«

»Ein Segelboot namens *Blueprint*, das er und sein Geschäftspartner und Schwager gemeinsam besitzen. Sie sind Architekten.«

»Das ist clever.«

»Jedenfalls halten sie sich dafür.«

»Warte mal. Ich hab schon von deinem Vater und seiner Firma gehört. Sie sind ziemlich bekannt, oder?«

»Ja, ich denke schon. Sie sind durchaus erfolgreich.«

»Es war ein Artikel über Kate, in dem er und die Firma erwähnt wurden. Ich habe über ihre Arbeit gelesen.«

»Meine Tante Frannie, die Schwester meines Vaters, und Onkel Jamie, sein Geschäftspartner und Schwager, sind mit ihren Kindern ebenfalls mit von der Partie, um Poppy kennenzulernen.« Warum erzählte sie ihm das?

»Ihr werdet also quasi von Gästen überrannt. Wo schlafen die alle?«

»In dem Holzhaus, das ich bei unserer Stippvisite bei Kate erwähnt habe. Reid hat es vor der Hochzeit letztes Weihnachten bauen lassen. Die gesamte Familie war damals da.«

»Das ist eine gute Idee gewesen.«

»Es ist einfach notwendig, da unsere Familie immer in Gruppen von zehn oder mehr Personen auftaucht.«

»Das kann ich mir echt nicht vorstellen.«

Maggie versuchte sich zu ermahnen, weiterzugehen, zurück zur Arbeit, und auch ihn weitermachen zu lassen. »Du hast nicht viel Familie, oder?«

»Nein, meine Mutter und ich waren allein, nachdem mein Vater gestorben war. Wir haben ein paar gute Freunde, die wie Familie für uns sind. Als Geschwister hast du nur deine Schwestern, oder?«

»Wir haben auch noch fünf jüngere Brüder.«

»Meine Güte.«

»Allerdings sind wir nicht zusammen aufgewachsen. Da waren wir bloß zu dritt, Jill, Kate und ich, bis Andi und Eric zu unserer Familie gestoßen sind. Andi ist meine Stiefmutter. Sie und mein Dad haben dann noch Zwillinge gekriegt, John und Rob. Meine Mutter und mein Stiefvater Aidan haben Nick und Max adoptiert. Es ist eine große Patchwork-Familie.«

»Und alle vertragen sich?«

»Ja.«

»Also haben sich deine Eltern im Guten getrennt?«

Maggie lächelte. »Das ist eine Geschichte für später, wenn wir mehr Zeit haben als gerade jetzt.«

»Ich bin schon sehr gespannt darauf, sie zu hören.«

»Ich lass dich dann mal wieder in Ruhe arbeiten. Und gute Reise.«

»Danke. Und dir eine schöne Woche.«

»Ebenfalls. Viel Spaß mit Sonnenschein und Freunden.« Maggie betrat das Haus durch die Küche, wo sich mehrere der Frauen aus ihrem Team am Fenster zum Hof drängten. »Was macht ihr denn hier?«

Tonya, eine der Assistentinnen des Programms, stand bei LeAnn, die die Gemeinschaftsflächen putzte, und Cathleen, die Mitch in der Küche half.

»Er stemmt einen der großen Holzbalken«, erklärte Tonya.

»Schau dir diese Muskeln an«, seufzte Cathleen verträumt.

Die drei drückten sich die Nasen an den Fensterscheiben platt.

Belustigt erwiderte Maggie: »Das mag alles schön und gut sein, aber jetzt reicht's.«

Tonya blickte über ihre Schulter zu Maggie. »Willst du etwa behaupten, dass dir nicht das Wasser im Mund zusammengelaufen ist, als du da draußen mit ihm gesprochen hast?«

»Nein, kein vermehrter Speichelfluss.«

»Und dir ist auch überhaupt nicht aufgefallen, dass er der sexyste Mann seit Chris Hemsworth ist?«, erkundigte sich LeAnn, deren Stimme mit jeder Silbe höher wurde.

»Ach, wirklich? Habe ich gar nicht bemerkt.«

»Mädchen«, sagte Tonya, »du bist eine verdammte Lügnerin.«

Maggie lachte. »Und jetzt alle an die Arbeit. Die Show ist vorbei.«

»Ich *liebe* meinen Job hier«, bemerkte LeAnn, während sie die Küche verließ. »Die Aussicht ist einfach unvergleichlich.«

Maggie ging lächelnd in ihr Büro und setzte sich hinter ihren Schreibtisch, während ihre Gedanken und Gefühle nach dem aufwühlenden Vormittag mit Corey und dann ihrer

Reaktion auf den halb nackten Brayden Thomas wild durcheinanderwirbelten. Die anderen Frauen hatten natürlich recht – er war der sexyste Mann seit Chris Hemsworth –, und binnen weniger Tage war er ihr zudem ein guter Freund geworden.

Ruf mich an, falls du irgendetwas von mir brauchst.

In dem Moment wurde ihr mit erschreckender Klarheit bewusst, dass sie ihn in der nächsten Woche vermissen würde, was absolut lachhaft war. Er war schließlich erst seit ein paar Tagen hier. Wie war es da möglich, dass er ihr fehlen würde?

»Du bist so dumm«, murmelte sie vor sich hin, während sie ihren Computer einschaltete, um ein paar der Verwaltungsarbeiten zu erledigen, die einfach kein Ende nahmen. Berichte, Statistiken, Daten, das Update der Website, die Planung des Tags der offenen Tür, den Reid vorgeschlagen hatte und bei dem sie ihr Projekt der Öffentlichkeit vorstellen würden, und der Newsletter, über den sie Kontakt zu möglichen Spendern und dem Unterstützerkonsortium halten wollten.

Als Reid und Kate bekannt gegeben hatten, was sie mit Matthews House planten, und genauer erklärt hatten, was ihnen vorschwebte, hatte ein wahrer Strom von Spenden eingesetzt – von anderen Stars des Musikgeschäfts ebenso wie von früheren Kollegen von Reid aus der Baubranche, die alle miteinander das Programm unterstützen wollten.

Die Verwaltung der Spenden war eine der vielen Aufgaben, für die Maggie nun die Verantwortung trug. Sie überprüfte ihren Anrufbeantworter und fand eine Nachricht von der Polizei vor, durch die sie ein Update zu dem offenen Fall von Coreys Freund Trey erhielt. Der Mann befand sich wegen eines ausstehenden Haftbefehls und der Anklage wegen gefährlicher Körperverletzung nach dem Vorfall, der Corey zu ihnen gebracht hatte, weiter in Untersuchungshaft, ohne die Möglichkeit auf Kaution freizukommen.

Maggie war erleichtert, zu erfahren, dass er nicht freigelassen werden würde, sodass Corey ihn, selbst wenn sie der Versuchung erlag, ihn wegen des Babys anzurufen, nicht erreichen würde. Corey war ohne ihn sicher besser dran.

LeAnn erschien an Maggies Tür. »Da ist eine gewisse Ruth Stapleton vom Jugendamt. Sie würde gerne mit Trish Lawson reden.«

Kapitel 12

Was hat es damit auf sich? Maggie bemühte sich, Ruhe zu bewahren, damit sie Trish bestmöglich helfen konnte. »Bist du so lieb, gehst nach oben und richtest Trish aus, dass sie bitte in mein Büro kommen soll? Und frag Tonya, ob sie auf Chloe aufpassen kann, während Trish und ich mit dem Jugendamt reden.«

»Klar, mach ich.«

Während sie wartete, überlegte Maggie, was die Frau vom Jugendamt wohl herführte.

Ein paar Minuten später stand Trish auf der Schwelle. »Du wolltest mich sehen?«

»Komm rein, und schließ bitte die Tür.«

Als Trish im Büro und die Tür zu war, setzte Maggie sich neben sie. »Jemand vom Jugendamt ist hier, um mit dir zu sprechen.«

Trish zuckte zurück. »Was? Warum?«

»Das weiß ich nicht. Hast du irgendeine Ahnung, was sie wollen könnten?«

»Nicht die geringste.«

»Dann lass es uns herausfinden.«

Maggie erhob sich und ging zur Tür.

Trish fasste sie am Arm und hielt sie fest. »Maggie, bitte. Egal, was ist, du kannst nicht zulassen, dass sie mir die Kinder wegnehmen.«

»Es gibt keinen Grund, weshalb sie das tun sollten. Versuch, ruhig zu bleiben. Das ist auf jeden Fall das Beste.«

Trish schluckte schwer und nickte.

Maggie ließ ihr einen Moment dafür, sich zu fassen, bevor sie die Tür öffnete und sich mit ihr zum Besprechungszimmer begab, wo eine Frau mit dunkler Haut und freundlichen braunen Augen auf sie wartete. Maggie schätzte sie auf Ende vierzig. Sie trug ein strenges graues Kostüm und strahlte eine Aura von Professionalität und Mitgefühl aus, die beruhigend wirkte.

»Hallo, ich bin Maggie Harrington, die Leiterin von Matthews House, und das ist Trish Lawson.«

Sie reichten einander die Hand. »Ruth Stapleton. Freut mich, Sie beide kennenzulernen. Ich habe schon viele wunderbare Dinge über Ihre Einrichtung gehört, Ms Harrington.«

»Danke. Und bitte nennen Sie mich Maggie.«

»Sehr gerne. Ich bin Ruth. Ms Lawson, ich habe erfahren, dass Sie sehr krank sind.«

Trish blickte zu Maggie, bevor sie zögernd nickte. »Ich befinde mich wegen Eierstockkrebs in Behandlung.«

»Das hat man mir mitgeteilt.«

»Wer genau hat das getan?«, erkundigte sich Maggie.

»Es steht mir nicht frei, Ihnen das zu sagen.«

»Jemand hat mich bei Ihnen angezeigt! Finden Sie es fair, dass ich nicht wissen darf, wer das war?«

Unter dem Tisch legte Maggie ihre Hand über Trishs und drückte sie begütigend. »Ms Lawson hat während ihrer Krankheit Probleme gehabt, eine dauerhafte Anstellung zu finden, und das ist letzten Endes auch dafür verantwortlich, dass sie hier bei uns gelandet ist. Sie hat sich immer aufopferungsvoll um ihre Kinder gekümmert, sodass es ihnen nie an etwas

Wichtigem gefehlt hat. Sie sind ordentlich gekleidet und sauber, haben genug zu essen bekommen, sind intelligent und können sich über ihr Alter hinaus gut ausdrücken, kurz, es sind glückliche, gesunde Kinder. Sie haben alle Vorsorgeuntersuchungen und Impfungen erhalten, und die beiden ältesten hatten dieses Jahr noch keinen Fehltag an der Schule. Ms Lawson hat uns erzählt, dass ihre älteste Tochter Lily wegen der Krebserkrankung ihrer Mutter unter Angstattacken leidet. Sie ist alt genug, um zu verstehen, dass ihre Mutter sterben könnte. Diese Angststörung wird medikamentös behandelt. Sie sind herzlich eingeladen, mit den Kindern zu reden und sich mit eigenen Augen davon zu überzeugen, dass vonseiten Ihrer Behörde keine Schritte notwendig sind.«

»Danke, ich würde sie in der Tat gerne sehen.«

Trish zitterte heftig.

Maggie drückte ihr erneut die Hand und versuchte, sie zu beruhigen. Insgesamt betrachtet ging es mit dem Tag eindeutig weiter bergab. »Die älteren beiden Kinder werden in einer halben Stunde von der Schule heimkommen. In der Zwischenzeit können Sie die kleine Chloe kennenlernen.« Sie nickte Trish zu, die aufstand und das Zimmer verließ, um ihre Tochter zu holen.

Als sie allein waren, wandte sich Maggie direkt an Ruth. »Ms Lawson ist eine wunderbare Mutter.«

»Es freut mich, das zu hören.«

»Sie hat ihre Kinder trotz ihrer Erkrankung vorbildlich versorgt.«

»Und können Sie bestätigen, dass sie das auch immer getan hat?«

»Nein, natürlich nicht. Ich weiß nur, was mein Team und ich seit ihrer Ankunft hier beobachten konnten, und wir haben nichts bemerkt, was Anlass zur Sorge bietet.«

»Dann sollte es keine Probleme geben. Ich bin sicher, Sie wissen, wenn wir eine Meldung bekommen, sind wir verpflichtet, ihr nachzugehen.«

»Ja, sicher, aber ich weiß auch, dass Ms Lawson und ihre Kinder Rechte haben, und dazu gehört unter anderem die Information darüber, von dem die Meldung stammt, ebenso wie die Gelegenheit, ihre Sicht der Dinge darzulegen.«

»Wenn wir feststellen, dass es tatsächlich etwas zu beanstanden gibt, wird sie genau diese Gelegenheit erhalten.«

Maggies Magen schmerzte. Sie konnte sich nur vorstellen, wie sich Trish fühlen musste. Dabei hatte die Arme doch wahrlich schon genug durchgemacht.

Trish kam mit Chloe auf dem Arm ins Zimmer. »Sie hat geschlafen, daher ist sie vielleicht ein bisschen unleidlich.«

Die Wangen des kleinen Mädchens waren vom Schlaf gerötet, und sie hatte sich den Daumen in den Mund gesteckt.

»Chloe, Süße, das ist Ms Stapleton. Kannst du ihr Guten Tag sagen?«

Chloe schüttelte den Kopf und schmiegte sich enger an ihre Mutter.

»Sie wacht nach ihrem Mittagsschlaf immer nur ganz langsam auf, vor allem wenn sie geweckt wird.«

Maggie musste ihr Lächeln hinter vorgehaltener Hand verbergen. Das war wirklich geschickt von Trish, auf die Störung der Routine des kleinen Mädchens durch die Frau vom Jugendamt hinzuweisen.

»Woher stammt die Beule an ihrer Stirn?«, wollte Ms Stapleton wissen.

»Sie ist über eines der Spielzeugautos ihres Bruders gestolpert und hat sich den Kopf an einem Tisch gestoßen.«

»Vertragen sich die Kinder gut?«

»Ja. Bevor ich krank wurde, haben sie oft miteinander gestritten. Doch jetzt bemühen sie sich, aufkommende Konflikte selbst zu lösen und netter zueinander zu sein. Sie haben alle Schwierigkeiten vorbildlich gemeistert, Ms Stapleton.«

Die nächste halbe Stunde verstrich quälend langsam, während Ms Stapleton Trish und Chloe zuschaute und sie darauf warteten, dass Lily und Jimmy heimkamen. Maggie half, indem sie für Chloe eine Kleinigkeit zu essen und etwas zu trinken besorgte, woraufhin das kleine Mädchen lebhafter wurde und langsam weiter aufwachte.

Pünktlich um zwanzig Minuten nach drei lud der Kleinbus die Kinder im Schulalter vor der Küchentür ab, und kurz darauf ertönten das gewohnte fröhliche Stimmengewirr und das unverkennbare Geräusch, mit dem Schulranzen auf dem Boden landeten. Gedämpft hörten sie Mitch den Kindern sagen, dass sie ihre Sachen ordentlich wegräumen sollten und sich dann einen Snack bei ihm abholen könnten.

Die Kinder liebten Mitch und seine Snacks, daher beeilten sie sich, seiner Aufforderung Folge zu leisten. Beaufsichtigung nach der Schule gehörte nicht zu seiner Jobbeschreibung, doch nachdem er Maggie gegenüber erwähnt hatte, wie sehr er es liebte, die Kinder nachmittags in Empfang zu nehmen, hatte sie ihm diese Aufgabe übertragen.

»Ich hole mal Lily und Jimmy«, verkündete Maggie.

Sie ging in die Küche, wo die Kinder sich mit Karotten, Trauben, Käsestangen und einem Keks für jeden stärkten. »Hattet ihr alle einen schönen Tag?«

Sie antworteten im Chor: »Ja, Ms Maggie«, und dann erzählten sie alle gleichzeitig, was passiert war, seit sie heute Morgen das Haus verlassen hatten.

»Ich brauche euch beide, Lily und Jimmy, aber nur für einen Moment.«

Maggie hasste den erschreckten Blick, den Lily ihr zuwarf, als erwartete die Kleine grundsätzlich eine Katastrophe. »Es ist alles in Ordnung«, versicherte sie ihr daher rasch. Wenigstens hoffte sie, dass das stimmte.

Mitch reichte jedem der beiden eine Tüte mit ihren Snacks und zwinkerte ihnen zu.

»Danke, Mr Mitch«, sagte Jimmy.

Sie folgten Maggie ins Besprechungszimmer und liefen dann zu ihrer Mutter und ihrer Schwester, um sie zu umarmen.

»Kinder«, erklärte Trish, »das hier ist Ms Stapleton. Sie ist hier, um nachzuschauen, wie es uns in unserem neuen Zuhause geht.«

»Hier ist es einfach *toll*«, rief Jimmy sofort. »Es gibt Pferde! Mr Derek und Mr Brayden sagen, wir können lernen, wie man sie versorgt, und gestern durfte ich helfen, ihnen Wasser zu geben. Die trinken echt Unmengen. Und wir werden auch reiten lernen.«

Ms Stapleton lächelte über die Begeisterung des Jungen. »Und du, Lily? Fühlst du dich hier in Matthews House auch wohl?«

»Es ist sehr nett hier«, erwiderte Lily leise.

»Die Kinder haben sich schon gut in ihrer neuen Umgebung eingelebt«, antwortete Trish. »Es ist für uns alle eine ungeheure Erleichterung, in dieser schwierigen Zeit das breite Unterstützungsangebot von Matthews House und dem großartigen Team hier zur Verfügung zu haben.«

»Trish und ihre Kinder sind herzlich eingeladen, so lange bei uns zu bleiben wie nötig.«

Ms Stapleton verbrachte noch eine weitere halbe Stunde mit Trish und den Kindern, bevor sie darum bat, kurz mit Trish und Maggie allein sprechen zu dürfen. Mitch passte inzwischen auf Jimmy und seine Schwestern auf. »Ich bin sehr froh, dass Sie hier untergekommen sind und die Unterstützung erhalten, die Sie während Ihrer Krankheit brauchen.«

Trish starrte sie an. »Das ist alles?«

»Das ist alles.«

»Und können Sie mir jetzt mitteilen, wer mich gemeldet hat?«

»Ich kann nur sagen, dass die Meldung aus dem Umfeld der Schule kam und in direktem Zusammenhang mit der Angststörung Ihrer Tochter steht. Man machte sich Sorgen darum, ob sie die richtige Hilfe erhält.«

Maggie konnte sehen, dass diese Information Trish nicht gefiel, aber das behielt sie für sich.

»Sie können demjenigen, der sich Sorgen gemacht hat, versichern, dass Lily in jeder Hinsicht geholfen wird, mit Medikamenten und regelmäßigen Therapiesitzungen, bei denen sie Bewältigungsstrategien lernt. Sie ist schon immer sehr einfühlsam gewesen und begreift, dass ihre Mutter ernsthaft erkrankt ist.«

»Verstanden. Ich hoffe sehr, dass Sie bald wieder ganz gesund sind.« Ms Stapleton erhob sich und schüttelte ihnen beiden die Hand. »Dann werde ich mich jetzt verabschieden.«

Nachdem ihre Schritte verklungen waren, wandte sich Trish an Maggie. »Warum sollte die Schule mich beim Jugendamt melden, statt einfach bei mir nachzufragen, welche Versorgung Lily erhält?«

»Das weiß ich nicht, aber ich vermute, da sie zur Meldung verpflichtet sind, hatten sie das Gefühl, es sei notwendig, um Lily zu beschützen. Ich weiß, es ist schwierig, das nicht persönlich zu nehmen.«

»Da hast du absolut recht. Als ob wir nicht schon genug um die Ohren hätten.«

»Das Gute daran ist, dass die Leute an ihrer Schule auf so etwas achten und dass Ms Stapleton nichts finden konnte, was Anlass zur Sorge gibt. Damit ist das erledigt.«

»Nein, ist es nicht. Jetzt sind wir auf dem Radar des Jugendamtes, und wenn irgendwas schiefgeht, kommt sie zurück.«

»Versuch, dich deswegen nicht aufzuregen. Für den Augenblick wenigstens ist alles in Ordnung. Du und die Kinder seid in Sicherheit und erhaltet Unterstützung. Du kannst dich auf deine Krebsbehandlung konzentrieren und musst dich nicht wegen der Miete oder irgendetwas anderem sorgen, und das so lange wie nötig.«

»Ich werde mich nie genug bedanken können für all das, was du und deine Schwester hier tut. Ihr rettet mir in so vielerlei Hinsicht das Leben.«

»Das machen wir gerne.«

Sie verließen das Besprechungszimmer, und Trish ging nach den Kindern schauen.

Maggie zog sich in ihr Büro zurück und schloss die Tür, nutzte die Pause, um kurz durchzuatmen. Ihr Handy vermeldete das Eintreffen einer Textnachricht von Brayden.

Ich bin am Flughafen. Wie war der Rest deines Tages?

Stressig. Sie berichtete ihm kurz von dem Besuch vom Jugendamt.

Dann genieß jetzt die Zeit mit deiner Familie. Gönn dir einen Drink. Den hast du dir verdient.

Danke, und dir gute Reise.

Er antwortete mit einem Daumen-hoch-Emoji.

Maggie freute sich, dass er nachgefragt hatte und sich dafür interessierte, wie es ihr und den Bewohnern ging. Mitgefühl war so eine wichtige Charaktereigenschaft in diesem Berufsfeld, und zu sehen, dass er darüber verfügte, war beruhigend.

Sie verbrachte weitere zwei Stunden mit E-Mails und Telefonanrufen, dann traf sie sich mit Arnelle zu ihrer üblichen Besprechung. Corey und Trish standen dabei ganz oben auf ihrer Liste.

»Trish hat mir die Erlaubnis erteilt, mich mit ihren Ärzten auszutauschen, was überaus hilfreich ist«, berichtete Arnelle. »Ich weiß nun besser Bescheid, was Sache ist und wie wir ihr am besten helfen können.«

Maggie erzählte ihr im Gegenzug von dem Besuch vom Jugendamt. »Ich möchte mich nur vergewissern, dass wir ebenso alles in unserer Macht Stehende für Lily tun.«

»Ich werde darüber mit Trish reden und schauen, was für Möglichkeiten wir haben.«

»Außerdem müssen wir uns darum kümmern, dass Lily weiter zu ihren Therapiesitzungen gefahren wird, damit es da keine Unterbrechung gibt.«

»Okay, habe ich mir notiert.«

Sie ließen Bewohner auch von Taxis oder Fahrdiensten hinbringen, wobei die Kosten vom Programm getragen wurden.

»Und jetzt zu Corey«, sagte Arnelle. »Wir müssen so schnell wie möglich einen Therapieplatz für sie finden.«

»Allerdings.« Maggie reichte ihr eine Liste, die die Sozialarbeiterin aus dem Krankenhaus ihr gegeben hatte. »Hier sind einige Adressen.«

»Wir sollten uns überlegen, ob wir nicht eine Psychotherapeutenstelle hier direkt bei uns einrichten können, und sei es in Teilzeit. Dann müssten wir die Leute dafür nicht mehr in die Stadt fahren. Höchstwahrscheinlich würden all unsere Bewohner von psychotherapeutischer Betreuung profitieren.«

»Ich werde mal mit den Chefs darüber reden. Vermutlich sehen sie das genauso.« Reid und Kate hatten ihr praktisch eine Blankovollmacht dafür gegeben, all das in Matthews House zu ermöglichen, was notwendig und sinnvoll war. Obwohl Maggie ein Budget für das Programm ausgearbeitet hatte, waren sie bereit, mehr Geld nachzuschießen. Gerade im ersten Jahr hatten sie schon mit weiterem Bedarf gerechnet.

»Corey wird morgen oder übermorgen entlassen werden«, erklärte Maggie. »Ich hab meine Nummer dagelassen, damit sie anrufen, wenn sie abgeholt werden kann. Ich halte dich auf dem Laufenden.«

»Klingt gut. Übrigens, herzlichen Glückwunsch zu deiner kleinen Nichte.«

»Danke.« Maggie zeigte ihr gleich ein paar Bilder, die Kate ihr vorhin geschickt hatte.

»Sie ist wirklich niedlich.«

»Ja, das ist sie. Die Großeltern dürften im Übrigen gerade eintreffen, um sie kennenzulernen.«

»Du solltest unbedingt hinfahren, um mit deiner Familie zusammen zu sein.«

»Das ist der Plan. Bis morgen.«

Maggie sperrte ihr Büro ab und ging in ihr Apartment, um zu duschen und sich umzuziehen, bevor sie sich auf den Weg zu Kate machte. Sie stellte sich lange unter die Dusche, ließ das heiße Wasser über sich laufen und den Stress des Tages wegspülen, damit sie sich auf ihre Schwester und den Rest der Familie konzentrieren konnte.

Sie wollte, dass sie eine starke, fähige Frau sahen, die sich gut in ihrem neuen Leben behauptete, kein emotionales Nervenbündel, das sich am Rande eines Zusammenbruchs bewegte.

Sie bürstete sich das Haar, trug genug Make-up auf, um die dunklen Schatten unter ihren Augen zu verdecken, schlüpfte in eine Jeans, Stiefel und ein dünnes Sweatshirt. Mit Handtasche, Schlüssel und Handy in der Hand verließ sie ihr Apartment wieder und hörte Stimmengewirr und das Klappern von Tellern und Besteck.

Eigentlich wollte sie kurz den Kopf ins Esszimmer stecken und nach dem Rechten sehen, bevor sie aufbrach, aber heute überließ sie alles den fähigen Händen ihrer Mitarbeiter und schaute, dass sie hier wegkam, solange es problemlos ging. Die nächste Krise, hatte sie gelernt, wartete immer schon hinter der nächsten Ecke.

Vor zwei Stunden hatte sie eine Textnachricht von Jill erhalten, dass die Familie am Nashville International Airport gelandet war. Mittlerweile waren sie bestimmt bei Kate zu Hause und hatten ihr Quartier bezogen. Als sie nachgefragt hatte, hatte Reid ihr erklärt, dass der Privatjet, den ihr Vater für die gesamte Familie gechartert hatte, zu groß für die private Landebahn sei, die zu Matthews House gehörte.

Während sie das kurze Stück Weg zum Haus ihrer Schwester zurücklegte, hatte Maggie das Fenster offen und die Musik laut gestellt, hoffte, sie würde den schwierigen Tag hinter sich lassen und die Zeit mit ihrer Familie entspannt genießen können. Auf der Auffahrt von Kates Haus standen zwei große schwarze SUVs, Mietwagen, mit denen die Familie vom Flughafen hergefahren war. Wie sie ihren Vater kannte, hatte er Himmel und Hölle in Bewegung gesetzt, um dafür zu sorgen, dass der Besuch keine Belastung für die frischgebackenen Eltern sein würde.

Maggie betrat das Haus durch den Seiteneingang, stellte ihre Tasche ab und legte die Schlüssel auf eine Ablage, bevor sie in die Küche weiterging, wo Buddys Mutter Miss Martha am Herd stand und in einem großen Topf rührte.

»Jetzt sind alle vollzählig«, sagte sie und breitete die Arme aus, um Maggie an sich zu drücken.

Martha, die weißes Haar und kluge braune Augen hatte, war eine der liebenswertesten Frauen, die Maggie kannte, sodass sie sich bei ihr automatisch wie eine geliebte Enkeltochter fühlte. Und da sie bei Reids Familie als Haushälterin gearbeitet hatte, war sie für ihn so etwas wie eine zweite Mutter gewesen. Mittlerweile musste sie fünfundachtzig Jahre alt sein, aber das sah man ihr auf keinen Fall an.

»Was kochst du da? Das riecht köstlich.«

»Ich hab hier einen Riesentopf Chili und dazu Maisbrot, um alle satt zu kriegen. Dann muss niemand heute Abend noch kochen.«

»Das ist wirklich nett von dir.«

»Um bei der Wahrheit zu bleiben, ich wollte auch einen Blick auf mein neues Enkelkind werfen. Sie ist einfach bezaubernd.«

»Absolut.«

»Du bist zum ersten Mal Tante geworden, richtig?«

»Genau.«

»Das ist eine so besondere Zeit für euch alle. Und wie läuft es drüben bei dir?«

»Ganz prima. Jeden Tag passiert etwas Neues.«

»Was ihr euch da überlegt habt, ist einfach wunderbar. Ich kann mir keinen besseren Weg vorstellen, um das alte Gemäuer wieder mit Leben zu füllen.«

»Ja, voller Leben ist es eindeutig.«

Martha lächelte. »Geh nur rein zu deiner Familie. Sie haben schon nach dir gefragt.«

Maggie drückte Martha liebevoll. »Es ist immer schön, dich zu sehen, Miss Martha.«

»Gleichfalls, Liebes.«

Als sie dem Stimmengewirr folgend ins Wohnzimmer trat, wurde sie beinah von ihren vier jüngeren Brüdern umgeworfen, die sich alle gleichzeitig auf sie stürzten.

»Hey, immer langsam mit den jungen Pferden.« Lachend umarmte Maggie sie.

Die Jungs redeten alle auf einmal, bombardierten sie in ihrem jugendlichen Überschwang förmlich mit ihren Neuigkeiten.

Ihr Vater kam zu ihrer Rettung herbei. »Hey! Lasst eurer Schwester Luft zum Atmen.«

Die vier gehorchten, und Maggie trat in die ausgebreiteten Arme ihres Vaters. Er roch nach zu Hause und drückte sie einen perfekten Augenblick lang an sich.

»Hi, Daddy.«

»Hi, Maggie. Es ist wunderbar, dich zu sehen.«

»Dich auch.« Sie lehnte sich zurück, um zu ihm hochzuschauen. Bis auf ein paar graue Haare mehr an den Schläfen sah er aus wie immer. Als sie in der Pubertät gewesen war, hatten ihre Freundinnen ihr immer erzählt, wie attraktiv ihr Vater sei, und damals war das Maggie total unangenehm gewesen. Doch jetzt konnte sie es nachvollziehen. Er war ein attraktiver Mann, und das verstärkte sich mit den Jahren nur noch.

Andi kam zu ihnen, legte ebenfalls die Arme um Maggie. Als Nächstes waren ihre Mutter und Aidan an der Reihe, gefolgt von Frannie, Jamie, Owen und Olivia.

»Wo ist Eric?«, wollte Maggie wissen.

»Er konnte sich leider nicht von der Schule befreien lassen«, antwortete Jack. »Er war am Boden zerstört, aber schließlich sind nächste Woche Abschlussprüfungen.«

»Schade, dass es nicht geklappt hat.«

»Ja, wirklich«, erklärte Andi, während sie sich die langen dunklen Locken zu einem unordentlichen Knoten aufsteckte. »Immerhin wirst du ihn ja bei der Abschlussfeier und dann bei der Hochzeit treffen.«

»Du siehst gut aus, Maggie«, stellte Clare fest. »Wie bekommt dir das Leben in Tennessee?«

»Sehr gut, wie du genau weißt, weil ich jeden Tag mit dir telefoniere.«

Clare lachte. »Du kannst einer Mutter keinen Vorwurf machen, dass sie trotzdem fragt.«

»Heute war kein angenehmer Tag. Ich brauche dringend eine Stärkung. Sonst noch jemand?«

»Ja, ich«, erwiderte Jack. »Nach dir.«

Sie gingen in die Küche, wo Maggie sich ein Glas Wein aus einer der Flaschen einschenkte, die auf der Theke bereitstanden. Ihr Vater nahm für sich und Jamie Bier aus dem Kühlschrank.

»Wie kommst du damit klar, Großvater zu sein?«, erkundigte sich Maggie.

Martha lachte leise.

»Ich gewöhne mich langsam dran«, antwortete Jack. »Ganz langsam.«

»Das kommt aus dem Nichts«, bemerkte Martha. »In der einen Minute kümmert man sich um seinen eigenen Kram und seine eigene kleine Familie. Und in der nächsten, zack, ist man Großvater oder Großmutter.«

»Genau so war es für mich, nur dass ich selbst noch zehnjährige Söhne zu Hause habe.«

»Nun, das ist ja wohl allein deine Schuld, mein Freund«, meinte Martha.

Jack lachte. »Das stimmt wohl. Aber sie halten mich jung, und das ist gut.«

»Und darauf«, sagte Martha, »kommt es schließlich an.«

Kapitel 13

Die Familie verbrachte einen wunderbaren Abend mit gutem Essen, Drinks und viel Gelächter. Alle wollten Poppy, den Star des Tages, einmal halten und wechselten sich ab, wobei das Neugeborene praktisch alles verschlief. Als die Kleine dann aufwachte, schaute sie sich interessiert um. Kate behauptete, sie könne noch gar nichts erkennen, aber Maggie glaubte das nicht. Kates Tochter war ganz klar außergewöhnlich begabt, einfach schon deswegen, weil sie ihre laute, schwer zu bändigende Familie ohne viel Drama so nahm, wie sie nun mal war.

Nach dem Abendessen ging Maggie ihrer Mutter, Andi und Jill beim Aufräumen der Küche zur Hand. Mit ihnen zusammen zu sein half ihr, nach dem schwierigen Tag wieder runterzukommen, auch wenn ihre Gefühle noch Achterbahn fuhren, vor allem nachdem sie eine Nachricht von Corey erhalten hatte, dass sie am nächsten Vormittag entlassen werden würde.

Ich hole dich ab, antwortete ihr Maggie.

»Ist alles in Ordnung?«, erkundigte sich Clare bei ihrer Tochter.

»Heute war viel los. Eine unserer Mütter, ein Opfer von häuslicher Gewalt, hat sich entschieden, ihr Baby zur Adoption freizugeben, und eine weitere, die Eierstockkrebs hat, hatte Besuch vom Jugendamt.«

»Okay, das ist eine Menge.«

»Ist das immer so?«, wollte Andi wissen, während sie sich und Clare Wein nachschenkte. Jill war Ashton holen gegangen, und Martha hatte auf Kates Anweisung hin die Füße hochgelegt. Reid würde die ältere Frau später zu ihrem Zuhause auf Buddys Anwesen fahren. Maggie lehnte ein weiteres Glas ab, da sie sich noch hinters Steuer setzen musste. »Dankenswerterweise nein. Heute war ein völlig verrückter Tag. Und emotional aufwühlend. Dabei zu sein, während Corey mit der Sozialarbeiterin gesprochen und dann diese schwierige Entscheidung getroffen hat, hat mich ziemlich mitgenommen.«

»Das kann ich mir gut vorstellen.« Clare legte einen Arm um Maggie. »Sie hat großes Glück, dass sie dich und das ganze Team von Matthews House zur Verfügung hat.«

Maggie lehnte sich an ihre Mutter. »Wir helfen ihr da durch. Hoffe ich.«

»Das werdet ihr«, erwiderte Andi. »Ohne jeden Zweifel.«

»Wir haben gehört, dass es da einen gewissen Pferdeflüsterer geben soll«, sagte Clare.

»Und auch, dass er verdammt attraktiv ist«, fügte Andi mit einem verschmitzten Lächeln hinzu.

Maggie verdrehte die Augen. »Was haben sie euch noch erzählt?«

»Dass du ihn gestern Abend hergebracht hast, damit er deine Schwestern und das Baby kennenlernt«, antwortete Clare.

»Was dazu geführt hat, dass sie sich fragen, was zwischen euch beiden ist«, erklärte Andi.

Es war interessant, festzustellen, dass ihre Mutter und ihre Stiefmutter offenbar die Sätze füreinander beendeten. Es hatte eine Zeit gegeben, in der Maggie sich gefragt hatte, ob ihre Familie sich jemals davon erholen würde, wie die Ehe ihrer Eltern zu Ende gegangen war. Doch jetzt waren sie alle

Freunde und hatten die Vergangenheit dorthin verbannt, wo sie hingehörte.

Clare wedelte mit einer Hand vor Maggies Gesicht herum. »Hallo? Maggie?«

»Ich wollte einfach nur abwarten, ob ihr beide fertig seid, bevor ich anfange zu reden.«

»Raus damit«, verlangte Clare.

»Er arbeitet mit mir im Heim, ist total nett und ein großer Fan von Kate. Ich dachte, er würde sie vielleicht gern kennenlernen. Dass er dabei auch gleich noch Buddy und Taylor und alle anderen getroffen hat, war völlig ungeplant.«

»Das war sehr freundlich von dir. Aber du hast ihn an dem Abend hergebracht, nachdem deine Schwester ihr Baby bekommen hatte, was mir zeigt, dass er dir vielleicht mehr bedeutet, als du zugeben möchtest.« Clare O'Malley war nicht so leicht aufs Glatteis zu führen. Bis auf ein ganz leichtes Humpeln, wenn sie es übertrieb, hatte sie unter keinerlei Nachwirkungen des Unfalls oder des langen Komas zu leiden.

»Ich habe ihn erst vor drei Tagen kennengelernt, als er bei uns angefangen hat. Er ist ein wirklich netter Typ, der das therapeutische Reiten betreut. Das ist alles, und mehr ist da nicht.«

Clare blickte zu Andi, und ihre Miene und ihre Stimme verrieten Skepsis. »Als erfahrene Mutter neige ich zu der Überzeugung, dass, wenn man mir sagt: ›Mehr ist da nicht‹, da in der Tat jede Menge mehr ist.«

Andi hielt sich eine Hand vor den Mund, um ihr Lachen zu verbergen.

»Das ist nicht komisch«, erklärte Maggie.

»O doch«, widersprach Andi.

»Nicht mal ansatzweise.«

»Es ist allgemein bekannt, dass ich sehr witzig bin, also gib einfach auf.«

»Was erzählt meine liebreizende Ehefrau?«, erkundigte sich Aidan, der gerade in die Küche geschlendert kam. Mit seinem welligen braunen Haar und den grünen Augen war er extrem attraktiv. Dass er nur ungefähr drei graue Haare hatte, machte Clare fast wahnsinnig, denn sie war sieben Jahre älter als er und auf die Künste ihrer Friseurin angewiesen, um blond zu bleiben.

»Sie versucht mich davon zu überzeugen, dass sie witzig ist.«

Aidan blickte seine Ehefrau an und lächelte dabei liebevoll, wie er es immer tat. »Sie ist schon ziemlich witzig.«

»Nicht du auch noch!«

Clare bedachte Maggie mit einem selbstgefälligen Lächeln. »Ich sag's ja. Ich reite jetzt aber nicht weiter auf dem sexy Pferdeflüsterer herum …«

»Er heißt Brayden, und er ist mein Angestellter.«

»Wie schon erwähnt, ich bin jetzt still, aber ich möchte doch meiner Freude darüber Ausdruck verleihen, dass du hier neue Freundschaften schließt.«

»War es schwierig, das so zurückhaltend zu formulieren?«, wollte Maggie von ihrer Mutter wissen.

»Sehr.«

»Lass dich von ihr nicht täuschen«, meinte Aidan. »Sie lässt dich nur so leicht vom Haken, weil sie fest damit rechnet, dass sie alle schmutzigen Details von Kate und Jill erfahren wird.«

Clare betrachtete ihren Ehemann entrüstet. »Könntest du bitte mal den Mund halten?«

Andi bog sich mittlerweile vor Lachen.

»Ihr seid doch alle verrückt«, rief Maggie, dabei liebte sie ihre gesamte Familie wahnsinnig, und jetzt, wo sie hier versammelt waren, merkte sie, wie sehr sie sie vermisst hatte.

»Du sagst das, als ob es neu für uns wäre, dass wir gestört sind«, antwortete Aidan.

Ihr Stiefvater gehörte zu Maggies Lieblingsmenschen. Er war der Erste gewesen, der sie tatsächlich wie eine Erwachsene behandelt hatte, und das würde sie nie vergessen. Als der Rest der Familie sich wegen Kates Beziehung zu Reid aufgeregt hatte, hatte Aidan Maggie erklärt, dass man manchmal besser dran war, wenn man nicht in alle Einzelheiten der Erwachsenen eingeweiht war. Seither hatte sie gemerkt, sogar viele Male, wie recht er damit gehabt hatte.

»Mal was ganz anderes, wie geht es denn Grammy?«, fragte ihn Maggie. Seine Mutter hatte sie ebenfalls ins Herz geschlossen. Sie behandelte Maggie und ihre Schwestern wie ihre eigenen Enkelkinder, und dafür liebten sie sie.

»Sie schlägt sich tapfer. Die Arthritis ist allerdings schlimm geworden. Das würde ich meinem schlimmsten Feind nicht wünschen, aber sie lässt sich davon nicht unterkriegen. Sie zählt die Tage bis zur Hochzeit und ist wild entschlossen, hinzufahren.«

»Ich kann es gar nicht erwarten, sie und die ganzen O'Malleys wiederzusehen.«

»Keine Sorge, du wirst die ganze Bande zu Gesicht bekommen. Alle haben vor, da zu sein.«

»Das ist genau das, was Jill sich gewünscht hat – die gesamte Familie.«

»In Bezug auf die O'Malleys kriegt sie vielleicht mehr, als sie sich gewünscht hat«, erwiderte Aidan.

Maggie blieb da, bis die anderen sich anschickten, zu Bett zu gehen. Erst da verabschiedete sie sich. »Bis morgen nach der Arbeit.«

»Würde es dich stören, wenn wir vorbeikommen, um uns Matthews House anzuschauen?«, erkundigte sich Jack. »Ich würde liebend gern mal in Augenschein nehmen, wo du lebst und arbeitest.«

»Klar, kein Problem. Schick mir nur eine Textnachricht, damit ich weiß, wann ihr ungefähr da sein wollt.« Da ihr einfiel, dass sie ja Corey aus dem Krankenhaus abholen wollte, fügte sie hinzu: »Am Nachmittag wäre es besser.«

»Klingt gut. Bis dann.« Er umarmte sie und gab ihr einen Kuss auf die Wange. »Fahr schön vorsichtig.«

»Mach ich doch immer. Hat mir mein Vater beigebracht.«

Sein Lächeln ließ sein attraktives Gesicht aufstrahlen. »Stimmt. Ein paar der spektakulärsten Auseinandersetzungen, die ich mit meinen Kindern hatte, sind während des Fahrunterrichts passiert. Ach, die gute alte Zeit.«

Maggie lachte über die Grimasse, die er schnitt. »Die allerbeste Zeit.«

»Vielleicht für dich. Ich habe in jeder Sekunde um mein Leben gefürchtet.«

»Was für eine Drama-Queen.«

Andi legte ihre Hand auf Jacks Arm. »So ist mein Ehemann, die absolute Drama-Queen. Aber genau deswegen lieben wir ihn so.«

»He, ich stehe hier gleich neben euch«, beschwerte sich Jack.

Maggie fuhr mit einem Lächeln auf dem Gesicht nach Hause, dachte an jedes Mitglied ihrer Familie und den wunderschönen Abend, den sie gemeinsam verbracht hatten. Inmitten von allem hatte Kate auf dem Sofa gethront und wie eine Königin Hof gehalten, ihr Baby großzügig mit der Familie geteilt und dabei vor Glück gestrahlt – dabei war es so schwer errungen. Sie verdiente diese Verschnaufpause. Maggie war überglücklich, dass sie ihre Schwestern vermutlich noch das ganze nächste Jahr über in ihrer Nähe haben würde, ehe Kates neue Tournee begann.

Maggie parkte ihren Wagen hinter den Stallungen, verspürte dabei einen merkwürdigen Stich des Bedauerns, weil Brayden nicht hier war. *Meine Güte*, dachte sie, während sie zur Küchentür ging. *Hör endlich damit auf, Maggie.*

In Matthews House herrschte wunderbare Stille, als sie eintrat. Sie lief gleich in ihre Wohnung und schloss die Tür hinter sich, fühlte sich nach dem langen Tag erschöpft. Nachdem sie in ihren Pyjama geschlüpft war, sich die Zähne geputzt und sich ins Bett gelegt hatte, nahm sie ihr Handy in die Hand.

Erfreut stellte sie fest, dass Brayden ihr ein Foto vom Sonnenuntergang in Florida geschickt hatte. Grüße aus dem sonnigen Florida. Ich hoffe, du hattest eine schöne Zeit mit deiner Familie.

Es war toll. Einfach schön, sie alle wiederzusehen.

Er schrieb sofort zurück. Das freut mich. Das hast du dringend gebraucht nach dem anstrengenden Tag.

Sie seufzte beseligt, weil er sie so gut verstand. Es war einfach tröstlich, jemanden zu haben, der zur Kenntnis nahm, wie sehr sie sich bemühte, allem gerecht zu werden, so herausfordernd das manchmal auch war. Sie musste in seiner Nähe nicht so tun, als ob sie alles könnte. Das war unglaublich befreiend. Ja, der Tag war wirklich was für das Buch der Rekorde, so viel ist sicher. Gott sei Dank sind nicht alle so.

Mein Großvater hat nach einem schweren Tag gern gesagt, dass man dann aussieht, als sei man heftig rangenommen worden. Das kann man auf viele verschiedene Szenarien anwenden. Brayden fügte noch ein lachendes Emoji hinzu.

Sofort erschienen vor Maggies geistigem Auge Bilder von Braydens entblößter Brust und seinem gut geschnittenen Gesicht. Gott sei Dank war er nicht hier, sodass er nicht ahnen konnte, wie sehr er sie mit dem zweideutigen Ausdruck in Verlegenheit brachte. Der Gedanke, von ihm rangenommen zu werden … *Stopp, Maggie!* Sie zwang sich, eine Antwort zu tippen, die völlig unverfänglich war. Das ist eine gute Beschreibung meines Tages. Corey wird morgen früh aus dem Krankenhaus entlassen.

Holst du sie ab?

Ja.

Uff. Ich hoffe, das wird nicht zu schlimm. Sie hat echt Glück, bei euch in Matthews House gelandet zu sein. Ihr werdet ihr helfen, damit fertigzuwerden.

Wir werden uns jedenfalls alle Mühe geben. Bist du in Key West?

Wir fahren gerade die Alligator Alley entlang. Gegen Mitternacht kommen wir an.

Du schreibst mir aber keine Textnachrichten, während du fährst, oder?

Nein, Ma'am. Mein Freund Josh fährt.

Nenn mich nicht »Ma'am«.

Jawohl, Ma'am. Er fügte mehrere lachende Emojis an.

Maggie antwortete mit einem stirnrunzelnden.

Er schickte ihr noch mal eine Handvoll lachende Emojis. Lass mich morgen wissen, wie es mit Corey gelaufen ist.

Sie sandte ihm ein »Daumen hoch«, gerührt davon, dass es ihm wichtig genug war, darum zu bitten, obwohl er Corey gar nicht kannte. Es begann sich ganz so anzufühlen, als wäre er so was wie ihr »Komplize«, und es war irgendwie nett, jemanden zu haben, mit dem sie über alles sprechen konnte. Während sie sich weiter einzureden versuchte, dass es höchst unklug war, Gefühle für einen Mann zu entwickeln, mit dem sie zusammenarbeitete, schien es so, als sei sie dagegen machtlos.

Er war ein netter Typ, anständig und jemand, der die Welt verstand, in der sie lebte und arbeitete, und der ihr in der kurzen Zeit, die sie ihn nun kannte, immer wieder Unterstützung angeboten hatte. Sicher, sie hatte Teresa und Arnelle und die anderen, ebenso wie ihre Schwestern und ihre Familie, auf die sie sich verlassen konnte, aber aus irgendeinem Grund war mit Brayden zu reden für sie fast so, als ob sie ihren eigenen persönlichen Vertrauten hätte.

Das war alles total verwirrend. Einerseits wollte sie so professionell wie möglich sein. Andererseits kämpfte sie jeden Tag mit Dingen, bei denen es um Leben und Tod ging, und jemanden wie ihn als Stütze zu haben sorgte dafür, dass sich die Bürde leichter anfühlte als vorher.

Sie legte sich ins Bett und war verwirrt wegen des Widerstreits von »persönlich« und »professionell«, und sie hoffte nur, dass es nicht auf eine Katastrophe hinauslief – für sie und das ganze Programm –, wenn sie sich auf den sexy Brayden Thomas einließ.

* * *

Maggie wachte zu einem Foto von Key West auf, und der Textnachricht: Faulenzen in Margaritaville. Er hatte Emojis von der Sonne, einer Sonnenbrille, einer Palme, einem Strandball und einem Cocktail angefügt.

Sie lächelte und tippte ihre Antwort. Das ist wirklich ein hartes Los, aber irgendjemand muss es ja auf sich nehmen.

Die Antwortpunkte erschienen sofort, und sie wartete atemlos, um zu sehen, was er darauf erwidern würde. Aber echt, oder? Viel Glück bei allem heute. Ich werde an dich denken, während ich angle, mich in der Sonne aale und Bier trinke.

Jetzt wirst du gemein. Haha! Aber danke für die guten Wünsche, die brauche ich heute auf jeden Fall.

Du schaffst das. Lass mich wissen, wie es gelaufen ist.

Werde ich tun. Viel Spaß beim Angeln. Und schick Bilder. Dann bekomme ich das wenigstens aus zweiter Hand mit!

Geht klar.

Beschwingt von dem Geplänkel, stieg Maggie aus dem Bett. Die Aussicht, Brayden nachher alles zu erzählen, ließ den vor ihr liegenden Tag irgendwie erträglicher erscheinen. Sie schlüpfte in bequeme Jeans und ein dünnes Top, da es heute ziemlich warm werden sollte. Sie war vor den schwülen Sommern im Süden gewarnt worden, in denen ihr die frische Meeresbrise von Rhode Island fehlen würde.

Erst einmal genoss sie jedoch die Wärme und den Sonnenschein und auch den gelegentlichen Regentag, der nötig war, damit das Gras grün und saftig blieb. Obwohl es ihr fehlte, an der Küste zu wohnen, war das Leben hier in Tennessee auch nicht zu verachten.

Nachdem sie sich kurz vergewissert hatte, dass alles im Haus seinen geregelten Gang ging, und sie geholfen hatte, die Kinder für die Schule fertig zu machen, fuhr sie zum Krankenhaus, um Corey abzuholen. Auf dem Weg bereitete sie sich innerlich darauf vor, ihr so gut wie möglich beizustehen.

Als sie kurz nach zehn in Coreys Krankenzimmer trat, fand sie die junge Frau beinahe genauso vor wie gestern Vormittag – auf der Seite liegend im Bett, den Rücken zur Tür –, aber sie hatte normale Straßenkleidung an, und ihre Tasche stand am Fußende.

»Hallo, Corey.«

»Hi.«

»Bist du bereit?«

Corey antwortete nicht, daher ging Maggie um das Bett herum und setzte sich auf den Besucherstuhl, sodass sie mit der jungen Frau auf Augenhöhe war. »Möchtest du darüber reden?«

»Da gibt es nichts zu reden.«

»Kann ich irgendetwas für dich tun?«

Corey schüttelte kaum merklich den Kopf.

Sie saßen schweigend da, bis eine Krankenschwester, auf deren Namensschild »Eleanor« stand, mit den Entlassungspapieren und einem Rollstuhl reinkam. Die Frau war in den Fünfzigern, hatte dunkles Haar und freundliche Augen. »Jetzt können Sie gleich nach Hause, Ms Corey. Darf ich Ihnen beim Aufstehen behilflich sein?«

Corey ballte die Hand in der Decke zur Faust und begann zu weinen. »Ich will ihn nicht hierlassen.«

Maggie fühlte sich hilflos im Angesicht des Herzschmerzes der anderen. Sie wünschte, es gäbe etwas, was sie für sie tun könnte.

»Würden Sie ihn gern sehen?«, fragte Eleanor.

Corey strahlte auf bei der Aussicht, ihr Baby zu besuchen. »Könnte ich das denn?«

»Das lässt sich ganz bestimmt arrangieren.«

Corey blickte Maggie an. »Denkst du, ich sollte das tun?«

O Gott, was soll ich darauf antworten? »Wird es für dich schwieriger, ihn hierzulassen, wenn du ihn siehst?«

»Das weiß ich nicht.« Corey setzte sich auf, bewegte sich ganz langsam und vorsichtig. Sie schaute zu Eleanor. »Was machen die anderen?«

»Manche möchten die Babys gerne sehen, während andere lieber darauf verzichten.« Eleanor setzte sich neben Corey und nahm ihre Hand. »Ich persönlich denke, es könnte Ihnen helfen, damit Sie ein Bild von ihm haben, wenn Sie gehen.«

Maggie war sich nicht sicher, ob sie dem zustimmte, aber das war nicht ihre Entscheidung.

»Ich … Ich glaube, ich möchte es. Ihn sehen, meine ich. Nur ein Mal.« An Maggie gewandt erklärte sie: »Kommst du mit?«

»Natürlich.« Maggie sagte sich, sie würde das schaffen, obwohl sie sich eigentlich gar nicht sicher war. Nirgendwo in der Jobbeschreibung von Kate und Reid hatte gestanden: »mit einer verzweifelten Mutter das Kind besuchen, das sie zur Adoption freigegeben hat«. Sie nahm Coreys Tasche und die Entlassungspapiere und folgte ihnen aus dem Krankenzimmer.

Gott sei Dank war die Krankenschwester dabei, die hierin offenbar Erfahrung hatte und Corey im Rollstuhl zur Frühchenstation schob. Vor der Tür blieb sie stehen, kam um den Rollstuhl herum und ging in die Hocke, legte ihre Hand über die der jungen Frau. »Er ist an jede Menge Schläuche und Maschinen angeschlossen. Das wirkt vielleicht auf den ersten Blick Furcht einflößend, aber sein Zustand ist stabil, und er schlägt sich wirklich tapfer.«

Corey starrte mit einem unergründlichen Ausdruck in den Augen auf die doppelflügelige Tür zur Frühchenstation.

»Sind Sie sicher, dass Sie es immer noch wollen?«, erkundigte sich Eleanor.

Corey nickte.

Eleanor stand auf und drückte einen Schalter an der Wand, woraufhin eine andere Krankenschwester zur Tür kam. Die beiden Frauen sprachen kurz, dann trat die auf der anderen Seite beiseite und hielt die Tür für den Rollstuhl auf.

Maggie bildete das Schlusslicht, und das Herz schlug ihr bis zum Hals, als sie die grellen Lichter, die Brutkästen, die Maschinen, all die Schläuche sah und die ruhige Dringlichkeit des Kampfes ums Überleben spürte. Sie schluckte schwer, musste sich zusammenreißen, um die Fassung zu bewahren, aber schließlich war sie hier, um Corey zu unterstützen. Und das war das, was sie tun würde.

Eleanor stellte den Rollstuhl neben einem der Brutkästen ab. Maggie fiel das Namensschild auf: »Baby, männlich, Gellar«.

Corey hatte Maggie gestern erzählt, dass sie ihm keinen Namen gegeben hatte, weil sie das den Adoptiveltern überlassen wollte.

Corey hob die Hand, berührte die Wand des Brutkastens und beugte sich vor, um besser sehen zu können.

Die Brust des Babys hob und senkte sich in schnellem Rhythmus.

Maggie hatte nie zuvor ein zu früh geborenes Baby gesehen, außer im Fernsehen, und war nicht auf den Anblick eines so winzigen Menschleins gefasst gewesen. Sie musste Tränen zurückblinzeln, während sie beobachtete, wie Corey ihr Baby anstarrte.

»Haben Sie irgendwelche Fragen?«, wollte die Krankenschwester von der Frühchenstation wissen.

»Wird er es schaffen?«

»Das kann man nicht mit Bestimmtheit sagen, aber sein Zustand ist stabil, was ein wirklich gutes Zeichen ist.«

Corey schien zufrieden mit der Antwort. »Irgendjemand wird ihn wollen, oder?«

»Absolut«, erwiderte Eleanor. »Das Sozialarbeiterteam hat bereits Kontakt zu verschiedenen Vermittlungsagenturen aufgenommen. Ich rechne damit, dass sie in den nächsten paar Tagen jemanden haben.«

»Bekomme ich eine Nachricht?«

»Wenn Sie das wollen.«

»Ja, das möchte ich. Ich möchte wissen, dass er jemanden hat.«

»Dann werde ich dafür sorgen, dass Sie es erfahren.«

Das schien Corey zu beruhigen. »Ich glaube, ich bin jetzt bereit zu gehen.« Sie hielt ihren Blick auf das Baby gerichtet, bis Eleanor den Rollstuhl zur Tür schob und sie keine andere Wahl hatte, als wegzuschauen.

Im Aufzug bemerkte Maggie, dass Corey die Tränen über die Wangen liefen, doch die junge Frau gab dabei kein Geräusch von sich, starrte nur nach vorn. Eleanor wartete bei Corey, während Maggie das Auto holte.

Als Corey auf dem Beifahrersitz saß, beugte Eleanor sich vor, um die Hand der jungen Frau zu nehmen. »Ich werde für Sie und Ihr Baby beten.«

»Danke für alles.«

»Sie sind eine sehr gute Mutter, weil Sie das Beste für ihn wollen und entsprechend handeln, auch wenn es Ihnen das Herz bricht.«

Corey nickte. »Danke«, flüsterte sie.

Eleanor trat zurück und schloss die Beifahrertür, dann reichte sie Maggie eine Visitenkarte. »Rufen Sie mich an, falls Sie etwas brauchen.«

»Danke. Sie machen das großartig.«

»Manche Fälle sind schwieriger als andere, aber das wissen Sie ja selbst.«

»Allerdings.«

»Sie schafft das. Es wird eine Weile dauern, doch letzten Endes wird sie darüber hinwegkommen.«

»Wir kümmern uns so gut wie möglich um sie.«

»Sie kann froh sein, die Unterstützung von Ihnen allen in Matthews House zu haben. Wir sehen uns sicher früher oder später wieder.«

»Damit ist wohl zu rechnen. Bis dann.«

Kapitel 14

Maggie setzte sich hinters Lenkrad, startete den Wagen und öffnete das Fenster, um die warme Frühlingsluft hereinzulassen. Aus Rücksicht auf Corey, die während der halbstündigen Fahrt nach Hause kein Wort sagte, hatte sie das Radio leise gestellt. Einzig leises Schniefen war immer mal wieder von ihr zu hören.

Maggie ließ sie in Ruhe. Sie hatte beschlossen, Corey den Anfang machen zu lassen, wenn sie das wollte. Zu Hause wartete Arnelle, um sie in Empfang zu nehmen, und sie begleitete Corey nach oben in ihr Zimmer, damit sie sich dort hinlegen und weiter ausruhen konnte. Maggie wandte sich zum Büro, setzte sich hinter ihren Schreibtisch und atmete tief aus.

Eine Minute später kam Teresa herein. »Wie ist es gelaufen?«

»Was machst du denn immer noch hier?«

»Ich habe auf euch gewartet, um zu erfahren, wie es war.«

»Sie wollte noch ihr Baby besuchen, bevor wir aufgebrochen sind.«

»Oje.« Teresa setzte sich auf den anderen Stuhl. »Und wie war das?«

»Brutal, aber sie hat sich besser geschlagen, als ich es wahrscheinlich gekonnt hätte.«

»Sie weiß, dass sie das Richtige tut. Das hilft.«

»Vermutlich. Andererseits, wer weiß schon, was in so einer Situation das Richtige ist?«

»*Sie* weiß es. Sie weiß, dass sie sich nicht angemessen um ein Baby mit gesundheitlichen Problemen kümmern kann, denn die wird der Kleine eine Zeit lang haben. Es war für sie beide unter den gegebenen Umständen das Beste.«

»Ja, wahrscheinlich.«

»Ist mit dir alles in Ordnung?«

»Natürlich. Hier geht es ja nicht um mich.«

»Maggie … Das war ganz schön heftig. Es ist okay, wenn man sich davon überfordert fühlt.«

»Gut zu wissen, denn es war wirklich ziemlich schlimm, aber ich habe versucht, für sie die Fassung zu bewahren.«

»Du machst das großartig. Sie hat jemanden gebraucht, der das mit ihr durchsteht, und du hast ihr die Schulter geboten, an die sie sich lehnen konnte. Du hast deine Aufgabe erfüllt, und das ziemlich gut.«

»Danke für die aufmunternden Worte. Ich weiß das zu schätzen. Jetzt fahr nach Hause, und schlaf erst mal.«

»Okay, wir sehen uns dann heute Abend.«

»Ich bin vielleicht nicht da. Die Familie reist an, um Poppy kennenzulernen.«

»O ja, stimmt. Viel Spaß.«

»Danke. Danke auch, dass du hiergeblieben bist.«

»Kein Problem.«

Ein paar Minuten nachdem Teresa gegangen war, kam Mitch mit einer Schüssel und einem Glas in ihr Büro und stellte beides auf Maggies Schreibtisch. »Griechischer Joghurt mit hausgemachtem Knuspermüsli und Blaubeeren sowie gesüßter Tee.«

»Danke, Mitch.«

»Ich hab mir gedacht, du könntest eine kleine Stärkung gebrauchen.«

»Da liegst du richtig.«

»Geht's ihr gut?«, erkundigte er sich nach Corey.

»Im Moment nicht, aber ich hoffe, das wird wieder. Mit der Zeit.«

»Wäre es okay, wenn ich ihr auch etwas zu essen bringe?«

»Das wäre furchtbar lieb, Mitch. Ich bin mir sicher, sie würde sich darüber freuen.«

»Gut.« Er schien erleichtert, dass er etwas für Corey tun konnte. »Wir werden ihr helfen, darüber hinwegzukommen, Maggie. Einen Tag nach dem anderen.«

Maggie war fast zu Tränen gerührt von den Worten des normalerweise so wortkargen Mannes. »Ja, das werden wir. Danke.«

Er nickte und ging aus dem Zimmer.

Maggie ließ sich den Joghurt schmecken, löste ihren Pferdeschwanz, fuhr sich mit den Fingern durch die langen Locken und massierte sich die Kopfhaut, während sie versuchte, mit dem Übermaß an Gefühlen fertigzuwerden, die in ihr tobten. Sie musste sich immer wieder sagen, dass nicht sie ihr Baby aufgegeben hatte, sondern Corey ihres. Sie hatte Coreys Trauer allerdings so hautnah miterlebt, dass es sich anfühlte, als hätte sie den Verlust erlitten. Das musste aufhören, damit sie sich wieder auf die Arbeit konzentrieren konnte. Die anderen hier verließen sich schließlich auf sie.

Jetzt war nicht der richtige Zeitpunkt für einen Zusammenbruch.

Das konnte sie sich hundert Mal sagen, aber sie bezweifelte, dass es wirklich etwas nützte. Sie ging aus dem Büro und durch die Küchentür zum Stall, um bei Thunder vorbeizuschauen.

Wie immer war der Hengst glücklich, sie zu sehen, und schnupperte an ihrem Hals, während sie ein paar Tränen in sein Fell vergoss. »Das war ein schwerer Tag, Kumpel.«

Er wieherte leise als Antwort, und sie musste lächeln.

»Guten Morgen, Miss Maggie«, ertönte Dereks Stimme hinter ihr.

»Morgen.« Maggie wischte sich hastig die Tränen weg, bevor sie sich zu dem älteren Mann umdrehte. »Geht es Ihnen besser?«

»Viel besser, danke.«

»Freut mich zu hören.«

»Ist alles in Ordnung?«, erkundigte er sich.

Maggie dachte einen Augenblick darüber nach. »Das wird schon wieder. Braucht nur Zeit.«

»Lassen Sie es mich wissen, wenn ich etwas für Sie tun kann.«

»Das ist sehr lieb von Ihnen. Danke.«

Er kümmerte sich weiter um die Pferde, während Maggie einige Minuten mit Thunder verbrachte und dankbar war für die tollen Menschen, die sie hier unterstützten. »Ich versuche nachher für einen Austritt Zeit zu finden.«

Thunder schnupperte erneut an ihr, und das verlieh ihr die Kraft, sich dem Rest des Tages zu stellen.

Sie küsste das Tier auf die Nase und machte sich mit neuem Mut auf den Rückweg zum Haus. Pferde hatten schon immer diese Wirkung auf sie gehabt, hatten sie beruhigt und ihr durch die schwierigste Zeit ihres Lebens geholfen. Nach dem Unfall ihrer Mutter hatte ihr das Reiten eine Möglichkeit gegeben, mit dem Schmerz fertigzuwerden.

Arnelle war in der Küche und schenkte sich gerade eine Tasse Kaffee ein, als Maggie hereinkam.

»Wie geht es Corey?«, erkundigte sich Maggie.

»Sie schläft.«

»Das ist gut. Sie muss völlig erschöpft sein.«

»Wir haben ein weiteres Problem.«

Maggie wappnete sich für die nächste Herausforderung. »Was denn?«

»Debbie McBride hat die Kinder heute Morgen runtergeschickt, ist aber nicht selbst mit ihnen zum Frühstück gekommen und hat sie auch nicht für die Schule verabschiedet, was sie sonst immer tut. Ich habe vorhin schon an ihre Tür geklopft und gerade eben wieder. Sie hat beide Male nicht geantwortet. Ich weiß, dass wir die Privatsphäre unserer Bewohner respektieren, doch da stoßen wir jetzt an unsere Grenzen. Ich denke, es ist an der Zeit, einen Schritt weiter zu gehen.«

Maggie dachte kurz nach, bevor sie in ihr Büro lief, um aus einer verschlossenen Schublade in ihrem Schreibtisch den Generalschlüssel zu holen. Jede der Frauen unterschrieb bei ihrer Ankunft ein Formular, auf dem sie bestätigte, dass die Mitarbeiter von Matthews House ihr Zimmer zu jeder Zeit und aus jedem Grund ohne vorherige Ankündigung betreten konnten. Dies war allerdings das erste Mal, dass Maggie den Schlüssel benutzen musste.

Sie folgte Arnelle nach oben in den ersten Stock, wo sie noch einmal an Debbies Tür klopften.

Als wieder keine Antwort kam, steckte Maggie den Schlüssel ins Schloss und öffnete die Tür.

Im Raum standen vier Betten, ein großer Kleiderschrank und in einer Ecke ein Korb voller Spielsachen. Debbie schien auf einem der Betten zu schlafen.

Arnelle näherte sich ihr und versuchte, die Frau aufzuwecken, die jedoch nicht reagierte. Sie legte Debbie drei Finger an den Hals, sah dann zu Maggie und schüttelte den Kopf.

Maggie blieb fast das Herz stehen. O Gott, Debbie war tot? Sie atmete tief ein und langsam wieder aus. »Ich rufe den Notarzt.« Sie zog das Handy aus ihrer Gesäßtasche und wählte die Nummer.

»Ich muss einen Todesfall melden«, sagte sie und nannte die Adresse.

»Handelt es sich um einen Unfall?«

»Nicht soweit wir wissen. Eine unserer Bewohnerinnen wurde soeben tot in ihrem Zimmer aufgefunden.«

»Wir schicken sofort jemanden vorbei. Bitte berühren Sie nichts, und lassen Sie alles so, wie es war, als Sie es vorgefunden haben.«

»Das machen wir. Danke.« Maggie legte auf. »Arnelle, komm bitte mit raus.«

Als Arnelle und sie auf dem Flur standen, zog Maggie die Tür zu und sperrte sie ab. »Wir müssen sie und alles in dem Raum genau so lassen, wie es war.«

Trish Lawson kam mit einem Glas von Mitchs selbst gemachtem Eistee in einer Hand und Chloe auf dem anderen Arm den Flur entlang. »Was ist los?«

Maggie zögerte kurz, bevor sie es aussprach. »Debbie McBride ist gestorben.«

Trish starrte sie entsetzt an. »Was? Was ist passiert?«

»Wir wissen es nicht. Nachdem die Kinder heute Morgen alleine runtergekommen sind, wollte Arnelle nach ihr sehen. Als sie nicht auf unser Klopfen reagiert hat, haben wir den Raum geöffnet und sie tot aufgefunden.«

»Mein Gott«, flüsterte Trish. »Die arme Frau. Und ihre Kinder …«

»Was wissen wir über Verwandte?«, fragte Arnelle Maggie.

»Sie hat Familie in Arizona.«

»Wir sollten sie anrufen. Wenn sie herkommen können, um sich um die Kinder zu kümmern, geraten sie vielleicht nicht in die Mühlen des Jugendamtes.«

Maggie nickte. »Das mache ich jetzt sofort.« Sie eilte die Treppe hinunter zu ihrem Büro, schloss die Tür, fuhr den Computer hoch, gab ihr Passwort ein und rief die Akte von Debbie und ihren Kindern auf. Als Kontaktperson für Notfälle war Karen Truver aufgeführt, Debbies Mutter, die in Phoenix lebte. Bevor sie am Ende noch Bauchschmerzen wegen dem bekam, was sie jetzt tun musste, nahm sie den Hörer ihres Festnetztelefons ab und wählte.

»Hallo?«

»Spreche ich mit Mrs Truver?«

»Ja. Wer ist da, bitte?«

»Hier ist Maggie Harrington von Matthews House in Nashville.«

Die andere Frau keuchte auf. »Was ist los? Was ist passiert?«

Maggie schloss die Augen und zwang sich, die nächsten Worte auszusprechen. »Es tut mir leid, Ihnen mitteilen zu müssen, dass Ihre Tochter verstorben ist.«

Am anderen Ende der Leitung ertönte ein gequälter Schrei. »O Gott, nein! O Gott.« Karen konnte kaum sprechen. »Was ist geschehen?«

»Wir sind uns noch nicht sicher. Der Notarzt ist auf dem Weg.«

»Und die Kinder? Sind sie da?«

»Im Moment sind sie in der Schule, werden aber etwa um drei Uhr wieder zurück sein.«

»Ich mach mich sofort auf den Weg. Ich habe Dokumente, die beweisen, dass Debbie mich zum Vormund bestimmt hat, sollte das nötig werden. Ich buche jetzt gleich einen Flug und komme, so schnell ich kann. Kann ich Sie unter dieser Nummer zurückrufen?«

»Natürlich.« Maggie gab der Frau außerdem ihre Handynummer. »Lassen Sie es mich wissen, wenn ich mit irgendwas helfen kann.«

»Vielen Dank. Debbie war so glücklich, seit sie bei Ihnen war. Sie hat gesagt, dass sie zum ersten Mal seit Jahren wieder frei atmen konnte.«

»Wir haben sie gerne bei uns gehabt.«

»Wenn es möglich wäre … Warten Sie, bis ich da bin, bevor Sie es Mandy und Patrick beibringen.«

Maggie war sich nicht sicher, was sie in der Zwischenzeit tun sollte. »Wir versuchen es.«

Sie beendete das Telefonat und nahm sich einen Moment, um ihre Textnachrichten zu checken, entdeckte eine neue von Brayden, die sie später lesen würde, und eine andere von ihrem Vater, der fragte, wann ein guter Zeitpunkt für einen Besuch wäre.

Geht leider erst morgen, erwiderte Maggie. Tut mir leid.

Er schrieb sofort zurück. Kein Problem.

Maggie rief Kate an, die beim zweiten Klingeln abnahm. »Sorry, wenn ich dich störe.«

»Tust du nicht. Ich hab nur ein bisschen mein Baby angeschaut.«

»Wie ist sie so?«

»Entzückend und perfekt.«

»Kate, ich muss dich als meine Chefin und die Besitzerin von Matthews House informieren, dass eine unserer Bewohnerinnen in ihrem Zimmer verstorben ist.«

»O mein Gott. Maggie!«

»Ich weiß nicht, was passiert ist, außer dass die Kinder heute Morgen allein runtergekommen sind, gefrühstückt haben und zur Schule aufgebrochen sind. Als Arnelle nach dem Rechten sehen wollte, ist Debbie nicht an die Tür gekommen, also habe ich meinen Generalschlüssel benutzt, um reinzugehen. So haben wir sie entdeckt. Wir haben den Notarzt gerufen, und ich habe Debbies Mutter in Arizona kontaktiert. Sie ist schon auf dem Weg hierher, um sich der Kinder anzunehmen. Und dann muss ich das auch gleich noch dem Sozialamt melden.«

»Geht's dir gut?«, fragte Kate leise.

»Ging mir schon mal besser.«

»Ich kann Reid bitten, rüberzukommen und zu helfen.«

»Das ist nett, aber ich glaube nicht, dass es irgendetwas gibt, was er tun kann.«

»Er könnte für dich da sein.«

»Das ist nicht nötig. Mein Team ist hier, und wir kümmern uns um alles, was erledigt werden muss.«

»Rufst du mich bitte an, wenn du kannst, und sagst mir, wie es läuft?«

»Mach ich.«

»Fühl dich umarmt, und ich schick dir ganz viel Liebe. Das ist mehr, als wir von dir erwarten können.«

»Was immer nötig ist. Ich melde mich später wieder.«

»Ich warte auf deinen Anruf.«

Maggie legte auf, und da sie nichts weiter tun konnte, bis der Gerichtsmediziner eintraf, warf sie einen Blick auf Braydens SMS. Es war ein Bild von ihm, auf dem er einen großen Fisch hochhielt und breit grinste.

Sie sandte ihm ein Daumen-hoch-Emoji und ging dann zurück in die Küche, um Mitch auf den aktuellen Stand zu bringen.

»Die arme Frau«, seufzte er. »Sie hat sich so viel Mühe gegeben. Sie hatte mir ein wenig von ihren Drogenproblemen erzählt. Ich frage mich, ob sie rückfällig geworden ist.«

»Ich bin mir sicher, die Polizei wird eine Autopsie veranlassen.«

»Ich glaube, die muss ohnehin jedes Mal durchgeführt werden, wenn es einen ungeklärten Todesfall gibt.«

»Ich lerne viele Dinge, von denen ich nie geglaubt hätte, dass ich sie wissen müsste.«

»So ist das Leben in den Sozialberufen, hat man mir wenigstens versichert. Ich habe Freunde, die schon seit Jahren in der Branche arbeiten, und die Geschichten, die ich von ihnen gehört hab …«

»Das glaub ich gern.«

»Das werden jetzt wir sein. Wir sind die mit den Geschichten.«

»Scheint so.«

Mitch war sich genau wie die anderen Angestellten sehr bewusst, dass sie die Privatsphäre und Würde ihrer Gäste bewahren mussten. Jeder hatte eine Vertraulichkeitsvereinbarung unterschrieben, bevor er hier angefangen hatte.

Kurze Zeit später hörte Maggie das Geräusch von Sirenen, die die Ankunft der Polizei ankündigten. Die nächsten paar Stunden vergingen in einem Nebel aus Gesprächen, Details und Herzschmerz. Maggie konferierte mit Ruth Stapleton vom Jugendamt und teilte ihr mit, dass die Großmutter der Kinder auf dem Weg war, mit Dokumenten, die bewiesen, dass Debbie sie als Vormund für die Kinder eingesetzt hatte, falls ihr selbst etwas zustoßen sollte.

Als die Kinder nach Hause kamen, sagte man ihnen, dass ihre Mutter nicht da sei und dass die Polizei eine Inspektion durchführe. Die anderen Mütter sprangen ein, um Mandy und Patrick im Spielzimmer und während der Hausaufgaben und des Essens zu betreuen, bis ihre Großmutter abends eintraf.

Maggie überließ ihr den Besprechungsraum, damit sie den Kindern dort mitteilen konnte, was geschehen war. Sie war dankbar, dass Karen sie nicht bat, das mit ihr zusammen zu tun.

In der Zwischenzeit half sie den Angestellten, ein Zimmer für Karen und die Kinder vorzubereiten, wo sie die Nacht verbringen konnten, denn der ursprüngliche Raum war von der Polizei noch nicht wieder freigegeben worden, da dort noch weitere Untersuchungen durchgeführt wurden.

Es war schon weit nach zehn, als Karen und die Kinder endlich untergebracht und versorgt waren.

Maggie ging nach oben, um nach ihnen zu sehen, und traf Karen, die gerade aus dem Bad kam. Sie war klein, aber solide gebaut, mit kurzem dunklen Haar und einem runden, hübschen Gesicht. »Haben Sie alles, was Sie brauchen?«

»Ja. Vielen Dank noch mal für alles, was Sie und Ihr Team heute und in den letzten zwei Monaten getan haben. Sie haben geholfen, Debbies letzte Wochen so viel friedlicher zu gestalten, als sie sonst gewesen wären.«

»Sie war ein wunderbarer Mensch. Es war uns eine Freude, sie und ihre Kinder hierzuhaben. Mein herzliches Beileid.«

»Danke.«

»Versuchen Sie, sich etwas auszuruhen. Sie haben meine Nummer, falls Sie während der Nacht irgendetwas brauchen.«

»Sie sind vom Himmel gesandt, Maggie. Danke für alles.«

»Gern geschehen.« Auf dem Weg zur Treppe hörte Maggie Stimmen aus dem Aufenthaltsraum der Frauen und ging hinüber. Alle anderen Mütter saßen zusammen, und Maggie freute sich, dass auch Corey unter ihnen war. »Wie geht's euch?«

»Wir sind total schockiert«, meinte Niki Ross. »Debbie war noch gestern Abend hier bei uns.«

»Ich weiß. Es ist schwierig zu begreifen, wenn plötzlich so etwas geschieht.«

Zara, eine der jüngeren Frauen, hielt ein Babyfon in der Hand. »Ich hab darüber nachgedacht, dass ihre Mutter gekommen ist, und darüber, was mit Marcus passieren würde, falls ich sterben würde. Meine Mutter würde nicht kommen.«

»Ich würde ihn nehmen«, versicherte ihr Trish sofort.

Zara starrte sie ungläubig an. »Das würdest du tun?«

»Natürlich.«

»Ich auch«, erklärte Kelsey. Mit sechsunddreißig war sie die älteste der hier untergebrachten Frauen.

Nach dem Tag, der hinter ihr lag, hatte Maggie das gebraucht – zu erleben, wie die Mütter sich gegenseitig unterstützten, eine Gemeinschaft bildeten, die ihnen auch dann noch Halt geben konnte, wenn sie die Einrichtung längst verlassen hatten. Das war eines der Hauptziele des Programms, und zu sehen, wie es direkt vor ihren Augen geschah, war wundervoll. »Ich hoffe, ihr könnt heute Nacht einigermaßen schlafen.«

»Du auch, Maggie«, sagte Trish. »Gute Nacht.«

Gerade als Maggie auf der Treppe war, rief Jill sie an. »Hallo, was ist los?«

»Ashton und ich sind draußen. Können wir kurz mit dir reden?«

Maggie war nicht überrascht, dass sie hier waren, um nach ihr zu schauen. »Sicher. Kommt zur Küchentür.« Sie schaltete das Licht ein, und eine Minute später waren sie da.

Jill stürzte durch die Tür und schlang die Arme fest um Maggie.

»Äh, kann ich auch mit reinkommen?«, erkundigte sich Ashton.

Ohne Maggie loszulassen, ging Jill ein Stückchen weiter in die Küche.

Ashton folgte ihr und schloss die Tür.

»Ist alles okay?«, wollte Jill wissen.

Maggie schloss die Augen und nahm den Trost ihrer ältesten Schwester an, obwohl sie sich normalerweise dagegen verwahren würde, dass sie sie als Baby betrachteten, um das man sich kümmern musste. »Ich komm schon klar. War ein ganz schön aufregender Tag.«

»Das ist die Untertreibung des Jahrhunderts.«

»Wie können wir dir helfen?«, fragte Ashton.

»Es ist echt nett von euch, dass ihr vorbeigekommen seid. Hat Kate euch geschickt?«

»Sie hat uns möglicherweise gebeten, nach dir zu sehen, da sie zu Hause festsitzt.«

»Und ich hatte bisher noch keine Gelegenheit, sie wieder anzurufen.«

Ashton drückte Maggies Schulter. »Mein Dad wollte zuerst sofort rüberfahren, als er davon gehört hat, aber Poppy war unruhig, und Kate hatte heute ziemliche Schmerzen.«

Jill ließ Maggie endlich los, trat einen Schritt zurück und lehnte sich gegen die große Kochinsel in der Mitte der Küche.

»Geht es Kate gut?«

»Alles in Ordnung, sie ist nur wund.«

Maggies Telefon klingelte, doch sie drückte den Anruf von Brayden weg, obwohl sie sehr gern mit ihm gesprochen hätte. Sie würde ihn zurückrufen, wenn Jill und Ashton fort waren.

»Ich kann nicht aufhören, über die arme Frau und ihre Kinder nachzudenken«, meinte Jill. »Sie müssen unter Schock stehen.«

»Es war schrecklich.«

»Weiß irgendjemand, was passiert sein könnte?«

»Noch nicht abschließend. Sie hatte in der Vergangenheit Drogenprobleme. Wir wissen nicht, ob sie damit wieder angefangen hat. Die Polizei hat keinerlei Anzeichen für Drogenmissbrauch in ihrem Zimmer gefunden. Daher müssen wir abwarten, was die Autopsie ergibt.«

»Gott sei Dank konnte ihre Mutter so schnell da sein«, sagte Ashton.

»Ich weiß. Es war so schwierig, die Kinder zu beschäftigen, bis sie eintraf. Mandy wusste, dass irgendwas los war, und hat viele Fragen gestellt.«

Jill seufzte. »Die armen Kinder. Ihr Leben wird nie wieder dasselbe sein.«

Da ihre eigene Mutter so plötzlich aus ihrem Leben verschwunden war, verstanden Maggie und ihre Schwestern ganz genau, wie sich Debbies Kinder fühlten. Obwohl Clare nicht gestorben war, hätte sie in den drei Jahren, die sie im Koma gelegen hatte, durchaus tot sein können.

»Wir lassen dich in Ruhe, damit du dich ausruhen kannst«, erklärte Jill. »Du musst total erschöpft sein.«

»Ich bin tatsächlich ziemlich müde.«

»Maggie, ist es dir zu viel? Ernsthaft, du würdest es sagen, wenn es so wäre, oder? Wir machen uns alle Sorgen um dich.«

»Mir geht's wirklich gut. Ich bin nach dem heutigen Tag etwas erschüttert, aber insgesamt ist alles gut. Ich liebe den Job, und ich liebe es, den Leuten zu helfen und jeden Tag so viel zu lernen. Ich lass es dich wissen, wenn du dir Sorgen machen musst. Das verspreche ich.«

Jill umarmte sie wieder, genauso lange und fest wie vorher. »Wir sind hier, falls du uns brauchst.«

»Ich weiß, und das hilft.«

Ashton gab ihr einen Kuss auf die Stirn. »Halt die Ohren steif, Kleines. Du machst das großartig.«

Maggie wusste zu schätzen, dass er das sagte. Dass jemand in ihrer Obhut gestorben war, hatte ihr Selbstbewusstsein erschüttert.

Sie brachte sie nach draußen, machte das Licht aus und aktivierte den Alarm, bevor sie in ihre eigene Wohnung ging, die Tür schloss und tief durchatmete. Nachdem sie diesen Tag überlebt hatte, war sie sich ziemlich sicher, dass sie alles andere auch durchstehen könnte.

Kapitel 15

Nachdem sie in ihren Pyjama geschlüpft war, sich die Zähne geputzt hatte und ins Bett gefallen war, erinnerte sich Maggie an den Anruf von Brayden.

Er hatte ihr etwas auf die Mailbox gesprochen: »Hey, ich bin's. Ich hab von Mitch erfahren, was heute passiert ist, und ich wollte hören, wie es dir geht. Ich wünschte, ich wäre da, um dir zu helfen. Ruf mich zurück, wenn du kannst.«

Es war so süß von ihm, sich bei ihr zu melden, wo er doch eigentlich Urlaub hatte. Maggie zögerte keine Sekunde, seine Nummer zu wählen, denn sie wusste, dass er darauf wartete.

»Hey, ich bin so froh, dass du anrufst. Meine Güte, Maggie. Geht es dir gut?«

»Ja, alles in Ordnung – jetzt. Aber es war ein ganz schön heftiger Tag.«

»Wenn du nicht darüber reden möchtest, verstehe ich das total.«

»Nein, schon gut. Es stört mich nicht.« Und dann erzählte sie ihm die ganze Geschichte.

»Haben die Kinder erwähnt, ob sie mit ihnen aufgestanden ist?«

»Ihre Tochter Mandy hat gesagt, dass sie versucht haben, sie aufzuwecken, aber gedacht haben, sie schliefe einfach sehr fest.

Also haben sie sich selbst für die Schule fertig gemacht und sind zum Frühstück runtergegangen.«

»Gott, also war sie da vermutlich schon tot.«

»Höchstwahrscheinlich.«

»Willst du, dass ich zurückkomme?«

»Brayden! Nein, natürlich nicht. Du hast Urlaub.«

»Ich wünschte, ich wäre da, um dir zu helfen.«

Sie wollte zu gerne wissen, warum er so empfand, allerdings fehlte ihr der Mut dafür, ihn zu fragen. »Es ist wirklich nett von dir, anzurufen, wo du dich doch eigentlich entspannen und Spaß haben solltest.«

»Das gestaltet sich schwierig, wenn bei euch gleichzeitig so was passiert. Meine Kumpel wollten heute Abend in einer Bar was trinken, aber ich hatte keine Lust, sie zu begleiten.«

»Du bist echt süß.«

»Sei still. Das bin ich nicht.«

Unwillkürlich musste Maggie lachen. »Doch.«

»Hör auf.«

Ihr wurde klar, dass sie zum ersten Mal, seit Arnelle und sie Debbie tot in ihrem Bett gefunden hatten, wieder normal atmen konnte. Das hatte sie ihm zu verdanken, weil er für sie da war. Ihre Schwestern waren das zwar auch, aber aus irgendeinem Grund war er derjenige, der dafür sorgte, dass sie sich besser fühlte. »Das hilft. Danke.«

»Was immer ich tun kann.«

»Wie viele Fische habt ihr heute gefangen?«

»Insgesamt so dreißig. Es gibt hier ein Restaurant, in dem wir sie abgeben. Sie bereiten sie für uns und die anderen Gäste zu. Das läuft schon seit Jahren so.«

»Das ist toll. Wie lange macht ihr dort schon Urlaub?«

»Seit unserem ersten Jahr am College, also vermutlich so zwölf Jahre.«

»Das ist eine wirklich schöne Tradition.«

»Ja, die Jungs sind meine besten Freunde.«

»Ich bin froh, dass du sie hast.«

»Ich auch. Sie sind von überallher angereist, um bei mir zu sein, als meine Mutter gestorben ist. Sie sind sehr gespannt auf diese Frau in Nashville, der ich ständig Textnachrichten schicke.«

»Oh. Tatsächlich? Hast du ihnen gesagt, dass das nur ein Arbeitsding ist?«

Nach einer langen Pause fragte er: »Ist das alles, was es ist, Maggie? Nur ein Arbeitsding?«

Maggie versuchte, eine Antwort zu formulieren, mit der sie wenigstens den Versuch unternehmen würde, professionelle Distanz zu wahren. Doch sie stellte fest, dass sie ihn nicht anlügen konnte, vor allem nicht, nachdem er so nett gewesen war, sich nach ihr zu erkundigen. »Nein, ist es nicht.«

»Puh! Das war eine schrecklich lange Pause.«

»Du weißt, dass ich gemischte Gefühle bei der Sache habe.«

»Ja, ich weiß, und ich verstehe auch, warum, aber ich verspreche, dass es bei der Arbeit keine Probleme verursachen wird.«

»Was, wenn …«

»Was, wenn was?«

»Etwas zwischen uns läuft und es dann plötzlich aus ist.« Sie konnte nicht glauben, dass sie diese Unterhaltung tatsächlich mit ihm führte. Daran musste die Aufregung des Tages schuld sein. Ihre Schutzwälle waren dadurch eingestürzt. »Wir müssten dann immer noch am selben Ort leben und arbeiten, und …«

»Wenn das passiert, kündige ich einfach.«

»Das erscheint mir nicht fair.«

»Warum nicht? Du warst zuerst da. Es ist dein Programm.«

»Ich möchte, dass du dich hier zu Hause fühlst, nicht kurz davor, rausgeschmissen und ins Exil geschickt zu werden.«

»Süße, du schmeißt mich ja im Prinzip jetzt schon raus, und wir hatten noch nicht mal eine richtige Verabredung.«

Es war gut, dass sie schon auf dem Bett lag, denn bei diesem Satz wurden ihr die Knie weich, was er, nach dem tiefen Lachen zu urteilen, das aus dem Telefon ertönte, auch wusste.

Maggie drehte sich auf die Seite, kuschelte sich an die zerschlissenen Überreste ihres geliebten Stofftiers Froggie, mit dessen Hilfe sie alles durchgestanden hatte.

»Bist du noch da?«, fragte Brayden.

»Ja, klar.«

»Darf ich dich ausführen, wenn ich zurück bin?«

»Ich bin mir nicht sicher, ob das eine gute Idee ist.«

»Ich finde, es ist eine großartige Idee. Vielleicht die großartigste Idee in der Geschichte der großartigen Ideen.«

Maggie lächelte. »Übertreibst du da nicht ein bisschen, Cowboy?«

»O nein. Du wirst so froh sein, dass du Ja zu mir gesagt hast, dass du gar nicht weißt, wie dir geschieht.«

»Genau davor habe ich Angst.«

»Du hast nicht wirklich Angst vor mir, oder?«

»Nicht vor dir speziell, eher vor Männern allgemein.«

»Maggie, der Vorfall in New York war schrecklich, aber ich schwöre beim Grab meiner Mutter, dass du von mir nichts zu befürchten hast. Ich werde dich stets wie eine Königin behandeln.«

»Das weiß ich.«

»Weißt du das? Wirklich?«

»Ja, tu ich. Und du hast das schon getan.«

Er stöhnte auf. »Das hier ist wirklich der schlechtestmögliche Zeitpunkt für eine Urlaubsreise.«

Maggie lachte. »Oder der bestmögliche.«

»Nein, auf keinen Fall.«

»Doch.«

»Nein.«

»Doch!«

Bei seinem tiefen Lachen musste sie an sein attraktives Gesicht denken und daran, wie er aussah, wenn er lächelte. »Du solltest jetzt besser schlafen. Du bist bestimmt erschöpft.«

»Leg noch nicht auf.«

»Ich bleib dran, solange du willst.«

»Erzähl mir eine Geschichte.«

»Was für eine Art von Geschichte?«

»Etwas über dich.«

»Hm … Lass mich mal kurz überlegen, damit du nicht sofort einschläfst. Wusstest du, dass ich schon auf einem Pferd gesessen habe, bevor ich laufen konnte?«

»Warum überrascht mich das nicht?«

»Mein Großvater hat mich mit auf sein Pferd genommen, als ich noch kein Jahr alt war. Er hat sogar extra einen Helm für mich anfertigen lassen, weil meine Mutter gesagt hat, ohne dürfte ich nicht, und so kleine Reithelme gibt es nicht.«

»Wie süß. Ich kann mir das total gut vorstellen.«

»Ich war sofort restlos begeistert. Nach allem, was man mir berichtet hat, habe ich dauernd gequengelt, bis er mich zu sich aufs Pferd geholt hat. Er hat mich jeden Tag mitgenommen, bis ich drei war und er mich zum ersten Mal allein aufs Pferd gelassen hat.«

»Das ist eine tolle Geschichte.«

»Pferde waren schon immer mein Ding. Nach der Schule bin ich von der Bushaltestelle nach Hause gerannt, hab all meine Sachen an der Hintertür fallen lassen und bin zum Stall gelaufen. Meine Mutter hat mir hinterhergeschrien, dass ich zurückkommen und meinen Ranzen aufhängen soll.«

»Ich wette, du warst total niedlich.«

»Ich war total nervig. Ich hatte nur eins im Sinn. Jedes Bild, das ich in der Schule gemalt habe, war eins von Pferden, jede

Geschichte, die ich geschrieben habe, handelte von Pferden. Meine Lehrerin in der zweiten Klasse hat meiner Mutter vorgeschlagen, dass ich vielleicht mal über etwas anderes schreiben sollte. Aber die hat darauf bloß erwidert: ›Na dann viel Glück.‹«

Maggie lachte. »Also war der Kampf von vornherein verloren, und sie wusste es.«

»Genau.«

»Du hattest wirklich Glück. Wie viele Leute wissen schon im Alter von einem Jahr genau, was sie mit ihrem Leben anfangen wollen?«

»Nicht viele. Meine Mutter hat darauf bestanden, dass ich ans College gehe, was ich absolut nicht wollte. Aber als ich dann da war und erst mal angefangen hatte, hat es mir doch gefallen.«

»Das muss sie sehr gefreut haben.«

»Sie war total selbstgefällig deswegen und fühlte sich voll bestätigt.«

»Aus gutem Grund.«

»Sie hatte recht, und das habe ich ihr auch gesagt. Ich bin froh, dass ich meine beiden Abschlüsse habe, auf die ich zurückgreifen kann, falls das nötig werden sollte. Möchtest du ein Geständnis hören?«

»Natürlich.«

»Falls dieser Job mit dir nichts geworden wäre, hätte ich mir etwas ganz anderes suchen oder aus dem Staat wegziehen müssen, was ich absolut nicht wollte.«

»Wie ist das möglich, wo dich doch alle, mit denen ich über Reittherapie gesprochen habe, empfohlen haben?«

»Ich habe eben einen ausgezeichneten Ruf. Nur gibt es leider nicht besonders viele Jobs in der Branche. Oder, sollte ich vielleicht sagen, nicht viele Jobs, von denen man dann auch leben kann. Die Tatsache, dass ich bei dir Kost und Logis bekomme, war ein großer Bonus.«

»Ich bin wirklich froh, dass es für uns beide gepasst hat.«

»Geht mir genauso. Versuchst du einzuschlafen?«

»Nein.«

»Das solltest du aber. Schließlich musst du früh wieder raus.«

»Was ist mit dir? Musst du dich nicht erholen, für einen weiteren anstrengenden Tag mit Angeln, Sonne und Bier?«

»Ja, es ist ziemlich anstrengend, zu angeln und den ganzen Tag in der Sonne Bier zu trinken.«

»Ich vertrage tagsüber keinen Alkohol. Dann muss ich sofort zwölf Stunden lang schlafen und habe am nächsten Tag gewaltige Kopfschmerzen.«

»Ich könnte dir da ein paar Tricks verraten.«

»Oh, vielen Dank, ist schon in Ordnung.«

Er lachte. »Wie geht's Poppy heute?«

»Ich hab gehört, dass sie ein bisschen ungnädig war und dass ihre Mutter sich noch weiter erholen muss, aber ansonsten ist alles gut.«

»Und Corey? Wie schaut es bei ihr aus?«

Maggie konnte nicht glauben, dass Coreys Geschichte von so viel wichtigeren Neuigkeiten verdrängt worden war. »Sie scheint durchzuhalten. Sie wollte das Baby sehen, bevor wir vom Krankenhaus weggefahren sind, und hat mich gebeten, sie zu begleiten.«

»Verdammt. Wie war das?«

»In etwa so, wie du es dir vorstellst. Traurig und auch ein bisschen erschreckend. Das Baby ist so winzig und an so viele Schläuche und Monitore angeschlossen. Ich fand es ziemlich überwältigend. Ich kann mir nicht vorstellen, wie es ihr gegangen sein muss. Und sie hat mir erzählt, ihr Freund habe sie die Treppe runtergeschubst.«

»Er gehört an den Eiern aufgehängt.«

Maggie verbiss sich ein Lachen. »Oh, halt dich nicht zurück.«

»Ich mein das ernst. Jeder Mann, der eine schwangere Frau die Treppe runterstößt, verdient nichts anderes.«

»Da stimme ich dir voll und ganz zu. Ich glaube, dass es ihr gelingen wird, darüber hinwegzukommen. Sie war mit den anderen Müttern im Aufenthaltsraum, als ich vorhin nach ihr gesehen habe.«

»Es ist gut, dass sie sich gegenseitig stützen.«

»Das ist eines der zentralen Ziele unseres Programms – den Müttern ein Netzwerk zu verschaffen, auf das sie sich verlassen können, wenn sie von hier wieder weggehen. Eine von ihnen sagte, wie viel Glück Debbies Kinder hätten, weil sie eine Großmutter haben, die sie abgeholt hat, und dass sie niemanden hätte. Da haben zwei von ihnen sofort angeboten, ihr Kind zu nehmen, falls ihr etwas zustoßen würde.«

»Das ist großartig. Ich bin wirklich sehr beeindruckt von dem, was du da tust.«

»Es braucht ein ganzes Dorf, das ist auf jeden Fall richtig.«

»Und du bist die Chefin von allem.«

»Manchmal fühle ich mich eher wie der Hofnarr.«

»Hör auf«, erwiderte er mit einem Lachen. »Du bist viel zu streng mit dir. Du machst das großartig. Jeden Tag gibst du ihnen Dinge, die sie schon sehr lange nicht mehr hatten, wenn überhaupt jemals. Sicherheit, Verlässlichkeit, ein Zuhause, ein Hilfsnetzwerk. Du wirkst Wunder für sie.«

»Meine Schwester und mein Schwager sind die, die Wunder tun.«

»Das seid ihr alle drei zusammen.«

»Wenn du meinst.«

»Das tue ich. Genau wie viele andere Leute. Der Job ist immer noch ziemlich neu für dich. Es wird etwas Zeit brauchen, bis du dich wirklich sicher fühlen wirst.«

»Wenn hier Leute sterben, wird es vielleicht nie dazu kommen.«

»Du wirst herausfinden, dass sie entweder irgendeine Art von Vorerkrankung hatte oder etwas geschluckt hat, was sie nicht hätte einnehmen sollen. Ihr Tod war nicht deine Schuld. Du kannst im Gegenteil dankbar für die Tatsache sein, dass sie bei euch war, als es passiert ist, und ihre Kinder gut versorgt sind.«

»Du bist ein echter Optimist, oder?«

»Ich versuche, in jeder Situation das Positive zu sehen.«

»Vielen Dank für die Unterstützung und die aufmunternden Worte. Das hilft.«

»Ich wünschte, ich könnte mehr tun.«

»Das war genau das, was ich gebraucht habe.«

Kapitel 16

Maggies vier Eltern, ihre Tante und ihr Onkel kamen am nächsten Tag gegen Mittag, um sich Matthews House anzusehen. Sie begrüßten sie mit Umarmungen und Mitleidsbekundungen wegen Debbies Tod und erkundigten sich besorgt nach den Kindern. Die waren mit ihrer Großmutter zu ihrer Schule gefahren, um ihre Sachen sowie die Zwischenzeugnisse abzuholen und um sich zu verabschieden. Am Nachmittag würden sie nach Arizona fliegen.

Mitch hatte für Maggies besondere Gäste, die jede Menge Fragen über die Einrichtung, die Hilfsangebote für die Bewohner und Maggies tägliche Routine hatten, einen kleinen Imbiss vorbereitet.

»Es ist jeden Tag ein wenig anders«, antwortete Maggie, während sie sich im Speisezimmer das Mittagessen schmecken ließen, nachdem sie ihnen ihre Mitarbeiter vorgestellt und ihnen alles gezeigt hatte. »Es hängt sehr stark von dem ab, was die Bewohner brauchen.«

»Du machst hier eine so wichtige Arbeit, Süße«, erklärte Clare. »Ich bin unglaublich stolz auf dich.«

»Ich auch«, pflichtete Jack ihr bei. »Du bewirkst was im Leben der Leute, denen du hilfst.«

»Wir geben uns jedenfalls Mühe«, erwiderte Maggie. »An manchen Tagen habe ich trotzdem das Gefühl, dass wir auf der Stelle treten, doch dann passiert etwas Schönes, wie beispielsweise gestern Abend, als die Mütter sich zusammengetan haben, um einander beizustehen. Das war echt ein besonderer Augenblick. Mir gefällt die Vorstellung, dass sie einander unterstützen, auch nachdem sie die Einrichtung verlassen haben.«

»Ich weiß nicht, wie es mit euch ist«, meinte Andi, »aber mein Job fühlt sich angesichts dessen, was unsere Kleine hier auf die Beine stellt, fast ein bisschen oberflächlich an.«

»Da hast du recht«, stimmte ihr Aidan zu. »Ich liebe meine Arbeit, doch das hier … Das ist wirklich wichtig. Ehrlich toll von dir, Maggie.« Aidan war ein begnadeter Schreiner, der sich auf die Restauration historischer Gebäude spezialisiert hatte, nachdem er infolge des Krebstods seiner Frau und der Totgeburt seines Sohnes aufgehört hatte, als Kardiologe zu praktizieren.

Maggie freute sich über das elterliche Lob. »Ihr seid gut für mein zerbrechliches Ego.«

»Wie viele Familien kannst du hier gleichzeitig unterbringen?«, wollte Jamie wissen.

»Wir haben Räumlichkeiten für zehn Familien, aber wir könnten wohl noch ein paar zusätzliche Mütter mit jeweils einem Kind oder Baby unterbringen. Das war bislang allerdings nicht nötig.«

»Wann soll das therapeutische Reiten beginnen?« Jack nahm sich ein weiteres Sandwich von dem Tablett, das Mitch kunstvoll arrangiert hatte. Maggie hatte ihn eingeladen, ihnen beim Lunch Gesellschaft zu leisten, doch er hatte mit dem Hinweis abgelehnt, sie solle die Zeit mit ihrer Familie genießen.

»Am Montag, wenn Brayden aus dem Urlaub zurück ist. Er wird die Kinder erst mal mit den Stallungen und den Pferden vertraut machen und ihnen zeigen, wie man die Tiere versorgt, alles mit besonderer Betonung der Sicherheitsaspekte.

Diese Woche treffe ich mich mit den Müttern und werde ein Profil für jedes Kind erstellen, damit wir uns um die speziellen Bedürfnisse von jedem einzelnen kümmern können.«

»Also bist du auch dabei?«, wollte Andi wissen.

»Brayden ist verpflichtet, mit einem ausgebildeten Therapeuten zusammenzuarbeiten, um das Programm maßgeschneidert auf die einzelnen Kinder abzustimmen. Und ich bin hier bei uns die ausgebildete Therapeutin.«

»Kate und Jill haben erzählt, er wirke überaus sympathisch und kompetent«, bemerkte Clare.

»Das ist er auch. Er hat schon das Podest gebaut, das wir benötigen, damit die Kinder in den Sattel kommen.« Maggie versuchte, nicht daran zu denken, wie er mit bloßem Oberkörper ausgesehen hatte, als er im strahlenden Sonnenschein den Hammer geschwungen hatte, aber das Bild hatte sich unauslöschlich in ihr Gedächtnis eingebrannt. Vermutlich würde sie sich noch auf ihrem Sterbebett daran erinnern.

»Dabei mitzuarbeiten passt auch perfekt zu dir«, meinte Frannie.

»Zu wie vielen Reitstunden hast du mich gefahren?« Maggie lächelte ihre geliebte Tante an. Frannie war nach Clares Unfall bei ihrem Bruder und ihren Nichten eingezogen und war so für Maggie und ihre Schwestern eine wichtige Bezugsperson geworden, während sie versuchten, ihr Leben ohne Mutter zu meistern.

»Viel zu viele, um sie zu zählen. Ach, was waren das für schöne Zeiten! Olivia fängt übrigens an, davon zu reden, dass sie reiten lernen möchte.«

»Sie wird es lieben. Für mich war es mit das Schönste an der Kindheit. Was gibt es sonst Neues von zu Hause?«

»Für uns Baseball, Baseball und noch mehr Baseball«, antwortete Jack. »Was bis weit in den Sommer hinein so bleiben wird, weil beide Jungs es vermutlich in die All-Stars schaffen.«

»Sie sind völlig verrückt danach«, erklärte Andi, »dabei ist es in Rhode Island um diese Jahreszeit noch eiskalt, vor allem am Spielfeldrand – wenigstens kommt es einem so vor.«

»Ihr solltet sie mal sehen, wie sie in eine warme Winterjacke und Decken gewickelt dasteht«, warf Jack ein.

Andi lachte. »Und ich friere trotzdem.«

»Ich kann es kaum erwarten, ihnen mal zuzuschauen«, meinte Maggie.

»Sie sind echt gut«, stellte Clare fest. »Wir waren letzte Woche bei einem ihrer Spiele, und sie waren von beiden Mannschaften mit Abstand die Besten auf dem Platz.«

Maggie fand es toll, dass ihre Mutter und Aidan zu den Spielen der Söhne ihres Vaters fuhren und dass ihr Vater und Andi es andersrum genauso hielten und Max' und Nicks Hockeyspiele besuchten. Die vier Jungs bezeichneten einander als Cousins, und sie hatten keine Ahnung, was daran ungewöhnlich sein sollte. Früher einmal hätte Maggie ihr Leben darauf verwettet, dass es nie so weit kommen würde, doch sie waren unbestreitbar ein Musterbeispiel dafür, wie man eine Scheidung über die Bühne brachte, ohne dass die Kinder in irgendeiner Weise darunter litten.

Kurz darauf machten sie sich auf den Rückweg zu Kate, um Reid von dem Aufpassen auf Rob, John, Owen und Olivia zu erlösen, die sie allesamt bei ihm gelassen hatten, weil er mit ihnen eine Wanderung auf dem riesigen Grundstück hatte unternehmen wollen.

»Vermutlich haben sie ihn inzwischen an einen Baum gefesselt«, hatte Jack gescherzt.

Alle umarmten Maggie und lobten sie für ihr Wirken hier. Am nächsten Morgen würden sie früh zum Flughafen fahren und nach Hause fliegen, damit die Kinder rechtzeitig für die Schule zurück waren.

»Das sind sehr nette Leute«, sagte Mitch, als Maggie nach der Verabschiedung wieder ins Haus kam.

»Sie sind die besten.«

»Der dunkelhaarige Mann, dieser Jack, ist also dein Vater, und die blonde Frau, Clare, ist deine Mutter, richtig?«

»Stimmt genau. Jack ist mit Andi verheiratet, der mit dem dunklen Haar, und Clare mit Aidan. Der blonde Typ namens Jamie ist der Mann meiner Tante Frannie, die wiederum die mit den roten Haaren ist.«

»Und deine Eltern verbringen regelmäßig ihre Freizeit miteinander und mit ihren jeweiligen Partnern?«

Maggie nickte. »Sie sind alle Freunde.«

»Wow, das hört man auch nicht alle Tage.«

»Sie haben hart dafür gearbeitet, genau wie wir, denn so wie jetzt war es nicht immer.«

»Trotzdem ist es echt cool.«

»Ja, das stimmt. Danke noch mal für den Lunch. Es hat allen super geschmeckt.«

»Gern geschehen. Und es freut mich, dass du ihnen zeigen konntest, was wir hier machen.«

»Sie waren alle sehr beeindruckt.«

»Mit Recht. Wir verrichten hier Gottes Werk.«

Maggie hatte das so noch nicht betrachtet, aber sie nahm an, dass es stimmte. Den Rest ihres Tages verbrachte sie damit, den McBride-Kindern beim Packen zu helfen und dafür zu sorgen, dass sie alles für einen guten Start in ihr neues Leben bei ihrer Großmutter in Arizona hatten. Die Kinder umarmten sie und dankten ihr, brachten Maggie an den Rand der Tränen mit ihrer Gefasstheit im Angesicht eines so schlimmen Schicksalsschlags.

»Ich werde an euch denken, daher vergesst nicht, mir zu schreiben«, sagte sie zu Mandy und Patrick.

»Machen wir«, versprach Mandy.

Derek hatte angeboten, alle zum Flughafen zu fahren, bevor er die anderen Kinder an der Schulbushaltestelle abholte.

Maggie half Debbies Mutter, die Kinder ins Auto zu verfrachten und anzuschnallen, ehe sie die ältere Frau zum Abschied umarmte. »Passen Sie gut auf sich auf, und lassen Sie es uns wissen, falls wir irgendetwas für Sie und die Kinder tun können.«

»Wir schaffen das gemeinsam«, erwiderte Karen. »Noch einmal danke für alles, was Sie für Debbie und die Kinder getan haben.«

»Es war mir ein Vergnügen.«

»Sie hat immer nur voller Hochachtung von Ihnen und allen hier gesprochen. Sie haben dafür gesorgt, dass ihre letzten Tage nicht von zu großen Sorgen überschattet waren, und das werde ich Ihnen nie vergessen.«

»Danke, dass Sie mir das sagen«, erklärte Maggie, zu Tränen gerührt. Sie schluckte schwer, als sie ihnen zum Abschied hinterherwinkte.

Nachdem der Van außer Sicht war, ging sie in den Stall zu Thunder, der wie immer genau zu wissen schien, was sie brauchte. »Ich komme nachher wieder, damit wir ausreiten können.«

Er wieherte als Antwort, was ihr ein Lächeln entlockte.

Sie hielt ihr Versprechen später am Nachmittag und blieb eine Stunde mit Thunder weg, was ihr half, sich zu beruhigen und nach den aufwühlenden Tagen zu sich zu kommen. Als sie wieder bei den Stallungen ankamen, verbrachte sie eine zusätzliche Stunde damit, den Hengst abzureiben und zu striegeln, ehe sie ins Haus zurückkehrte, um herauszufinden, was Mitch zum Abendessen zubereitet hatte.

Um zehn fiel Maggie ins Bett und schaute zum ersten Mal seit Stunden auf ihr Handy, hoffte auf eine Nachricht von Brayden.

Und er enttäuschte sie nicht. Er hatte mehr Bilder von Fischen geschickt, ein paar alberne Selfies vom Boot und ein weiteres Foto von einem Sonnenuntergang in Key West.

Ich bin ganz grün vor Neid, schrieb sie und sah zu ihrer Freude, dass er gleich antwortete.

Warst du schon mal hier?

Nope.

Das müssen wir ändern und dich mal herbringen. Es ist wie Disney World für Erwachsene: Strände, Bars, Boote …

Das klingt verlockend.

Das Telefon klingelte, ein Videoanruf von ihm über die Messenger-App.

Eine Sekunde lang verspürte Maggie Panik, weil man als Frau etwas Zeit brauchte, um sich auf einen solchen Anruf vorzubereiten, aber sie rief sich im Geiste zur Ordnung und sagte sich, sie solle aufhören, sich so anzustellen, und einfach annehmen. »Hallo.«

»Hi. Ich dachte schon fast, du würdest mich hier verhungern lassen.«

»Ich war in Schockstarre wegen meiner Frisur.«

»Deine Haare sehen klasse aus, wie der Rest von dir ebenfalls.«

»Das mit den Komplimenten hast du echt drauf.«

»Es ist die reine Wahrheit.«

»Warum telefonierst du mit mir, statt die Bars der Umgebung unsicher zu machen?«

»Weil ich darauf mehr Lust hatte.«

»Das kann nicht wahr sein.«

»Ist es aber. Ich sage immer die reine Wahrheit, schon vergessen?«

»Deine Freunde werden dich gnadenlos aufziehen.«

»Zu spät – das haben sie schon gemacht. In den letzten Tagen hab ich jede Menge Hänseleien über mich ergehen lassen müssen. Du erteilst mir keine Abfuhr, oder?«

»Was meinst du damit?«

»Wenn ich dich um eine Verabredung bitte, was ich sehr bald tun werde – so ungefähr in der Sekunde, in der ich zu Hause bin –, wirst du nicht Nein sagen, oder? Weil das nämlich wirklich fies wäre, nachdem ich deinetwegen so viel Mist von meinen Kumpeln ertragen musste.«

Maggie konnte sich das Lachen nicht verkneifen. »Das muss die romantischste Bitte um ein Date sein, die es je gegeben hat.«

»Der Mist war zu viel, was?«

»Es war jedenfalls mal was Besonderes.«

»Angesichts meiner sehr besonderen, superromantischen Bitte hoffe ich doch, dass du mir keinen Korb gibst, wenn ich dich frage, sobald ich zu Hause bin.«

»Darüber muss ich noch mal nachdenken.«

»Maggie! Ernsthaft?«

Sie lachte wieder. Das tat sie ziemlich oft, wenn sie mit ihm sprach. »Ja, ernsthaft. Du weißt, dass ich mir Sorgen wegen der Arbeit mache.«

»Und du weißt auch, dass es mein Ernst war, als ich gesagt habe, wenn wir das nicht hinbekommen, gehe ich freiwillig.«

»Es ist nur … Ich weiß nicht, Brayden.«

»Was weißt du nicht, Süße?«

O verdammt, wenn er sie so nannte, schmolz sie innerlich dahin. »Ob ich überhaupt schon wieder bereit bin, mit irgendjemandem auszugehen.«

»Ich kann nachvollziehen, warum du so empfindest, auch wenn ich es ernst gemeint habe, als ich dir erklärt habe, dass du dir, was mich betrifft, keine Sorgen machen muss. Das glaubst du mir, oder?«

»Ich möchte es.«

»Aber?«

»Es gibt Dinge, über die du nicht reden willst.«

»Du meinst meine Jugendstrafe.«

»Ja.«

»Darüber rede ich mit niemandem.«

»Was dein gutes Recht ist, so wie es mein gutes Recht ist, zu zögern, mit jemandem auszugehen, der nicht darüber reden möchte, was ihn früher in Schwierigkeiten gebracht hat.«

»Es war ein einmaliger Vorfall, den ich allerdings nicht bedaure, weil ich etwas verteidigt habe, das sich selbst nicht wehren konnte. Unter den gleichen Umständen würde ich es wieder tun, selbst wenn ich wüsste, was es alles nach sich zieht.«

Jetzt war Maggie noch neugieriger als zuvor und wollte dringend mehr erfahren. Seine Verwendung der Worte »etwas, das sich selbst nicht wehren konnte« ließ sie vermuten, dass es sich dabei um ein Pferd gehandelt hatte.

»Ich glaube sogar, dass du an meiner Stelle das Gleiche getan hättest wie ich damals.«

»Du verstehst aber schon, dass ich davor zurückscheue, etwas mit dir anzufangen, ohne mehr darüber zu wissen, oder?«

»Ja, das verstehe ich, doch ich hoffe, du berücksichtigst, was ich seither in meinem Leben erreicht habe, und wirfst es gegen das in die Waagschale, was passiert ist, als ich ein Jugendlicher war.«

Er war wirklich überzeugend, das musste sie ihm lassen.

»Denkst du bitte darüber nach?«

»Ich bin mir nicht sicher, wie ich an irgendetwas anderes denken soll.«

»Maggie …«

»Brayden …«

Er holte tief Luft und stieß den angehaltenen Atem dann langsam aus. »Lass uns das Thema wechseln. Wie war dein Tag?«

»Sehr gut. Meine Eltern, meine Tante und mein Onkel waren über Mittag da, um sich Matthews House anzusehen.«

»Und wie fanden sie es?«

»Großartig. Sie lieben es und alles, was wir hier tun.«

»Du hast gesagt, deine Eltern seien geschieden, oder?«

»Und beide haben wieder geheiratet, und zwar Menschen, die wir ins Herz geschlossen haben.«

»Das passiert auch nicht alle Tage.«

»Wir hatten großes Glück – und das wissen wir durchaus.«

»Du wolltest mir doch erzählen, wie es dazu gekommen ist, dass deine Eltern sich haben scheiden lassen.«

»Stimmt.«

»Sag ich ja.«

»Und das willst du wirklich hören?«

»Ich will alles über dich wissen, Maggie Harrington. Jede noch so kleine Kleinigkeit.«

Kein Mann hatte je unverhohlener sein Interesse an ihr bekundet. Sie hatte genug Aufmerksamkeit von den Jungs an der Highschool und am College bekommen, aber er spielte in einer ganz eigenen Liga, was ihr im Übrigen ziemlich gut gefiel. »Vom Unfall meiner Mutter hab ich dir ja schon erzählt, richtig?«

»Ja.«

»Nun, danach war mein Vater für eine lange Zeit ziemlich fertig, so sehr, dass meine Tante Frannie, seine Schwester, bei uns eingezogen ist, um ihm mit uns zu helfen. Er hat alles, was in seiner Macht stand, für meine Mutter getan, doch nach einer Weile mussten wir uns damit abfinden, dass sie vermutlich nie mehr aufwachen würde, und wir mussten unser Leben weiterführen. Er hat sie in einer eigenen Wohnung untergebracht, wo sie rund um die Uhr professionelle Versorgung hatte.«

»Das muss ziemlich schwierig für euch gewesen sein.«

»Das ist noch vorsichtig ausgedrückt. Meine Mutter … Sie war der Kleber, der uns alle zusammengehalten hat. Ohne sie waren wir völlig hilflos. Nachdem also ein Jahr vergangen war und meine Mutter verlegt worden war, hat mein Vater sich große Mühe gegeben, das mit seiner Arbeit und mit seinen Töchtern wieder auf die Reihe zu kriegen. Er hatte sich ein ganzes Jahr Auszeit genommen, was im Grunde genommen echt komisch war, denn vor dem Unfall war es eine Riesensache, wenn er sich auch nur eine Woche freinehmen wollte.

Er und Jamie hatten den Auftrag bekommen, in Newport ein neues Hotel zu bauen, und dabei hat mein Vater Andi kennengelernt, die die Innenarchitektin der Hotelkette war. Ihr Büro war in Chicago, aber sie sind sich rasch nähergekommen. Sie und ihr Sohn Eric sind schließlich nach Rhode Island gezogen, um bei uns zu sein.«

»War dein Vater da noch mit deiner Mutter verheiratet?«

»O ja, er hat darauf bestanden, dass er sie nie verlassen würde, doch er war vierundvierzig und hatte noch einen großen Teil seines Lebens vor sich. Alle haben ihn gedrängt und ermutigt. Sogar meine Großmutter, die Mutter meiner Mutter, war dafür, nachdem sie miterlebt hatte, wie er unter dem Unfall meiner Mutter gelitten hat. Das mit anzusehen war beinahe so schwierig, wie mitzuerleben, wie meine Mutter angefahren wurde.«

»Ihr habt alle eine Menge durchgemacht.«

»Ja, aber wir hatten viel Hilfe. Außer meinem Vater, Frannie und Jamie und unserer Großmutter hatten wir auch noch die Eltern meines Vaters und Jamies Eltern, die wie zusätzliche Großeltern für uns waren. Alle haben sich um uns gekümmert. Wir haben es geschafft, dank der Bemühungen von meinem Dad und Frannie. Und Andi … Sie war einfach … Wir lieben sie wirklich sehr. Irgendwie hat sie es im Großen und Ganzen echt gut hingekriegt, in das Haus unserer Mutter zu kommen, sich mit uns anzufreunden und uns so gut wie möglich zu unterstützen, ohne je den Eindruck zu erwecken, sie wolle unsere Mutter ›ersetzen‹, was ja auch gar nicht möglich gewesen wäre.«

»Wow, das muss eine ganz schöne Herausforderung für sie gewesen sein.«

»Das war es, doch sie ist einfach der netteste Mensch, den man sich vorstellen kann, und wir lieben Eric. Ich hab dir ja schon erzählt, dass er gehörlos geboren wurde.«

»Ja, und als er in dein Leben getreten ist, hast du angefangen, Gebärdensprache zu lernen.«

»Richtig. Er und ich haben uns sofort auf einer besonderen Ebene verstanden. Ich kann es gar nicht erklären, aber von dem Moment an, in dem wir uns begegnet sind, waren wir ein Team. Das sind wir immer noch. Er ist einer meiner engsten Freunde, und ich umgekehrt für ihn genauso.«

»Ich sitze hier, gespannt wie ein Flitzebogen, weil du mir ja schon gesagt hast, dass deine Mutter irgendwann aus dem Koma aufgewacht ist, daher frage ich mich, wie das wohl war.«

»Es war ein Wunder und einfach Wahnsinn, beides zur gleichen Zeit. In drei Jahren geschieht eine Menge … Man denkt nicht weiter darüber nach, doch das Leben geht weiter. Und Andi war schwanger.«

»O mein Gott. Wow.«

»Ja, es war ziemlich verrückt. Und dann stellte sich heraus, dass sie Zwillinge erwartete, was superaufregend war. Ich konnte kaum glauben, dass wir zu sechst sein würden. Mein Dad war total durch den Wind. Man konnte erkennen, dass ihn ganz viel beschäftigte, aber er war außer sich vor Freude. Er und Andi waren bis über beide Ohren verliebt, und es war so schön, ihn wieder glücklich zu sehen nach allem, was er hinter sich hatte. Und Andi auch. Erics Vater hatte die beiden verlassen, als sich herausstellte, dass Eric taub war.«

»Ach nein. Wer macht denn so was?«

»Ich konnte das auch nicht glauben. Sein Pech. Eric ist einfach toll.«

»Und da meint man, man hätte schon alles gehört …«

»Ich weiß. Also, Andi war schwanger und erwartete im September Zwillinge, und im April vorher hat meine Mom eine Infektion bekommen, mit hohem Fieber, das tagelang nicht sinken wollte. Sie war wieder im Krankenhaus, und wir dachten alle, das sei das Ende, dass wir sie dieses Mal wirklich verlieren würden. Mein Dad war rund um die Uhr bei ihr, und Jamie hat ihn mit Essen versorgt, während wir anderen uns bemüht haben, uns auf unser Leben und die Schule zu konzentrieren.«

»Das muss schwierig gewesen sein.«

»Das war es. In der Zeit hatten wir alle keine guten Noten. Mein Dad hatte zwei Wochen im Krankenhaus an ihrem Bett gewacht, als sie plötzlich die Augen aufschlug und ihn anschaute.«

»Er muss ausgeflippt sein.«

»Allerdings. Das ging uns allen so. Es war unglaublich. Ein absolutes Wunder.«

»Was hat er getan? Und was hat Andi getan?«

»Andi ist ausgezogen.«

»O Mann. Da bricht mir das Herz für Leute, die ich noch gar nicht kenne.«

»Es war für uns alle schlimm. Ihre Firma hatte sie mit der Leitung des Hotels in Newport betraut, daher ist sie mit Eric in der Managerwohnung im Hotel untergekommen. Sie hat Dad und uns gesagt, wir sollten uns auf unsere Mutter konzentrieren und uns ihretwegen keine Sorgen machen, aber Dad war völlig verzweifelt.«

»Wer wäre das auch nicht?«

»Er ist ein guter Mensch, der immer versucht, das Richtige zu tun, und er hat Andi versprochen, er würde sie niemals mit den Babys im Stich lassen, und dann …«

»Das Dilemma kann ich mir gut vorstellen. Und deine Mutter! Aufzuwachen nach all der Zeit und herauszufinden, dass ihr Ehemann eine Neue hat, die zu allem Überfluss Zwillinge von ihm erwartet. Gütiger Himmel. Darüber sollte jemand mal einen Film drehen.«

Maggie lachte. »Manchmal ist das echte Leben zu schmerzlich, um daraus Unterhaltung zu machen.«

»Stimmt. Was ist dann passiert?«

»Mein Dad hat versucht, es meiner Mutter so schonend wie möglich beizubringen. Er hat mit uns begonnen, damit, dass Jill die Schule abgeschlossen hatte und an der Brown University war und dass Kate nach der Highschool nach Nashville wollte und ich inzwischen fast dreizehn Jahre alt war. Sie konnte nicht glauben, dass sie drei Jahre im Koma gelegen hatte. Und als er ihr von Andi und den Babys erzählt hat, hat sie ihn aufgefordert zu gehen.«

Brayden nahm einen Schluck aus seiner Bierflasche. »Und das hat er getan?«

»Ja, doch er kam immer wieder zurück, hat versucht, sie dazu zu bewegen, mit ihm zu reden.«

»Und was war mit Andi? Hat er sich mit ihr getroffen?«

»Nein. Sie wollte ihn nicht sehen, aber sie hat Vorkehrungen getroffen, damit Eric jede Woche Zeit mit ihm verbringen konnte. Schließlich war er für Eric so was wie ein Vater geworden, und sie wollte nicht, dass die Verbindung einfach abriss.«

»Es muss ihn schier umgebracht haben, dass sie mit seinen Zwillingen schwanger war und trotzdem getrennt von ihm gelebt hat.«

»Ja, das hat es. Es war echt schwierig für ihn. Dann hatte meine Mutter einen Traum, der die Erinnerung zurückbrachte, dass sie von einem Kunden vergewaltigt worden war, dem sie ein Haus hatte zeigen wollen. Sie war Immobilienmaklerin, bevor all das passiert ist, und der Typ hat ihr gedroht, eine von uns zu töten, wenn sie je jemandem davon erzählt. Daher hat sie es für sich behalten. Als sie das Auto an jenem Tag auf sich zurasen sah, konnte sie nur daran denken, dass das ein Ausweg für sie wäre.«

»Süße … Mein Gott. Ich weiß nicht, was ich sagen soll.«

Maggie fiel auf, dass sie mit ihrer Mutter über den Vorfall mit Ethan hätte reden können, weil sie sie auf eine Art und Weise verstanden hätte, wie das sonst niemand konnte.

»Woran denkst du gerade? Dein Gesichtsausdruck hat sich geändert.«

Sie teilte ihm ihre Überlegungen mit. »Das mit meiner Mutter ist so lange her, dass ich überhaupt nicht daran gedacht habe, mit ihr darüber zu sprechen. Ich habe diese Geschichte seit Jahren niemandem erzählt.«

Ein Lächeln ließ sein attraktives Gesicht aufleuchten. »Ich fühle mich geehrt, dass du es mir erzählst. Also, was geschah, nachdem sie den Traum hatte?«

»Den Rest bekommst du zu hören, wenn wir das nächste Mal miteinander reden. Ich muss jetzt schlafen.«

»Ach komm … Du kannst hier nicht einfach abbrechen. Da werde ich vor Spannung ja verrückt.«

»Nein, das wirst du schon nicht. Du musst schließlich angeln, am Strand liegen, Boot fahren und Bars besuchen.«

»Ich hätte nie gedacht, dass du so gemein sein kannst, mich derart in der Luft hängen zu lassen.«

Maggie lachte über seine entrüstete Miene. »Du willst die nächste Folge vermutlich nicht verpassen.«

»Nein, auf keinen Fall. Morgen um die gleiche Zeit?«

»Geh aus, und betrink dich, Brayden. Du bist im Urlaub.«

»Ich möchte viel lieber mit dir reden und den Rest dieser Geschichte hören als mich betrinken. Das kann ich schließlich jederzeit nachholen.«

»Wenn du das sagst.«

»Das sage ich. Morgen um die gleiche Zeit?«

»Ich werde da sein.«

Kapitel 17

Brayden dachte den ganzen Tag lang an Maggie und das, was sie ihm erzählt hatte, selbst während er mit seinen Freunden angeln und essen war und insgesamt die Zeit bis zehn, so gut es ging, rumzubringen versuchte.

»Du bleibst heute Abend aber nicht wieder hier, oder?«, fragte Josh, während er sich fertig machte. Sie beide hatten schon am College zusammengewohnt und teilten sich auch jetzt immer ein Hotelzimmer, wenn sie mit der Gruppe unterwegs waren.

»Ich fürchte schon.«

»Ich erkenne dich ja kaum wieder.«

Brayden lachte. »Wer ist denn hier derjenige von uns beiden, der zu Hause kaum mehr das Haus verlässt, weil er so verheiratet ist?«

»Das ist was anderes! Das ist schließlich zu Hause. Hier sind wir im Urlaub.«

»Tja, was soll ich sagen? Ich möchte halt lieber mit ihr reden, als auszugehen und mit euch Losern zu trinken.«

»Autsch.« Joshs Bemühungen, wie im Schmerz das Gesicht zu verziehen, wirkten bestenfalls komisch.

»Hau ab und hab Spaß. Denn darum geht es hier ja, oder? Jeder tut das, was ihm Spaß macht.«

»Stimmt, und was uns allen Spaß macht, ist, abzufeiern – mit dir, so wie jedes Jahr.«

»Weißt du noch, wie es war, als du Ashley kennengelernt hast?«

Josh, der vor dem Kommodenspiegel gestanden hatte, um sich sein nasses blondes Haar zu kämmen, drehte sich zu Brayden um, und sein gebräuntes Gesicht war so ernst, wie Brayden es schon lange nicht mehr gesehen hatte. »Du vergleichst das Mädchen mit Ashley?«

Josh und Ashley waren seit dem College zusammen und immer noch so verrückt nacheinander wie am ersten Tag.

»Und wenn es so wäre?«

»Du hast sie doch erst vor zwei Wochen kennengelernt.«

So lange war es noch nicht mal her. »Ja und?«

»Du stellst sie auf ein Level mit Ashley? Dann ist es wesentlich ernster, als ich dachte.« Er öffnete die Verbindungstür nach nebenan und rief die anderen vier herbei, die alle nach dem Duschen Shorts und T-Shirts angezogen hatten. »Jungs, wir haben hier ein Problem.«

Brayden verdrehte die Augen und ließ sich rückwärts aufs Bett fallen, fand sich mit seinem Schicksal ab.

»Was ist los?«, wollte Max wissen. Er hatte immer noch den Körper des Linebackers, der er an der Universität gewesen war, außerdem dunkles Haar und blaue Augen, eine Kombination, die ihn am College zum Mädchenschwarm gemacht hatte.

Josh war nur zu gern bereit, sie aufzuklären. »Unser Kumpel Brayden hat gerade die Kleine, die er schon die ganze Zeit aus der Ferne anschmachtet, mit Ashley verglichen.«

»Nein!« Taylors Gesicht wurde ausdruckslos vor Schock. »Sie ist deine Ashley?«

»Das habe ich nicht gesagt. Ich habe Josh bloß gefragt, ob er sich noch daran erinnern kann, wie es war, als er Ashley gerade kennengelernt hatte.«

»Dann ist das was Großes«, erklärte Isaac, riesig, mit dunkelbrauner Haut und den Muskeln, die er schon gehabt hatte, als er wie Max während des Studiums Football gespielt hatte, auch wenn er jetzt als Buchhalter arbeitete. »Wir müssen das Mädchen kennenlernen.«

»Nein, ganz bestimmt nicht.«

»Schämst du dich etwa für uns, Bruder?«, erkundigte sich Max gespielt getroffen.

»Verdammt, ja. Ihr haltet euch weit, weit fern von ihr.«

»Ich bin gekränkt«, verkündete Taylor. Er verfolgte schon so lange seinen Traum, Arzt zu werden, dass er laut eigener Aussage vergessen hatte, wie es sich anfühlte, nicht im Studium zu sein. Jetzt war es nur noch ein Jahr bis zum Abschluss.

»Man muss zu Gefühlen fähig sein, um gekränkt sein zu können«, wandte Brayden ein. »Und jetzt müsst ihr alle endlich verschwinden, damit ich sie anrufen kann.«

»Steht schon völlig unter dem Pantoffel«, bemerkte Josh.

Das zog eine Reihe von unpassenden Kommentaren nach sich, doch Gott sei Dank erwies sich der Lockruf der Bars als stärker als der Spaß daran, Brayden auf die Nerven zu gehen. Aber sie waren noch nicht fertig mit ihm, das war sicher.

Es war ein taktischer Fehler gewesen, Ashley ins Spiel zu bringen. Schließlich war sie der Goldstandard, und indem er ihren Namen in den Ring geworfen hatte, hatte er seine aufkeimende Beziehung mit Maggie höher gehängt, wenigstens in den Köpfen seiner Freunde.

Er wartete ungefähr zwanzig Minuten, nachdem sie weg waren, um sicher sein zu können, dass sie wirklich nicht zurückkamen, bevor er den Videoanruf startete, zehn Minuten später als ursprünglich vereinbart.

Sie nahm beim dritten Klingeln ab und wirkte außer Atem. Ihre Wangen waren gerötet, ihre Haare hochgesteckt und ihre Augen wie immer wunderschön.

»Wo hab ich dich denn jetzt hergeholt?«

»Ich war in der Küche und hab mein Handy klingeln gehört, und da erst ist mir aufgefallen, dass es noch im Schlafzimmer lag.«

»Und ich dachte, du sitzt da und zählst die Sekunden, bis ich mich melde. Nach allem, was ich deinetwegen durchgemacht habe, Maggie, verletzt mich das.«

Sie runzelte verwirrt die Stirn. »Was hast du denn meinetwegen durchgemacht?«

»Zum Beispiel tonnenweise nervige Bemerkungen von meinen Freunden, die sich fragen, wer das Mädchen ist, das dafür sorgt, dass ich die Tour durch die Bars ausfallen lasse, bloß damit ich mit ihr reden kann.«

»Oh. Was hast du ihnen denn geantwortet?«

»Ich hab gesagt, sie heißt Maggie und sie ist die wunderschönste Frau, die mir je begegnet ist, und sie hat auch noch ein Herz aus Gold.«

»Das hast du nicht wirklich gesagt!«

»Nein«, erwiderte er schmunzelnd, »trotzdem ist jedes Wort davon wahr.«

»Hör auf.«

»Womit?«

»Ich bin nicht die schönste Frau, die dir je begegnet ist.«

»Doch, das bist du, und du liebst außerdem Pferde. Besser geht's nicht, Baby.«

»Brayden …«

»Erzähl mir die Geschichte zu Ende, Maggie. Ich sterbe hier vor Ungeduld, weil ich den Rest hören will.«

»Wo sind wir gestern stehen geblieben?«

»Du weißt ganz genau, wo wir waren. Deine Mutter ist aufgewacht, Andi ist ausgezogen, sie ist schwanger mit Zwillingen, dein Dad flippt aus, und deine Mutter erinnert sich wieder an das, was ihr passiert ist.«

Maggie musste über seine knappe Zusammenfassung grinsen. »Okay, also, als meine Mutter diesen Traum hatte, der alle Erinnerungen zurückbrachte, hat sie die Krankenschwester gebeten, meinen Dad anzurufen. Nachdem er ihr das mit Andi und den Babys erklärt hatte, hat sie wochenlang nicht mal seinen Namen erwähnt, obwohl er täglich ins Krankenhaus gegangen ist, um zu sehen, ob sie irgendetwas braucht.«

»Was für ein Albtraum für ihn.«

»Er hat immer wieder beteuert, wie dankbar er sei, dass sie aufgewacht ist, egal, wie kompliziert sein Leben und das von Andi dadurch wurden. Er war einfach froh, dass sie wieder ins Leben zurückgekehrt war und wir unsere Mutter zurückhatten. Er hat nie irgendetwas anderes angedeutet, wenigstens nicht uns gegenüber.«

»Glaubst du, er hat das auch so gemeint? Ist er wirklich froh gewesen?«

»Ja, das glaube ich. Trotzdem war es eine Herausforderung für uns alle, jemanden wieder in unser Leben zu integrieren, der so lange gefehlt hatte.«

»Das kann ich mir gut vorstellen.«

»Man denkt: Oh, meine Mutter ist wieder da, und dem Himmel sei Dank dafür, aber muss ich sie jetzt fragen, ob ich zu Sophie kann, wie ich das früher getan hab, oder wende ich mich damit nach wie vor an meinen Vater, oder woran bin ich, weißt du?«

»Ja, das war sicher nicht leicht.«

»Ganz bestimmt nicht, und ich hab mir Sorgen gemacht, was aus Andi und Eric und den Babys werden würde. Zu der Zeit hatte ich sie fast ebenso lieb gewonnen wie meine Mutter, und ich wollte nicht, dass irgendjemand verletzt wird.«

»Das ist völlig verständlich.«

»Es war alles überaus verwirrend. Ich hab die Details erst Jahre später erfahren, aber als meine Mutter meinem Vater gesagt hat, woran sie sich erinnerte, haben sie beschlossen, die Polizei zu verständigen und Anzeige zu erstatten.«

»Das war auf jeden Fall richtig.«

»Und die haben dann rausgefunden, dass der Typ, der ihr das angetan hat, wegen praktisch dem gleichen Verbrechen in Kalifornien verurteilt worden war und dass das die dritte Anzeige gegen ihn war. Da er bereits im Gefängnis saß und dort praktisch für den Rest seines Lebens bleiben würde, beschlossen sie, von einem weiteren Prozess abzusehen. Und dann hat meine Mutter Andi gebeten, sie im Krankenhaus zu besuchen.«

»Nein!«

»Doch. Ich konnte das damals auch kaum glauben, aber sie wollte die Frau kennenlernen, in die ihr Ehemann sich verliebt hatte.«

»O mein Gott. Und ist Andi hingegangen?«

»O ja.«

»Wow. Was ist passiert?«

»Nach allem, was ich später gehört habe, hatten sie eine höfliche Unterhaltung, nach der meine Mutter meinen Vater sprechen wollte. Sie teilte ihm mit, dass sie das zurückwollte, was sie zuvor gehabt hatte, aber nachdem sie Andi kennengelernt und von uns gehört habe, wie sie als Paar gewesen seien, sei ihr klar geworden, dass dieser Wunsch unerfüllbar sei. Schließlich liebe er eine andere. Sie hat ihm erklärt, sie werde ihn freigeben, weil sie sich nicht ständig fragen wolle, ob er eigentlich lieber woanders wäre.«

»Heilige Scheiße, Maggie. Deine Mom ist echt toll.«

»Das ist sie. Sie waren mehr als zwanzig Jahre verheiratet, es waren lauter gute Jahre, doch sie war klug genug, zu erkennen, dass sich alles geändert hatte und dass es keinen Weg zurück zu dem gab, was vorher gewesen war.«

»Man braucht viel Mut, um das zu sehen und zu tun, was für alle das Beste ist.«

»Damals war ich zu jung, um das zu verstehen, aber inzwischen weiß ich, was für eine große Sache sie für meinen Dad und unsere Familie getan hat.«

»Also ist er sicher gleich zu Andi gegangen.«

»Nicht ganz. Er hat erst die Scheidung abgewartet und ist dann, auf den Tag genau zwei Jahre nachdem er sie kennengelernt hatte, zu ihr gegangen. Vorher hatte er noch bis ins Detail die Hochzeit in dem Hotel geplant, in dem sie gearbeitet hat. Alle Hotelangestellten haben mitgemacht und ihr kein Wort verraten, was gar nicht so leicht war, schließlich war sie die Geschäftsführerin und hat im gleichen Gebäude gewohnt. Aber er hat das durchgezogen. Ich werde nie vergessen, was sie gesagt hat.«

»Das möchte ich dringend hören. Die Geschichte ist besser als jeder Film.«

Maggie lächelte, und er wollte diesen Moment festhalten, damit er sie jederzeit so betrachten konnte. »Sie hat gesagt: ›Ich dachte, du kommst nicht mehr.‹«

»Oh, wow.«

»Kate hat in dem Sommer in der Bar auf der Terrasse gespielt und gesungen, und sie hatte Andi schon Wochen vorher erzählt, was unsere Mutter getan hatte.«

»Und dann ist er einfach nicht gekommen. Was muss sie gedacht haben?«

»Ich weiß.«

»Und was hat dein Vater darauf erwidert?«

»Er hat gesagt: ›Ich wollte erst hier aufkreuzen, wenn ich dir etwas zu bieten habe.‹«

»Ich bin tot.« Er legte sich eine Hand übers Herz und ließ sich zurück aufs Bett fallen. »Dein Vater ist der romantischste Typ aller Zeiten.«

»Iih, das ist eklig.«

»Maggie, der Satz ist einfach episch.«

»Vielleicht ein bisschen.«

»Nein, total episch. Er ist der Typ, der für uns Normalsterbliche alles ruiniert.«

Maggie lachte. »Ich kann mir meinen Vater nicht als Romantiker vorstellen, sonst wird mir noch übel.«

»Also haben sie geheiratet?«

»Sie haben geheiratet, und Andi hat während der Hochzeitsfeier Wehen bekommen. Meine Zwillingsbrüder John und Rob sind eine Stunde danach im Hotel zur Welt gekommen. Später hat sich dann herausgestellt, dass sie schon zwei Tage lang Wehen gehabt hatte, aber die waren so unspezifisch und leicht, dass sie gar nicht begriffen hat, was es war, bis es zu spät war, um ins Krankenhaus zu fahren.«

»Das ist die beste Geschichte überhaupt. Danke, dass du sie mir erzählt hast.«

»Bitte, gern geschehen, doch das war nicht das Ende. Es fehlt noch, dass meine Mutter nach Vermont gefahren ist, um in der Skihütte ihres Bruders die Renovierungsarbeiten zu beaufsichtigen, wobei sie sich prompt in den Handwerker verliebt hat, der inzwischen mein Stiefvater Aidan ist, und wie Kate nach Nashville gekommen ist und sich in Reid verliebt hat, und wie Aidans wunderbare Familie Teil von unserer geworden ist.«

»Ich kann es gar nicht erwarten, das alles zu hören. Du kennst echt die besten Geschichten.«

»Na ja, wenn man mittendrin steckt, kommen sie einem nicht immer so toll vor, aber im Rückblick kann ich erkennen, dass jemand anders sie vermutlich ziemlich cool finden muss.«

»Du hast jedenfalls eine Menge durchmachen müssen.«

»Ja, schon. Der Unfall meiner Mutter und die drei Jahre ohne sie … Das waren wirklich schwere Zeiten, selbst wenn wir dadurch am Ende viele neue Leute in unsere Familie aufgenommen haben. Ich kann mir mein Leben ohne Andi, ihre Mutter, Eric, John, Rob, Aidan und Max und Nick, die Adoptivsöhne von meiner Mutter und Aidan, sowie den Rest von Aidans Familie gar nicht mehr vorstellen.«

»Es ist gut, dass du das so betrachten kannst.«

»Mein Glas ist jedenfalls mehr als halb voll. Das ist einer der Lieblingssprüche meiner O'Malley-Grammy. Sie kann sich vor Arthritis kaum noch rühren, aber ihr Glas ist immer mehr als halb voll.«

»Ich würde die Protagonisten dieser erstaunlichen Geschichte liebend gern irgendwann einmal kennenlernen.«

»Ehrlich?«

»Ja, Maggie, ehrlich. Und wirst du mich jetzt von meinem Elend erlösen und einwilligen, mit mir auszugehen?«

»Du bist in Key West und liegst faul in der Sonne. Du weißt gar nicht, was Elend ist.«

»Ich schmore in der Hölle und warte voller Bangen darauf, dass du mich abschießt, weil du dir Sorgen darüber machst, dass wir zusammenarbeiten, oder aus irgendeinem anderen wenig überzeugenden Grund.«

»Das ist kein ›wenig überzeugender Grund‹. Das ist eine echte Sorge.«

»Von der ich dir schon gesagt habe, dass sie völlig grundlos ist. Wenn wir miteinander ausgehen und es furchtbar wird, packe ich meine Koffer. Ich weiß, Matthews House ist dein Baby, nicht meins.«

»Mir ist die Reittherapie wichtig.«

»Mir auch.«

»Ich mach mir außerdem Sorgen wegen der Sache, über die du nicht reden willst.«

»Ich hab dir schon versichert, dass das absolut nicht nötig ist. Es ist eine Ewigkeit her und nicht mehr wichtig.«

»Trotzdem … Du möchtest, dass ich mit dir ausgehe, aber du willst mir nicht verraten, was damals passiert ist.«

»Wenn ich nicht für dich arbeiten würde, wüsstest du überhaupt nichts davon.«

»Wenn du nicht für mich arbeiten würdest, hätte ich dich überhaupt nie kennengelernt.«

»Ich glaube, wir hätten uns auf jeden Fall irgendwann getroffen.«

»Warum?«

»Manche Dinge sind einfach vom Schicksal vorherbestimmt.«

»Du findest, das hier ist vom Schicksal vorherbestimmt?«

»Vielleicht.«

»Ich weiß nicht, was ich darauf erwidern soll.«

Er brachte sie völlig aus dem Konzept. Während er eine erstaunliche Vielzahl von Gefühlen in ihrem Mienenspiel verfolgte, merkte Brayden, dass sie ihm so fast noch besser gefiel, vor allen Dingen, wenn er derjenige war, der für ihre Verwirrung verantwortlich war. »Ich weiß, es klingt abgedroschen, aber alles, was ich dir sagen kann, ist, dass ich andauernd an dich denken muss, seit ich dich das letzte Mal gesehen habe, und ich es gar nicht erwarten kann, nach Hause zu kommen. Das kenne ich so nicht von mir. Gewöhnlich habe ich keine Lust, nach dem Urlaub wieder zurückzufliegen, weil ich weiß, dass ich dann ein Jahr warten muss, bis ich wieder hier sein kann.«

Maggie nagte an ihrer Unterlippe, was Brayden total sexy fand. Ihre herrlichen blauen Augen waren größer und blauer als je zuvor. Er war ihr nicht egal, und das hatte sich noch nie so gut angefühlt. »Sag etwas. Du lässt mich hier am ausgestreckten Arm verhungern.«

»Ich weiß einfach nicht, was ich mit dir anfangen soll.«

»Ich könnte dir da ein paar Tipps geben, wenn das hilft.«

Sie schnaubte auf absolut bezaubernde Art und Weise. »Hör auf.«

»Das will ich nicht.«

»Wann bist du wieder zurück?«

»Sonntag.«

»Dann reden wir.«

»Du lässt mich vorher nicht vom Haken, oder?«

»Du solltest die Zeit mit deinen Freunden genießen.«

»Ich genieße die Zeit mit meinen Freunden. Aber ich genieße die Zeit mit dir sogar noch mehr.« Er lachte über ihren überraschten Gesichtsausdruck. »Du bist so süß, wenn du verwirrt bist.«

»Ich bin nicht süß – und ich bin auch nicht verwirrt.«

»O doch, du bist beides. Du bist mehr als süß, und ich bin ernsthaft in dich verknallt.«

»Das solltest du nicht sein. Ich bin schließlich dein Boss.«

»Was mir völlig egal ist. Du bist bei der Arbeit der Boss und ich dann einfach während der übrigen Zeit. Du wirst sehen. Das klappt prima.«

»Immer schön langsam mit den jungen Pferden, Cowboy. Ich habe noch nicht einmal zugesagt, überhaupt mit dir auszugehen.«

»Ich rechne fest damit, dass du das tun wirst.«

Kapitel 18

Während sie sich schlaflos im Bett umherwälzte, dachte Maggie über Brayden und die Dinge nach, die er gesagt hatte, genau wie den ganzen nächsten Tag lang, an dem sie ihre Arbeit wie eine Schlafwandlerin verrichtete. Kate hatte sie zum Abendessen eingeladen, aber sie lehnte ab, weil sie so müde war. Auch Erinnerungen an die Sache mit Ethan waren wieder hochgekommen, und sie fragte sich, ob das irgendwie mit Brayden zusammenhing.

Sie wusste, sie sollte mit jemandem über das Erlebte sprechen, der etwas davon verstand, doch das Letzte, was sie wollte, war, das Ganze noch einmal im Geiste durchmachen zu müssen, auch wenn darüber zu reden ihr vielleicht helfen würde, es endlich hinter sich zu lassen. Sie hatte es hinter sich gelassen. Nach dem Vorfall war sie nach Tennessee umgezogen und hatte geholfen, Matthews House an den Start zu bringen.

Die Dinge waren prima gelaufen, bis Brayden Thomas aufgetaucht war und ihr Leben auf den Kopf gestellt hatte. War es gerecht, ihm die Schuld an ihrer inneren Unruhe zu geben? Vermutlich nicht, aber er hatte etwas angerührt, und seitdem stand sie irgendwie neben sich.

Als er an dem Abend anrief, lehnte sie den Videochat ab und schrieb ihm eine SMS. Mir geht's nicht gut. Ich muss heute früh ins Bett.

Er meldete sich sofort zurück. Hoffe, es wird bald wieder besser.

Am nächsten Abend rief er nicht an.

Maggie hörte nichts mehr von ihm, solange er weg war, und war wütend auf sich, weil sie es tatsächlich vermisste, mit ihm zu sprechen. Wie war das möglich?

Sie und Thunder machten jeden Nachmittag einen Ausritt, was die einzige Erholung von ihren rasenden Gedanken war, die sie bekam. Aus welchem Grund auch immer beruhigte es sie, im Sattel zu sitzen. Glücklicherweise lief nach dem Albtraum von Debbies plötzlichem Tod für den Rest der Woche alles ziemlich ruhig, als wüsste das Universum, dass Maggie eine Pause brauchte.

Sie verbrachte viel Zeit mit Corey und den anderen Müttern, sprach mit jeder einzelnen von ihnen, wie sie es jede Woche tat, darüber, wie der Übergang in ein unabhängiges Leben über die nächsten Monate für sie aussehen könnte. Jede von ihnen hatte unterschiedliche Bedürfnisse und Sorgen, und Maggie tat ihr Bestes, um ihnen allen gerecht zu werden.

Am Samstagabend fuhr sie zu Kate, zu dem Abendessen, das Jill für die neuen Eltern zubereitete. Wenn es nach Maggie gegangen wäre, hätte sie diese Einladung ebenfalls abgelehnt, aber ihre Schwestern wären sie dann holen gekommen. Also duschte sie, föhnte sich das Haar, zog sich saubere Jeans und ein leichtes Oberteil an und machte sich auf den Weg.

Zudem hatte sie Poppy schon seit Tagen nicht mehr gesehen, außer auf den Fotos, die Kate täglich im Familienchat postete, und sie brauchte dringend eine Dosis Baby.

Während der Fahrt hoffte sie, ihre Schwestern würden nicht sofort erkennen, dass sie etwas beschäftigte, was jetzt schon seit

Tagen ihre Konzentration störte. Sie verstand nicht, warum sie das alles so mitnahm. Ein netter, sexy Typ hatte sie gebeten, mit ihm auszugehen. Warum drehte sie also durch?

Vielleicht, weil sie ahnte, dass diese Sache mit ihm etwas Großes werden könnte, wenn sie das zuließ. Sie war völlig verunsichert, und darum sollte sie ihm vermutlich sagen, dass jetzt nicht der richtige Zeitpunkt für sie war. Doch hinterher würden sie trotzdem zusammenarbeiten müssen, was sehr unangenehm werden konnte. Oje.

»Ich drehe total am Rad, dabei ist bisher überhaupt nichts passiert.« Aber stimmte das überhaupt? Durch Textnachrichten, Telefonanrufe und Videochats, nicht zu vergessen die Zeit, die sie vor seinem Urlaub mit ihm verbracht hatte, war definitiv irgendetwas passiert. Er hatte deutlich gemacht, dass er mehr wollte. Und genau das war das Problem.

Sie war hin- und hergerissen.

Nachdem sie neben Ashtons Jaguar geparkt hatte, trat Maggie in die Diele und zog sich die Schuhe aus. Sie ging in die Küche, wo Jill am Herd stand. Maggie spähte in den Topf – Spaghetti und Fleischklößchen. »Gibt es dazu auch Knoblauchbrot?«

»Dir ebenfalls ein freundliches Hallo. Und ja, natürlich gibt es Knoblauchbrot. Hältst du mich für eine Anfängerin?«

»Sorry, dass ich überhaupt gefragt habe. Ich hätte es besser wissen müssen.« Nach dem Unfall ihrer Mutter hatten Kate und Jill mit dem Kochen ausgeholfen und viel früher, als das sonst der Fall gewesen wäre, gelernt, eine Familie zu versorgen.

»Wie läuft's in Matthews House?«

»Glücklicherweise waren die letzten paar Tage ruhig.«

Jill griff nach ihrem Glas Weißwein und lehnte sich gegen die Kücheninsel mit dem Herd. »Ich bin mir sicher, alle haben noch an dem zu knabbern, was passiert ist. Hast du gehört, wie es den Kindern in Arizona geht?«

»Karen hat mir gestern eine Mail geschickt, um mir mitzuteilen, dass sie heil angekommen sind und dass es den Kindern so gut geht, wie man erwarten kann. Nächste Woche gibt es eine Trauerfeier. Debbie ist dort aufgewachsen und hat noch viele Freunde in der Stadt.«

»Ich frage mich, warum sie nicht nach Hause gefahren ist, als hier alles in Schieflage geraten ist.«

»Karen meinte, sie wollte wohl nicht, dass sie von ihren Schwierigkeiten erfuhren. Debbie war immer sehr stolz, und nachdem ihr Mann sie verlassen hatte, ist ihr Leben aus dem Ruder gelaufen.«

»Es ist nur so traurig. Ich kann nicht aufhören, an sie und ihre Kinder zu denken.«

»Ich weiß, ich auch. Karen hat erzählt, dass die vorläufigen Ergebnisse von der Autopsie vorliegen. Debbie hatte ein vergrößertes Herz, vermutlich ohne dass das jemals festgestellt wurde. Das war wahrscheinlich die Ursache für ihren Tod.«

»Wow, die arme Frau.« Jill seufzte tief. »Wie kommst du mit alldem klar?«

»Alles in Ordnung. Ich habe jede Menge zu tun und deshalb nicht viel Zeit, darüber nachzudenken, was passiert ist.«

»Du siehst müde aus.«

Maggie hatte gewusst, dass ihre Schwestern auf den ersten Blick wissen würden, dass irgendwas los war. »Vielleicht ein bisschen.«

»Wie geht's dem Pferdeflüsterer?«

»Gut. Er ist noch im Urlaub.«

»Wann wird er zurückerwartet?«

Maggie stibitzte sich eine Karotte aus der Salatschüssel auf dem Tresen. »Morgen.«

»Hm.«

»Was?«

»Ich frage mich, ob du dich darauf freust, dass er nach Hause kommt.«

»Ich bin schon gespannt auf den Start des Programms am Montag.«

»Stell dich nicht so dumm, Maggie. Ich frage, ob du, Maggie, dich darauf freust, ihn, Brayden, wiederzusehen.«

Maggie hatte sich noch nie zuvor so gequält mit der Entscheidung zwischen dem, was sie tun *sollte*, und dem, was sie tun *wollte*, was ihre Schwester natürlich sofort erkannte.

»Was ist los, Mags?«

»Kann ich nach dem Essen mit dir und Kate reden? Nur wir drei?«

»Natürlich.«

Maggie schluckte um den Kloß in ihrer Kehle herum und nickte. Ihre Schwestern würden wissen, was sie tun sollte. Das taten sie immer. »Wo sind denn alle?«

»Kate ist mit dem Baby im Kinderzimmer. Reid kümmert sich mit Ashton um irgendwas in der Schlafhütte.«

»Ich schau vor dem Essen mal bei Poppy rein.« Maggie verspürte den dringenden Wunsch, Jills wissendem Blick zu entkommen, und hoffte, sie machte keinen Fehler, wenn sie sich ihren Schwestern anvertraute. Doch sie musste mit irgendjemandem über diese Situation sprechen, und es gab niemand anderen, mit dem sie das lieber getan hätte als mit ihnen. Sie würde ihnen von allem erzählen müssen – von dem, was in New York mit Ethan passiert war, und von Braydens Weigerung, ihr zu verraten, was es mit seiner Jugendstrafe auf sich hatte. Sie brauchten alle Fakten, bevor sie ihr einen vernünftigen Rat geben konnten.

»Klopf, klopf«, flüsterte Maggie an der Tür des entzückenden Kinderzimmers, das Kate und Reid für Poppy eingerichtet hatten.

Da sie das Geschlecht des Babys vor der Geburt nicht hatten wissen wollen, hatten sie sich für Erdtöne entschieden und eine Seite des Raumes in einem warmen Orange streichen lassen, die auch ein Wandbild mit Tieren zierte, das ein Freund von Kate gemalt hatte. Kate saß mit dem Baby im Arm auf dem Schaukelstuhl.

»Komm rein«, sagte sie. »Wir sind wach, oder, Engelchen?«

Poppys Fuß, der sich aus der Decke, in die sie gewickelt war, befreit hatte, reagierte auf die Stimme ihrer Mutter mit einem kleinen Tritt.

Maggie trat näher. »Wie geht es ihr?«

»Sie ist unglaublich. Die ganze Nacht wach und schläft dafür am Tag, aber man versichert uns, das sei am Anfang völlig normal.«

»Du musst fix und fertig sein.«

»Mir geht's gut. Ich versuche zu schlafen, wenn sie es tut. Das wird einem in den Büchern geraten.«

Poppy schaute sie mit großen Augen an.

»Findest du nicht auch, dass sie den Eindruck erweckt, als wüsste sie schon alles, oder interpretiere ich jetzt zu viel da hinein, wie sie uns ansieht?«, fragte Maggie.

»Ich glaube, sie hat eine alte Seele.«

»Ja, genau. Sie wirkt irgendwie weise.«

»Ich weiß! Das habe ich Reid gestern Abend erst gesagt, doch er hat bloß geantwortet: ›Süße, alle Mamas denken, dass ihre Babys Genies sind.‹«

Kates Imitation ihres Ehemanns war so treffend, dass Maggie auflachte. »Weiß er, dass du das kannst?«

»O ja. Ich mach das ständig vor ihm.«

»Das ist ja großartig.«

»Ich bin mir nicht sicher, ob er dir da zustimmt.«

»Soll das ein Witz sein? Du bist der strahlende Mittelpunkt seines Universums.« Maggie hatte noch nie erlebt, dass ein

Mann eine Frau so ansah, wie Reid Kate anschaute. Zuerst war es für Maggie ein Rätsel gewesen, wie Kate sich zu einem Mann hingezogen fühlen konnte, der so alt war wie ihr Vater. Doch nachdem sie mehr Zeit mit ihnen verbracht hatte, verstand sie es. Es gab keinen Zweifel daran, dass die beiden total ineinander verliebt waren. Bei Jill und Ashton war es genauso.

»Ich bin auf jeden Fall ein echter Glückspilz. Jetzt, wo meine süße Poppy hier ist, sogar noch mehr.«

»Wie fühlst du dich, außer dass du zu wenig schläfst?«

»Okay. Ich bin weiter wund, und meine Brüste bringen mich um, aber in ein, zwei Wochen wird es mir besser gehen. Das war es auf jeden Fall wert, wenn ich dafür sie habe.«

Maggies Herz schmerzte. Sie wollte, was Kate hatte, was Jill hatte. Es war für die beiden nicht einfach gewesen. Maggie wusste das, und trotzdem … Sie wollte ihr eigenes Happy End. Weswegen sie unwillkürlich an Brayden dachte, der sie um ein Date gebeten hatte. »Ich hab Jill gefragt, ob wir nachher mal reden können. Nur wir drei, nach dem Essen.«

»Was ist los?«

»Ich brauch einen Mädels-Talk.«

»Alles klar. Darf Poppy dabei sein?«

»Natürlich. Sie ist jetzt eine von uns.«

Jill kam, um sie zum Essen zu holen, das köstlich war, vor allem das Knoblauchbrot, von dem Maggie viel zu viel aß. Nachher half sie Jill, die Küche aufzuräumen, während die Männer Poppy baden gingen. Reid hatte darauf bestanden, dass er das allein hinbekommen würde, und Ashton versicherte ihnen, dass er dafür sorgen würde, dass sein Vater keinen Unsinn anstellte.

»Ich weiß nicht recht, was ich davon halten soll«, erklärte Kate, als die Schwestern es sich im Wohnzimmer gemütlich machten, mit Wein für Maggie und Jill und Eistee für Kate, die keinen Alkohol trank, weil sie stillte. Maggie ließ sich neben

Kate aufs Sofa fallen, während Jill auf einem Sessel daneben Platz nahm.

»Er hat Ashton allein großgezogen, seit der zwei war«, erinnerte Jill Kate.

»Das ist über dreißig Jahre her.«

»Manche Dinge verlernt man nicht«, meinte Jill.

»Poppy geht es gut«, beruhigte Maggie Kate. »Die beiden sind ganz verrückt nach ihr.«

»Ja, das sind sie«, bestätigte Kate. »Sie starren sie stundenlang einfach nur an.«

»Bei Reid ist das keine Überraschung«, stellte Jill fest. »Er ist schließlich der Vater. Aber Ashton ist auch total vernarrt in sie.«

»Er hat fast sechsunddreißig Jahre auf ein Geschwisterchen gewartet«, erwiderte Maggie.

»Das stimmt.«

»Genug von uns«, wechselte Jill das Thema. »Du wolltest reden. Was ist los?«

Maggies Magen schmerzte, während sie versuchte, die richtigen Worte zu finden, um ihren Schwestern zu berichten, was mit Ethan passiert war. »Ich muss euch etwas sagen, was euch wahrscheinlich aufregen wird.«

»Hat es irgendwas mit der Arbeit zu tun?«, fragte Kate. »Wir finden, du machst einen unglaublich guten Job.«

»Es freut mich, das zu hören, aber nein, ihr werdet euch über was aufregen, was sich im Dezember zugetragen hat und was ich schon lange hätte erzählen sollen.«

Jill beugte sich zu Maggie und drückte ihr sanft die Hand. »Was auch immer es ist, wir sind immer für dich da. Das weißt du.«

Bei Jills freundlichen Worten fing Maggie an zu weinen. »Ich weiß, und ich wusste damals, dass ich etwas hätte sagen sollen, doch Kate wollte gerade heiraten, und du hast dich verlobt, und zum ersten Mal seit Jahren waren alle zu Weihnachten zusammen.«

»Ich wusste, dass irgendwas mit dir war«, gestand Kate. »Ich hab Mom gegenüber erwähnt, dass du nicht du selbst warst, aber mit der Hochzeit und mit dem ganzen Haus voller Gäste hab ich das nicht weiter verfolgt.«

»Damals hätte ich nicht darüber reden wollen. Das will ich eigentlich immer noch nicht, aber ich muss es.« Maggie atmete tief durch, um sich zu beruhigen, bevor sie loslegte. »Es gab da einen Typen bei der Arbeit, einen Anwalt, den ich ständig bei Gericht getroffen habe. Ethan.« Allein seinen Namen auszusprechen verursachte ihr Übelkeit, doch sie zwang sich, weiterzumachen, und als sie fertig war, kämpften ihre Schwestern mit den Tränen.

»Du hättest mich anrufen sollen«, erklärte Jill leise. »Ich wäre ins nächste Flugzeug gestiegen. Das hätten wir beide getan.«

»Wie gesagt, das weiß ich, und das wusste ich auch damals. Doch ich wollte nicht darüber reden. Es ist passiert, und ich bin damit fertiggeworden.«

»Hast du ihn angezeigt?«, erkundigte sich Jill.

Maggie schüttelte den Kopf. »Ich hab mir gedacht, dass mein Wort gegen das eines erfahrenen Strafverteidigers stehen würde. Ich wollte es einfach hinter mir lassen, was nicht möglich gewesen wäre, wenn ich ihn angezeigt hätte.« Sie warf Jill einen Blick zu. »Ich weiß, was du jetzt sagen wirst.«

»Nein, ich verstehe das. Du hast gedacht, dass er dir noch mehr Schaden zufügen würde, als er das ohnehin schon versucht hatte.«

»Ja, genau.«

»Es tut mir so leid, dass dir das passiert ist«, meinte Kate. »Und dass du das Gefühl hattest, es uns im Dezember nicht erzählen zu können. Ich weiß, Jill wird mir beipflichten, dass nichts für uns wichtiger gewesen wäre, als dass es dir gut geht. Das ist uns immer wichtig gewesen.«

»Ihr wart alle so glücklich. Ich konnte das einfach nicht mit euch besprechen.«

»Ich bin wirklich froh, dass du uns jetzt eingeweiht hast«, versicherte ihr Jill. »Aber ist irgendwas geschehen, dass du das Gefühl hattest, du müsstest darüber reden?«

»Brayden ist passiert.«

»Hab ich's doch gewusst«, erwiderte Kate mit einem Lächeln.

»Ich bin der schlechteste Boss in der Geschichte der schlechten Bosse.«

»Warum glaubst du das?«, fragte Jill. »Jeder in Matthews House liebt dich.«

»Und PS«, fügte Kate hinzu, »*deine* Bosse sind begeistert davon, wie du deinen Job machst.«

Maggie lächelte Kate dankbar an, ehe sie fortfuhr. »Nach Poppys Geburt hat Ethan mir eine SMS geschickt.«

Jill riss die Augen auf. »Was? Wie konnte er das tun?«

»Ich dachte, ich hätte ihn geblockt, aber leider war dem nicht so. Es hat mich ziemlich verstört, eine Nachricht von ihm zu bekommen, mit der er mir zu meiner neuen Nichte gratuliert.«

»Dieser Mistkerl!«, rief Jill. »Er wusste, dass dich das treffen würde, und er hat es trotzdem getan. Mistkerl.«

»Brayden ist unmittelbar danach ins Büro gekommen und hat gemerkt, dass irgendwas los war. Er hat mich gefragt, ob ich mit ihm ausreiten möchte, was ich wollte. Das haben wir dann auch gemacht, und unterwegs hab ich ihm alles erzählt. Er war der Erste, mit dem ich darüber gesprochen habe.«

»Ich bin so froh, dass du dich jemandem anvertraut hast«, antwortete Kate.

»Aber ausgerechnet meinem neuen Angestellten?« Maggie ließ den Kopf in die Hände sinken, immer noch verlegen, weil sie ausgerechnet bei ihm alles abgeladen hatte.

»Er muss etwas an sich haben, irgendetwas Vertrauenerweckendes, sodass du dich ihm öffnen konntest«, meinte Kate.

»Das ist das Problem. Alles an ihm ist vertrauenerweckend und angenehm. Viel zu angenehm. Wir arbeiten zusammen. Ich sage mir immer wieder, dass ich Abstand halten muss, und dann lade ich ihn hierher ein und unterhalte mich stundenlang mit ihm über Videochat, während er mit seinen Freunden in Key West ist.«

Maggie bemerkte, dass ihre Schwestern Blicke wechselten und lächelten. »Was?«

»Wir hatten eine Wette laufen«, gab Kate leicht verlegen zu.

»Was für eine Wette?«, fragte Maggie misstrauisch.

»Wir haben gewettet, wie lange es wohl dauert, bis ihr zwei zusammenkommt«, erklärte Jill. »Ich habe übrigens gewonnen. Ich hab prophezeit, dass es keinen Monat dauert. Kate dachte, es wären mindestens zwei.«

»Falls ich später vergesse, es euch zu sagen: Ihr seid blöd.«

Die beiden brachen in lautes Gelächter aus.

»Tut uns leid«, japste Kate.

»Sei still. Tut es gar nicht.«

»Es tut uns *nicht* leid, dass du vielleicht jemand Besonderes gefunden hast, Mags«, erwiderte Jill. »Wir mögen ihn, und wir konnten sehen, dass es dir genauso geht.«

»Ich mag ihn sehr. Als Angestellten. Und vielleicht als Freund. Aber mehr kann daraus nicht werden.«

»Warum?«, erkundigte sich Kate mit gerunzelter Stirn.

»Darum! Wenn wir was anfangen und es dann doch nicht klappt, das hat er versprochen, packt er seine Koffer, und das will ich nicht. Er ist die Idealbesetzung für die Reittherapie, und ich hatte großes Glück, ihn einstellen zu können.«

»Moment mal«, meinte Jill. »Noch mal von Anfang an. Er hat gesagt, er würde gehen, wenn es nicht funktioniert? Bedeutet das, ihr habt darüber geredet, mehr als nur Kollegen zu sein?«

»Vielleicht«, räumte Maggie ein.

»Jetzt raus mit der Sprache«, verlangte Kate. »Was hat er gesagt? Was hast du gesagt?«

Maggie verdrehte die Augen und seufzte. Jetzt gab es kein Zurück mehr. »Er hat mich gefragt, ob ich mit ihm ausgehen würde, wenn er zurückkommt.«

»Was hast du geantwortet?«, wollte Jill wissen.

»Noch gar nichts.«

»Warum nicht?«, wollte Kate wissen. »Du hast erklärt, dass du ihn magst. Du hast stundenlang mit ihm geredet, während er weg war. Und behaupte jetzt nicht, es sei deshalb, weil ihr zusammenarbeitet. Ihr seid beide erwachsen und Profis, und er hat schon angeboten, dass er kündigen würde, wenn die Dinge zwischen euch nicht laufen. Wo also ist das Problem?«

»Als Ashton den Backgroundcheck gemacht hat, hat er herausgefunden, dass Brayden einen Eintrag im Jugendstrafregister hat.«

»Was?« Jill riss schockiert den Mund auf. »Und er hat dir geraten, ihn einzustellen, obwohl er dann mit Kindern arbeitet und …«

»Ganz ruhig, Frau Anwältin.« Maggie hob eine Hand, um die Tirade ihrer Schwester zu unterbrechen. »Wir haben das diskutiert und waren uns einig, dass die zwölf Jahre seines Erwachsenenlebens wichtiger sind als etwas, das passiert ist, als er ein Teenager war. Seine Ausbildung, seine Referenzen, sein Ruf und alles andere sind über jeden Zweifel erhaben.«

Jill lehnte sich zurück, wirkte immer noch ungläubig. »Ich will wissen, was er getan hat. Ist ihm klar, dass du darüber im Bilde bist?«

Maggie nickte. »Ich habe ihn danach gefragt, bevor ich den Vertrag mit ihm gemacht habe. Er möchte nicht darüber reden. Er sagt, er spricht nie darüber.«

»Das ist für mich ein absolutes No-Go«, stellte Jill fest und sah Zustimmung heischend zu Kate.

Die wirkte unentschlossen.

»Kate! Komm schon. Sie kann nicht was mit einem vorbestraften Typen anfangen.«

»Aber als Erwachsener ist er doch nicht wieder straffällig geworden, oder?«, erkundigte sich Kate.

»Natürlich nicht, sonst hätte ich ihm den Job gar nicht angeboten. Ihr müsstet mal die Lobeshymnen der dankbaren Eltern auf seiner Webseite lesen. Sie bestätigen, dass er das Leben ihrer Kinder mit seinem Wissen, seinem Einsatz und seinem Engagement positiv verändert hat. Ich habe all seine angegebenen Referenzen angerufen, und sie haben ebenfalls gesagt, dass er praktisch Wunder bei den Kindern bewirkt. Ich habe es selbst in den wenigen Tagen erlebt, die er bei uns war. Er war nur zu bekommen, weil seinem vorigen Arbeitgeber das Geld für das Programm gestrichen wurde, und er wollte etwas hier in der Nähe finden, damit er wieder zurück nach Nashville ziehen konnte. Er hat hier seinen Freundeskreis.«

Jill und Kate waren still, während sie nachdachten.

»Ich finde, das ist kein No-Go«, antwortete Kate schließlich.

»Kate! Ernsthaft! Das *ist* ein No-Go, vor allem, weil er nicht sagen will, was er getan hat.«

»Wir haben alle Fehler gemacht, als wir jung waren. Ich, du, Maggie auch. Niemand ist perfekt.«

»Aber niemand von uns ist vor dem Jugendrichter gelandet!«

»Was hat Großmutter immer gesagt? ›Das haben wir nicht uns selbst, sondern allein Gottes Gnade zu verdanken‹? Und wir hatten Glück. Wir sind nicht erwischt worden.«

»Ich hab nie irgendwas getan, das zu einem Gerichtsverfahren geführt hätte«, verkündete Jill.

»Ich schon«, hielt Kate dagegen.

Maggie hob eine Hand. »Ich auch.«

Jill musterte sie skeptisch. »Was habt ihr denn angestellt?«

»Ich werde mich doch nicht selbst belasten, Frau Anwältin«, schnaubte Kate.

Maggie klatschte sie ab. »Sehe ich genauso, Schwester. Das ist noch nicht verjährt.«

»Ihr könnt ja gerne Witze reißen«, erwiderte Jill. »Mir gefällt das trotzdem nicht, und ich kann nicht glauben, dass Ashton mir das nicht erzählt hat.«

»*Ich* bin seine Klientin, nicht du«, erklärte Maggie. »Er hat es dir nicht erzählen müssen.«

»Du bist meine kleine Schwester.«

Maggie funkelte sie an. »Ich bin nicht mehr klein, falls dir das noch nicht aufgefallen ist.«

Jill schnaubte. »Du wirst immer meine kleine Schwester bleiben. Er hätte mich informieren müssen, dass da drüben bei dir ein Krimineller lebt.«

Maggie hatte das dringende Bedürfnis, Brayden zu verteidigen. »Er ist kein Krimineller, Jill.«

»Was glaubst du, was Dad davon halten würde, wenn er das wüsste?«

Maggie warf ihr einen drohenden Blick zu. »Er wird das nie erfahren, verstanden?«

»Ich werde es ihm nicht sagen, aber ich kann nicht versprechen, dass er es nicht aus anderer Quelle erfährt.«

»Woher denn bitte? Niemand sonst weiß davon.«

»Ashton schon.«

»Und er hat schon einmal gepetzt«, gab Kate zu bedenken.

Jill wandte sich an Kate. »Machst du ihm das wirklich immer noch zum Vorwurf? Natürlich hat er Dad davon unterrichtet, dass du mit seinem Vater ausgegangen bist! Dad hatte Reid gebeten, ein Auge auf dich zu haben.«

»Ich mache ihm das nicht zum Vorwurf«, entgegnete Kate. »Ich stelle einfach nur fest, dass er schon mal Dinge weitererzählt hat.«

»Er würde erwidern, dass er viel dazugelernt hat und sich nie wieder derart in die Beziehung von jemand anderem einmischen würde. Sei fair, Kate. Das ist über zehn Jahre her.«

»So schön es auch ist, diese Erinnerungen mit euch aufleben zu lassen«, meinte Maggie sarkastisch, »bringt mich das bei meinem Problem keinen Schritt weiter.«

»Ich bin dafür, dass du erst mit ihm ausgehst, wenn er dir verraten hat, was er getan hat«, befand Jill. »Das wäre für mich die Grundvoraussetzung.«

Maggie sah zu Kate. »Und was meinst du?«

»Es ist jedenfalls schwierig, dass er nicht damit rausrücken will, was passiert ist, aber ich glaube nicht, dass du irgendetwas von ihm zu befürchten hast. Wenn du in der Beziehung Bedenken hättest, hättest du ihn niemals eingestellt.«

»Richtig.«

»Also geh mit ihm aus, doch sag ihm ganz klar: Wenn diese Sache zwischen euch was wirklich Wichtiges werden sollte, kann er es nicht ewig vor dir geheim halten.«

»Ich, äh, ich glaube, dass es schon jetzt etwas wirklich Wichtiges sein könnte, und ich bin mir nicht sicher, ob ich dafür bereit bin.« Maggie schlang die Arme um ihre Beine und kuschelte sich in die Ecke von Kates gemütlichem Sofa. »Wir hatten diese unglaublichen Gespräche, während er weg war. Wir haben uns stundenlang über alles Mögliche unterhalten.

Ich habe ihm von unserer Familie erzählt, davon, was passiert ist, von Moms Unfall und allem.«

»Wow. Darüber redest du eigentlich nicht gerne«, erklärte Kate.

»Ich weiß. Es war echt komisch. Ich hab gemerkt, dass ich es ihm einfach sagen konnte, als wär's keine große Sache.«

»Du fühlst dich ihm verbunden«, stellte Kate fest.

»Das stimmt. Schon von Anfang an. Schon bevor ich ihn überhaupt getroffen hatte, wenn ich ehrlich sein soll.«

»Wie meinst du das?«, wollte Jill wissen.

»Ich habe es schon gespürt, als ich das erste Mal mit ihm telefoniert habe, so ein merkwürdiges Gefühl der Vertrautheit mit jemandem, den ich gar nicht kannte.«

»Geh mit ihm aus, verbring Zeit mit ihm, lern ihn kennen«, riet Kate. »Hör einfach auf dein Bauchgefühl.«

»Mein Bauchgefühl hat mich bei Ethan furchtbar in die Irre geführt«, erinnerte Maggie sie.

»Es gab einen Grund, warum du ihn nicht in deine Wohnung eingeladen hast«, hielt Kate dagegen. »Das war dein Bauch, der dich gewarnt hat. Du bist deinem Bauchgefühl gefolgt. Was Ethan dann getan hat, hat damit überhaupt nichts zu tun.«

»Glaubst du das wirklich?«

Kate nickte. »Absolut, Maggie. Du bist eine intelligente, clevere junge Frau, nachdem du sechs Jahre in New York gelebt hast. Du kannst nicht zulassen, dass das, was *ein* Typ getan hat, dein Selbstvertrauen derart erschüttert. Schau dir an, wie du ihn abgewehrt hast.«

»Da stimme ich dir absolut zu«, sagte Jill. »Du solltest auf keinen Fall das, was mit diesem Idioten passiert ist, dein Selbstvertrauen untergraben lassen. Du hast das überstanden, und er war derjenige, der davongehumpelt ist.«

»Es hat mir Angst gemacht, wie schnell das alles gegangen ist.«

»Natürlich hat es das.« Kate streckte die Arme nach Maggie aus und zog sie an sich. »Das muss so schrecklich gewesen sein. Aber statt dich darauf zu konzentrieren, wie es dazu gekommen ist, denk immer schön daran, was am Ende war.«

»Ich hab ihm mächtig wehgetan.«

Kate nickte zufrieden. »Ja, genau.«

Maggie lehnte sich weiter an Kate. »Glaubst du wirklich, ich sollte mich mit Brayden verabreden?«

»Auf jeden Fall«, bestätigte Kate.

»Jill?«

»Ich will wissen, was er getan hat – und das lieber heute als morgen. Ich bin der Meinung, das musst du ihm ganz deutlich sagen.«

»Ich verstehe dich, und ich gebe dir recht, dass er es mir irgendwann erzählen muss.«

»Fühlst du dich jetzt besser, Mags?«, fragte Kate.

»Auf jeden Fall. Danke, dass ihr mir zugehört habt, Leute.«

»Wir sind immer für dich da, egal was kommt«, versicherte ihr Jill. »Du darfst niemals das Gefühl haben, dass wir zu beschäftigt für dich sind. Wir drei sind schon sehr lange ein Team. Egal, was sich sonst ändert, das werden wir immer bleiben.«

Kate gab Maggie einen Kuss auf den Scheitel. »Hab dich lieb.«

Maggie lächelte. »Ich dich auch.«

Kapitel 19

»Ich kann es nicht fassen, dass du mit keinem Wort erwähnt hast, dass er vorbestraft ist«, wandte sich Jill an Ashton, kaum dass sie die Autotüren für die Fahrt nach Hause geschlossen hatten. Sie hatten vor ihrem Besuch einige Dinge erledigen müssen, also waren sie mit dem Wagen hier.

»Wer ist vorbestraft?«

»Brayden! Du hast es mir nicht gesagt!«

»Es war eine Jugendstrafe. Seither hat er sich nichts mehr zuschulden kommen lassen.«

»Du hättest es mir trotzdem erzählen müssen! Er arbeitet mit meiner Schwester zusammen, wohnt ganz in ihrer Nähe, von den anderen Familien ganz zu schweigen. Ich kann nicht glauben, dass Maggie ihn tatsächlich eingestellt hat, obwohl sie es wusste.«

Ashton startete den Wagen, fuhr aber noch nicht los, sondern drehte sich zu Jill um. »Zunächst einmal ist Maggie meine Klientin, nicht du, darum gab es für mich keinerlei Veranlassung, mit dir über die Ergebnisse des Backgroundchecks zu reden.« Als sie widersprechen wollte, hob er eine Hand, um sie aufzuhalten. »Zweitens haben Maggie und ich das ausführlich diskutiert. Aufgrund der Informationen, die wir über sein Leben als Erwachsener haben, in dem er sich zwölf Jahre lang vorbildlich verhalten und für das er nur positive Referenzen vorzuweisen hat, hat Maggie dann eine wohlüberlegte Entscheidung getroffen. Hier gibt es keine Geschichte, Jill.«

»Doch. Auf ihre Frage hin, was er damals getan hat, hat er sich geweigert, es ihr zu verraten.«

»Was sein gutes Recht ist. Jugendstrafakten sind aus gutem Grund nicht einsehbar. Du weißt das. Wie dankbar sind wir – wir *alle* –, dass unsere Jugendsünden uns heute nicht mehr vorgeworfen werden können?«

»Du hast nie irgendetwas getan, was dich vors Jugendgericht hätte bringen können.«

»Ach, komm schon, Jill. Ich bin bloß nie erwischt worden. Das ist der einzige Unterschied zwischen ihm und mir.«

»Das lässt sich unmöglich sagen, weil wir nicht wissen, was er getan hat.«

»Ich weiß, was er als Erwachsener getan hat. Er hat Pferdewissenschaft studiert. Lies mal nach, was man dafür alles machen muss. Ich hätte das kein Semester lang durchgehalten. Die Liste seiner bisherigen Beschäftigungen ist solide, genau wie seine Referenzen. Das haben Maggie und ich alles gründlich geprüft, bevor wir ihm den Job angeboten haben. Die Leute haben über seine Arbeit mit Pferden und Kindern ausschließlich Gutes zu berichten. Bei ihm gibt nichts Anlass zu Sorgen.«

»Sie ist sehr an ihm interessiert. Auf persönliche Art und Weise.«

»Oh.«

»Und für dich ist es in Ordnung, dass meine kleine Schwester mit einem Mann ausgeht, der sich über seine Verurteilung ausschweigt?«

Ashton dachte einen Moment darüber nach. »Ich würde sagen, dass Maggie eine erwachsene Frau ist, die für sich selbst entscheiden kann, ob sie mit ihm ausgehen will, zumal sie ja weiß, dass er ihr diese Information vorenthält.«

»Was, wenn er jemanden umgebracht hat?«

»Dann wäre er vermutlich immer noch im Gefängnis oder höchstens auf Bewährung draußen. Sie lassen jugendliche Mörder nicht einfach frei, wenn sie erwachsen geworden sind.«

»Ich werde ihn googeln und herausfinden, was er getan hat.«

»Das habe ich schon versucht. Es gibt dazu nichts. Ich musste ziemlich tief graben, um die Jugendstrafakte überhaupt zu finden.«

Jill atmete langsam aus. »Das gefällt mir nicht.«

»Ja, das merk ich schon.« Ashton schaltete auf D, und der Wagen setzte sich in Bewegung.

Auf der kurzen Fahrt nach Hause dachte Jill darüber nach, was Ashton über Braydens perfektes Erwachsenenleben gesagt hatte, und bemühte sich, das Gefühl loszuwerden, dass er seine Vergangenheit nicht nur geheim hielt, um seine Privatsphäre zu schützen.

»Du hättest mir davon erzählen sollen.«

»Nein, hätte ich nicht. Maggie ist meine zukünftige Schwägerin. Sie hat mich gebeten, etwas für sie zu überprüfen, und das habe ich getan. Wenn ich mit jeder Kleinigkeit, die bei unserer Zusammenarbeit aufkommt, zu dir renne, wird sie niemals darauf vertrauen, dass ich tatsächlich ihre Interessen vertrete.«

»Früher hättest du so etwas nicht für dich behalten.«

Er parkte das Auto vor dem Haus, schaltete den Motor aus und starrte sie an. »Was zur Hölle soll das denn heißen?«

»Kate hat mich daran erinnert, welche Rolle du dabei gespielt hast, sie und Reid beim ersten Mal auseinanderzubringen.«

»Wow, das war ein ziemlicher Tiefschlag, Jill. Das ist über zehn Jahre her, und ich habe mehr als einmal erklärt, dass ich es, wenn ich die Zeit zurückdrehen könnte, nicht ein zweites Mal tun würde. Ich bin mir nicht ganz sicher, wie lange ich mir das noch vorwerfen lassen muss.«

Er stieg aus dem Auto, schlug die Tür zu und lief ins Haus, wartete nicht auf sie, wie er es normalerweise tat.

Jill folgte ihm nach drinnen, schloss ab, machte das Verandalicht aus und ging ins Schlafzimmer. Sie zog sich ihr Nachthemd und einen Morgenmantel an, schlüpfte in Hausschuhe und begab sich auf die Suche nach ihm.

Er war im Wohnzimmer und schaute Sport, was eine Abwandlung ihrer üblichen Routine war, sofort ins Bett zu gehen, wenn sie spät nach Hause kamen. Sonst konnte er es gar nicht erwarten, mit ihr im Bett zu sein, doch offenbar war das heute anders.

Jill setzte sich neben ihn aufs Sofa, zum ersten Mal unsicher, was sie zu ihm sagen sollte.

Er blickte starr auf den Fernseher.

»Ich hätte das nicht hervorkramen sollen. Tut mir leid.«

»Schon okay. Es ist passiert. Ich stehe dazu, dass es falsch war, deinen Vater anzurufen, weil Kate mit meinem Dad zusammen war. Ich habe ihnen Jahre ihres gemeinsamen Lebens genommen. Das begreife ich.«

»Sie würden entgegnen, dass es mehrere Dinge waren, die ihnen diese Jahre genommen haben, nicht nur du.«

»Aber was ich getan habe, war das Schlimmste.«

Jill rückte näher an ihn heran, schlang ihm den Arm um die Mitte und legte ihren Kopf an seine Brust. Sie war erleichtert, als er ihre Umarmung erwiderte. »Es tut mir leid, dass ich das überhaupt erwähnt habe. Ich weiß, dass es dich immer noch quält, und ich hätte es nicht sagen sollen.«

»Es ist wirklich in Ordnung.«

»Ich mach mir Sorgen um Maggie.«

»Ich glaube nicht, dass das nötig ist. Sie hat jahrelang allein in New York überlebt.«

»Heute hat sie uns erzählt, dass ein Mann, mit dem sie ausgegangen ist, sie im letzten Dezember angegriffen hat. Sie hat ihn abgewehrt, doch das Ganze hat sie ziemlich aus der Bahn geworfen.«

»Verdammt. Und sie hat euch erst jetzt ins Vertrauen gezogen?«

»Ja, es ist passiert, direkt bevor sie zur Hochzeit und zu den Weihnachtsfeierlichkeiten angereist ist, und sie wollte uns allen nicht die Stimmung verderben.«

»Arme Maggie. Das ist ja schrecklich.« Er strich Jill mit der Hand über den Arm. »Trotzdem, ich glaube nicht, dass du dir wegen Brayden Sorgen machen musst. Was auch immer geschehen ist, liegt Jahre zurück, und sein Leben hat sich danach ausschließlich um Pferde und Kinder gedreht. Die Leute mögen ihn, sie vertrauen ihm ihre Kinder an, und viel wichtiger, *Pferde* mögen ihn. Tiere sind wahnsinnig gut darin, den Charakter eines Menschen einzuschätzen. Sie folgen da ihrem Instinkt.«

»Stimmt.«

»Ich weiß, du denkst, dass ich dir das von seiner Verurteilung hätte sagen sollen, aber ich bin da weiterhin anderer Meinung. Maggie ist meine Klientin, und seither hat er eine reine Weste. Das war es, was mir wichtig war – und ihr.«

»Ich denke, ich kann nachvollziehen, warum du es mir verschwiegen hast.«

»Ich hab neulich mit ihm gesprochen und ihm dabei zu verstehen gegeben, dass mir seine Vergangenheit bekannt ist und dass ich ein Auge auf ihn habe.«

»Das hast du getan? Wirklich?«

»Ja. Ich weiß, wie wichtig dir Maggie ist, euch allen. Ich habe ihm klargemacht, dass jemand etwas von seiner Vorstrafe weiß. Ich dachte, das würde vielleicht helfen.«

Jill hob den Kopf und gab ihm einen Kuss auf die Wange. »Danke, dass du das getan hast.«

»Bist du immer noch böse auf mich?«

»Nein. Bist du immer noch böse auf mich?«

»Schon«, sagte er und grinste sie auf die sexy Art an, die sie immer dahinschmelzen ließ. »Ich habe da allerdings ein paar Ideen, wie du das wiedergutmachen kannst, Frau Anwältin.«

Als er sich vorbeugte, um sie zu küssen, kam Jill ihm auf halbem Weg entgegen, erleichtert, dass die Sache zwischen ihnen aus der Welt geräumt war, auch wenn sie sich weiter wegen dem sorgte, was Maggie mit Brayden Thomas erwartete.

* * *

Maggie hatte seit einigen Tagen nichts mehr von Brayden gehört, sodass sie nicht genau wusste, wann er am Sonntag nach Hause kommen würde. Sie beschäftigte sich den ganzen Tag mit Wäschewaschen und damit, E-Mails von Freunden zu beantworten und einige Magazine zu lesen. Spät am Nachmittag unternahm sie einen Ausritt mit Thunder, eine willkommene Abwechslung vom Warten und von den Fragen, ob sie Brayden sehen würde, wenn er zurückkam, und ob sie die Sache zwischen ihnen in den Sand gesetzt hatte, bevor sie überhaupt richtig angefangen hatte.

Zum ersten Mal, seit sie hier war, wagte sie sich in das Wäldchen am südlichen Ende des Besitzes, folgte einem gut ausgetretenen Pfad zwischen riesigen Eichen und Kiefern hindurch. Sonnenstrahlen fielen durch das Blätterdach, schufen eine magische Atmosphäre, während Maggie ganz langsam zwischen den Bäumen hindurchritt, um alles in sich aufzunehmen.

Bezaubert fragte sie sich, warum sie eigentlich nicht schon früher hergekommen war.

Sie folgte dem Pfad fast zwei Kilometer weit, atmete tief den Duft von Baumharz und Erde und grüner Natur ein. Nach einer weiteren Biegung schnappte sie nach Luft, denn vor ihr lag eine große Wiese mit Wildblumen und einem Teich in der Mitte. Thunder schien zu wissen, wo er hinwollte, also überließ sie ihm die Führung, und er ging direkt zum Wasser, um einen Schluck zu trinken.

Maggie saß ab und wartete geduldig. Als er fertig war, band sie ihn an einem nahen Baum fest. Sie legte sich ins Gras und genoss den warmen Sonnenschein auf ihrem Gesicht, fühlte sich entspannter und ruhiger als seit vielen Monaten. Sie döste ein wenig und wachte auf, als sie Hufschlag hörte. Alarmiert sprang sie auf und schaute zu den Bäumen, zwischen denen Brayden auf Sunday näher kam.

Er brachte den Palomino kurz vor Maggie zum Stehen. »Das ist ja eine Überraschung, dich hier zu treffen. Ich dachte, du gehst nicht in den Wald.« Er trug ein Jeanshemd im Westernstil, alte Stiefel und dunkle Jeans.

Maggie fiel sofort auf, wie gebräunt seine Haut war. »Ich war bisher noch nicht hier, aber Thunder und ich waren heute zu Abenteuern aufgelegt.«

»Derek hat mir verraten, dass du ausgeritten bist, und ich hab dich überall gesucht. Ich hatte schon angefangen, mir ein bisschen Sorgen zu machen.«

»Sorry. Das wollte ich nicht. Ich habe heute Thunder den Weg bestimmen lassen, und er hat mich hergebracht.«

Brayden saß ab und führte Sunday an den Teich, damit sie etwas trinken konnte, bevor er ihre Zügel um einen Baum in der Nähe von Thunder schlang. »Es ist wirklich schön hier.«

»Es ist herrlich.« Maggie spürte ihre Nerven flattern, als er vor ihr stand. Nach einer Woche in der Sonne sah er jetzt sogar noch besser aus. »Wie war die Rückreise?«

»Lang.« Er nahm seinen Hut ab und trat näher zu ihr. »Es hat sich angefühlt, als würde es ewig dauern, bis ich wieder hier war. War ich wirklich bloß eine Woche weg? Kam mir eher wie ein ganzer Monat vor.«

Sie schluckte schwer, als er näher trat.

»Ich möchte dich umarmen, aber nur, wenn du sagst, das ist okay.«

Maggie war klar, wenn sie ihm erlaubte, sie zu berühren, wäre das ein Schritt, von dem es kein Zurück mehr gab. Obwohl sie das wusste, wollte sie es. »Es ist okay.«

Er überwand den Abstand zwischen ihnen mit zwei Schritten und schlang die Arme um sie.

In der Sekunde, in der sie von seinem Duft nach Seife und Waschmittel und Pferd und Leder umgeben war, war sie verloren. Er hielt sie genau richtig, und sie hatte das Gefühl, als wäre sie nach einer langen, gefährlichen Reise endlich nach Hause gekommen. Ihre Hände legten sich auf seinen Rücken, und so standen sie für eine lange Zeit da. Tage oder Wochen hätten vergehen können, sie hätte es nicht bemerkt.

»Es tut mir so leid, dass ich nicht hier war, um zu helfen, als das mit Debbie passiert ist.«

»Du hast ja geholfen.«

»Ich wünschte trotzdem, ich wäre bei dir gewesen.«

Maggie löste sich ein wenig von ihm, weil sie ihm ins Gesicht sehen wollte. »Brayden …« Sie vergaß, was sie hatte sagen wollen, als sie den hungrigen, fast verzweifelten Blick bemerkte, mit dem er ihren Mund anstarrte, als dächte er darüber nach, auf welche verschiedenen Arten und Weisen er sie küssen könnte. Sie leckte sich über die Lippen.

Er musste seine Entscheidung getroffen haben, denn er hob die Hände an ihr Gesicht und begann ganz zärtlich, wartete, bis sie bereit war.

Weil ihr die Knie fast nachgaben, war Maggie erst zu erschüttert, um auf den Kuss zu reagieren, doch dann presste sie sich an Brayden und öffnete den Mund für ihn. Natürlich konnte der Mann fantastisch küssen. Irgendwie hatte sie schon geahnt, dass es mit ihm völlig anders sein würde als jemals zuvor. Vielleicht war das der Grund, warum sie so lange gezögert hatte, denn sie hatte instinktiv gewusst, dass er ihr Leben auf den Kopf stellen würde.

Er küsste sie fast besinnungslos. Es gab kein anderes Wort dafür.

Maggie konnte sich nur an ihn klammern.

Als er sich von ihr löste, stellte sie sich auf die Zehenspitzen, um die Berührung nicht abreißen zu lassen.

»Sekunde, Süße, aber nicht vergessen, wo wir gerade waren.« Er ließ sie langsam los. Maggie blinzelte einige Male verwirrt, um ihre Gedanken zu ordnen und die Fassung wiederzugewinnen.

Sie war schon häufig geküsst worden, doch nie zuvor hatte sie dabei das Gefühl gehabt, als ob die Erde unter ihren Füßen bebte. Während sie langsam ein- und wieder ausatmete, verfolgte sie, wie er mit großen Schritten zu Sunday ging.

Er zog eine Decke aus der Satteltasche, und als er zu Maggie zurückkam, bemerkte sie, wie eng seine Jeans die Beule vorn in seiner Hose umschloss, was ihr verriet, dass ihn der Kuss genauso beeindruckt hatte wie sie. Er breitete die Decke auf dem Boden aus und hielt ihr eine Hand hin, lud sie ein, sich zu ihm zu setzen.

Maggie ergriff seine Hand und ließ sich neben ihm nieder.

Er legte einen Arm um sie und küsste sie auf den Scheitel. »Ich konnte es gar nicht erwarten, nach Hause zu kommen und dich zu sehen. Das war der längste Urlaub meines Lebens.«

»Sei nicht albern. Du warst mit deinen Kumpeln in Key West.«

»Und ich wollte die ganze Zeit nur hier bei dir sein.«

Ihr Herz schlug so schnell, dass sie es im ganzen Körper spüren konnte. Jede Faser ihres Wesens war auf ihn eingestimmt, und auf die Art, wie sie sich bei ihm fühlte. »Brayden …«

»Hmm?« Er drückte seine Nase in ihr Haar, küsste sie auf den Hals.

Bevor sie Zeit hatte, wirklich darüber nachzudenken, sank sie schon zurück, während er sich über sie beugte und sie mit seinen intensiven braunen Augen ansah, die bis auf den Grund ihrer Seele zu blicken schienen.

»Ist das in Ordnung?«, fragte er.

Sie nickte und streckte die Arme nach ihm aus, nutzte die Gelegenheit, um ihm mit den Fingern durch sein dichtes, seidiges Haar zu fahren.

Ein Stöhnen drang tief aus seiner Kehle. »Ich wusste, dass es mit dir so sein würde.«

»Wie ›so‹?«

Er strich mit seinen Lippen ganz leicht über ihre. »Wie ein außer Kontrolle geratener Flächenbrand.«

»Woher wusstest du das?«

»Weil ich noch nie aus Key West abreisen wollte, bevor ich überhaupt da war.«

»Ich habe dich vermisst.«

Er zog die Brauen hoch. »Ach wirklich?«

»Tatsächlich. Ich habe mich immer gefragt, wie das möglich ist, wo du doch bloß zwei Tage hier warst, bevor du aufgebrochen bist.«

»Ich weiß, was du meinst.« Er streichelte ihr mit dem Finger die Wange, erkundete die Umrisse ihrer Lippen. »Ich habe mich sofort zu dir hingezogen gefühlt. Obwohl ich dachte, dass es keine gute Idee sei, konnte ich nichts dagegen tun. Meine neue Chefin ist einfach so unglaublich clever und kompetent und engagiert in ihrem Job. Und hübsch. Wunderschön. Und sexy.«

Maggie spürte, wie ihr Hitze in die Wangen kroch. Sie war noch nie mit einem Mann zusammen gewesen, der ihr so deutlich gesagt hatte, was er empfand. Die meiste Zeit hatte sie den Typen die Informationen aus der Nase ziehen müssen.

Bei Brayden würde es nie irgendwelche Zweifel geben, was eine angenehme Abwechslung war.

Seine Finger glitten leicht über ihre Kehle und zu ihrer Brust.

Ihr fiel auf, dass er ihr die Bluse aufknöpfte, und obwohl sie wusste, dass sie ihn daran hindern sollte, konnte sie sich nicht dazu durchringen.

Die Berührung seiner Fingerspitzen auf ihrer empfindlichen Haut sorgte für eine ganze Flut von Reaktionen, die sie überall spürte, vor allem in ihren aufgerichteten Brustspitzen und an dem Pulsieren zwischen ihren Beinen.

»Weiteratmen, Süße. Immer weiteratmen.«

Er zog eine Spur von Küssen von ihrer Kehle über ihren Hals, weiter hinunter zu ihrem Busen. Seine Finger berührten die vordere Schließe. »Ja oder nein?«

Sie sollte den Kopf schütteln und das hier beenden, bevor es weiterging. Sie waren im Freien, wo jeder sie sehen konnte, auch wenn sie sich sicher war, dass meilenweit niemand war.

Während er auf ihre Antwort wartete, strich er mit seinen Fingerspitzen zärtlich über ihren Bauch. Er stieß eine Brustspitze durch ihren BH an, und Maggie durchzuckte es wie ein Stromschlag, also tat er es wieder und wieder, bis sie ausstieß: »Ja, Brayden. Ja.«

Innerhalb von Sekundenbruchteilen war ihr BH offen. »Du bist so wunderschön.« Und dann senkte er den Kopf und nahm eine Brustspitze in den Mund, leckte, saugte und trieb Maggie insgesamt langsam in den Wahnsinn.

Sie hob ihm die Hüften entgegen, wollte mehr.

Brayden schob sich über sie, presste seine Erektion zwischen ihre Beine, während er sich von der einen Spitze zur anderen vorarbeitete und dabei ihre Brüste in seinen rauen Händen hielt, was die Flut der Gefühle, die durch sie brandeten, nur intensivierte.

Gott, sie hatte Sex mit anderen Typen gehabt und nichts empfunden, was dem hier auch nur annähernd nahekam, und dabei berührte er bloß ihre Brüste. Es war zu viel und gleichzeitig nicht genug.

Sie zerrte an seinem Hemd, bis die Knöpfe nachgaben und seinen breiten Brustkorb enthüllten. Seine Haut auf ihrer zu spüren fachte das Feuer weiter an, das so heiß zwischen ihnen loderte.

Als sie seine Finger am Knopf ihrer Jeans spürte, tauchte Maggie gerade lange genug aus dem Nebel des Verlangens auf, um zu verstehen, was passieren würde, wenn einer von ihnen sich jetzt nicht besann.

»Brayden.« Sie legte ihre Hand auf seine. »Nicht hier.«

Er atmete scharf aus und ließ sich auf sie sinken.

Maggie schloss die Arme um ihn und streichelte ihm unter seinem Hemd den Rücken.

»Ich wollte mich nicht so hinreißen lassen«, erklärte er nach einer langen Pause.

»Das waren wir ja beide.«

Er hob den Kopf, um sie anzusehen, und lächelte. »Bedeutet das, dass du mit mir ausgehst?«

»Ich bin mir immer noch nicht sicher.«

Er öffnete die Lippen, und seine Augen weiteten sich vor Überraschung.

Maggie lachte. »Mach den Mund zu, sonst fliegt noch ein Käfer rein.«

Brayden tat es und rollte sich von ihr herunter, sodass er auf der Seite neben ihr lag, den Kopf in die aufgestellte Hand gestützt. »Hast du vor, mich zu foltern? Ist das dein Plan?«

Maggie zog die beiden Seiten ihrer Bluse zusammen und schloss ihren BH. Sie setzte sich auf und strich sich mit den Fingern durchs Haar. »Ich würde wirklich gern Zeit mit dir verbringen.«

»Aber?«

»Trotz der Küsse und allem, was übrigens wirklich umwerfend war, mache ich mir weiter Gedanken über diese Sache, über die du nicht reden willst.«

Seine Miene wurde sofort verschlossen. Ihre Antwort gefiel ihm nicht.

Maggie knöpfte sich die Bluse zu, stand auf und klopfte sich das Gras von der Hose.

Brayden erhob sich ebenfalls, brachte sein Hemd in Ordnung und griff nach der Decke, schüttelte sie aus, bevor er sie zusammenfaltete und sich unter den Arm klemmte.

Sie sah ihn an und zwang sich, zu sagen, was gesagt werden musste. »Ich habe dir Dinge anvertraut, über die ich mit niemand anderem gesprochen habe. Ich habe dir noch vor meinen Schwestern von der Sache mit Ethan erzählt. Ich rede nie darüber, was mit meiner Familie geschehen ist. Selbst Freunde, die ich seit Jahren kenne, haben diese Geschichte noch nicht gehört. Ich habe dir vertraut, Brayden. Alles, worum ich dich bitte, ist, dass du das Gleiche bei mir tust. Nach dem, was mir in New York passiert ist, bin ich vorsichtiger geworden. Ich hoffe, du verstehst das.«

Als er nicht antwortete, zwang sich Maggie, sich umzudrehen. Sie schwang sich in den Sattel und lenkte Thunder auf den Pfad zwischen den Bäumen, blickte nach vorn. Wenn sie zu Brayden zurückschaute, würde sie sich am Ende daran erinnern, wie es war, von ihm gehalten und geküsst zu werden, und dann würde ihr Entschluss ins Wanken geraten, erst die Wahrheit von ihm zu erfahren, bevor das hier weitergehen konnte.

Kapitel 20

Brayden gelang es, Maggie bis Montagmittag aus dem Weg zu gehen. Das war der Zeitpunkt, für den sie sich verabredet hatten, um über die Reittherapie und die besonderen Bedürfnisse jedes einzelnen Kindes zu sprechen. Er hatte eine schlaflose Nacht damit verbracht, an die Decke zu starren, gequält von dem Verlangen nach mehr mit ihr, während er gleichzeitig zu entscheiden versuchte, ob er ihr etwas anvertrauen konnte, über das er seit dem Ende seiner Jugendstrafe nicht mehr gesprochen hatte.

Er betrat das Haus durch die Küche und blieb stehen, um sich mit Mitch zu unterhalten, der etwas in einem Topf auf dem Herd umrührte. »Das riecht aber gut.«

»Pastasoße für Spaghetti. Das Lieblingsessen der Kinder, gleich nach Tacos und Pizza.«

»Sie werden begeistert sein.«

»Das bezwecke ich damit. Wie war die Reise?«

»Es war eine schöne Zeit mit den Jungs. Key West ist immer fantastisch.«

»Du siehst aus, als hättest du jede Menge Sonne abgekriegt.«

»Stimmt. Ist Maggie hier irgendwo?«

»In ihrem Büro, glaube ich.«

»Okay, danke.«

Brayden versuchte, sich dafür zu wappnen, wieder vor ihr zu stehen, doch nichts hätte ihn auf den Schlag vorbereiten können, der ihn offenbar jedes Mal traf, wenn sie ihre wunderschönen blauen Augen auf ihn richtete. Und wenn sie lächelte … Himmel, sie war einfach umwerfend. Mit dem langen dunklen Haar, das sie zu einem Pferdeschwanz zusammengenommen hatte, sah sie so toll aus wie immer, aber in ihren Augen konnte er einen Anflug von Zurückhaltung erkennen, der vorgestern noch nicht dort gewesen war. Er hasste es, dass er ihr einen Grund dafür geliefert hatte, auf Abstand zu ihm zu gehen, doch er konnte natürlich nachvollziehen, warum sie es für notwendig hielt.

»Hey, unser Termin mit der Besprechung wegen der Kinder steht, oder?«

»Sicher. Komm rein.«

Er nahm auf dem Besucherstuhl vor ihrem Schreibtisch Platz, zog einen Stift aus der Hemdtasche und balancierte einen Notizblock auf seinem Schoß, während er sich bemühte, nicht an ihre herrlichen Brüste zu denken. Wobei … Als ob er jemals vergessen könnte, wie es sich angefühlt hatte, ihre Lippen zu küssen und ihren sexy Körper an seinen zu pressen.

Er spürte eine Regung in seinem Schritt, überkreuzte die Beine und ermahnte sich energisch, sich auf das Geschäftliche zu konzentrieren.

In der nächsten Stunde sprachen sie der Reihe nach über jedes Kind, darüber, weswegen die jeweilige Familie hier gelandet war, welche besonderen Probleme und Bedürfnisse die Mütter genannt hatten und was Maggie während des Aufenthalts aufgefallen war.

»Und dann ist da noch Travis, den du ja bereits kennengelernt hast. Er und seine Mutter sind nach einem Zwischenfall mit häuslicher Gewalt zu uns gekommen. Travis ist dazwischengegangen, als der Freund seiner Mutter sie misshandelt hat, was dazu geführt hat, dass er selber Prügel bezogen hat.«

Brayden machte sich Notizen, während er bei dem Gedanken an einen erwachsenen Mann, der die Fäuste gegen ein Kind erhob, innerlich vor Wut schäumte.

»Als wir ihn hier aufgenommen haben, waren sein Gesicht, seine Arme und sein Oberkörper voller blauer Flecken. Seine Mutter hat bei dem gewaltsamen Übergriff ein geplatztes Trommelfell und eine Gehirnerschütterung davongetragen.«

»Sag mir bitte, dass der Typ im Knast sitzt.«

»Im Moment schon, aber nur wegen ausstehender Haftbefehle. Sonst wäre er inzwischen auf Kaution entlassen worden.«

Brayden schüttelte angewidert den Kopf.

»Glaub mir, ich weiß«, erklärte Maggie. »Ich bin in einer Online-Gruppe mit anderen Leitungen von Frauenhäusern und ähnlichen Hilfsprojekten, und die fehlende Gerechtigkeit in unserem Strafverfolgungssystem ist ein häufiges Thema in den Diskussionen. Es ist nicht bloß hier schwierig, sondern überall.«

»Das stimmt leider. Was kannst du mir sonst noch über Travis erzählen?«

»Ich glaube, dass er total begeistert bei der Sache sein wird. Er redet, seit er hier angekommen ist, von nichts anderem als den Pferden und davon, dass er sie jeden Tag sehen kann. Seine Mutter zögert wegen des Programms, weil sie Sorge hat, dass es ihm zu gut gefällt, sie sich aber später, wenn sie wieder auf eigenen Beinen stehen, keine Reitstunden für ihn wird leisten können.«

»Ich würde ihn weiter gratis unterrichten, wenn sie das beruhigt.«

Maggie starrte ihn für einen langen Moment an, bevor sie den Blick auf ihre Notizen senkte. Dann schaute sie ihn wieder an. »Das ist sehr nett von dir.«

»Ich werde diese Kinder nicht im Stich lassen, bloß weil sie nicht mehr hier leben. Ich werde sie danach in meiner Freizeit betreuen.«

»Das muss nicht in deiner Freizeit sein. Kate und Reid glauben fest daran, dass die Unterstützung nicht zeitlich begrenzt sein kann, sondern so lange erfolgen muss, wie die Familien sie brauchen.«

»Mein Programm könnte das genauso handhaben.«

»Ich hatte das gehofft, doch ich war mir nicht sicher, wie du dazu stehst.«

»Also, jetzt weißt du es. Ich begleite die Kinder so lange, wie sie das wollen.«

»Das ist wirklich prima.«

Er zuckte die Achseln. »Ich weiß genau, was Pferde und das Reiten mir als Kind bedeutet haben. Ich würde das niemals irgendeinem Kind wegnehmen, das es liebt.« Er klickte auf den Kugelschreiber und steckte ihn zurück in die Brusttasche seines Hemdes. »Wie weit sind wir mit der Einstellung zusätzlicher Helfer?«

Sie reichte ihm zwei Blatt Papier. »Ich hab letzte Woche zwei Jugendliche aus der Highschool gewinnen können, die heute um drei Uhr herkommen. Sie sind beide geübt im Umgang mit Pferden und haben Interesse bekundet, da sie sich am College in den Bereichen Reittherapie und Familienberatung einschreiben wollen.«

»Ausgezeichnet. Dann sehen wir uns nachher draußen, wenn die Kinder heimkommen.«

Nach einer Sekunde des Zögerns, als wollte sie noch etwas hinzufügen, nickte sie bloß. »Bis dann.«

Brayden verließ das Büro und hatte das Gefühl, als ließe er etwas Wichtiges zurück, während er zu den Ställen ging, um die erste Stunde mit den Kindern vorzubereiten. Dabei wollte er eigentlich nur auf dem Absatz kehrtmachen, Maggie finden und ihr alles erzählen, was sie über ihn wissen wollte, wenn das bedeutete, dass sie ihm eine Chance einräumen würde, mehr für sie zu sein als ein freundlicher Kollege, den sie um Armeslänge auf Abstand hielt.

Er wusste bereits, dass er es nicht ertragen würde, ihr räumlich so nahe zu sein, während sie die ganze Zeit außer Reichweite für ihn war, vor allem nachdem er sie in den Armen gehalten und geküsst hatte. Trotzdem, sie wollte, dass er ihr erzählte, was noch nicht einmal seine engsten Freunde wussten.

Dem Rat seines damaligen Anwalts folgend, hatte er als Erwachsener nie ein Wort über das verloren, was vor seinem achtzehnten Geburtstag passiert war. »Wenn es niemand weiß«, hatte der Anwalt ihm erklärt, »dann kann diese Information auch nie gegen dich verwendet werden. Wenn du es jemandem anvertraust, riskierst du, dass alles herauskommt.«

Brayden hatte sich diesen Ratschlag zu Herzen genommen und ihn zwölf Jahre lang befolgt. Seine geschlossene Jugendstrafakte war ebenso wie sein Schulabschluss, den er in der Haftanstalt erworben hatte, immer wieder bei anderen Bewerbungen angesprochen worden, aber er hatte es stets abgelehnt, darüber zu reden, und sich darauf berufen, dass Einträge im Jugendstrafregister aus gutem Grund unzugänglich seien. Glücklicherweise waren seine beruflichen Qualifikationen und Fähigkeiten derart gefragt gewesen, dass er trotz allem Karriere gemacht hatte.

Bei den Frauen, mit denen er ausgegangen war, war es nie Thema gewesen, weil sie nie davon gewusst hatten. Wenn er gefragt worden war, welche Highschool er besucht hatte, hatte er eine Privatschule in Nashville genannt. Niemand hatte je von ihm verlangt, mehr Informationen zu liefern, und er hatte sich immer gesagt, es zähle nicht als Lüge, wenn er den Rat seines Anwalts befolgte und höchstens sehr vage blieb, wenn es um seine Kindheit und die Tatsache ging, dass er die Hochschulreife im Jugendstrafvollzug erworben hatte.

Er war nie von Gewissensbissen geplagt worden, weil ihm keine der anderen Frauen wirklich wichtig gewesen war. Diese Beziehungen – wenn man sie denn so nennen wollte – hatten sich darum gedreht, miteinander Spaß und Sex zu haben, mehr nicht. Es war nie auch nur annähernd ernst gewesen, und das war genau so, wie er es gewollt hatte. Bis er Maggie getroffen hatte und praktisch von Beginn an gewusst hatte, dass es mit ihr anders sein würde.

Sie könnte alles ändern.

Er war innerlich zerrissen und sehnte sich mehr als je zuvor danach, mit seiner Mutter sprechen zu können. Sie war der einzige Mensch in seinem Leben, mit dem er die ganze Zeit über in Kontakt gestanden hatte, und die Einzige, die seine Geschichte gekannt hatte. Sie hätte auch gewusst, was er wegen Maggie unternehmen sollte.

Brayden bereitete weiter alles für den Unterricht der Kinder vor, bei dem er ihnen beibringen würde, wie man sich im Stall verhielt und die Pferde versorgte, was alles zu Zaumzeug und Sattel gehörte. Morgen würden die Kinder lernen, wie man ein Pferd sattelte und wie man es am Zügel über den Reitplatz führte. Er hatte Derek gebeten, zwei Stallboxen nicht auszumisten, damit die Kinder es üben konnten, und am Sonntag würde er ihnen zeigen, wie man ein Pferd nach dem Reiten trocken rieb und striegelte.

Gewöhnlich freute er sich darauf, neuen Kindern die Freude der Arbeit mit Pferden nahezubringen, und wie schön es war, sich um sie zu kümmern, aber heute schien er kaum

Interesse dafür aufbringen zu können, weil er die ganze Zeit an Maggie denken musste.

Nach dem, was sie mit dem Mistkerl Ethan erlebt hatte, konnte er ihr keinen Vorwurf daraus machen, dass sie bei ihm ganz klare Grenzen zog. Sie hatte jedes Recht der Welt, so zu empfinden, wie sie es tat. Er wünschte sich verzweifelt, ihr so vertrauen zu können, wie sie es brauchte, doch der Anwalt hatte mit seiner eindringlichen Warnung einen bleibenden Eindruck hinterlassen. Allein der Gedanke, sich jemandem zu öffnen, selbst Maggie, sorgte dafür, dass ihm übel wurde.

Brayden wusste, es war ein großes Glück, ein Talent zu haben, das ihn trotz seines Mangels an einem astreinen Führungszeugnis auf dem Arbeitsmarkt so begehrt machte. Er hatte sein gesamtes Leben als Erwachsener hart daran gearbeitet, seine Vergangenheit hinter sich zu lassen und sich einen tadellosen Ruf zu erwerben, für Professionalität und beste Ergebnisse bei den Kindern, mit denen er arbeitete, zu bürgen. Er war für so viele Erfolgsgeschichten verantwortlich. Aber nichts von alldem war für Maggie wichtig, wenn es darum ging, sich auf eine Beziehung mit ihm einzulassen.

Seine Gedanken drehten sich im Kreis, beginnend dabei, dass er verstand, was ihre Beweggründe waren, bis hin zu Verärgerung, weil sie ihn in diese Position gebracht hatte, und wieder zurück zu dem Verständnis für sie, ohne dass er in der Lage war, eine Lösung zu finden, mit der er leben konnte und die gleichzeitig ihrem Wunsch entsprach, seine Geheimnisse zu erfahren.

Er war einem Ausweg aus seinem Dilemma noch kein Stück näher, als die Kinder aus der Schule heimkehrten und zu den Ställen gelaufen kamen, voller aufgestauter Energie und Aufregung, um endlich mit den Reitstunden zu beginnen, als die ihnen das Programm angekündigt worden war.

Im Ganzen waren es zehn Kinder im Alter von sechs bis elf Jahren. Sie hatten alle unterschiedliche Hintergründe, und alle hatten irgendwann in ihrem Leben eine traumatische Erfahrung gemacht.

Brayden wies sie an, sich auf die Strohballen zu setzen, die er für die erste Stunde im Kreis arrangiert hatte. Er hockte sich zu ihnen, mit dem Rücken zum offenen Stalltor, wusste genau, dass Maggie irgendwo hinter ihm war. Aber er konzentrierte sich ganz auf die Kinder, so wie es sein sollte.

»Hi, ich bin Brayden, und ich werde euch jeden Tag nach der Schule eine Stunde Reitunterricht geben. Ich fände es gut, wenn ihr euch kurz reihum vorstellt, indem ihr euren Namen sagt, euer Alter und in welche Klasse ihr geht.«

Während die Kinder seiner Bitte nachkamen, prägte er sich die genannten Informationen ein. Er achtete darauf, die Kinder mit Namen anzusprechen, Blickkontakt mit ihnen aufzunehmen und sie mit dem gleichen Respekt zu behandeln, wie er ihn im Gegenzug von ihnen erwartete.

»Die erste Lektion im Umgang mit Pferden dreht sich um Sicherheit. Pferde sind gewöhnlich freundliche Tiere, doch wie Menschen haben sie es nicht gern, wenn man sie erschreckt. Sie mögen laute Geräusche und Blitzlichter nicht oder irgendwelche plötzlichen Bewegungen. Es ist sehr wichtig, dass ihr euch ihnen stets langsam und respektvoll nähert. Haltet ihnen eine Hand hin, damit sie daran schnuppern und entscheiden können, ob sie mit euch befreundet sein möchten.«

»Wie bei Hunden?«, wollte die achtjährige Maisy wissen.

»So wie bei Hunden, nur dass Pferde viel größer sind. Die Größe von Pferden misst man vom Boden bis zur Schulter oder genauer zum Widerrist. Heutzutage macht man das mit dem sogenannten Stockmaß, früher aber in der Maßeinheit Hand, wobei eine Hand zehn Zentimetern entspricht. Ihr könnt ja selbst sehen, dass es ziemlich große Tiere sind, die oft viele

Hundert Kilo wiegen. Sie können einem, ohne dass sie es wollen, sehr wehtun, wenn man nicht vorsichtig ist. Daher lautet eine weitere Regel, sich einem Pferd nie von hinten zu nähern. Wenn sie sich bedroht fühlen, wehren sie sich, indem sie mit den Hinterläufen ausschlagen. Ihr könnt mir glauben, ihr wollt nicht von einem Pferd getreten werden.« Er deutete auf eine weiße Linie auf seiner Stirn. »Seht ihr diese Narbe?«

Die Kinder beugten sich vor, um sie besser erkennen zu können, und nickten dann.

»Das ist passiert, weil ich nicht auf meinen Großvater gehört habe, als der mir gesagt hat, ich solle auf keinen Fall hinter ein Pferd treten, wenn er nicht bei mir sei. Ich wollte nicht auf ihn warten und bekam dafür einen Huf gegen die Stirn. Die Wunde musste mit zehn Stichen genäht werden, und weil ich zusätzlich eine Gehirnerschütterung hatte, durfte ich wochenlang nicht reiten, was viel schlimmer war als die Stiche. Ich hatte Riesenglück, dass das Pferd mich nicht voll erwischt hat, sonst hätte ich sterben können. Das hat mich auf jeden Fall gelehrt, gut zuzuhören und zu tun, was man mir sagt.«

Die Kinder hingen förmlich an seinen Lippen. Er erzählte seinen Schützlingen immer diese Geschichte, damit sie wussten, dass er einmal an dem gleichen Punkt gestanden hatte wie sie jetzt und dringend hatte reiten lernen wollen. Ihnen klarzumachen, wie leicht ihnen etwas zustoßen konnte, war der wichtigste Teil der ersten Stunde.

»Ihr habt vielleicht schon beobachtet, dass ich oder Ms Maggie oder Mr Derek die Pferde mit Möhren oder Äpfeln aus der Hand füttern. Aber ich möchte nicht, dass ihr das tut, weil sie euch in die Finger beißen können. Sie freuen sich über kleine Naschereien so wie ihr auch, und manchmal sind sie dann zu gierig, sodass sie versehentlich ein Stück von der Hand abknabbern. Das tut weh. Jedes Pferd hat einen eigenen Eimer für Futter, und sie sollten nur mit Erlaubnis und unter

Aufsicht von mir, Mr Derek oder Ms Maggie gefüttert werden, und immer bloß aus ihrem eigenen Futtereimer. Habt ihr das verstanden?«

»Ja, Sir.«

»Ja, Mr Brayden.«

»Es ist überaus wichtig, in den Ställen stets die Regeln zu befolgen, nicht nur für eure eigene Sicherheit, sondern auch für die der Pferde.«

»Weil wir wollen, dass sie uns mögen«, warf Jimmy ein.

»Richtig«, sagte Brayden. »Und wir möchten, dass sie sich bei euch sicher fühlen, so wie ihr euch umgekehrt auch in ihrer Nähe. Pferde sind überaus kluge Tiere. Wenn man selber nervös ist, merken sie das, daher ist es besonders wichtig, dass ihr in ihrer Nähe ruhig und möglichst leise und vorsichtig seid, damit sie für euch das Gleiche tun können.«

Thunder wieherte wie zur Bestätigung, und die Kinder lachten.

»Verstehen sie uns?«, wollte Lily wissen.

»Thunder immer. Er ist Ms Kates Pferd.«

»Sie ist eine berühmte Sängerin«, erklärte Travis.

»Stimmt. Das Nächste, was ihr nicht vergessen dürft, ist, dass man sich nie unter den Anbindestricken eines Pferdes hindurchduckt.« Brayden nahm einen zur Hand, um ihnen zu zeigen, was er meinte. Er hatte gelernt, sich einfach auszudrücken, damit die Kinder begreifen konnten, was er erklärte. »Daher haltet ihr euch am besten von einem angebundenen Pferd fern, bis ein Erwachsener bei euch ist.«

Brayden griff nach einem Helm auf dem Stapel mit Sachen, die er sich zuvor bereitgelegt hatte. »Das ist ein Reithelm, und jeder von euch muss einen tragen, wenn ihr auf einem Pferd sitzt. Ms Maggie hat für jeden von euch einen Helm gekauft. Wenn wir hier fertig sind, zeige ich euch, wo sie aufbewahrt werden.«

Ein neunjähriger Junge namens Dante hob seine Hand.

»Ja, Dante?«

»Ich habe Sie mit Ms Maggie neulich ohne Helm reiten sehen. Sie hatten Ihren Cowboyhut auf. Wie kommt es, dass Sie keinen Helm tragen müssen?«

Brayden lachte über die kecke Frage. »Das ist wirklich gut beobachtet. Ms Maggie und ich reiten schon seit vielen Jahren, und wir sind erfahren im Umgang mit den Tieren. Als wir noch so jung waren wie ihr, mussten wir auch einen Helm tragen. Wenn man älter wird, kann man selbst entscheiden, ob man einen aufsetzen möchte oder nicht, doch während ihr hier in dem Kurs seid, sind Helme nicht verhandelbar.«

Travis reckte seine Hand.

»Ja, Travis?«

»Was heißt das? Nicht verhan… verhandel…«

Brayden musste lächeln. »›Nicht verhandelbar‹ heißt, dass es eine Regel ist, über die nicht diskutiert wird.«

»Wie die Zubettgehzeit?«, erkundigte sich Travis.

»Ja, genau so.« Brayden redete mit ihnen noch über die Reitstiefel, die Maggie ebenfalls angeschafft hatte, und darüber, wie wichtig sie dafür waren, ihre Füße zu schützen, solange sie in der Nähe von Pferden waren, und auch dafür, dass die Füße in den Steigbügeln blieben. Er hielt einen Stiefel und einen Steigbügel hoch, um ihnen das zu demonstrieren. »Eure Füße sind in den Steigbügeln, während ihr im Sattel seid, und die Stiefel helfen dabei, dass die Füße nicht dauernd rausrutschen. Stiefel sind genauso wenig verhandelbar wie lange Hosen.«

Das führte zu allgemeinem Stöhnen.

»Sogar, wenn es heiß ist?«, wollte Lily wissen.

»Selbst wenn es heiß ist. Tut mir leid. Die langen Hosen schützen eure Beine vor Schrammen, wund gescheuerten Stellen und Kratzern, wenn ihr durchs Unterholz reitet. Darum sind Shorts nicht erlaubt.«

Dann erklärte er ihnen, wie wichtig es war, alles wieder dorthin zu räumen, wo es hingehörte, und stets genau zu tun, was ihnen gesagt wurde. »Ich möchte, dass es euch Spaß macht, aber jeder, der sich nicht an die Regeln halten kann, darf nicht in die Nähe von Pferden, bis er oder sie sich angemessen benehmen kann. Okay?«

Alle nickten.

»Großartig. Dann wollen wir mal unsere Tour durch die Stallungen beginnen.« In der nächsten halben Stunde zeigte er ihnen die Sattelkammer und dass jedes Pferd seine eigenen Sachen hatte, die an Haken hingen, über denen der Name des jeweiligen Tiers stand. Ebenso hatte jedes Pferd seinen eigenen Futtereimer, ebenfalls mit Namen beschriftet. Er erläuterte ihnen die verschiedenen Teile des Zaumzeugs, zeigte ihnen Führungsleinen sowie Sattel und Steigbügel. »Wir werden uns mehr mit alldem hier beschäftigen, wenn wir nächste Woche mit dem Reiten beginnen.«

»Wir müssen eine ganze Woche warten?«, erkundigte sich Jimmy betrübt.

»Eine gründliche Vorbereitung dauert so lange.« Brayden führte sie nach draußen auf den Reitplatz, wo er vorhin Sunday gelassen hatte. Er pfiff, und sie kam angerannt, rieb ihre Nase an seinem Arm, wie sie es immer tat. »Das hier ist mein Pferd Sunday Morning.«

»Sie ist so hübsch«, rief Lily.

»Ja, das ist sie, und sie liebt Kinder. Ich möchte jetzt, dass jeder von euch der Reihe nach Sunday begrüßt und ihr die Schnauze streichelt.«

»Beißt sie?«, fragte Jarvis.

»Nein. Sie ist total sanftmütig, vor allem, wenn du nett zu ihr bist. Wenn ihr fertig seid, geht ihr bitte rüber an den Zaun zu Ms Maggie.« Brayden hielt Sunday am Zügel, während die Kinder eines nach dem anderen vor das Pferd traten und es anfassten. Er korrigierte ein paar von ihnen, zeigte ihnen, wo sie ihre Hand hinlegen sollten.

Da sie an Kinder gewöhnt war, stand Sunday ganz ruhig neben ihm und ließ sich von den Kindern berühren.

Als sie fertig waren, gab er Sunday einen Kuss auf die Blesse und sandte sie ihrer Wege. »Ihr habt das super gemacht«, lobte Brayden die Kinder. »Sunday meint, dass ihr alle tolle Reiter werdet.«

»Woher weißt du das?«, fragte der siebenjährige Jayden. Er hatte olivfarbene Haut, große dunkle Augen und lockiges braunes Haar.

»Ich habe Sunday schon sehr, sehr lange. Ich weiß, was sie mag und was nicht, und euch mochte sie sehr. Morgen beschäftigen wir uns dann mit dem Striegeln und damit, wie man ein Pferd für einen Ausritt vorbereitet.«

Er kehrte mit ihnen vom Reitplatz zurück in den Stall, wo sich alle wieder auf die Strohballen setzten. »Wer von euch kann mir sagen, was wir heute über Sicherheit im Umgang mit Pferden gelernt haben?«

Alle hoben die Hand.

»Okay, dann immer schön der Reihe nach, jeder sagt eine Sache, die er weiß.« Zehn Minuten später beendete er die Unterrichtsstunde voller Zuversicht, dass sie begriffen hatten, worauf es ankam.

Er war so mit den Kindern beschäftigt gewesen, dass er gar nicht bemerkt hatte, dass ihre Mütter zusammen mit Maggie zugeschaut hatten, ebenso wie zwei Jugendliche. Maggie stellte die beiden ihm und den Kindern als Wyatt und Jessica vor.

»Tut mir leid, dass wir zu spät waren.« Wyatt schüttelte Brayden die Hand, während die Kinder mit ihren Müttern im Haus verschwanden. »Auf der Schnellstraße gab es einen Unfall, der den Verkehr aus der Stadt komplett lahmgelegt hat. Erst nach zwei Stunden ging es weiter.«

»Kein Problem. Schön, euch kennenzulernen. Gebt mir bitte eine Sekunde, dann reden wir.« Er trat zu Maggie. »Das scheint ganz gut geklappt zu haben.«

»Du warst super. Sie haben es geliebt.«

Ihr Lob bedeutete ihm viel. Sie sollte froh darüber sein, dass sie beschlossen hatte, ihm eine Chance zu geben. »Es sind nette Kinder.«

»Danke, Brayden.« Sie wirkte irgendwie aufgewühlt, was er dem Umstand zuschrieb, dass sie gerade gesehen hatte, wie es mit dem Programm, in das sie so viel Energie und Zeit gesteckt hatte, jetzt tatsächlich losging.

»Hat mir Spaß gemacht.«

Sie wandte sich ab, und sein Blick blieb an ihrem Po und den eng sitzenden Jeans hängen. »Hey, Maggie?«

Sie drehte sich noch mal um, die Augenbrauen fragend gehoben.

»Können wir später reden?«

Sie musterte ihn ungefähr eine halbe Minute lang, bevor sie kurz nickte und dann zum Haus lief.

Erfreut, dass er sie nachher wiedersehen würde, schaute er ihr nach und ging dann zu Wyatt und Jessica, um den beiden zu erklären, was ihre Aufgaben sein würden.

Kapitel 21

Es hatte Maggie innerlich aus dem Gleichgewicht gebracht, als sie Brayden mit den Kindern beobachtet hatte. Natürlich hatte sie gewusst, dass er seine Sache großartig machen würde, aber ihn tatsächlich in Aktion zu erleben war etwas, das sie nicht so bald vergessen würde. So lange hatte sie davon geträumt, bei einem Reittherapie-Programm mitzuwirken, und jetzt, da sie hier eines eingerichtet und es begonnen hatte, verspürte sie großen Stolz. Und der einzige Mensch, mit dem sie ihre Freude teilen wollte, war der Mann, der ihren Traum hatte wahr werden lassen.

Nach dem Dinner ging sie nach oben, um nach Corey zu sehen, die nicht zum gemeinsamen Essen erschienen war. Sie klopfte leise an die Tür und lauschte, ob etwas von drinnen zu hören war. »Corey?«

Die Tür öffnete sich einen Spaltbreit, und Maggie war entsetzt über den Anblick des Gesichts der jungen Frau. Ihre Augen waren gerötet und voller Verzweiflung und Schmerz.

»Darf ich kurz rein?«

Corey nickte und trat einen Schritt zurück, um Maggie einzulassen, die einen Teller mit Mitchs Lasagne mitgebracht hatte.

»Ich dachte, du hast vielleicht Hunger.«

Corey zuckte die Achseln und kehrte zu ihrem zerwühlten Bett zurück. »Nicht wirklich.«

Maggie stellte den Teller auf den Tisch und zog den Stuhl ans Bett. »Du musst wieder zu Kräften kommen.«

»Warum? Warum die Mühe? Das Baby ist fort. Trey ist fort … Welchen Unterschied macht es, ob ich zu Kräften komme oder nicht?«

»Du bist wichtig, Corey. Ich weiß, alles erscheint dir im Moment furchtbar, aber so wird es nicht bleiben.«

»Woher willst du das wissen?«

Maggie erinnerte sich, wie Brayden den Kindern erzählt hatte, woher die Narbe auf seiner Stirn stammte, und entschied, seinem Beispiel zu folgen. »Ich habe auch mal eine schwere Zeit erlebt, nachdem meine Mutter einen schlimmen Unfall hatte, infolge dessen sie lange im Koma lag.« Corey wirkte interessiert, daher fuhr Maggie fort. »Die Ärzte haben uns erklärt, sie würde wahrscheinlich nicht wieder aufwachen.«

»Wie alt warst du da?«

»Noch keine zehn.«

»Das ist echt jung dafür, die Mutter zu verlieren.«

»Es war lange wirklich schwierig, obwohl meine Schwestern und ich viele Leute hatten, die uns liebevoll und einfühlsam unterstützt haben.«

»Niemand kann den Platz der eigenen Mutter einnehmen.«

»Ganz genau. Doch so schlimm ich mich auch gefühlt habe, mit der Zeit wurde es besser. Ich habe meine Mutter schrecklich vermisst, aber es war nicht so schmerzlich wie am Anfang. Man gewöhnt sich an die veränderten Umstände. Irgendwie. Und genauso wird es für dich sein, Corey. Die veränderten Umstände, so schmerzlich sie im Moment auch für dich sein mögen, werden mit der Zeit leichter zu ertragen sein, und du wirst lernen, damit zurechtzukommen. Du wirst dein Baby nie vergessen, und vielleicht wird dir Trey immer fehlen, trotzdem liegt vor dir ein langes Leben, in dem alles möglich ist.«

»Es ist schwierig, das zu glauben. Wie kann ich Trey weiter wollen, wo er doch für all das hier verantwortlich ist?« Tränen liefen ihr über die Wangen. »Er ist der Grund dafür, dass unser Baby zu früh auf die Welt gekommen ist, und auch dafür, dass ich es zur Adoption freigeben musste. Es ist alles seine Schuld, aber trotzdem will ich ihn noch. Dafür hasse ich mich.«

»Morgen kommt Dr. Wright aus der Stadt zu uns rausgefahren«, erwiderte Maggie und meinte die Psychiaterin, die sie gebeten hatte, mit Corey zu sprechen. »Ich fände es wichtig, dass du sie triffst und mit ihr über deine Gefühle redest. Tust du das bitte?«

»Also gut.« Sie blickte Maggie an. »Sie haben Eltern für ihn gefunden. Ein Paar, das schon seit Jahren vergeblich versucht, ein Kind zu bekommen. Die Sozialarbeiterin hat mir erzählt, dass sie überglücklich sind und ihm nicht von der Seite weichen.«

»Das ist jedenfalls eine gute Nachricht, dass er liebevolle Eltern haben wird. Fühlst du dich besser?«

Corey nickte. »Ja. Ich freue mich für sie – und für ihn.«

»Möchtest du jetzt was essen?«

»Es riecht lecker.«

»Mitchs Lasagne ist unübertroffen.« Maggie stand auf und holte den Teller und das Besteck, reichte beides Corey. Dann setzte sie sich wieder auf den Stuhl, um ihr beim Essen Gesellschaft zu leisten.

»Du musst nicht bleiben, wenn du anderes zu erledigen hast. Aber es war nett von dir, nach mir zu schauen.«

»Das macht mir nichts aus.« Maggie zog es bei Weitem vor, bei Corey zu sein, statt in ihrem Büro auf ihr Handy zu starren, während sie sich fragte, ob oder wann Brayden ihr eine Nachricht schicken würde.

Sie verbrachte eine halbe Stunde mit Corey und blieb dann auf dem Flur stehen, um mit den anderen Müttern zu sprechen.

»Die Kinder konnten gar nicht aufhören, über Brayden und die Pferde zu reden«, erklärte Trish. »Danke, dass du ihnen das ermöglicht hast.«

»Ich bin nur froh, dass es ihnen gefallen hat.«

»Das ist noch untertrieben«, bekräftigte Kelsey. »Brayden war einfach wunderbar. Ich glaube, für Travis ist es ein großes Glück, bei ihm reiten zu lernen.«

»Freut mich zu hören«, erwiderte Maggie. »Er ist mit Leib und Seele bei der Arbeit.«

»Hast du mit Corey gesprochen?«, erkundigte sich Niki.

»Ja, und ich habe sie auch dazu bewegen können, etwas zu essen.«

»Oh, gut«, sagte Trish. »Wir sorgen uns um sie.«

»Sie scheint sich langsam zu erholen. Wir sehen uns morgen früh. Gute Nacht.«

»Gute Nacht, Maggie.«

Sie stieg die Treppe runter, stellte Coreys Teller und ihr Besteck in die Spülmaschine und ging in ihr Apartment, um auf ihrem Handy nachzuschauen. Ihr Herz machte einen Satz, als sie eine Nachricht von Kate mit den Fotos des Tages von Poppy entdeckte, die sie durchscrollte, bevor sie ihre Antwort schrieb. Sie ist ja so gewachsen!

Ich weiß, antwortete Kate. Bevor ich michs versehe, muss ich anfangen, nach einem passenden College Ausschau zu halten.

Maggie schickte daraufhin ein lachendes Emoji und legte das Handy weg, war innerlich hin- und hergerissen, ob sie sich bei Brayden melden oder den nächsten Schritt ihm überlassen sollte. Schließlich beschloss sie, weiter zu warten, denn er war es ja gewesen, der darum gebeten hatte, mit ihr sprechen zu dürfen, und es war seine Entscheidung, ob er ihr vertrauen würde.

Sie schlüpfte in ihren Pyjama und putzte sich die Zähne, war erschöpft nach einem weiteren anstrengenden Tag, den die Unsicherheit über Brayden und ihre Beziehung nicht besser gemacht hatte. Schließlich fand sie sich damit ab, heute nichts mehr von ihm zu hören, und legte sich mit ihrem E-Book-Reader ins Bett. Es fiel ihr schwer, sich auf die Geschichte zu konzentrieren. Sie las den gleichen Satz dreimal, bevor sie sich der Erkenntnis stellte, dass sie zu unkonzentriert dafür war. Also schaltete sie den Fernseher ein und versuchte, etwas zu finden, das sie schauen konnte, bis sie müde genug war, um einzuschlafen.

Als eine Stunde später das Telefon klingelte, schreckte sie hoch. Ihr Handy hatte sich in die Decke gewickelt, sodass sie es erst finden musste, bevor sie den Anruf annehmen konnte. Es war Brayden.

»Habe ich dich geweckt?«

»Nein, der Fernseher läuft noch.« Und natürlich hatte sie geschlafen, allerdings brauchte er das nicht zu wissen.

»Kann ich rüberkommen?«

»Sicher. Treffen wir uns an der Küchentür?«

»Ich bin in einer Minute da.«

Maggie stand auf, schlüpfte in einen Morgenmantel, fuhr sich mit den Fingern durchs Haar und ging den Alarm aus- und das Licht über der Küchentür einschalten.

Brayden kam über den Hof gejoggt und die paar Stufen zur Küchentür hoch.

Maggie öffnete ihm, schloss die Tür und sperrte hinter ihm ab. Den Alarm würde sie wieder einschalten, wenn er das Haus verließ. »Komm rein.« Sie führte ihn in ihr Apartment.

Er schloss die Wohnungstür und folgte ihr an der Miniküche vorbei, die sie dank Mitch praktisch nicht benutzte, in ihr Wohnzimmer.

»Hättest du gern einen Drink?«

Brayden schüttelte den Kopf und setzte sich auf den Sessel statt zu ihr aufs Sofa. Er stützte die Ellbogen auf die Knie und senkte den Kopf, wirkte unsicher und niedergeschlagen.

»Alles in Ordnung?«

»Ich weiß nicht so recht.«

»Möchtest du darüber reden?«

»Nein, das möchte ich tatsächlich nicht.« Er blickte zu ihr auf, und seine Augen vermittelten mehr Gefühl, als sie bisher dort gesehen hatte. »Aber ich werde es trotzdem tun. Für dich.«

Maggie streckte ihm die Hand hin. »Komm her.«

Er starrte für einen langen Moment auf ihre Hand, bevor er danach griff und zu ihr aufs Sofa kam.

Maggie wandte sich ihm zu und legte die Arme um ihn.

Brayden lehnte seinen Kopf an ihren.

»Du musst das nicht tun. Ich kann gut nachvollziehen, dass du manche Dinge lieber für dich behalten würdest, und ich möchte nicht, dass du das Gefühl hast, du müsstest sie mir erzählen, wenn du das nicht willst. Wir können auch als gute Freunde und Kollegen weitermachen.«

»Ich versuche mir schon den ganzen Tag einzureden, dass ich es dir nicht sagen kann und wir das hier einfach sein lassen. Doch dann hab ich an die Dinge gedacht, die du mir verraten hast, daran, wie tapfer du warst, und ich finde, ich schulde dir das Gleiche.«

»Nein, du schuldest mir überhaupt nichts, Brayden. Die Sachen, die ich dir anvertraut habe, habe ich dir erzählt, weil ich es wollte, nicht weil ich irgendetwas im Gegenzug von dir erwarte.«

»Ich weiß, die Sache ist nur …« Er hob den Kopf, damit er ihr Gesicht sehen konnte, und streckte seine linke Hand aus, umfasste ihre Wange. »Ich möchte mehr als Freundschaft mit dir, Maggie. Ich schaue dich an, und ich möchte … nun …

einfach alles mit dir. Ich habe nie zuvor so etwas verspürt, daher möchte ich das Risiko eingehen und dir vertrauen.«

Maggie beugte sich vor und küsste ihn. »Danke.«

»Aber es ist mir unglaublich wichtig, dass niemand anders davon erfährt. Du darfst es nicht einmal deinen Schwestern sagen.«

»Das verstehe ich, und du hast mein Wort, dass es nicht über diese Wände hinausdringt.«

»Als ich aus der Jugendhaft entlassen wurde, hat mein Anwalt mir unmissverständlich klargemacht: Wenn man nicht über die Vergangenheit redet, kann sie auch nicht gegen einen verwendet werden. Ich habe mir diesen Rat zu Herzen genommen und es bisher niemandem erzählt. Als ich ans College gewechselt bin, habe ich alles hinter mir gelassen, neue Freunde gefunden und von vorn begonnen. Nur meine Mutter wusste von meinem Leben vor dem College.«

»Und dann ist sie gestorben.«

»Ja. In den letzten Tagen hätte ich wirklich gern mit ihr gesprochen.«

»Es tut mir leid, dass du das nicht konntest und dass dich das hier so quält. Vielleicht hätte ich das nicht so aufbauschen sollen …«

»Nein, du hattest das Recht dazu, vor allem nach dem, was dir zugestoßen ist.«

»Es ist mir sehr wohl bewusst, dass ich nie erfahren hätte, dass es da etwas gibt, wonach ich mich erkundigen sollte, wenn du nicht hier arbeiten würdest.«

»Ja, und ich möchte klarstellen: Wenn du nicht beim Hintergrundcheck rausgefunden hättest, dass es da einen Eintrag im Jugendstrafregister gibt, hätte ich dir nie davon erzählt, egal, was zwischen uns passiert wäre. Ich habe da vor Jahren einen Schnitt gemacht, der mein Leben in die Zeit davor und die danach teilt, und ich kehre nie zu dem Davor zurück.«

Maggie holte tief Luft und atmete langsam wieder aus. »Ich kriege Bauchschmerzen.«

»Ich auch.« Er ergriff ihre Hand und hob sie an seine Lippen. »Aber ich habe entschieden das Gefühl, dass du es wert sein wirst, diese rote Linie zu überschreiten.«

»Du hast mein aufrichtiges Versprechen, dass ich nie ein Wort über das verlieren werde, was du mir erzählst – egal, was zwischen uns passiert oder eben nicht. Niemals. Ich nehme das mit ins Grab.«

Seine sexy Lippen verzogen sich zu einem kleinen Lächeln, doch sie sah trotzdem die Qual in seinen warmen braunen Augen. »Ich habe meinen Vater nie kennengelernt. Meine Mutter hat immer gesagt, es sei eine kurze Affäre gewesen und er verdiene es nicht, dass man weiter über ihn nachdenke. Den Großteil meiner Kindheit über waren wir zu dritt – ich, meine Mutter und mein Großvater. Er hatte eine kleine Ranch, ungefähr siebzig Kilometer von hier, und meine Mom hat ihm bei der Buchführung geholfen, mit dem Haushalt und allem, was sonst so anfiel. Als ich alt genug war, wurde von mir ebenfalls erwartet, mit anzupacken, aber das fand ich nie schlimm. Ich habe es geliebt, Zeit mit meinem Großvater zu verbringen. Ich bin ihm auf Schritt und Tritt gefolgt wie ein kleiner Hund, und er hatte eine Engelsgeduld mit mir. Er war es, der mir alles über Pferde beigebracht hat. Die Leute sagen immer, ich hätte eine besondere Gabe für sie. Wenn das stimmt, dann stammt die von ihm.«

Aus seinen Augen leuchtete Zuneigung, wenn er über seinen Großvater sprach. »Als ich dreizehn war, ist er ganz plötzlich gestorben. Wir haben ihn im Stall gefunden, wo er zusammengebrochen war. Es hieß, höchstwahrscheinlich sei es ein Herzinfarkt gewesen und dass er nicht habe leiden müssen. Doch ich habe unter dem Verlust gelitten. Ganz furchtbar. In gewisser Weise war ich nie wieder derselbe.«

»Das kann ich gut nachvollziehen. Es ist unglaublich schwierig, zu begreifen, dass die Menschen, die man am allermeisten liebt, einem ohne Vorwarnung genommen werden können.«

»Ja, ganz genau.«

»Es tut mir so leid, dass dir das passiert ist.«

»Danke. Er fehlt mir weiter jeden Tag. Ich denke die ganze Zeit, wie anders alles gelaufen wäre, wenn er am Leben geblieben wäre.«

»Es ist erstaunlich, wie ein Vorfall eine ganze Kette von Ereignissen in Gang setzen kann, die alles ändert.«

Er blickte sie an, wirkte weniger gequält als gerade eben noch. »Das ist wahr. Ungefähr ein Jahr nach dem Tod meines Großvaters beschloss meine Mutter, zum ersten Mal nach zehn Jahren wieder auszugehen. Das war leider keine gute Idee. Sie hat schnell gelernt, weder was von der Ranch zu erzählen, die sie geerbt hatte, noch von ihrem Sohn im Teenageralter. Dann hat sie Clive getroffen.«

Er verspannte sich am ganzen Körper. »Clive war ein ehemaliger Rodeo-Star. Er hatte sich als Bullenreiter einen Namen gemacht und eine Reihe Pokale und auch Geldpreise gewonnen. Das Geld war jetzt jedoch weg, und als er meiner Mutter begegnet ist und das mit der Ranch rausfand, sah er wohl eine Möglichkeit, wieder flüssig zu werden. Meine Mutter war aus irgendwelchen Gründen, die ich nie ganz verstehen konnte, verrückt nach ihm. Er wollte natürlich nichts mit dem Teenagersohn zu tun haben, aber er nahm mich in Kauf, um ihr Land in die Finger zu bekommen. Ich habe ihn vom ersten Moment an gehasst, und meine Meinung über ihn hat sich nie geändert.«

»Himmel, Brayden. Das ist ja schrecklich.« Alles, woran Maggie denken konnte, war, was für ein Glück sie und ihre Schwestern gehabt hatten, als ihre Eltern Andi und Aidan kennengelernt hatten. Brayden hatte genau die gegenteilige Erfahrung machen müssen.

»Ja, das war es. Er wusste, dass ich ihn verabscheute, und hat mich bewusst provoziert.«

»Und was hat deine Mutter dazu gesagt?«

»Sie hat mich angefleht, mit dafür zu sorgen, dass die Beziehung nicht scheiterte, weil wir mit der Ranch Hilfe brauchten, und sie bildete sich eine Weile lang ein, ihn zu lieben. Es hat nicht lange gedauert, doch als sie schließlich gemerkt hat, wie er wirklich war, hatte sie ihn schon geheiratet, und er leitete die Ranch meines Großvaters und wollte nichts mit mir zu tun haben. Genau wie umgekehrt. Ungefähr um die Zeit herum bin ich in eine Schwierigkeit nach der anderen geraten, habe die Schule geschwänzt, Alkohol getrunken, gekifft, kurz: alles getan, was mir nur eingefallen ist, um ihn zu ärgern. Insofern war seine Abneigung gegen mich schon verständlich.«

Er nahm ihre Hand zwischen seine beiden, streichelte sie mit seinen von der harten Arbeit narbenübersäten Fingern. »Ich bin bloß nach Hause gekommen, um mich um die Pferde zu kümmern und nach meiner Mutter zu sehen. Sonst habe ich bei meinen Freunden übernachtet und mich von der Ranch ferngehalten. Ich war fünfzehn und mit einem Motorrad unterwegs, das früher meinem Großvater gehört hatte. Dank dieses Motorrads konnte ich rausfahren und mich um die Pferde kümmern. Ich hab versucht, mein Kommen und Gehen darauf abzustimmen, wann er, soweit ich es wusste, nicht da sein würde. Aber an dem einen Tag bin ich direkt nach der Schule hingefahren. Er … Er hatte alle Pferde auf die Koppel getrieben und …«

Maggie zog seinen Kopf an ihre Brust, wie sie es bei einem Kind tun würde, das einen schlechten Traum hatte. Doch das hier war kein schlechter Traum. Es war das, was Brayden tatsächlich erlebt hatte, und ihr Herz brach für ihn, während sie darauf wartete, den Rest seiner Geschichte zu hören.

»Er hatte eine Bullenpeitsche und hat sie damit geschlagen.«

Maggie schnappte nach Luft. »O mein Gott.«

»Sie konnten nirgendwohin.« Er sprach mit flacher Stimme, ohne jegliches Gefühl. »Sie konnten ihm nicht entkommen, und er war offenbar schon eine Weile dabei, denn alle bluteten, ganz besonders Dancer, das Pferd meines Großvaters, auf dem ich reiten gelernt hatte. Er konzentrierte sich ganz auf ihn, weil er wusste, dass ich dieses Pferd am meisten liebte.«

Maggie liefen die Tränen über die Wangen. »Brayden …«

»Ich erinnere mich nicht wirklich an das, was danach passiert ist. Aber ich weiß noch, dass ich über den Zaun geklettert bin und mich auf ihn gestürzt habe, ihm die Peitsche entrissen habe. Nach allem, was man mir erzählt hat, habe ich ihn geprügelt, bis er blutüberströmt am Boden lag. Meine Mutter kam währenddessen nach Hause, hat mich von ihm weggezerrt, einen Krankenwagen für ihn gerufen und den Nottierarzt für die Pferde. Alles danach ist sehr verschwommen. Die Polizei ist gekommen und hat mich verhaftet. Später habe ich gehört, dass Clive auf der Intensivstation gelandet ist. Das war mir allerdings total egal.«

Brayden sah ihr in die Augen, und sein Blick war eindringlich. »Wenn ich noch einmal in dieser Situation wäre und wüsste, dass es mein Leben ruinieren würde, würde ich trotzdem genau das Gleiche wieder tun.«

»Das hätte ich nicht anders von dir erwartet. Die armen Tiere. Ging es ihnen später wieder gut?«

»Sie haben sich von den Verletzungen erholt, aber ich bin sicher, sie waren nie wieder so wie früher.«

»Du weißt es nicht?«

Er schüttelte den Kopf. »Meine Mutter hat die Pferde anderweitig untergebracht und das Land verkauft, um meine Anwälte bezahlen zu können.«

»Oh, Brayden … Himmel, das tut mir so leid.«

»Sie hat das Richtige getan. Allein hätte sie die Ranch ohnehin nicht weiterführen können, und die Pferde brauchten eine Pflege, die wir ihnen nicht bieten konnten.«

»Aber trotzdem … Es muss dir doch das Herz gebrochen haben, dein Zuhause zu verlieren und die Pferde.«

»Ja, allerdings hatte ich damals größere Probleme. Ich wurde wegen versuchten Totschlags angeklagt, und es wurde erwogen, mich nach dem Erwachsenenstrafrecht zu verurteilen. Meine Mutter hat die besten Anwälte organisiert, die mit Geld zu kriegen waren, und die haben dafür gesorgt, dass die Anklage von versuchtem Totschlag zu schwerer Körperverletzung abgemildert wurde. Außerdem wurde der Fall vor dem Jugendgericht verhandelt, was eine Riesenerleichterung war. Ich bin dann zu drei Jahren Haft mit fünf auf Bewährung verurteilt worden, und seitdem versuche ich, den Eintrag im Jugendstrafregister löschen zu lassen, bislang ohne Erfolg. Meine Mutter hat es geschafft, dass niemand etwas davon erfahren hat. Sie hat den Leuten erzählt, dass ich bei meinem Onkel in Colorado sei, und niemand hat ihre Geschichte hinterfragt, obwohl meine Freunde genau wussten, wie sehr ich Clive hasste.«

»Und was ist aus ihm geworden?«

»Er hat überlebt. Mir wurde gesagt, ich solle dafür dankbar sein. Wenn er gestorben wäre, wäre ich vermutlich nach Erwachsenenrecht verurteilt worden und würde immer noch im Gefängnis sitzen.«

»Sag mir, dass er auch angeklagt worden ist.«

»Wegen Tierquälerei. Und er musste die Scheidungspapiere unterzeichnen, aus der Gegend wegziehen und darf nie wieder mit mir oder meiner Mutter sprechen.«

Sie wischte sich die Tränen aus dem Gesicht. »Es tut mir so leid, Brayden. Es tut mir leid, dass das passiert ist, dass ich dich gezwungen habe, über etwas zu sprechen, das so schmerzhaft für dich ist …«

»Hey.« Brayden hob ihr Kinn an, sodass sie ihn anschauen musste. »Ist schon okay. Ich bin froh, dass du es jetzt weißt. Es fühlt sich richtig an, mit dir darüber zu reden.« Er erwiderte ihren Blick für einen langen Moment, bevor er sich vorbeugte, um ihr die einfach nicht versiegen wollenden Tränen von den Wangen zu küssen.

Maggie drehte ihr Gesicht ganz leicht, ihre Lippen begegneten seinen in einem zärtlichen Kuss, der rasch leidenschaftlicher wurde. Nachdem sie seine Geschichte gehört hatte, fürchtete sie nicht länger, sich in ihn zu verlieben – wofür es ohnehin schon viel zu spät war. Das Verlieben hatte bereits stattgefunden.

Seine Arme schlossen sich um sie, seine Zunge strich über ihre, und Maggie stöhnte, während sie versuchte, sich noch enger an ihn zu schmiegen. »Brayden«, flüsterte sie und schnappte nach Luft, als sie den Kuss unterbrach. »Warte.«

Er senkte den Kopf auf ihre Brust, während er zu Atem zu kommen versuchte.

»Lass mich aufstehen.«

Brayden lehnte sich zurück, fuhr sich mit den Fingern durchs Haar, während er um Fassung rang.

Maggie stand auf und streckte ihm die Hand hin.

Überrascht blickte er sie an, ergriff sie aber.

Sie zog sachte an ihm, und er erhob sich.

»Was hast du vor?«, fragte er lächelnd.

»Lass uns das hier an einen gemütlicheren Ort verlegen.«

Kapitel 22

Maggie führte ihn in ihr Schlafzimmer, war sich ohne jeden Zweifel sicher, das Richtige zu tun, und das, obwohl sie zusammenarbeiteten. Das würde kein Problem werden, glaubte sie fest, selbst wenn das mit ihnen nicht klappte. Während sie zuschaute, wie er den Knoten ihres Morgenmantels öffnete, war die Arbeit allerdings das Letzte, woran sie einen Gedanken verschwendete.

»Bist du dir ganz sicher, Maggie?«

Sie lächelte ihn an. »Ja, Brayden, ich bin mir sicher. Du auch?«

»Auf jeden Fall. Ich war mir bereits hundertprozentig sicher, ungefähr zehn Minuten nachdem ich dich getroffen hatte, und als ich dich dann beim Schlafen am Schreibtisch ertappt habe …«

»Ich hab nicht geschlafen!«

Bei seinem leisen Lachen vibrierte sein Brustkorb. »Wenn du das sagst.«

»Das tue ich.«

Er umfasste mit beiden Händen ihr Gesicht und starrte sie an. »Du bist so wunderhübsch. Ich konnte gar nicht aufhören, an dich zu denken, während ich weg war. Ich habe mir die ganze

Zeit gewünscht, ich hätte ein Foto von dir mitgenommen, weil du mir so gefehlt hast.«

»Ging mir genauso. Dabei kam es mir wirklich albern vor, jemanden so zu vermissen, den ich gerade erst kennengelernt hatte.«

»Das ist nicht albern.«

Es war auch nichts Albernes daran, wie sie sich fühlte, als sie sein Hemd aufknöpfte und es ihm von den Schultern schob. »An dem Tag, an dem du im Garten die Aufstiegshilfe gezimmert hast …« Sie fuhr ihm mit den Händen über die breiten Schultern, die muskulösen Oberarme und die Brust.

»Was ist damit?«

»Alle Frauen haben sich an den Fenstern die Nasen platt gedrückt.«

»Ach was, garantiert nicht.«

»O doch.« Maggie trat einen Schritt vor, um einen Kuss auf seine definierten Brustmuskeln zu hauchen, und die feinen Härchen auf seiner Brust kitzelten sie an der Nase. »An dem Tag hast du eine ganz schöne Show hingelegt.«

»Sorry«, sagte er und klang verlegen.

»Das muss dir nicht leidtun. Ich kann das Bild von dir, ohne Hemd und ganz verschwitzt, seither nicht mehr aus meinem Kopf vertreiben.«

»Ach ja?«

»Mhm.« Sie hauchte ihm weiter Küsse auf die Brust und knabberte an seiner Haut, woraufhin er scharf einatmete. »Wie glücklich kann ich mich schätzen, das hier tun zu dürfen?« Sie fuhr mit der Zungenspitze über eine seiner Brustwarzen, und er zuckte zusammen, vergrub seine Hände in ihrem Haar, um sie festzuhalten. Maggie machte sich an seinem Gürtel zu schaffen, versuchte herauszufinden, wie er aufging.

Glücklicherweise half er ihr, und als die beiden Hälften auseinanderfielen, schob sie seine Hände weg, damit sie selbst den Knopf öffnen und den Reißverschluss aufziehen konnte.

Er stöhnte, als ihre Hand seine Erektion streifte, die sich deutlich unter seinen Boxershorts abzeichnete. »Maggie …«

»Ja, Brayden?«

Sein schnaubendes Lachen entlockte ihr ein Lächeln.

Er schob ihr den Morgenmantel von den Schultern und fand den Saum ihres T-Shirts, zog es ihr mit einer fließenden Bewegung über den Kopf, so schnell, dass sie keine Zeit hatte, sich darauf vorzubereiten, dass sie bis auf ihren Slip völlig nackt vor ihm stehen würde.

Brayden musterte sie mit seinen sexy braunen Augen. »So wunderschön.« Er legte die Arme um sie und ging rückwärts zum Bett, streckte sich mit ihr aus und drehte sich dann schnell, sodass er oben lag und auf sie herabschaute. Sein Blick blieb an Froggie hinter ihr hängen.

»Wen haben wir denn da?«

Maggie sah zu ihrem geliebten Stofftier. »Mein ältester und liebster Freund. Froggie, das ist Brayden.«

Brayden eroberte das bisschen von ihrem Herzen, was ihm noch nicht gehörte, im Sturm, als er die Hand ausstreckte, um Froggie die Flosse oder Pfote oder wie auch immer das bei Stoff-Fröschen hieß, zu schütteln. »Freut mich, dich kennenzulernen, Froggie.«

Maggie streckte den Arm aus und drehte Froggie um, damit er nicht sah, was gleich passieren würde. »Also, wo waren wir?«

Mit einem Grinsen legte sich Brayden zwischen ihre Beine, drängte sich gegen sie. »Ungefähr hier.«

»Ach ja, jetzt fällt es mir wieder ein.«

»Sag mir Bescheid, wenn irgendetwas zu viel ist, okay?«

Dass er so viel Rücksicht auf sie und das, was sie erlebt hatte, nahm, freute sie, doch das war definitiv das Letzte, woran sie dachte, während sie hier mit dem sexy Brayden Thomas im Bett lag. »Es geht mir gut, aber danke der Nachfrage.«

»Immer gern.« Er senkte seine Lippen auf ihre, liebkoste sie, sodass sie sich ihm entgegenbog, nach mehr suchte. »Langsam, Süße. Wir haben die ganze Nacht, und ich hab es kein bisschen eilig. Unser erstes Mal gibt es nur dieses eine Mal, und das möchte ich bis zur Neige auskosten.«

Maggie atmete aus und versuchte sich zu entspannen, während er kleine Küsse auf ihren Hals und ihre Brust herabregnen ließ, ihre Brüste mit den Händen umfing und mit dem Daumen über die prickelnden Spitzen rieb.

»Seit neulich muss ich unablässig an diese kleinen Schönheiten denken.« Er senkte den Kopf und nahm die linke Brustspitze in den Mund. »Ich habe mich so sehr nach einer weiteren Kostprobe gesehnt, als wir in deinem Büro waren. Das war schlimm.«

Sie hatte das Gefühl, über ihrem Körper zu schweben und zuzusehen, wie jemand anders geküsst und liebkost wurde. Und zum ersten Mal in ihrem Leben wurde sie von der Leidenschaft mitgerissen. Nichts zuvor war je wie das hier gewesen, wie er. Er bedeckte ihren Bauch mit Küssen, während er an ihr hinabrutschte, bis sein Gesicht an ihrem Schritt war und die Hitze seines Mundes sie dort schier versengte.

Er schob seine Hände unter sie und hob ihr Becken leicht an, sodass ihre Schenkel sich öffneten, wie um ihn willkommen zu heißen.

Gütiger Gott …

Dann zog er an ihrer Unterhose, versuchte sie davon zu befreien, und Maggie konnte sich nicht rühren, um ihm zu helfen. Am Ende brauchte er gar keine Hilfe, und als er zu der Stelle zwischen ihren Beinen zurückkehrte, begann er sie mit Lippen, Zunge und Fingern in den siebten Himmel zu befördern. Sie kam zweimal schnell hintereinander, was nie zuvor passiert war. Bevor sie wieder zur Erde geschwebt war, drängte er sich in sie, dehnte sie und füllte sie aus.

»Brayden …«

Er rieb mit seinen Lippen über ihren Hals und küsste sie dann auf den Mund. »Was denn, Süße?«

»Kondom.«

»Schon erledigt.«

Irgendwie war sie so überwältigt gewesen von ihren Gefühlen, dass sie davon gar nichts mitbekommen hatte, und jetzt brauchte sie ihre ganze Kraft, um mit den unglaublichen Empfindungen klarzukommen, die er ihr bescherte. Der Mann war überall groß. Sie hob die Knie an seine Hüften und legte ihm die Hände auf den Rücken. Ihre Finger gruben sich in seine festen Muskeln, während er sich in sie stieß. Maggie konnte ihm gar nicht nah genug sein, ihn gar nicht tief genug in sich aufnehmen …

Er stützte sich auf die Ellbogen, drang erneut ein und hielt sie fest, während er sie betrachtete. »Hey«, flüsterte er, und seine Lippen strichen mit einer hauchzarten Berührung über ihre.

Maggie öffnete die Augen und blickte zu ihm empor, stellte fest, dass er sie eindringlich musterte.

»Hi.«

Sie lächelte. »Selber hi.«

»Alles okay?«

»Hm, ja. Und du?«

»Ging mir nie besser.« Er hob sein Becken, vielleicht, um sie daran zu erinnern, was sie getan hatten, bevor er aufgehört hatte – als ob sie die Erinnerung bräuchte.

Maggie legte ihm die Hände auf den Po, um ihn tief in sich zu halten, während sie sich völlig schamlos an ihm rieb.

Er stöhnte und begann sich wieder zu bewegen, steigerte das Tempo, bis sie beide sich beim Wettrennen zum Gipfel aneinanderklammerten. Brayden erstarrte über ihr, seine Finger umklammerten ihre Schultern, ehe er schwer atmend auf ihr zusammenbrach, während die unglaublichsten Gefühle durch sie brandeten.

Er war so lange still, dass Maggie sich fragte, ob er eingedöst war. Es wäre völlig bedeutungslos, wenn es so wäre, denn sie liebte das Gewicht von ihm auf sich ebenso wie den Geruch von warmer Männerhaut, Seife und seinem würzigen Deo.

Sie stellte rasch fest, dass er nicht schlief, weil er mit der Zunge über ihre Brustspitze strich. Sie zuckte zusammen, als hätte er ein Streichholz auf ihrer empfindsamen Haut angezündet.

Er lachte leise. »Ist da jemand ein bisschen empfindlich?«

»Mehr als ein bisschen.«

Er blickte zu ihr hoch, die Brauen in Sorge zusammengezogen. »Es ist doch aber alles gut bei dir, oder?«

»Viel besser als gut. Sogar sehr viel besser.«

»Das ist es, was ich hören möchte.« Er stützte sein Kinn auf ihre Brust und betrachtete ihr Gesicht. »Erdrücke ich dich?«

»Nein.« Sie schloss die Arme fester um ihn, um ihn noch ein wenig länger genau dort zu behalten, wo er war. Wie er schon gesagt hatte, sie würden das hier nie wieder zum ersten Mal tun, und sie war noch nicht bereit dafür, dass er sich aus ihr zurückzog.

Er legte seinen Kopf an ihre Schulter.

Maggie entspannte sich und ließ ihre Gedanken schweifen, während sie es genoss, so nah bei ihm zu sein.

Schließlich löste sich Brayden von ihr und stand auf, um das Bad zu benutzen, dann kam er zurück und streckte sich neben ihr auf dem Bett aus.

Maggie blickte zu ihm, wie er da lag, den Kopf in die Hand gestützt, und fast schon lachhaft sexy und kein bisschen verunsichert wirkte, während er völlig nackt war. Obwohl jemand, der aussah wie er, natürlich auch allen Grund hatte, selbstsicher zu sein. Bei dem Gedanken musste sie kichern.

»Was denn?«, erkundigte er sich und klang leicht indigniert.

»Ich musste nur gerade daran denken, dass du dich nackt sichtlich wohlzufühlen scheinst, dazu andererseits ja aber auch allen Grund hast.« Sie fuhr mit einem Finger über seinen flachen Bauch, und ihre Lippen zitterten belustigt, als sie zuschauen konnte, wie er hart wurde.

»Meine Mutter erzählt immer Geschichten darüber, dass ich am liebsten splitterfasernackt rumgelaufen bin, bis ich ungefähr fünf war, und sie hat mich dazu zwingen müssen, Hosen anzuziehen, bevor ich zu den Pferden rausdurfte.«

Maggie drückte es das Herz ab, als ihr bewusst wurde, dass er von seiner Mutter in der Gegenwart sprach. »Dann bist du also schon immer ein schamloser Exhibitionist gewesen.«

»Ich fürchte ja. Mein Großvater hat immer gesagt, ich sei halbwild.«

Maggie lachte. »Lass mich raten – das hast du als Kompliment gewertet, richtig?«

»Gibt es noch eine andere Möglichkeit, das zu verstehen?«

»Für dich vermutlich nicht.«

»Ich bin draußen bei den Pferden schon immer am glücklichsten gewesen.«

»Es muss schlimm für dich gewesen sein, eingesperrt zu sein.«

»Das war es. Im ersten Jahr hätte ich beinahe den Verstand verloren. Meine Mutter ist jede Woche zu Besuch gekommen und hat mich angefleht, nicht aufzugeben, hat mir versichert, dass sie auf ihrer Seite alles unternehme, was in ihrer Macht stehe, um mich da rauszuholen.«

»Ich frag mich …« Maggie überlegte es sich anders und verzichtete darauf, weiterzusprechen. Sie hatte ihn bereits gebeten, eine alte Wunde zu öffnen. Und sie wollte den noch frischen

Verlust seiner Mutter nicht schlimmer machen, als er ohnehin schon für ihn war.

»Was? Du kannst mich alles fragen, was du möchtest.«

Sie drehte sich auf die Seite, sodass sie ihn besser anschauen konnte. »Wie es danach zwischen euch beiden war.«

»Es hat eine Weile gedauert, bis wir wieder einen Draht zueinander gefunden haben. Ich war sehr lange wütend auf sie, weil sie ja gewusst hatte, dass er ein Mistkerl war, und nicht früher etwas dagegen unternommen hat.«

»Was hat sie darauf erwidert?«

»Dass ich zu hundert Prozent recht hätte und dass sie sich auf meine Seite hätte stellen müssen statt auf seine, obwohl er so charmant war und sie umworben hat. Sie hat gesagt, meine unmittelbare heftige Abneigung gegen ihn – und umgekehrt seine Abneigung gegen mich – hätte sie warnen müssen, weil ich sonst alle mochte und alle mich. Es hat auf jeden Fall geholfen, dass sie von vornherein zugegeben hat, dass sie mit schuld an den Ereignissen war. Niemanden hat es schwerer getroffen als sie, dass ich im Gefängnis saß, vor allem, da sie wusste, dass sie ihn in unser Leben gebracht hatte, obwohl sie es nicht hätte tun sollen. Sie hat das immer rundheraus eingeräumt, und das ist es, was unsere Beziehung letzten Endes wieder gekittet hat. Und natürlich hat dazu auch beigetragen, dass sie nie aufgehört hat, für mich zu kämpfen.«

Maggie streichelte seinen Arm. »Du hast so hart daran gearbeitet, die Beziehung zu ihr wieder in Ordnung zu bringen, daher muss ihr Tod dich umso schlimmer getroffen haben.«

»Ja«, antwortete er mit einem langen Seufzen. »Der Mist, der vor Jahren passiert ist, hat mich nicht gebrochen, doch sie zu verlieren war beinahe zu viel.« Er strich ihr das Haar aus dem Gesicht und fuhr ihr mit den Fingerspitzen ganz zart über die Wange. »Ich sollte von hier verschwinden, bevor man uns erwischt.«

Die Nachtschicht hielt sich nur im oberen Stockwerk auf, wo auch die Familien untergebracht waren, daher bestand keine unmittelbare Gefahr, dass sie erwischt wurden. »Das ist noch nicht nötig. Mitch kommt erst gegen sechs. Aber ich muss den Wecker neu stellen.« Sie stand auf, hob ihren Morgenrock auf und schlüpfte hinein, benutzte das Badezimmer und kümmerte sich um den Wecker, bevor sie ins Bett und zu ihm zurückkehrte.

»Du hast was vergessen.«

»Was denn?«

»Deinen Morgenmantel wieder loszuwerden.« Er zerrte ungeduldig daran, wie ein Kind, das unbedingt sein Weihnachtsgeschenk auspacken wollte.

Maggie lachte über seine Ungeduld und half ihm.

Er zog sie an seinen warmen Oberkörper, legte eine große Hand auf ihren Po, um sie genau dorthin zu dirigieren, wo er sie haben wollte. »So. Das ist viel besser.«

»Es ist eine ganze Weile her, dass ich Übernachtungsbesuch hatte.«

»Wie ist das möglich? Du musst doch jede Menge Freunde gehabt haben.«

»So viele waren das nicht, nicht mal eine Handvoll. Einer in der Highschool, zwei am College. Seither kaum noch jemand.«

»Dann ist es ja mein Glück, dass all die anderen Typen blind sind. Was war denn mit denen los?«

»Das mit dem von der Highschool war vorbei, als ich ans College in New York gegangen bin und er nach Kalifornien. Wir haben im ersten Jahr um Weihnachten rum gemerkt, dass wir beide keine Fernbeziehung wollten.«

»Warst du verletzt?«

»Ein paar Tage lang.«

Brayden lachte. »Du bist echt herzlos.«

»Ich weiß, so klingt es, aber ich habe kurze Zeit später jemand anderen kennengelernt, und es hat eine Weile gehalten. Bis er mich mit einer meiner Freundinnen betrogen hat.«

»Puh, das ist schrecklich.«

»Es war ziemlich schlimm. Ich hab danach eine ganze Weile Pause gemacht. Im letzten College-Jahr war ich dann mit jemandem zusammen, den ich wirklich gernhatte, doch wir waren beide so beschäftigt mit dem Studium und dann mit unserer Arbeit, dass das Feuer irgendwie erloschen ist.«

»Er war ein Narr, dich gehen zu lassen.«

»Ich weiß! Genau das habe ich ihm auch gesagt.« Maggie liebte sein volles, tiefes Lachen. »Was ist denn mit dir und all deinen Freundinnen?«

»Es gab nur eine, die mir wichtig war, und das ist ungefähr hundert Jahre her und war, bevor der Mist losging. Das war eine weitere Sache, die mich der Wahnsinn gekostet hat.«

»Hast du hinterher, nachdem du entlassen warst, je versucht, sie zu finden?«

»Ich hab sie gegoogelt und bin auf ihre Facebook-Seite gestoßen. Sie war offensichtlich mit jemandem zusammen und wirkte glücklich, daher habe ich nichts unternommen.«

»Das tut mir alles so leid für dich.«

»Ist schon okay. Es hat einfach nicht sein sollen. Seit ich wieder raus bin, habe ich mich auf mein Studium, meine Karriere und darauf konzentriert, mein Leben wieder auf die Reihe zu kriegen. Ab und zu bin ich mit jemandem ausgegangen, aber es ist nie etwas Dauerhaftes daraus geworden.«

»Wie kannst du nach allem, was du erlebt hast, immer noch so wunderbar sein? Du müsstest verbittert sein und zynisch, dabei bist du einfach … Das bist du jedenfalls überhaupt nicht.«

»Das habe ich jeder Menge Therapie zu verdanken, für die meine Mom gesorgt hat, sowohl bereits im Jugendgefängnis als auch später nach meiner Entlassung. Sie hat einfach nicht nachgelassen in ihren Bemühungen, den angerichteten Schaden wiedergutzumachen.«

»Gott sei Dank.«

Mit einer Hand strich er ihr träge über den Rücken. »Sie ist dann eine unermüdliche Fürsprecherin für andere Jugendliche geworden, die mit dem Gesetz in Konflikt geraten sind. Ich habe sogar während des Urlaubs in Key West eine E-Mail von einer der Gruppen bekommen, in denen sie mitgearbeitet hat. Sie haben vor, sie bei ihrer jährlichen Spendenveranstaltung als Ehrenamtliche des Jahres auszuzeichnen, und sie haben mich gebeten, an ihrer Stelle an der Feier teilzunehmen.«

»Und gehst du hin?«

»Ich hab noch nicht geantwortet. Das ist erst nächste Woche.«

»Da solltest du unbedingt hin.«

»Willst du mich begleiten?«

»Wenn du das möchtest.«

»Absolut. Ich möchte, dass du mitkommst.«

»Okay.«

»Wirklich?«

Sie nickte. »Wir machen einen Deal – ein Spendenevent für das andere. Jill und ich werden Kate übernächste Woche bei Buddys jährlicher Little-Buddy-Gala vertreten.«

»Das ist aber ein unfairer Handel. Ich darf auf Tuchfühlung mit allerlei Berühmtheiten gehen.«

»Ich bin im Vorteil bei dem Deal. Ich bin auf Tuchfühlung mit dir.«

Kapitel 23

Am nächsten Tag sandte Maggie eine Textnachricht an ihre Schwestern: Ich habe mit Brayden gesprochen, und er hat mir die gesamte Geschichte erzählt. Ich fühle mich zu hundert Prozent wohl damit, ihn weiter zu beschäftigen und mit ihm auszugehen. Tatsächlich glaube ich, dass ich Letzteres ab jetzt so häufig wie möglich tun werde. Alles ist gut. Ihr müsst euch keine Sorgen machen, aber danke trotzdem.

Jill reagierte als Erste: Hört sich so an, als hättet ihr nicht nur geredet!

Kate schrieb: Ich wollte genau das Gleiche sagen! Details! Ich brauche Details!

Maggie antwortete mit einem Emoji, das sich die Ohren zuhielt.

Sie und Brayden entwickelten eine Alltagsroutine. Neben dem Reitunterricht trafen sie sich zu regelmäßigen Besprechungen über die Fortschritte jedes einzelnen Kindes, ritten am späten Nachmittag mit Sunday und Thunder aus, aßen mit den Familien zu Abend und genossen heiße Nächte in Maggies Bett. Bisher hatten sie Glück gehabt, und sie glaubten nicht, dass irgendjemand mitbekommen hatte, dass er jede Nacht bei ihr verbrachte.

Maggie konnte sich nicht daran erinnern, je glücklicher gewesen zu sein. Mit Brayden zu arbeiten, mit Brayden zu sprechen, mit Brayden auszureiten, mit Brayden zu lachen, Brayden zu lieben … Ihre Welt drehte sich um ihn und seine um sie, und sie wollte es auch gar nicht anders haben.

Am Abend der Benefizveranstaltung, bei der seine Mutter geehrt werden würde, beeilte Maggie sich unter der Dusche, ehe sie einen eleganten schwarzen Overall anzog, den Andi ihr geschickt hatte, nachdem sie ihn in einem Laden entdeckt und an sie gedacht hatte. Sie war sehr dankbar für Verwandte mit Modegespür, denn ihre eigene Vorstellung von einem gelungenen Outfit – vor allem in letzter Zeit – beschränkte sich auf Jeans, Flanellhemd und ein T-Shirt.

Der Overall passte, als wäre er für sie gemacht, fand Maggie, während sie sich in dem großen Spiegel betrachtete, nachdem sie in ein paar schwarze Riemchensandalen geschlüpft war, die sie noch aus ihrer Zeit in der Stadt hatte. Sie hatte den Lockenstab benutzt, den Kate ihr geliehen hatte, um sich das Haar zu stylen, und ihre Sommersprossen mit Make-up abgedeckt.

Noch ein Spritzer von dem Dolce & Gabbana Light Blue, das Jill ihr zu Weihnachten geschenkt hatte, und sie war fertig. Sie griff nach einem Cardigan und einer schwarzen Handtasche, die sie sich ebenfalls von Kate geliehen hatte, die sie aufgefordert hatte, keinerlei Hemmungen zu haben und sich aus ihrem großen Schrank zu bedienen, wann immer sie es brauchte. Bereit, Brayden zu treffen, verließ sie ihr Zimmer.

Mitch pfiff leise, als sie in die Küche trat. »Du siehst wunderschön aus, Maggie.«

»Oh, vielen Dank. Ab und zu schaffe ich es, mich aufzubrezeln.«

»Viel Spaß heute Abend. Ich bin froh, dass du ihn begleitest.«

Maggie wusste, dass Mitch und Brayden Freunde geworden waren, aber sie hatte nicht gewusst, dass Mitch klar war, wo sie hinwollten oder warum. »Ich auch.«

Sie ging zum Parkplatz hinter dem Stall, wo Brayden auf sie warten wollte. Als sie zu seinem Pick-up kam, sah sie ihn über den Beifahrersitz gebeugt neben dem Auto stehen, trat hinter ihn und presste sich an ihn.

»Maggie?«

»Wer sollte es sonst sein?« Sie versetzte ihm einen leichten Klaps auf den Hintern und wich einen Schritt zurück, damit er herauskonnte.

Er richtete sich auf, drehte sich um und wollte etwas sagen, was ihm allerdings auf den Lippen erstarb. »Wow … Du siehst … Wow.«

Maggie liebte die Art, wie er sie betrachtete. »Also gefällt der Overall, den meine Stiefmutter mir geschickt hat?«

»Und wie er gefällt.« Er legte ihr einen Arm um die Taille und küsste sie. »*Du* gefällst.«

»Du gefällst mir auch«, erwiderte sie und ließ einen bewundernden Blick über das Tweedjackett gleiten, das er zu Hemd und Stoffhosen trug. »Du machst optisch echt was her.«

»Beim Schlips streike ich.«

»Es geht auch gut ohne.«

»Sehr schön. Ich hasse Krawatten.« Er hielt ihr eine Hand hin, um ihr in den Pick-up zu helfen. »Ich glaube, es ist sauber genug für dich. Gerade so.«

»Es ist super. Es riecht sogar gut.«

Brayden zeigte auf den Lufterfrischer, den er auf dem Armaturenbrett aufgestellt hatte. »Hab ich zu Ehren unseres ersten echten Dates an der Tankstelle besorgt.«

Aufgeregt, eben weil es ihr erstes echtes Date war, legte Maggie den Sitzgurt an und wartete, dass Brayden einstieg.

Als er den Pick-up um den Stall zur Auffahrt lenkte, sagte er plötzlich: »Äh, okay …«

Maggie riss den Blick von ihm los, um herauszufinden, was seine Aufmerksamkeit erregt hatte.

Alle Bewohner und Angestellten hatten sich an der Auffahrt eingefunden und warteten darauf, ihnen zum Abschied zuzuwinken. Selbst Derek war dabei.

»Oje, das ist jetzt etwas peinlich.«

Brayden lachte, drückte auf die Hupe und winkte, als sie an der versammelten Truppe vorbeifuhren.

»So viel dann dazu, dass niemand was mitbekommen hat.«

»Ich würde sagen, die Katze ist aus dem Sack, Süße. Ich finde es cool, dass sie sich das ausgedacht haben.«

»Ich bleibe bei ›peinlich‹.«

Er griff nach ihrer Hand und ließ sie auch auf der weiteren Fahrt in die Stadt nicht los.

»Wie fühlst du dich wegen heute Abend?«, fragte Maggie, als die Skyline von Nashville vor ihnen auftauchte.

»Auf jeden Fall besser, als ich mich fühlen würde, wenn du nicht bei mir wärst. Wir bleiben wegen der Sache für meine Mom, und danach suchen wir uns etwas Lustigeres, was wir tun können.«

»Du musst nicht denken, du wärst verpflichtet, mich zu unterhalten. Dieser Abend ist für deine Mutter, und du solltest dir genug Zeit dafür nehmen. Es ist so schön, dass sie auf diese Art geehrt wird.« Maggie hatte online über die Organisation nachgelesen. »Und außerdem freue ich mich schon darauf, die Leute kennenzulernen, die dahinterstehen, und so mein professionelles Netzwerk zu vergrößern.«

»Ah, verstehe«, sagte er in neckendem Tonfall. »Du benutzt mich also, um den Fuß in die Tür zu bekommen.«

»Ganz genau.«

Er lachte und zog ihre Hand an seine Lippen. »Danke, dass du mich begleitest.«

»Ist mir ein Vergnügen.«

»Das kommt später.« Er wackelte übertrieben mit den Augenbrauen. »Du hast eine Zahnbürste dabei, oder?«

»Hab ich. Aber du willst mir immer noch nicht sagen, warum ich sie brauche, oder?«

»Alles zu seiner Zeit.«

»Ich hätte dich gar nicht für so mysteriös gehalten.«

Bei seinem sexy Lächeln hätte sie sich am liebsten abgeschnallt und sich ihm auf den Schoß gesetzt, ungeachtet der Tatsache, dass er fuhr. »Oh, oh, du hast ja keine Ahnung, Baby.«

Nach dieser Form von Glück, wurde Maggie klar, konnte sie offenbar mühelos süchtig werden. Sie wollte mehr davon, während sie gleichzeitig die Möglichkeit fürchtete, zu verlieren, was sie nach so langer Zeit endlich gefunden hatte. Sie schloss ihre Finger fester um seine, wollte ihn nie wieder loslassen.

Er warf ihr einen Blick zu. »Alles in Ordnung?«

»Ja, alles gut.«

Sie hörten eine der Countrymusik-Lokalradiostationen, und als Kates Nummer-eins-Hit »Ich dachte, ich weiß« kam, griff Maggie rüber, um ihn lauter zu stellen.

»Ich liebe diesen Song.«

»Ich auch. Sie hat ihn für Reid geschrieben, als sie das erste Mal zusammen waren.«

»Ich kann nicht glauben, dass ich sie tatsächlich persönlich kennengelernt habe.«

»Sag mir die Wahrheit: Ist das der eigentliche Grund, warum du mich datest?«

»Mist, erwischt. Es geht nur um deine berühmte Schwester und ihre berühmten Freunde.«

»Ich wusste es.«

Er grinste, und sie sangen gemeinsam bei dem Lied mit, das Maggie schon seit Jahren auswendig kannte. Die Worte hatten eine neue Bedeutung gewonnen, jetzt, da sie Brayden getroffen hatte, was sie einerseits ängstigte, sie andererseits aber auch sehr glücklich machte.

Ich dachte, ich weiß
Was Liebe ist
Aber dann kamst du …
Ich dachte, ich weiß
Wie es wäre
Aber jetzt sehe ich
Jetzt ist es wahr …
Ich wusste nichts
Bis zu dir …
Bis zu dir …
Bis zu dir …
Ich dachte, ich weiß
Jetzt ist es wahr …
Ich dachte, ich weiß
Was Frieden ist
Dann kamst du …
Ich dachte, ich weiß
Was Träume sind
Dann kamst du …
Ich dachte, ich weiß
Wie es wäre
Aber jetzt sehe ich …
Ich dachte, ich weiß
Was Liebe ist
Aber dann kamst du
Dann kamst du …

»Ihre Stimme ist pure Magie«, sagte Brayden. »Das habe ich schon immer gefunden, selbst ganz am Anfang ihrer Karriere. Dabei mag ich Countrymusik noch nicht mal besonders gerne, für sie, Buddy und Taylor mache ich allerdings eine Ausnahme. Die sind einfach toll.«

»Geht mir genauso. Country ist normalerweise auch nicht mein Ding. Einiges mag ich wirklich gern. Ich liebe Martina McBride und Faith Hill.«

»Die sind beide super, genau wie Rascall Flats und Tim McGraw.«

»Die mag ich auch, aber letztendlich bin ich doch eher ein Coldplay-Fan.«

»Ich war vor ein paar Jahren bei einem Konzert von ihnen.«

»Ehrlich? Die würde ich zu gerne mal live erleben.«

»Sie kommen ziemlich regelmäßig hier vorbei. Du wirst also vermutlich die Gelegenheit dazu erhalten. Was ist denn dein Lieblingslied von ihnen?«

»Es ist ein Kopf-an-Kopf-Rennen zwischen ›Fix You‹, ›Yellow‹ und ›Viva la Vida‹. Ach, ich mag sie eigentlich alle.«

»Das wären auch meine Favoriten.«

Wegen des dichten Verkehrs während der Rushhour brauchten sie etwas länger, aber nach einer Dreiviertelstunde fuhren sie beim Hermitage Hotel an der 6th Avenue North vor.

»Ich hab mich im Internet über dieses Hotel schlaugemacht«, sagte Maggie. »Hier sind alle Berühmtheiten abgestiegen – Patsy Cline, Präsident Kennedy, Johnny Cash, Babe Ruth –, und es hat eine große Rolle in der Frauenbewegung gespielt. Meine Schwestern lieben es.«

»Ich bin schon sehr gespannt.«

Ein Mann vom Parkservice übernahm ihr Auto und reichte Brayden das Ticket.

Brayden gab ihm fünf Dollar Trinkgeld. »Danke.«

»Rufen Sie an, eine halbe Stunde bevor Sie das Auto wieder brauchen.«

»Okay.«

»Ich wünsche Ihnen einen schönen Abend.«

Brayden nahm Maggies Hand, und sie gingen hinein, wo sie gleich wieder stehen blieben, um die prächtige Lobby zu bewundern.

Als sie zu der hohen Decke mit den Mosaiken und Glasmalereien hochsahen, sagte Maggie: »Ich muss dringend meinen Vater und meine Stiefmutter hierher ausführen. Die würden ausflippen.«

»Es ist, als würde man in die Vergangenheit eintauchen.«

»Aber wirklich.«

Maggie schaute sich ein weiteres Mal um, wollte sich alles genau einprägen. Am Eingang zum Ballsaal nannte Brayden am Empfangstisch, der davor aufgebaut war, seinen Namen.

»Oh, Brayden! Ich bin Justine. Wir haben telefoniert.« Die junge Frau schüttelte Brayden über den Tisch hinweg die Hand. Wie sie ihn musterte, weckte in Maggie den Wunsch, sie darauf hinzuweisen, dass er mit einer anderen Frau Händchen hielt. Glücklicherweise fing sich Justine schnell wieder. »Es ist uns eine Ehre, Sie heute Abend bei uns zu haben.« Sie reichte ihm die Namensschilder für ihn und Maggie. »Ihre Mutter war ein Engel. Wir haben sie alle geliebt.«

»Danke.«

»Sie sitzen ganz vorne, gleich am ersten Tisch. Dort stehen ein ›Reserviert‹-Schild und Tischkärtchen für Sie beide. Brauchen Sie Hilfe, um es zu finden?«

»Ich denke, das kriegen wir hin«, erwiderte Brayden. »Vielen Dank noch mal.«

»War mir ein Vergnügen.« Sie lächelte ihn verführerisch an.

Maggie musste sich beherrschen, aber als sie weit genug entfernt waren, sagte sie: »Am liebsten wäre sie über den Tisch gehechtet und über dich hergefallen.«

»Ich hab da auch so was in der Richtung wahrgenommen …«

Maggie lachte. »›So was in der Richtung‹, jaja. Vermutlich steckt sie dir, bevor der Abend zu Ende ist, ihren Zimmerschlüssel zu.«

»Nicht interessiert.«

»Gute Antwort.«

Er lächelte sie an. In einem riesigen Raum voller Leute ließ er sie mit einem Blick wissen, dass sie die Einzige war, die ihn interessierte. Jedes Mal, wenn sie bei ihm war, empfand sie etwas Neues, und diesmal war es nicht anders. Er hielt ihr den Stuhl und wartete, bis sie Platz genommen hatte, bevor er sich neben sie setzte. »Willst du einen Drink?« Er schaute zur Bar, die auf der anderen Seite des Raumes aufgebaut war.

»Vielleicht später.« Sie bemerkte, dass er unter dem Tisch mit dem Bein wippte, und legte ihm eine Hand auf den Oberschenkel.

»Sorry.«

»Bist du nervös?«

»Ein wenig.«

»Du weißt, sie werden sie über den grünen Klee loben.«

»Ja.« Er warf einen Blick zur Bühne und sah dann wieder sie an. »Ich bin letztes Jahr mit ihr hier gewesen. Ohne sie ist es merkwürdig.«

»Das kann ich mir gut vorstellen.«

»Hab ich mich schon bei dir dafür bedankt, dass du mitgekommen bist?«

Maggie lächelte. »Ich bin wirklich froh, hier zu sein.«

Kapitel 24

Brayden legte den Arm um sie, küsste sie auf die Schläfe und ließ sie erst los, als die Kellner begannen, das Essen zu servieren.

»Das ist ziemlich edel für eine Benefizveranstaltung«, bemerkte Maggie, während sie ihr köstliches Steak mit Spargel probierte.

»Das Hermitage Hotel stellt den Raum zur Verfügung und macht ihnen einen super Preis für Essen und Getränke. Sie spenden auch Wochenend-Pakete für die stille Auktion. Meine Mutter hat immer von ihrer Großzügigkeit geschwärmt.«

Nach dem Essen – es gab Schokoladen-Cheesecake zum Nachtisch – begann das Programm mit einem kurzen Grußwort der Vorstandsvorsitzenden, die die Erfolge des letzten Jahres aufzählte. Dazu gehörten unter anderem die Finanzierung von Nachmittagsangeboten, um die Jugendlichen während der, wie sie es nannte, »gefährlichen Stunden« zu beschäftigen, und ein Programm, das junge Menschen, die frisch aus der Jugendpflege kamen, mit erwachsenen Mentoren zusammenbrachte.

»Meine Mutter hat für bestimmt zehn Kids als Mentor fungiert und hat mit jedem von ihnen regelmäßig Kontakt gehabt«, flüsterte Brayden. »Sie haben immer gemeinsam mit uns die Feiertage verbracht.«

»Ich wünschte, ich hätte deine Mutter kennenlernen können.«

»Ich auch. Sie hätte dich gemocht.«

Maggie lächelte ihn an und hätte ihm zu gerne einen Kuss gegeben.

»Und jetzt möchten wir die ehrenamtliche Mitarbeiterin des Jahres ehren, Kathy Thomas. Wie Sie alle wissen, haben wir Kathy vor Kurzem durch einen tragischen Unfall verloren. Ich bin mir sicher, ich spreche für viele hier im Raum, wenn ich sage, dass der ungeheure Verlust dieser großartigen Frau mit Worten nicht auszudrücken ist. Wir haben einige Fotos in einer Präsentation zusammengestellt, die ein Schlaglicht darauf wirft, wo überall in unserer Organisation Kathys segensreicher Einfluss spürbar geworden ist.«

Während Maggie auf den großen Bildschirm schaute, behielt sie aus dem Augenwinkel Brayden im Blick und sah, dass sich sein Kiefer anspannte, als die Bilder von seiner Mutter mit einer großen Anzahl von jungen Leuten und einigen Erwachsenen erschienen. In jedem einzelnen lächelte Kathy, lachte, war ganz damit beschäftigt, sich Jugendlichen in Not zu widmen. Es war offensichtlich für Maggie, dass Braydens Mutter versucht hatte, die Fehler, die sie bei ihrem eigenen Sohn begangen hatte, dadurch wettzumachen, dass sie anderen Kindern half.

Nach dem Ende der Slideshow gab es lauten Beifall.

Es folgte ein Video, in dem mehrere Kids und junge Erwachsene, mit denen Kathy gearbeitet hatte, darüber sprachen, was sie ihnen bedeutet und welchen Unterschied sie in ihrem Leben bewirkt hatte.

»Wir freuen uns sehr, heute Abend Kathys Sohn Brayden bei uns begrüßen zu dürfen, der den Preis für das ›Ehrenamtliche Engagement des Jahres‹ für seine Mutter entgegennimmt, die unermüdliche, unersetzbare Kathy Thomas.«

Brayden drückte Maggies Hand, ehe er zur Bühne ging, während alle im Raum sich erhoben und für seine Mutter applaudierten.

Maggie hatte einen Kloß in der Kehle, während sie zusammen mit den anderen aufstand und zusah, wie Brayden auf die Bühne trat, der Vorstandsvorsitzenden die Hand gab und einen langen Blick auf die Glasskulptur warf, die sie ihm überreicht hatte.

Der Applaus dauerte einige Minuten an.

»Ich danke Ihnen sehr«, begann Brayden dann. »Es ist mir eine große Ehre, heute hier zu stehen und diesen Preis für meine Mutter in Empfang zu nehmen. Sie hat diese Organisation sehr geliebt, genau wie die wunderbaren Menschen, die sie durch die Arbeit mit Ihnen allen kennengelernt hat. Wenn sie hier wäre, würde sie Ihnen sagen, dass sie keinen Preis braucht.

Tatsächlich hat sie diesen hier viele Male abgelehnt, weil für sie der Erfolg der Jugendlichen die einzige Anerkennung war, die sie brauchte – wenn sie das College abschlossen oder einen tollen Job bekamen oder eigene Familien gründeten. Sie war so stolz auf jeden Einzelnen von den jungen Leuten, die ihr ans Herz gewachsen waren, und ich nehme dankbar diese Auszeichnung für sie entgegen. Vielen Dank, dass Sie ihrer auf diese Weise gedenken. Ich weiß das wirklich zu schätzen.«

Maggies Herz zog sich unter einer Welle der Zärtlichkeit und Liebe für Brayden zusammen, die sie mit ihrer Intensität überraschte. Es war zu früh, um ihn zu lieben. Sie konnte nicht … *noch* nicht … Doch während er auf sie zukam, immer wieder innehielt, um Beileidsbekundungen entgegenzunehmen, raste ihr Herz, und das Gefühl, das sie überwältigte, konnte nichts anderes als Liebe sein.

Sie liebte ihn.

Wie war das möglich?

Ganz bestimmt war sie im Moment aufgewühlt und konnte nicht klar denken. Aber dann traf ihr Blick seinen, und alles andere trat in den Hintergrund. In einem Raum voller Leute sah sie allein ihn.

Sie liebte ihn.

Endlich war er zurück an ihrem Tisch und streckte sofort den Arm nach ihr aus.

Maggie schloss die Augen und schmiegte sich an ihn, während ihre Gedanken versuchten, mit ihrem Herzen Schritt zu halten, das ihn gewählt hatte.

Schließlich setzten sie sich wieder, doch Brayden ließ den Arm um sie liegen, was Maggie nur recht war. Sie wollte ihm nah sein.

Als die Feier zu Ende ging, entschuldigte er sich, versprach aber, gleich zurück zu sein. Maggie nutzte die Gelegenheit, um mit einigen der Mitarbeiter der Hilfsorganisation über Matthews House zu sprechen und Visitenkarten auszutauschen.

»Wir treffen uns jeden ersten Mittwoch im Monat mit den Direktoren anderer Hilfsprogramme im Sozialbereich«, sagte eine der Frauen zu ihr. »Wir würden uns freuen, wenn Sie nächstes Mal dabei wären.«

»Sehr gerne.«

»Oh, schön. Ich maile Ihnen die Information.«

»Ja, bitte.«

»Ich arbeite mit einem Kind, dem eine Reittherapie enorm helfen würde, weil es sehr gut für sein Selbstvertrauen wäre. Wären Sie bereit, auch mit Kindern, die nicht in Ihrer Einrichtung wohnen, zu arbeiten?«

Brayden kam gerade rechtzeitig zurück, um die Frage zu hören. »Für mich wäre es okay, wenn Maggie zustimmt. Sie ist der Boss.«

»Ich habe nichts dagegen. Rufen Sie mich an, damit wir etwas ausmachen können.«

Maggie wusste, dass Brayden gern aufbrechen wollte, und rechnete es ihm hoch an, dass er geduldig wartete, während sie Kontakte knüpfte.

»Ich habe nur gute Dinge über Matthews House gehört«, erklärte eine andere Frau. »Wir würden Sie gerne einmal besuchen, wenn das möglich wäre.«

»Jederzeit. Wir können eines der monatlichen Mittagessen, die Sie erwähnt haben, bei uns veranstalten, wenn Sie möchten.«

»Das wäre wunderbar.«

Maggie verließ die Veranstaltung mit dem Gefühl, neue Freunde gefunden und wertvolle Bekanntschaften gemacht zu haben. »Das war großartig,«, sagte sie zu Brayden, während sie den Ballsaal verließen. »Das sind genau die Beziehungen, die ich brauche.«

»Ich bin so froh, dass du die Gelegenheit hattest, einige der Verantwortlichen kennenzulernen. Meine Mutter hat wirklich gern mit ihnen zusammengearbeitet. Sie mochte sie so, weil ihnen die Kinder, mit denen sie arbeiten, so wichtig sind. Es ist nicht bloß ein Job, sondern eine Herzensangelegenheit.«

»Das kann ich gut verstehen. Matthews House hat sich auch nie einfach wie ein Job für mich angefühlt, und das liegt nicht nur daran, dass ich für meine Schwester und meinen Schwager arbeite. Es kommt daher, dass ich selbst an den schlimmsten Tagen weiß, dass wir etwas Wichtiges tun und Leuten helfen, die es wirklich brauchen.«

»Das stimmt, aber heute Abend arbeitest du nicht.«

»Bis wir wieder zu Hause sind, meinst du.«

»Nein. Ich meine: bis morgen Nachmittag, wenn die Kinder aus der Schule kommen.«

»Wovon sprichst du?«

Er zog einen Zimmerschlüssel aus der Tasche und zeigte ihn ihr. »Erinnerst du dich, dass ich dir gesagt habe, du sollst eine Zahnbürste einpacken?«

Maggie keuchte auf. »Wir übernachten hier?«

»Ja.«

»Aber das Haus, ich muss … Sie würden sich fragen …«

»Teresa weiß, dass du heute Abend nicht zurückkommst.«

»Oh.« Maggie war sich nicht sicher, was sie davon hielt, dass er einer ihrer Mitarbeiterinnen gesagt hatte, sie würden die Nacht zusammen verbringen.

»Sie meinte, das fände sie großartig, weil du keinen freien Tag hattest, seit du vor Monaten hier angefangen hast, und ich soll dir ausrichten, dass du dir um nichts Sorgen machen musst. Sie kümmert sich um alles.«

»Das war ja ziemlich hinterlistig von dir, Brayden.«

»Das ist mir klar, Maggie, doch ich hab mir gedacht, dass es vielleicht nett wäre, mal eine Nacht nicht vor Ort zu sein.« Er führte sie in eine schmale Nische, die vom Korridor abging, schützte sie mit seinem breiten Rücken vor neugierigen Blicken und küsste sie auf Hals, Kinn und schließlich auf die Lippen. »Wir müssen nicht bleiben, wenn du das nicht willst, aber bevor du eine Entscheidung triffst, solltest du wissen, dass es in dem Zimmer eine riesige Badewanne gibt, ich Champagner bestellt habe und das Frühstück vom Zimmerservice gebracht wird …«

Maggie schlang ihm die Arme um den Hals und zog ihn für einen Kuss zu sich. »Überredet.«

»Was war der ausschlaggebende Grund? Der Zimmerservice?«

Sie schüttelte den Kopf. »Nein, sondern dass du dabei bist.«

»Es ist also eine gute Überraschung?«

»Eine *sehr* gute Überraschung. Hast du uns wirklich ohne jedwedes Gepäck in ein Luxushotel eingecheckt?«

»Vielleicht.«

Maggie lachte. »Das dürfte dann wohl die Definition einer Sexkapade sein.«

Er umfasste ihren Hintern und drückte zu. »Damit kann ich leben, solange es eine Sexkapade mit dir ist.«

»Können wir uns jetzt das Zimmer ansehen?«

»Auf jeden Fall.« Er küsste sie erneut, bevor er seine Stirn an ihre lehnte. »Maggie ...«

»Mhm?«

»Ist das hier echt? Bist *du* echt?«

»Ich habe mich dasselbe bei dir gefragt.«

»Es ist das Beste, was mir je passiert ist, und ich will auf jeden Fall mehr davon – und von dir.«

»Das empfinde ich genauso.«

Er nahm ihre Hand. »Lass uns nach oben gehen.«

* * *

Brayden hatte erwartet, dass der Abend schwierig werden würde, und in vielerlei Hinsicht war er das auch. Die Fotos von seiner Mutter, auf denen sie mit den Jugendlichen lachte, die sie so geliebt hatte, waren eine brutale Erinnerung an das, was er verloren hatte. Aber zusammen mit Maggie hier zu sein hatte es sehr viel erträglicher gemacht, als es ohne sie gewesen wäre.

Mit Maggie zusammen zu sein machte *alles* besser. Er fand sie immer schön, doch heute Abend hatte ihr Anblick ihn förmlich umgehauen. Als er sie neben seinem Pick-up hatte stehen sehen, hatte er für einen Moment geglaubt zu träumen. Alles an ihr sprach ihn an, von der Art, wie sie mit den Gästen und Angestellten umging, bis hin zu ihrer gemeinsamen Liebe zu Pferden und ihrem Engagement für das Programm, das sie zusammen in die Tat umsetzten.

Sie berührte ihn auf eine Art und Weise, wie das keine andere vor ihr getan hatte. Sie war seine Traumfrau, und er wollte, dass ihre erste richtige Verabredung etwas Besonderes war. Darum hatte er seine Kreditkarte auch bis zum Letzten ausgereizt, um das Zimmer hier im Hotel zu buchen.

Nächste Woche würde er die erste Gehaltszahlung von Matthews House erhalten, und dann hätte er finanziell wieder etwas Luft zum Atmen. Das heute war nicht billig, aber jeden Cent wert, wenn es sie glücklich machte und ihr eine dringend benötigte Auszeit von ihrer Verantwortung brachte.

Sie nahmen den Aufzug in den fünften Stock und folgten der Beschilderung zu Zimmer 525.

Brayden benutzte die Schlüsselkarte, um die Tür zu öffnen, und hielt sie für Maggie auf, sodass sie vor ihm das elegante Zimmer mit dem großen Doppelbett, der Sitzecke und einem Marmorbad betreten konnte.

»Das ist ja unglaublich, Brayden«, sagte Maggie, während sie sich umschaute.

»Dein Vater baut selbst unglaubliche Hotels, und du hast sie vermutlich alle gesehen.«

Maggie kam zu ihm, legte ihm die Hände an die Hüften und blickte ihm in die Augen. »Dies ist etwas Besonderes. Das schönste Hotel, in dem ich je gewesen bin, weil ich mit dir hier bin.«

Sie war so süß, so anbetungswürdig, so … alles.

Brayden umfasste zärtlich ihr Gesicht und hob es sanft an, damit er sie küssen konnte. Er hätte sie stundenlang küssen können, ohne jemals genug von ihr zu bekommen.

Ein Klopfen an der Tür unterbrach seine Überlegungen. »Bin sofort zurück.«

»Ich warte.«

Er ging zur Tür und ließ den Kellner vom Zimmerservice ein, der Champagner und Pralinen brachte. Brayden zeichnete die Rechnung ab und fügte Trinkgeld hinzu. »Vielen Dank.«

»Einen schönen Abend noch.«

Er folgte dem Mann zur Tür, schloss und verriegelte sie, da sie nicht vorhatten, heute Nacht das Zimmer zu verlassen. Als er sich umdrehte, bemerkte er, dass Maggie sich die Schuhe ausgezogen hatte und am Fenster stand, wo sie die Aussicht bewunderte. Er trat hinter sie und legte ihr die Hände auf die Schultern. »Woran denkst du?«

»Daran, dass ich von hier aus fast Matthews House sehen kann.«

»Ich hätte dich weiter wegbringen sollen als bis nach Nashville.«

»Nein, das hier ist perfekt.« Sie lehnte sich gegen ihn. »Danke, dass du mir den besten Grund geliefert hast, mir eine Pause zu gönnen.«

»Ist das hier der beste Grund?«

Sie wandte sich ihm zu und sagte: »Du bist der beste Grund, den ich je hatte.«

»Geht mir genauso.«

Während er ihr in die atemberaubenden blauen Augen blickte, fragte er sich, ob sie auch nur annähernd das Gleiche empfand wie er, denn wenn es so wäre … Gott, er konnte sich nicht dazu bringen, das auch nur zu hoffen. »Wie wär's mit etwas Champagner?«

»Dazu sage ich nie Nein.«

Er öffnete die Flasche und schenkte ihnen beiden ein. »Es gibt auch Pralinen.«

»Lecker.«

Sie trank ihren Champagner und inspizierte das Konfekt. »Möchtest du eine?«

Er stellte sein Glas auf den Tisch, zog sich sein Jackett aus und legte es vorsichtig über einen Stuhl, setzte sich aufs Bett und schlüpfte aus den Schuhen. »Sicher. Such eine für mich aus.«

Maggie stellte sich zwischen seine Beine und steckte ihm eine Praline in den Mund.

»Mmm, köstlich.«

»Mhm.«

Sie teilten sich ihr Glas Champagner, und dann landete das Glas auf dem Teppich, während sie sich nach hinten aufs Bett sinken ließen, in einem Kuss, der nach Schokolade und Champagner schmeckte. Sie stießen mit den Köpfen aneinander und lachten, und dann küssten sie sich weiter, während sie an ihrer Kleidung zerrten.

»Wie zur Hölle krieg ich dich da raus?«, fragte er, frustriert von dem Overall.

»Ich muss aufstehen.«

Brayden ließ sie los, und als er versuchte, ihr mit den Knöpfen zu helfen, schob sie seine Hände weg. Er stöhnte theatralisch auf, woraufhin Maggie wieder lachte.

»Zieh dir das Hemd aus«, sagte sie. »Die Hose kann auch weg. Die brauchst du erst mal nicht mehr.«

Brayden hatte das Gefühl, statt Finger nur Daumen zu haben, während er versuchte, sich zu beeilen. Er hatte sich den ganzen Tag auf das hier gefreut. Mit ihr. Im Bett. Nackt. Stundenlang. Es konnte ihm gar nicht schnell genug gehen. Er holte mehrere Kondome aus der Tasche, warf sie aufs Bett, stieg aus seiner Hose und der Unterhose und stolperte in seiner Eile fast.

Maggie hielt sich den Mund zu, aber in ihren Augen tanzte Gelächter.

»Das ist nicht lustig.«

»Doch, ist es.«

Er setzte sich aufs Bett, winkte sie mit einem Finger heran, und sie trat zwischen seine Schenkel. »Du hast da ein paar Sachen vergessen«, meinte er und deutete mit dem Kinn auf

BH und Unterhose, die sie noch immer anhatte. »Brauchst du Hilfe damit?«

»Sicher.« Sie wandte sich von ihm ab, und das war der Moment, in dem er bemerkte, dass sie einen Tanga trug.

Er sog beim Anblick des schwarzen Stoffstreifens, der zwischen ihren Pobacken verschwand, scharf die Luft ein. »Maggie …«

»Hm?«

»Willst du mir einen Herzinfarkt verpassen?«

»Nope.«

Er umfing ihren Hintern und drückte zu. »Nun, das hast du aber fast geschafft.«

»Sonst hätten sich die Ränder meines Slips unter dem Stoff abgezeichnet.«

»Ich bin da ganz bei dir. Das wäre wirklich furchtbar.«

Brayden liebte es, sie zum Lachen zu bringen. Er öffnete ihr den BH und streifte ihr die Träger über die Schultern, ehe er ihn zu Boden fallen ließ. Maggie wollte sich umdrehen, doch er hielt sie zurück. »Warte mal einen Moment.« Er stand auf, drückte sich von hinten gegen sie, sodass seine Erektion zwischen ihren Pobacken war, und griff nach vorn, um ihre Brüste zu umfangen und die Spitzen zu liebkosen.

Sie presste sich rückwärts gegen ihn, und er sah praktisch Sterne.

Himmel, er begehrte sie, wie er noch nie irgendjemanden oder irgendetwas begehrt hatte. Ein so heftiges Verlangen war ganz neu für ihn, etwas, von dem er gehört hatte, dass es anderen passierte, das er bis jetzt aber nie selbst erlebt hatte. Bis er Maggie getroffen hatte und es plötzlich verstand. Wenn er es genauer betrachtete, hatte er einen erheblichen Teil seines Urlaubs in Key West sausen lassen, damit er mit ihr sprechen konnte, und wenn das kein Zeichen dafür war, dass sein Leben eine unerwartete Wendung genommen hatte, dann wusste er es auch nicht.

Er küsste sie auf den Nacken und liebkoste ihre Brüste, bis ihr die Knie zitterten. Er schlang einen Arm um ihren Oberkörper und legte die andere Hand flach auf ihren Bauch, ehe er sie zwischen ihre Beine gleiten ließ.

Sie schnappte nach Luft und lehnte sich gegen ihn, während er durch den seidigen Stoff ihres Tangas mit ihr spielte. Er widmete sich ihr, bis sie keuchte und sich mit ihm bewegte. Dann schob er seine Hand in ihr Höschen und bescherte ihr mit wenigen Berührungen einen explosiven Orgasmus. Er streifte ihr den Tanga über die Beine nach unten und stützte sie, während sie aus dem Stoff trat. Während sie sich zu ihm umdrehte, schnappte er sich ein Kondom und streifte es sich über.

Er dirigierte sie auf seinen Schoß, sodass sie rittlings auf ihm saß, die Arme um seinen Nacken geschlungen und den Busen gegen seine Brust gepresst. »Ist das okay?«

Sie nickte, hob die Hüften an und nahm ihn in sich auf, ließ sich langsam auf ihn sinken, bis er sie ganz ausfüllte.

Seine Hände lagen auf ihrem Hintern und hielten sie fest, während sie das Tempo bestimmte und ihn zwang, sich ihrer Führung zu überlassen. Er war mehr als zufrieden damit, ihr überallhin zu folgen, wohin sie ihn bringen wollte.

Kapitel 25

Maggie schlief so tief wie seit Monaten nicht. So hatte sie nicht mehr geschlafen, seit sie nach Tennessee gezogen war, vielleicht sogar seit Ethan sie angegriffen hatte. Als sie aufwachte, drang Sonne durch die Vorhänge, und sie hatte keine Ahnung, wie spät es war. Hoffentlich waren die Kinder ohne Probleme zur Schule gekommen, und hoffentlich war alles in Ordnung. Sie ging jedoch davon aus, dass Teresa sie verständigt hätte, wenn irgendetwas gewesen wäre, womit sie nicht allein fertigwurde.

Sie atmete aus, vergrub das Gesicht in der luxuriösen Bettwäsche und verspürte tiefe Zufriedenheit, während sie an die Nacht mit Brayden dachte. Sie döste ein, bis ihr der Duft von Kaffee und knusprigem Speck in die Nase stieg und sie sich aufsetzte.

»Guten Morgen, Dornröschen.«

Sie schob sich das Haar aus dem Gesicht, um Braydens Anblick zu genießen, während er in Unterwäsche am Tisch saß und Zeitung las. »Guten Morgen. Wie spät ist es?«

»Beinahe zehn.«

»Unmöglich.«

»Und wie das möglich ist.«

»Wow. In letzter Zeit hatte ich schon fast befürchtet, dass ich nie wieder länger als bis halb sieben schlafen könnte.«

»Jetzt hast du dir selbst das Gegenteil bewiesen.«

Maggie fand sein Oberhemd von gestern und schlüpfte hinein, bevor sie aus dem Bett stieg, um kurz im Badezimmer zu verschwinden und sich die Zähne zu putzen. Gut, dass sie auf seine Anweisung hin ihre Zahnbürste eingesteckt hatte. Sie fand es wunderbar, dass er diese herrliche Nacht fern von allem anderen für sie arrangiert hatte. Vor dem Spiegel versuchte sie ihr wirres Haar zu bändigen, ehe sie zu ihm ging und von hinten die Arme um ihn legte.

»Danke für all das hier. Ich hatte gar keine Ahnung, wie sehr ich so was gebraucht hab, bis du mich entführt hast.«

Er griff nach ihrer Hand. »Es war mir ein Vergnügen.«

Maggie lächelte und küsste ihn auf den Nacken. »Rieche ich da etwa Schinkenspeck?«

»Ja. Er ist nicht so gut wie der von Mitch, aber durchaus essbar.« Er schenkte ihr eine Tasse Kaffee ein, rührte so viel Milch unter, wie sie mochte, und reichte ihr alles.

»Danke.« Sie setzte sich auf den anderen Stuhl am Tisch und trank den ersten Schluck Kaffee, was einer ihrer Lieblingsmomente am Tag war. »Bist du schon lange wach?« Maggie bemerkte die dunklen Bartstoppeln auf seinem Kinn, die jeden Morgen dort sprossen und ihm einen rauen, sexy Look verliehen, den sie liebte – beinahe so sehr wie die glatt rasierte Version. Sie könnte den ganzen Tag lang sein Gesicht betrachten, ohne dass ihr je langweilig werden würde.

»Was guckst du so?«

»Brayden mit Bartstoppeln.«

Er rieb sich mit der Hand übers Kinn. »Treibt mich noch in den Wahnsinn.«

»Mir gefällt's.«

»Ach ja?«

»Mhm.«

»Vielleicht lass ich sie dann für dich stehen.«

»Nicht wenn es dich stört.«

»Schauen wir mal.«

Maggie verspeiste den gebratenen Speck und ein Käseomelett, das er für sie bestellt hatte, so genussvoll, als hätte sie seit Wochen nichts zu essen bekommen. »Hast du schon fertig gefrühstückt?« Sie konnte den Blick einfach nicht von seiner bloßen Brust und den Bauchmuskeln losreißen.

»Ja, ich war halb verhungert. Du hast mich völlig ausgelaugt.«

Sie lachte schnaubend. »Ich würde ja sagen, dass es genau andersrum war. Ich hab an nichts Böses gedacht, als ich plötzlich um drei Uhr nachts von einem Mann geweckt wurde, der übrigens bereits zweimal zum Zuge gekommen war.«

»Die beiden Male waren so gut, dass er einfach mehr gebraucht hat.«

Sein sexy Lächeln würde noch einmal ihr Untergang sein. Alles, was er tun musste, war, sie anzuschauen wie jetzt gerade, und es war um sie geschehen. Der Augenblick wurde unterbrochen, als Maggies Handy beim Eintreffen einer Textnachricht vibrierte.

»Das sollte ich überprüfen.«

»Nur zu.«

Sie stand auf und durchquerte das Zimmer hin zu dem Stuhl, auf dem sie ihre Tasche hatte liegen lassen. In all den Monaten, seit sie Matthews House leitete, war sie nie so lange weg gewesen. Maggie zog ihr Handy hervor und sah, dass Teresa ihr schon mehrere Textnachrichten geschickt hatte. Als sie sie las, sank ihr das Herz.

Tut mir leid, dass ich dich in deiner Auszeit stören muss. Ich dachte, du wirst wissen wollen, dass Trey letzte Nacht aus der Untersuchungshaft entlassen wurde. Corey muss sich aus dem Haus geschlichen haben, bevor wir den

Alarm eingeschaltet haben. Ich habe erst heute Morgen gemerkt, dass sie nicht mehr da ist. Der Sicherheitsdienst am Tor hat gegen zehn Uhr abends einen Uber-Wagen gemeldet. Wir haben in ihrem Zimmer nachgeschaut – sie hat alles mitgenommen.

»Mist«, sagte Maggie.

»Was ist los?«

Sie berichtete es ihm, während sie Teresa, die als Einzige außer ihr einen Schlüssel zum Büro hatte, antwortete: Geh in mein Büro, und such ihre Akte raus. Schick mir ihre letzte bekannte Meldeadresse.

Die hab ich bereits. Hier kommt sie. Sie sandte ein Foto mit der erbetenen Information.

Dann fahre ich dort mal vorbei.

Ist Brayden noch bei dir? Du solltest da nicht allein hin.

Ja, er ist hier.

Sei vorsichtig.

Maggie legte das Handy hin, hob ihre Klamotten vom Boden auf und verschwand im Bad, um zu duschen. Wenn sie nur da gewesen wäre, dann hätte sie Corey vielleicht davon abhalten können, zu Trey zu gehen. Verdammt! Sie hätte dort sein sollen! Während sie unter dem heißen Wasser stand, überlegte Maggie, wie sie die Situation am besten handhaben könnte. Corey sollte weniger als zwei Wochen nach ihrem Kaiserschnitt nicht rumlaufen. Und was, wenn Trey ihr wieder wehtat?

Brayden trat hinter ihr in die Dusche und legte ihr die Hände auf die Schultern. »Ich weiß, was du denkst, und du musst damit aufhören, dir die Schuld zu geben. Sie war wild entschlossen, ihn zu sehen, und du hättest sie selbst dann nicht aufhalten können, wenn du dort gewesen wärst.«

»Das weißt du nicht.«

»Doch, und wenn du dir eine Minute Zeit lässt und mal ruhig durchatmest, erkennst du das auch.«

»Wie kann sie nur zu ihm zurück, nach allem, was er ihr und dem Baby angetan hat?«

»Das weiß ich nicht, aber sie wäre auf jeden Fall zu ihm zurückgekehrt, ob du nun da gewesen wärst oder nicht. Vielleicht nicht gestern Nacht, trotzdem hättest du sie nicht zwingen können, bei euch zu bleiben, wenn sie das nicht wollte.«

Maggie ließ sich gegen ihn sinken.

Er legte sein Kinn auf ihre Schulter. »Du kannst sie nicht alle retten, Maggie, egal, wie sehr du dich bemühst.«

»Ich will sie aber alle retten. Ich möchte, dass sie alle sicher sind und glücklich.«

»Ich weiß, Süße. Dennoch, Menschen tun nun mal, was sie tun wollen, und du kannst sie nicht davon abhalten, schlechte Entscheidungen zu treffen.«

»Also sollte ich nicht nachsehen, wie es ihr geht?«

»Das habe ich nicht gesagt. Wir können zu ihr fahren und nach ihr schauen, doch du musst dich dafür wappnen, dass sie nicht mit dir zurückkommen will, auch wenn das im Augenblick das Beste für sie wäre.«

»Ihr Kaiserschnitt liegt nicht mal zwei Wochen zurück.«

»Ich weiß.«

Sie duschten zu Ende, zogen sich an und liefen zu seinem Auto. Keine zwanzig Minuten nachdem Maggie die Nachricht von Teresa erhalten hatte, waren sie auf dem Weg zu Coreys letzter gemeldeter Adresse, die sich nördlich von Downtown Nashville befand.

Je näher sie der Gegend kamen, desto nervöser wurde Maggie. Corey war jetzt schon mehr als zwölf Stunden lang weg. In der Zeit konnte viel passiert sein. Brayden bog nach rechts zu einem heruntergewirtschafteten Apartmentkomplex ab, und Maggie blieb fast das Herz stehen, als sie Polizei- und Feuerwehrautos auf dem Parkplatz entdeckte. »O mein Gott.«

Sie sprang aus dem Pick-up und lief zum ersten Streifenwagen, den sie erreichen konnte. »Ich bin auf der Suche nach der Frau, die im Apartment 622 wohnt.«

»Die wurde gerade ins Krankenhaus Nashville General gebracht«, antwortete der Polizist.

»Ist sie … Was ist passiert?«

»Sind Sie mit ihr verwandt?«

»Nein, eine Freundin.«

»Dann darf ich es Ihnen nicht sagen.«

Maggie kehrte zum Pick-up zurück und wäre beinahe mit Brayden zusammengestoßen, der sie an den Armen fasste. »Sie ist wieder im Krankenhaus«, teilte sie ihm mit ausdrucksloser Stimme mit, die in direktem Kontrast zu dem stand, was sie empfand. Sie wollte toben und schreien, aber das würde Corey nicht helfen. »Nashville General.«

Er ergriff ihre Hand. »Dann komm.« Brayden ging mit ihr zurück zum Pick-up und half ihr beim Einsteigen.

»Immer schön gleichmäßig weiteratmen«, ermahnte er sie, während er schneller fuhr, als er vermutlich sollte, um sie möglichst rasch zum Krankenhaus zu bringen.

Maggie zwang Luft in ihre Lungen. Sie sagte sich, dass es nichts gab, was sie hätte tun können, um Corey davon abzuhalten, zu Trey zurückzukehren, wenn es denn das war, was die junge Frau unbedingt wollte. Trotzdem fühlte sie sich für sie verantwortlich.

Brayden hielt vor dem Eingang zur Notaufnahme an. »Geh schon mal rein. Ich komme nach, wenn ich einen Parkplatz gefunden habe.«

Maggie sprang aus dem Pick-up und lief ins Krankenhaus, wünschte, sie hätte andere Schuhe als Pumps für diese Mission. »Ich bin auf der Suche nach Corey Gellar.«

»Sind Sie eine Verwandte?«, erkundigte sich die Krankenschwester hinter dem Empfangstresen.

»Nein, ich bin die Leiterin der Einrichtung, in der sie gewohnt hat. Sie hat mich als Kontakt genannt, als sie vor Kurzem hier war, um ihr Baby zu bekommen.« Maggie zeigte ihren Ausweis von Matthews House, war froh, dass sie ihn bei sich hatte. »Ich glaube nicht, dass sie hier in der Nähe Familie hat.«

»Bitte nehmen Sie Platz. Ich werde sehen, was ich tun kann.«

Maggie wollte nicht Platz nehmen, doch ihr blieb wohl nichts anderes übrig. Sie suchte in dem überfüllten Wartebereich zwei leere Stühle nebeneinander und winkte Brayden zu sich, als er ein paar Minuten später eintraf.

»Was haben sie gesagt?«

»Dass ich warten muss.«

Er nahm ihre Hand. »Atme, Maggie. Atme immer schön weiter, und hör auf, dir die Schuld zu geben.«

»Ich bemühe mich.«

Sie warteten lange Zeit, vermutlich über eine Stunde, während Maggies Anspannung und Sorge wuchsen, bis sie fürchtete, sie würde explodieren, wenn sie nicht bald etwas erfuhr. Schließlich kam eine Frau ins Wartezimmer und fragte nach den Angehörigen von Corey Gellar.

Maggie sprang auf. »Ich bin Maggie Harrington, die Leiterin von Matthews House, wo Ms Gellar bis gestern Abend gewohnt hat. Ich und ein weiteres Mitglied meines Teams sind ihretwegen hier.«

»Begleiten Sie mich bitte nach hinten.«

Maggie bedeutete Brayden, mitzukommen, und sie folgten der Frau durch die doppelflügelige Tür in ein kleines Zimmer, das lediglich mit einem Tisch und Stühlen möbliert war. Maggies Herz sank, als ein Polizist eintrat.

»Gleich wird ein Arzt mit Ihnen sprechen«, erklärte die Krankenschwester, ehe sie den Raum verließ.

Braydens Hand auf Maggies Schulter half ihr, Ruhe zu bewahren, während sie sich für das wappnete, was sie gleich hören würde.

»Was ist denn passiert?«, fragte Maggie den Cop.

»Wir sind heute Morgen um zwanzig nach acht von einem Nachbarn gerufen worden, weil er Schreie aus der Wohnung neben seiner hörte. Als wir ankamen, stand die Tür offen, und Ms Gellar lag blutüberströmt und bewusstlos auf dem Boden. Wir glauben, sie lag dort ein paar Minuten, bevor wir eingetroffen sind.«

Maggie verdaute diese Information mit wachsendem Unbehagen. »Und ihr Freund …«

»Nach dem läuft eine Fahndung.«

»Er … Er hat so was schon einmal getan. Er ist gerade erst aus der Untersuchungshaft entlassen worden.«

»Mr Williams ist kein Unbekannter für uns. Seine Akte wegen Gewaltverbrechen weist eine beträchtliche Länge auf.«

Maggie wäre am liebsten in Tränen ausgebrochen, aber sie riss sich zusammen, weil Corey sie brauchte.

Eine Frau in einem weißen Kittel kam in den Raum und stellte sich als Dr. Halstead vor.

»Wie geht es ihr?«, fragte Maggie.

»Bitte setzen Sie sich doch«, bat die Ärztin, während sie selbst Platz nahm.

Maggie ließ sich auf den Stuhl ihr gegenüber sinken.

»Soweit ich es verstanden habe, hat Ms Gellar Sie auf die Liste der zu kontaktierenden Personen gesetzt, als sie vor gut zwei Wochen hier eingeliefert wurde.«

»Ja, sie hat keine Familie in der Nähe. Und sie wohnt in unserer Einrichtung.«

»Es tut mir sehr leid, Ihnen sagen zu müssen, dass sie brutal misshandelt worden ist und sich in einem kritischen Zustand befindet.«

Maggie schluchzte auf.

Brayden lehnte sich vor und legte seinen Arm um sie.

»Wir müssen sie operieren, um die inneren Blutungen zu stoppen und die wieder aufgerissene Kaiserschnittwunde neu zu nähen.«

Bei dieser Antwort barg Maggie ihr Gesicht in den Händen. »Wird sie sich wieder erholen?«

»Das wissen wir noch nicht. Die größte Sorge bereitet uns die schwere Kopfverletzung.«

Das konnte einfach nicht wahr sein.

Die nächsten paar Stunden schienen sich wie in Zeitlupe dahinzuschleppen, während Maggie und Brayden auf Neuigkeiten warteten. Um zwei schlug Maggie vor, dass Brayden zu Matthews House rausfuhr und die Reittherapie mit den Kindern wie geplant durchführte.

»Ich möchte dich hier nicht allein lassen.«

»Mir geht es gut. Die Kinder wären sehr enttäuscht, wenn wir es ausfallen ließen.«

»Ich komme gleich im Anschluss wieder zurück.«

»Bittest du Teresa, ein Paar Jeans und Turnschuhe für mich einzupacken?«

Er küsste sie auf die Stirn. »Ich kümmere mich darum und bin so schnell wie möglich wieder da.«

»Danke nochmals für den wunderbaren Abend.«

»Es tut mir leid, dass es jetzt so endet.«

Sie lächelte schwach. »Ein weiser Mann hat mir mal gesagt, dass wir keine Kontrolle darüber haben, was andere Leute tun.«

»Vergiss das nur nicht.« Er küsste sie auf die Wange und stand auf, um zu gehen.

Maggie schaute ihm nach, dankbar für ihn und die Unterstützung, die er ihr so selbstverständlich anbot, als wäre es das Natürlichste auf der Welt für ihn, für sie da sein zu wollen. Sie erinnerte sich an etwas, das ihre Mutter ihr mal gesagt hatte, als sie wegen des Endes der ernsthafteren ihrer beiden College-Beziehungen traurig gewesen war. *Er ist dort draußen*, hatte sie erklärt, *und wenn du ihn findest, wirst du's wissen, weil er für dich da sein wird, dir zuhören wird, dich sehen wird. Der richtige Mann gibt dir das Gefühl, das Wichtigste in seinem Leben zu sein. Warte auf den Mann, und wenn er auftaucht, achte darauf, dass du es merkst.*

War Brayden dieser Mann? Der, den sie eines Tages zu finden gehofft hatte? Bei ihm konnte sie bei all diesen Punkten einen Haken setzen, und plötzlich wollte sie dringender als alles andere mit ihrer Mutter reden. Sie fand eine ruhige Ecke abseits des Wartebereichs und wählte die Nummer.

Clare ging beim dritten Klingeln ran, und es klang, als wäre sie zum Telefon gerannt. »Hey, das ist aber eine schöne Überraschung.«

»Hast du viel zu tun?«

»Ich hab nur gerade ein bisschen Yoga gemacht, bevor ich die Jungs abholen muss.«

»Ich kann auch später noch mal anrufen.«

»Nein, jetzt ist es prima. Was gibt es?«

Maggie schnürte sich die Kehle zu, und sie bekam einen Moment keine Luft und konnte auch nicht sprechen.

»Maggie? Alles in Ordnung mit dir?«

»Ja.« Sie zwang sich, sich zu beruhigen und zu tun, was Brayden ihr den ganzen Morgen lang gesagt hatte: ruhig weiterzuatmen.

»Was ist los, Maggie?«

»Ich … Ich denke, dieser Job ist vielleicht doch zu viel für mich.« Die Worte, einmal ausgesprochen, konnten nie wieder dorthin zurückgestopft werden, wo sie sie seit Monaten versteckt hielt.

»Warum denkst du das? Nach dem, was ich gehört habe, machst du das einfach großartig.«

»Eine der Frauen ist letzte Woche gestorben.«

»Ich weiß. Hast du inzwischen gehört, woran?«

»Ihre Mutter hat mir erzählt, sie habe ein vergrößertes Herz gehabt.«

»Also war das vermutlich eine tickende Zeitbombe. Du weißt, dass es nichts gab, was du hättest tun können, um ihren Tod zu verhindern, oder?«

»Wie soll ich das mit Sicherheit wissen?«

»Maggie! Es ist nicht deine Schuld.«

Sie genoss den Trost der Worte ihrer Mutter. »Die vergangene Nacht habe ich mit einem Freund in der Stadt verbracht.«

»Ich finde es nur richtig, dass du von Zeit zu Zeit auch mal freihast.«

»Ja, aber während meiner Abwesenheit hat eine unserer Bewohnerinnen beschlossen, die Einrichtung zu verlassen und zu dem Mann zurückzukehren, der sie so übel misshandelt hat, dass sie eine Frühgeburt hatte. Er ist gestern aus der Untersuchungshaft freigekommen, und heute sitze ich hier in der Notaufnahme und warte auf die Nachricht, ob sie die Kopfverletzung überleben wird, die sie abbekommen hat, als er sie erneut geschlagen hat – so brutal, dass sie notoperiert werden muss.« Ihre Stimme brach mit einem Schluchzen.

»Süße, es tut mir so leid, dass das jemandem passiert ist, der dir am Herzen liegt.«

»Sie ist so jung und hat niemanden.«

»Was vermutlich genau der Grund ist, warum sie bei der ersten sich bietenden Gelegenheit zu ihm zurückgegangen ist. Er ist der Mensch, der ihr wichtig ist, egal wie er ist.«

»Warum klingt es auf einmal so nachvollziehbar, wenn du es erklärst?«

»Es wird für dich vermutlich nie nachvollziehbar sein, weil du nicht in ihrer Situation bist. Vielleicht war er, bevor alles schlimm geworden ist, der erste Mensch, bei dem sie das Gefühl hatte, geliebt zu werden. Vielleicht glaubt sie immer noch, diesen Mann irgendwann wieder in ihm zu finden.«

»Ich hoffe nur, dass sie nach dem hier endgültig damit aufhört.«

»Du musst dich trotzdem auf die Möglichkeit gefasst machen, dass sie immer wieder zu ihm zurückwill. Du kannst nicht ihr Leben für sie leben. Du kannst nur versuchen, den Frauen in deiner Einrichtung einen Platz zu bieten, an dem sie in Ruhe ihre eigenen Entscheidungen treffen können.«

Maggie dachte über die weisen Worte ihrer Mutter nach, ließ sich von dem tröstlichen Klang ihrer Stimme einhüllen. »Danke, dass du mir zugehört hast.«

»Deine Arbeit überfordert dich nicht, Maggie. Es ist einfach nur so, dass es dir schwerfällt, emotionale Distanz zu wahren. So ist es bei dir schon immer gewesen. Dein Dad und ich machen uns Sorgen, dass dir bei diesem Job am Ende dein großes, mitfühlendes Herz bricht.«

»Echt? Ihr habt darüber geredet?«

»Ich habe Neuigkeiten, die du gerne deinen Schwestern weitersagen kannst: Wir reden die ganze Zeit über euch.«

Maggie lachte. »Warum überrascht mich das nicht?«

»Ist alles okay, Süße?«

»Irgendwann vermutlich schon. Aber das mit Corey bedrückt mich.«

»Ich bin in Gedanken bei dir – und bei ihr.«

»Danke, Mom.«

»Also, dieser ›Freund‹, mit dem du in der Stadt übernachtet hast … Möchtest du mir irgendetwas über ihn erzählen?«

»Subtilität ist immer noch nicht deine Stärke.«

»Das behaupten alle meine Töchter.«

»Er heißt Brayden, wie du sehr gut weißt, weil Jill und Kate ihre Klappe nicht halten können, und ich glaube, ich liebe ihn.«

Clare schnappte nach Luft. »Wirklich?«

»Ja, das denke ich. Er ist einfach wunderbar, klug, süß, großartig und wahrscheinlich der sexyste Typ, den ich je getroffen habe.«

»Oh, na ja …«

Maggie lachte wieder. »Du hast danach gefragt.«

»Das freut mich wirklich sehr. Was empfindet er für dich?«

»Das weiß ich nicht. Unsere Beziehung ist ja noch ziemlich neu, aber er hat die Nacht in der Stadt organisiert, was wirklich lieb war.« Maggie erzählte ihr von der Spendenveranstaltung, die sie mit ihm besucht hatte, und dass er die Auszeichnung für seine verstorbene Mutter entgegengenommen hatte.

»Wie lange liegt ihr Tod zurück?«

»Ein paar Monate. Sie ist bei einem Autounfall gestorben.«

»Der Arme. Das ist ja ganz frisch.«

»Ja, und sie war seine einzige Familie.«

»Oje. Nun, ich bin jedenfalls froh, dass er jetzt dich hat und du ihn.«

»Bitte freu dich noch nicht zu sehr, und verrate vor allem Dad nichts.«

»Ich verschweige ihm nichts. Das weißt du.«

»Hör mal, ihr seid geschieden. Warum könnt ihr euch nicht wenigstens manchmal so benehmen?«

Darüber musste Clare lachen. »Wir sind nicht geschieden, wenn es um unsere geliebten Töchter geht.«

»Ich werde es ihm selbst sagen, wenn ich dazu bereit bin, Mom. Ehrlich, bitte erzähl es ihm nicht. Er kommt sonst hergeflogen, um Brayden einer hochnotpeinlichen Befragung zu unterziehen.«

»Da hast du vermutlich recht. Genau das sähe ihm ähnlich.«

»Also bleibt es erst mal unter uns. Ich verspreche dir, ich sage es ihm, wenn die Zeit reif ist.«

»Na gut. Ich werde nicht darüber reden. Fürs Erste.«

»Wie steht es mit der Hochzeit?«, fragte Maggie, weil sie sich noch eine Weile länger mit ihrer Mutter unterhalten wollte.

»Es ist alles fertig, und wir müssen bloß noch warten. Andi hat es total einfach für uns gemacht. Nach all den Hochzeiten, die sie unter ihrer Ägide im Hotel abgehalten haben, beherrscht sie das Organisieren von so was aus dem Effeff. Sie hat nur mal angemerkt, sie habe bisher allerdings nie eine Hochzeit für eines ihrer eigenen Kinder planen müssen.«

»Stört es dich nicht, wenn sie uns so bezeichnet?«

»Nein, das habe ich schon vor Jahren hinter mir gelassen, nachdem mir bewusst geworden war, wie viel Glück ihr hattet, sie zu haben, als ich nicht für euch da sein konnte.«

»Manchmal kommt es mir vor, als sei das eine Ewigkeit her, und manchmal, als sei es erst letzte Woche gewesen.«

»Ich weiß, was du meinst. Selbst nach all diesen Jahren ist es ab und zu komisch für mich, dass ich mit Aidan verheiratet bin und nicht mit deinem Vater.«

»Das liegt daran, dass du nicht da warst, als deine erste Ehe zu Ende gegangen ist.«

»Stimmt. Und ich möchte noch anfügen, dass ich völlig verrückt nach Aidan bin. Ich liebe ihn aus tiefster Seele, und ich möchte nicht, dass du irgendetwas anderes denkst.«

»Das weiß ich.«

»Ich habe in dieser Zeit eine Menge verpasst.«

Clare hatte oft gesagt, dass sie drei Mädchen zurückgelassen habe, und als sie aus ihrem Koma erwacht sei, seien an deren Stelle drei junge Frauen da gewesen, die beinahe ganz ohne ihre Mutter erwachsen geworden seien.

»Ich wollte keine schmerzhaften Erinnerungen wecken. Tut mir leid.«

»Alles okay. Es ist unsere Geschichte, und wir stehen dazu. Und außerdem ist es am Ende gut ausgegangen und so, wie es vorherbestimmt war. Davon bin ich wirklich überzeugt.«

Coreys Ärztin kam um die Ecke, und Maggie richtete sich auf. »Mom, ich muss aufhören. Ich schreib dir nachher.«

»Du machst das schon, Maggie. Ich hab dich lieb.«

»Ich dich auch.«

Kapitel 26

Maggie steckte ihr Handy wieder in ihre Tasche und ging zu der Ärztin. »Gibt es Neuigkeiten zu Coreys Zustand?«

»Bitte kommen Sie mit.«

Mit einem unguten Gefühl folgte Maggie ihr in den gleichen Raum, in dem sie vorhin schon gewesen waren.

Die Ärztin schloss die Tür. »Sie hat die Operation überstanden und ist im Aufwachraum. Wir haben ein CT von ihrem Kopf gemacht und konnten keine Gehirnblutungen feststellen.«

»Das ist gut, oder?«

»Sehr gut sogar.«

»Ist sie schon bei Bewusstsein?«

»Leider nein, doch nach dem CT sind wir optimistischer. Trotzdem kann man jetzt nur abwarten. Sie ist noch nicht über den Berg, aber auf einem guten Weg.«

»Darf ich sie sehen?«

»Sobald wir sie in einem Zimmer untergebracht haben. Wenn Sie mir Ihre Nummer geben, lasse ich Sie dann gleich von einer der Krankenschwestern anrufen.«

»Vielen, vielen Dank.« Maggie notierte der Ärztin ihre Handynummer und kehrte in den Wartebereich zurück. Dort schrieb sie an Brayden, Teresa und Arnelle Textnachrichten und brachte sie auf den neuesten Stand.

Alle antworteten mit Erleichterung und der Bitte an Maggie, sie weiter auf dem Laufenden zu halten. Da sie etwas Zeit hatte, besorgte sie sich einen Kaffee in der Cafeteria und ging damit zu einer Bank vor dem Eingang der Notaufnahme, setzte sich in den warmen Sonnenschein und dachte über das nach, was Brayden und ihre Mutter ihr über Dinge gesagt hatten, die sie beeinflussen konnte, und solche, bei denen das nicht möglich war.

Mit der Zeit würde sie hoffentlich besser darin werden, die Rückschläge nicht persönlich zu nehmen. Oder vielleicht auch nicht. Vielleicht würde sie sich die Rückschläge ihrer Schützlinge immer zu Herzen nehmen und sich dafür verantwortlich fühlen, wenn sie jemandem mit ihrem Programm nicht auf die Weise helfen konnte, wie sie es sich erhofft hatte.

Ihr Telefon klingelte, und sie nahm den Anruf von Kate entgegen. »Hey.«

»Ich hab von Corey gehört. Wie geht es ihr? Alles in Ordnung bei dir?«

Maggie erzählte ihrer Schwester, was sie wusste.

»Ich kann erkennen, dass du dir Vorwürfe machst, Maggie, aber es ist nicht deine Schuld.«

»Ich wünschte nur, ich wäre gestern zu Hause gewesen. Vielleicht hätte ich sie davon abhalten können, zu ihm zurückzukehren.«

»Wenn sie dazu entschlossen war, hätte sie nichts aufhalten können. Nicht einmal du. Als wir dich eingestellt haben, haben wir nie erwartet, dass du rund um die Uhr im Einsatz bist. Jeder hat Anspruch auf einen freien Abend, du eingeschlossen.«

»Danke, und das ist mir klar. Trotzdem wäre mir wohler, wenn das hier nicht passiert wäre.«

»Ich weiß, aber ich möchte, dass du verstehst, es ist nicht deine Schuld.«

»Es ist nicht meine Schuld.«

»Alles, was wir tun können, Maggie, ist, die Werkzeuge bereitzustellen. Wir können die Bewohnerinnen nicht dazu zwingen, sie zu nutzen. Und darum unterzeichnen sie auch die Erklärung, dass sie uns von aller Verantwortung für sie freistellen. Weil sie Erwachsene sind und tun können, was sie wollen, selbst wenn es nicht das ist, wozu wir ihnen raten.«

Maggie erinnerte sich daran, wie nachdrücklich Ashton auf der Haftungsfreistellungsklausel, wie er es genannt hatte, bestanden hatte. Jeder, der in Matthews House einzog, unterzeichnete sie, um die Besitzer und Angestellten von jeglicher Haftung in Situationen wie dieser oder wie bei dem, was Debbie passiert war, zu befreien.

»Danke für den Anruf und dafür, dass du mich daran erinnerst, was zu meinem Job gehört und was nicht.«

»Bislang machst du deine Sache einfach großartig. Die Tatsache, dass du dir so viele Gedanken machst, wie es offenbar der Fall ist, ist für die Bewohnerinnen das Wichtigste. Das ist es, was sie am meisten brauchen. Jemanden, dem sie am Herzen liegen.«

»Stimmt. Das bieten wir ihnen auf jeden Fall.«

»Ja. Okay, und jetzt: Wie war deine Verabredung mit Brayden?«

»Wirklich großartig. Er hat für uns nach der Spendenveranstaltung eine Übernachtung in der Stadt organisiert.«

»Das ist so süß. Ich finde es total nett, dass er das getan hat. Und natürlich machst du dir jetzt Vorwürfe, weil du Spaß hattest, statt zu Hause zu sein, als Corey abgehauen ist.«

»Zumindest habe ich das getan. Inzwischen geht's mir besser. Ich hab mit Brayden und Mom gesprochen und jetzt mit dir, und ihr sagt alle das Gleiche. Es ist auch für mich ein Lernprozess, wie ich damit klarkommen kann, wenn etwas schiefläuft. Ich hab gestern bei der Veranstaltung ein paar Leute kennengelernt, und sie haben mich in ihr Netzwerk eingeladen. Ich denke, wenn ich persönlichen Kontakt mit anderen aus dem Arbeitsfeld habe, wird mir das mehr helfen als die virtuelle Unterstützung online.«

»Ja, bestimmt. Der Austausch wird dir guttun. Du machst alles richtig, Maggie, obwohl du einige schwere Wochen hinter dir hast. Hättest du nicht Lust, mit Brayden zum Dinner zu uns zu kommen und Zeit mit Poppy zu verbringen? Das wird dir helfen, dich besser zu fühlen.«

»Liebend gern. Lass mich schauen, um wie viel Uhr wir es schaffen können. Ich schreib dir nachher.«

»Wann auch immer, uns ist es recht – das ist eine offene Einladung. Das weißt du ja.«

»Natürlich. Danke für alles.«

»Ich hab dich lieb, und ich bin total stolz auf dich.«

Bei Kates Worte stiegen Maggie Tränen in die Augen. »Danke. Das bedeutet mir viel. Ich hab dich auch lieb.«

»Melde dich nachher bei mir.«

»Ganz bestimmt.«

Zwei Stunden nachdem Maggie mit der Ärztin gesprochen hatte, wurde sie per Anruf darüber informiert, dass Corey auf der Intensivstation untergebracht war. Die Krankenschwester nannte ihr die Zimmernummer. »Sie müssen sich darauf gefasst machen, dass sie ziemlich übel zugerichtet ist, aber ihr Zustand ist stabil, und sie war auch schon kurz wach, was ein echter Fortschritt ist.«

»Super. Vielen Dank. Ich bin gleich oben.«

Maggie schickte die Zimmernummer an Brayden und bat ihn, den andern Bescheid zu geben.

Mach ich, antwortete er. Bin gleich da.

Maggie sandte auch ihrer Mutter ein Update, während sie mit dem Fahrstuhl in den dritten Stock fuhr, wo sie am Eingang zur Intensivstation klingelte. Die Krankenschwester, die ihr öffnete, brachte sie zu Coreys Zimmer.

Maggie ging hinein und keuchte unwillkürlich auf, als sie die bösen Blutergüsse sah, die Gesicht, Hals und Arme der jungen Frau entstellten. Tränen traten ihr in die Augen und liefen ihr über die Wangen. Sie würde nie begreifen, wie jemand einem Mitmenschen so etwas antun konnte, vor allem jemandem, den er angeblich liebte.

Ihr brach für Corey das Herz. Sie hatte schon so viel durchgemacht. Maggie legte ihr eine Hand auf die Schulter und strich ihr mit der anderen behutsam das Haar aus dem Gesicht, das so geschwollen war, dass sie die junge Frau nicht wiedererkannt hätte, wenn sie nicht gewusst hätte, dass sie es war.

Coreys linkes Auge war zugeschwollen. Ihr rechtes öffnete sich einen Spaltbreit. Sie schnitt eine Grimasse, als sie Maggie erblickte. »Sorry«, brachte sie hervor und leckte sich die trockenen Lippen.

»Ganz vorsichtig. Versuch nicht, zu reden.«

»Ich hätte nicht …«

»Sch. Das wird schon wieder.«

»Tut weh.«

»Ich weiß.«

Corey döste wieder ein, und als sie das nächste Mal aufwachte, schien sie überrascht, dass Maggie noch da war. Die Krankenschwester war zwischendrin kurz reingekommen und hatte Maggie gesagt, Corey solle ruhig etwas trinken, daher hielt Maggie ihr den Strohhalm an die aufgeplatzte Lippe.

Den kleinen Schluck Wasser zu trinken erschöpfte sie schon.

Maggie stellte den Becher zurück auf den Tisch und wünschte, es gäbe etwas, was sie tun könnte, anstatt hilflos neben dem Bett zu stehen.

»Maggie.«

»Ja?«

Corey nahm einen tiefen Atemzug, ließ ihn wieder entweichen und schloss die Augen. »Ich glaube, ich möchte, dass du meine Mutter anrufst.«

»Das kann ich natürlich tun. Kennst du die Nummer auswendig?«

Corey nickte kaum merklich, bereute die Bewegung aber offenbar gleich und nannte ihr mit geschlossenen Augen die Nummer.

»Was soll ich ihr sagen?«, erkundigte sich Maggie.

»Alles.«

»Ich bin gleich wieder zurück.« Maggie begab sich in das Wartezimmer auf der Station, um mit Coreys Mutter zu sprechen. Die Frau ging nicht ran, daher hinterließ ihr Maggie eine Nachricht. »Hier ist Maggie Harrington, eine Freundin von Corey aus Nashville. Könnten Sie mich bitte zurückrufen?« Sie hinterließ ihre Handynummer und legte auf, hoffte, sie würde schon bald von der anderen hören.

Sie beantwortete ein paar Textnachrichten, darunter eine von Debbies Mutter aus Arizona, die erzählte, dass die Kinder gute Fortschritte machten und sich in der neuen Schule allmählich einlebten.

> Danke für die Nachricht. Bitte richten Sie den Kindern aus, dass wir sie lieb haben, und halten Sie uns weiter auf dem Laufenden.

Sie überprüfte übers Handy auch ihre E-Mails und fand eine, in der ihr ein Sergeant vom Nashville Police Department mitteilte, dass Trey die Kaution hinterlegt hatte und entlassen werden würde.

Maggie atmete lang gezogen aus. Wenn Sie diese Nachricht gestern Abend gelesen hätte, wäre Corey jetzt vielleicht nicht hier. Sie wollte gerade zu Corey ins Krankenzimmer zurückkehren, als ihr Handy klingelte. Der Nummer nach schien es Coreys Mutter zu sein.

»Hallo, hier ist Maggie.«

»Ich bin Coreys Mutter Brianne und melde mich aufgrund Ihrer Nachricht von eben. Haben Sie Corey gesehen?«

»Ja.«

»Geht es ihr gut? Ich habe seit Monaten nichts von ihr gehört.«

»Sie ist so weit okay, allerdings liegt sie im Moment im Krankenhaus.«

»O mein Gott. Seinetwegen? Ich hab ihr gesagt, er sei nicht gut für sie. Aber sie hört ja nie auf mich.«

»Sie hat eine Menge durchgemacht, und ich glaube, sie könnte Ihre Unterstützung gebrauchen. Sie ist sich darüber im Klaren, dass sie auf Sie hätte hören sollen.«

»Was ist denn passiert?«

Maggie erzählte ihr alles, was sie wusste, bemühte sich, es ihr so schonend wie möglich beizubringen.

»Ich hatte ja gar keine Ahnung, dass sie schwanger war«, sagte Brianne und klang, als würde sie gleich in Tränen ausbrechen. »Wo ist sie jetzt?«

»Auf der Intensivstation im Nashville General Hospital.«

»Ich fahre sofort los und bin in spätestens zwei Stunden da.«

»Ich bleibe hier, bis Sie kommen.«

»Danke für den Anruf.«

»Kein Problem. Bis nachher.« Als Maggie auflegte, erhielt sie eine Nachricht von Brayden.

Ich stehe vor der Intensivstation.

Sie ging nach draußen, um ihn reinzulassen, und führte ihn in den Wartebereich.

Er hielt ihr eine Einkaufstasche hin. »Kleidung zum Wechseln.«

»Gott sei Dank.«

Nachdem er die Tasche auf einen Stuhl gestellt hatte, breitete er die Arme aus. Maggie trat zu ihm und ließ sich von ihm mit seiner Kraft und dem Duft nach Leder, Pferden und Sonnenschein einhüllen, den sie für immer mit ihm in Verbindung bringen würde.

»Wie geht es ihr?«

»Sie ist wach und klar, hat allerdings starke Schmerzen. Sie sieht schrecklich aus. Ihr ganzes Gesicht ist ein einziger Bluterguss, und ihre Lippe ist aufgeplatzt.«

»Verdammter Mistkerl«, murmelte Brayden halblaut, während er sie fester an sich drückte. »Und wie geht es dir?«

»Besser als vorhin. Ich habe mit meiner Mutter und mit Kate gesprochen, und sie haben das Gleiche gesagt wie du. Ich habe begriffen, dass es noch etwas dauern wird, bis ich akzeptieren kann, dass ich den Frauen nur bis zu einem gewissen Grad helfen kann. Sie müssen willens und bereit sein, den Rest selbst zu übernehmen.«

»Genau so ist es.«

Maggie lehnte sich zurück, um ihn anzuschauen. »Wie war die Reitstunde?«

»Gut«, antwortete er lächelnd. »Travis hat jede Menge Talent, und er wird mein Musterschüler werden. Erinnert mich sehr an mich selbst in dem Alter. Jimmy und Lily sind ein bisschen übereifrig. Ich musste ihnen ins Gewissen reden, damit sie sich an die Regeln halten und die Pferde nicht aufregen. Aber es sind alles tolle Kinder. Manche sind geschickter im Umgang mit den Pferden als andere, das ist allerdings ganz normal.«

Maggie lehnte ihre Stirn an seine Brust. »Ich geh wieder zurück zu Corey. Ihre Mutter wird innerhalb der nächsten zwei Stunden hier eintreffen. Ich kann gut mit einem Taxi zurück nach Hause fahren, wenn du nicht warten möchtest.«

Er hauchte einen Kuss auf ihren Scheitel. »Natürlich bleib ich hier.«

Sie schenkte ihm ein Lächeln. »Und ich werde dich nachher mit einem Abendessen bei meiner Schwester dafür entschädigen, wenn du Lust hast.«

Warte auf den Mann, der dich wahrhaft sieht, und wenn er auftaucht, achte darauf, dass du es merkst.

Sie stellte sich auf die Zehenspitzen, um ihm einen Kuss zu geben. »Ich hab dich wirklich, wirklich gern.«

Sein Lächeln war einfach umwerfend, wie seine unübersehbare Freude über ihre Worte. »Ach ja?«

Maggie nickte.

»Das ist gut, denn ich habe dich auch wirklich, wirklich, *wirklich* gern.«

»Das sind aber eine Menge ›wirklich‹.«

Er küsste sie. »Geh und kümmere dich um Corey. Ich warte hier.«

* * *

Die ganze nächste Woche war Brayden da. Im Krankenhaus, zu Hause, in den Ställen, im Haus ihrer Schwester, im Auto und in ihrem Bett. Er schien genau zu wissen, was sie brauchte, schon bevor sie es selbst wusste. Maggie begann zu begreifen, wie es sich anfühlte, einen echten Partner zu haben, jemanden, auf den sie sich auch in schlechten Zeiten stützen konnte, mit dem sie lachen und auf den sie sich stets verlassen konnte.

Sie war rettungslos verliebt in ihn, doch sie war sich nicht ganz sicher, ob er das Gleiche für sie empfand, daher redete sie nicht mit ihm darüber, obwohl ihr die Worte auf der Zunge lagen, wann immer sie in seiner Nähe war. Sie war sich fast sicher, dass er ihre Gefühle erwiderte.

Sie erwartete ihn jede Minute hier bei Kate, und sie freute sich so darauf, ihn wiederzusehen, nachdem sie den ganzen Tag getrennt voneinander verbracht hatten, während Kates göttliche Glamour-Truppe sie und Jill für Buddys Spendengala zurechtmachte.

»Danke, dass du mich davor bewahrst, Poppy«, teilte Kate ihrer kleinen Tochter mit, die sie auf dem Arm hatte, während sie bei der Verwandlung ihrer Schwestern zuschaute. Heute hatte Kate lediglich Jeans und ein lässiges T-Shirt an und hatte die Haare zu einem Pferdeschwanz zusammengenommen. Sie wollte dabei sein, während sich ihre Schwestern fertig machten, aber wie sie mehrfach erklärt hatte, war sie heilfroh, nicht selbst gehen zu müssen.

»Poppy hat geantwortet: ›Bitte, gerne, Mommy‹«, erklärte Jill.

»Sie weiß ganz genau, dass ihre Mommy genug offizielle Auftritte bei Veranstaltungen dieser Art hatte und keine weiteren zu ihrem Glück braucht.«

»Mommy ist langweilig«, erklärte Jill mit einem neckenden Lächeln zu Kate.

»Damit hab ich kein Problem, solang ich bei meiner süßen kleinen Poppy zu Hause bleiben kann.«

»Und bei ihrem Daddy«, fügte Reid hinzu, der reinkam, um nachzuschauen, wie weit sie waren. »Ihr seht echt klasse aus.«

»Ich finde uns geradezu atemberaubend«, scherzte Jill und warf sich neben Maggie in Pose.

Jill hatte ein mitternachtsblaues Abendkleid an und Maggie ein rotes. Sie hatten von Kates Angebot, auf die Dienste ihrer

Stylistin zurückzugreifen, keinen Gebrauch gemacht und waren selbst zu einem Einkaufsbummel aufgebrochen.

»Wow«, entfuhr es Ashton, als er in seinem Smoking zu ihnen stieß. Er deutete mit dem Finger auf Jill. »Ich nehme die da.«

»Gut, denn die andere gehört mir.«

Maggie hatte nicht gemerkt, dass Brayden hinter Ashton ins Zimmer getreten war, daher war sie nicht darauf vorbereitet gewesen, seine Stimme zu hören oder ihn im Smoking zu sehen.

»Ihr gebt ordentlich gekämmt und hübsch zurechtgemacht alle ein nettes Bild ab«, meinte Reid.

Brayden ging zu Maggie, legte den Arm um sie und küsste sie auf die Wange. »Du bist wunderschön.«

»Ich könnte von dir das Gleiche behaupten. Der Smoking ist sexy.« Sie hob eine Hand, um seine Bartstoppeln zu berühren. »Das Gesamtpaket ist umwerfend.«

»Ebenso.« Sie starrten einander voller Sehnsucht an.

Wenigstens war es für sie so. Die acht Stunden, seit sie an seiner Seite aufgewacht war, hatten sich endlos hingezogen, und sie wünschte sich, sie müssten nirgendwohin und könnten einfach zusammen sein. Sie überprüfte ihr Handy und fand eine Nachricht von Corey.

> Vielen, vielen Dank für alles, Maggie. Ich werde morgen aus dem Krankenhaus entlassen und fahre dann mit meiner Mutter nach Hause. Danke, dass du meine Sachen hergebracht hast und dass du in dieser schlimmen Zeit für mich da gewesen bist. Es tut mir leid, dass ich dich und die anderen enttäuscht habe, indem ich zu Trey zurückgegangen bin. Den Fehler werde ich nicht noch einmal machen. Das verspreche ich. Eines Tages, wenn ich mein Leben auf die Reihe gekriegt habe, möchte ich

zurückkommen und euch sehen. Ihr habt mir das Leben gerettet, das werde ich euch nicht vergessen.

Maggie blinzelte Tränen zurück, während sie die Zeilen las, und tippte ihre Antwort. Ich freue mich so für dich, dass du dich besser fühlst und nach Hause kannst. Wir sind immer für dich da. Melde dich jederzeit, und komm bitte zu Besuch. Du bist stets willkommen in Matthews House. XOXO.

»Alles okay, Maggie?«, wollte Kate wissen.

»Ja, ich hab nur gerade so eine süße Nachricht von Corey bekommen. Sie darf morgen das Krankenhaus verlassen und fährt mit ihrer Mutter nach Hause.«

»Wie schön, dass es ihr besser geht.«

»Ja, wirklich. Und sie schreibt, sie sei mit Trey fertig.«

»Was für eine Erleichterung.«

Maggie schaltete ihr Handy aus und steckte es in ihre Clutch, entschlossen, den Abend zu genießen. Heute hatte Teresa Dienst, die mehr als fähig war, mit allen möglichen Schwierigkeiten fertigzuwerden.

»Bereit zum Aufbruch?«, fragte Ashton. Er hatte den Kürzeren gezogen und war zum Fahrer des Abends bestimmt worden, wofür er sich Reids SUV geliehen hatte.

»Jederzeit, wenn du es bist«, erklärte Jill.

»Habt Spaß, Kinder«, gab Kate ihnen mit auf den Weg. »Und bleibt nicht zu lange weg.«

»Und die Kondome nicht vergessen«, fügte Reid hinzu, worüber sie alle lachen mussten.

»Sei still, Dad«, sagte Ashton.

»Ja, sei still, Dad«, wiederholte Brayden.

Maggie liebte es, wie Brayden sich einfügte, als hätte er schon immer dazugehört. Es war einfach nur ein weiterer Punkt auf der langen Liste von Gründen, aus denen sie ihn liebte. Ihr Herz floss über vor Liebe zu ihm, ihren Schwestern, ihrer kleinen

Nichte und vor Glück wegen ihres neuen Lebens. Trotz all der Komplikationen und Sorgen war ihr Job wichtig und lohnend, was sie jeden Tag aufs Neue feststellte. Wie zum Beispiel vorhin, als Travis ihr so überschwänglich für die Reitstunden gedankt hatte.

Es ist einfach das Tollste auf der Welt.

Da sie inzwischen gelernt hatte, jeden kleinen Erfolg zu genießen, freute sie sich still über die Worte des Jungen, während Ashton sie in die Stadt kutschierte.

Kapitel 27

Maggie, Brayden, Jill und Ashton schritten über den roten Teppich und posierten für Fotografen, die Maggie und Jill als Kates Schwestern erkannten, vermutlich wegen des gemeinsamen Interviews, das sie kürzlich gegeben hatten.

»Wer ist Ihr Date, Maggie?«

»Oh, äh, das ist Brayden.«

Braydens Hand auf ihrem Rücken sorgte dafür, dass Maggie sich sicher und geliebt fühlte. Mit ihm zusammen zu sein machte alles besser – es machte einfach alles mehr Spaß mit ihm –, und der heutige Abend bildete da keine Ausnahme.

Bei Buddys Gala ging es insgesamt um Spaß. Nach dem Essen und einem Auftritt ihrer berühmten Gastgeber öffneten sich die Türen zu einem zweiten Ballsaal, in dem ein Jahrmarkt aufgebaut war, komplett mit jeder Menge Buden, an denen es Zuckerwatte, Erdnüsse, Popcorn oder Fettgebäck gab, und einem riesigen Schokoladenbrunnen in der Mitte des großen Raums.

»O mein Gott«, keuchte Brayden, und seine Augen strahlten auf. »Das ist ja großartig.«

»Buddy macht keine halben Sachen«, stellte Ashton fest. »Letztes Jahr haben die Spiele dreihunderttausend Dollar eingebracht.«

»Ernsthaft?«, fragte Brayden. »Das ist ja der Wahnsinn.«

»Ich weiß. Also lasst uns mithelfen.«

Sie blieben an jeder Bude stehen: Sie angelten Enten und Fische, warfen Münzen auf Felder und mit Dartpfeilen auf Ballons, zielten mit Maissäckchen auf Löcher und versuchten sich am Glücksrad. Maggie fand heraus, dass Brayden ein toller Schütze war. Er traf jedes Ziel – selbst die, die sich bewegten – und gewann drei riesige Stofftiere für sie.

»Froggie wird so eifersüchtig sein, wenn ich die mit nach Hause bringe«, sagte sie, während sie unter der Last der Preise fast zusammenbrach.

Nach zwei Stunden mit jeder Menge Spiele und viel zu viel Zuckerwatte kam Jill zu ihnen, ein Stofftier unter jedem Arm. »Seid ihr so weit, nach Hause zu fahren?«

»Eins noch.« Brayden dirigierte Maggie zum Ringewerfen. »Das kann ich besonders gut.«

»Du kannst das alles richtig gut!«

»Und das war erst der Anfang, Baby. Pass mal auf. Mein Großvater hat mir, als ich sechs war, beigebracht, wie man mit dem Lasso Kälber fängt, und ich verfehle mein Ziel nie.«

Maggie verfolgte, wie er geschickt acht Ringe über acht Flaschen warf und damit sogar den leicht erschöpft wirkenden Typen beeindruckte, der das Spiel betreute.

»Sie können sich irgendetwas vom obersten Regal aussuchen«, erklärte er Brayden.

»Ich will den Schmuck.«

Der Mann griff nach dem grellbunten Set Modeschmuck in Gold mit riesigen rosafarbenen Steinen und reichte es ihm. »Super gemacht. Niemand trifft alle.«

»Danke.« Brayden löste die Teile von der Pappe und legte sie Maggie an: ein Diadem, lange Ohrringe, eine Kette, ein Armband und einen Ring, den er ihr auf den Ringfinger der linken Hand steckte, bevor er ihr einen Kuss auf den Handrücken gab.

Ihr stockte von der Intensität in seinen Augen der Atem.

Dann schaute er sie direkt an und küsste sie, bevor er ihr zuflüsterte: »Du bist meine Königin.«

Maggie wäre fast zu Boden gesunken, ließ dann aber nur die Stofftiere fallen, schlang Brayden die Arme um den Hals und küsste ihn mitten auf den Mund. Es war ihr egal, wer sie sah. Welche Frau verschwendete schon Gedanken an so was, wenn der Mann, den sie liebte, sie mit Juwelen behängte und seine Königin nannte?

»Äh, Leute«, unterbrach Ashton sie und räusperte sich. »Hallo?«

»Vielleicht müssen wir die Feuerwehr rufen, um sie voneinander zu trennen«, sagte Jill.

Maggie hörte sie, wollte den besten Kuss ihres Lebens jedoch nicht beenden. Noch nicht.

Brayden lächelte an ihren Lippen und löste sich langsam von ihr, anscheinend genauso widerstrebend wie Maggie.

»Schicker Schmuck«, stellte Jill fest.

»Willst du, dass ich auch was für dich gewinne, Süße?«, erkundigte sich Ashton.

Brayden schnaubte. »Äh, nichts für ungut, Herr Anwalt, aber da kannst du nicht gewinnen.«

»Wetten?«

»Absolut.«

Jill verdrehte die Augen und wechselte einen Blick mit Maggie, während sie zurücktraten, um die Jungs diesen testosterongeladenen Moment auskosten zu lassen.

Brayden war zuerst dran und hatte wieder bei allen acht Flaschen Erfolg.

Maggie klatschte begeistert Beifall. »Gut gemacht, Babe!«

»Er hat ganz schön vorgelegt, Schatz«, meinte Jill zu Ashton. »Blamier mich nicht.«

»Einen Kuss fürs Glück«, verlangte Ashton.

Jill kam dem hingebungsvoll nach. »Und jetzt zeig's ihm, Tiger.«

Ashton traf die ersten sieben, während Jill sich aufführte, als wäre sie eine Cheerleaderin beim Homecoming. Er hielt den letzten Ring in der Hand und musterte die Flaschen abschätzend, bevor er den Ring durch die Luft segeln ließ und sein Ziel knapp verfehlte.

Brayden schrie triumphierend auf und reckte die Faust in die Luft. »Wir nehmen ein weiteres Schmuckset für die Schwester meiner Freundin, bitte.«

Während Maggie noch verarbeiten musste, dass Brayden sie seine »Freundin« genannt hatte, tröstete Jill Ashton.

»Du warst so nah dran, Baby.«

»Ich will Revanche«, verkündete Ashton.

»Nächstes Jahr«, erwiderte Brayden mit einem selbstgefälligen Grinsen. »Dann hast du Zeit zum Üben.«

Ashton bedachte ihn mit einem freundlichen Grinsen. »Fick dich.«

Brayden lachte so heftig, dass ihm Tränen in die Augen traten, und Maggie genoss das alles – den Spaß, die Frotzeleien, die Liebe, die Freundschaft und das tiefe Glück, anders als alles, was sie je erlebt hatte. Brayden sammelte ihre Stofftiere auf, klemmte sich je eins unter den Arm und gab das letzte Maggie. Er zwinkerte ihr zu, während sie Jill und Ashton zum Ausgang folgten, wo Buddy und Taylor Hof hielten.

»Tausend Dank für diesen wunderbaren Abend.« Jill umarmte die beiden. »Das ist das beste Fundraising-Event aller Zeiten.«

»Schön, dass ihr so viel Spaß hattet«, sagte Taylor. »Deine Schwester ist Sponsorin des Jahrmarkts, aber sie bleibt lieber hinter den Kulissen. Das war vor ein paar Jahren ihre Idee, und es ist immer ein großer Erfolg.«

Maggie erinnerte sich an den Jahrmarkt, der jeden Frühling an den First Beach in Newport kam, und wie Kate sich immer darauf gefreut hatte. Sie fand es toll, dass ihre Schwester diese geliebte Kindheitserinnerung zu einem Teil von Buddys und Taylors Benefizgala gemacht hatte, ohne das an die große Glocke zu hängen.

»Danke, dass wir dabei sein durften.« Maggie umarmte Buddy und Taylor. »Wir hatten total viel Spaß.«

»Ich bin froh, dass ihr kommen konntet«, antwortete Buddy. »Kate ist so glücklich, dass sie ihre Schwestern in der Nähe hat. Und wenn sie glücklich ist, sind wir es auch.«

Ashton schüttelte Buddy die Hand. »Überprüf mal die Bude mit dem Ringewerfen. Ich glaube, da wird geschummelt.«

Brayden lachte laut. »Geschummelt, ja klar. Krieg erst mal etwas Dreck unter deine manikürten Fingernägel, dann kannst du auch besser zielen.«

Buddy brach in Gelächter aus. »Ich liebe ihn. Hättest du vielleicht Lust, mal zu unserem monatlichen Pokerspiel dazuzukommen?«

Brayden schien überrascht von dem Angebot. »Oh, äh, sicher. Gern.«

»Ich wette, dabei schummelt er auch«, brummte Ashton.

Brayden gab ihm einen Schubs, und dann wandten sich alle zur Tür.

Maggie liebte es, wie er und Ashton bis zum Auto frotzelten, wie zwei Freunde, die einander schon ewig kannten. Sie hatte immer gewusst, dass sie niemals eine ernsthafte Beziehung mit einem Mann würde haben können, den ihre Eltern und ihre Schwestern nicht mochten, aber jetzt wurde ihr klar, wie wichtig es war, dass auch Reid und Ashton gut mit ihrem Partner klarkamen, da sie so viel Zeit mit ihnen verbrachte.

Ashton mochte Brayden, sonst würde er ihn nicht so aufziehen, und das galt umgekehrt genauso.

Sie luden die ganzen Stofftiere in den Kofferraum von Reids SUV und machten sich auf den Rückweg.

In der Minute, in der sie im Auto waren, griff Brayden nach Maggie und begann sie zu küssen.

»Treiben die beiden es etwa im Auto meines Vaters?«, fragte Ashton Jill.

»Sieht fast so aus.«

»Lass bloß die Hose zu.«

»Klappe halten«, murmelte Brayden, »und fahren. Ich muss nach Hause. Und zwar schnell.«

Maggie kicherte und legte ihm eine Hand in den Nacken, um ihn wieder an sich zu ziehen. Ihn zu küssen war eine ihrer Lieblingsbeschäftigungen geworden.

»Aufhören, Kinder«, meldete sich Jill einige Zeit später. »Wir sind zu Hause.«

Maggie löste sich von Brayden und stellte überrascht fest, dass sie wieder bei Kate waren. »Danke, dass du gefahren bist, Ashton.«

»Ich würde ja sagen, war mir ein Vergnügen, aber ich glaube, das war es eher für dich.«

»Das auf jeden Fall. Bis dann!«

Brayden griff sich Maggies Stofftiere aus dem Kofferraum des SUV und warf sie auf den Rücksitz seines Pick-ups. »Wir holen dein Auto morgen.« Er legte ihr die Hände auf die Hüften, hob sie auf den Beifahrersitz und stahl sich einen weiteren Kuss, bevor er sie anschnallte und die Tür schloss.

Das hier war die beste Nacht überhaupt. Maggie berührte die kitschige Kette um ihren Hals, und plötzlich hatte sie einen witzigen Einfall, während sie darauf wartete, dass Brayden einstieg.

Auf der ganzen Fahrt ließ er ihre Hand nicht los. »Das heute war toll. Ich hatte so viel Spaß. Danke, dass du mich gefragt hast, ob ich dich begleiten will.«

»Es war sehr lustig.«

»Ich kann nicht glauben, dass Buddy Longstreet mich zu seinem Pokerabend eingeladen hat.«

»Er mag dich. Das tun sie alle.«

»Solange du das tust, ist alles in bester Ordnung.«

»Ich mag dich, Brayden.« *Ich liebe dich, Brayden. Ich liebe dich so sehr, dass mir bei dem Versuch, meine Liebe zu dir irgendwie unter Kontrolle zu halten, ganz schwindelig wird.*

Im Haupthaus angekommen, schaltete Maggie die Alarmanlage an, bevor sie und Brayden sich in ihr Apartment zurückzogen, wo sie unterdessen jede Nacht miteinander verbrachten. Da alle, die hier arbeiteten, davon begeistert zu sein schienen, dass sie zusammen waren, hatte Maggie beschlossen, den besten Rat ihrer Mutter zu befolgen und sich nicht weiter den Kopf zu zerbrechen, weil sie etwas mit einem Mann hatte, der technisch betrachtet ihr Angestellter war.

Sie vertraute darauf, dass er genauso professionell damit umgehen würde wie sie, und lebte jetzt nach dem Motto »Ist mir völlig egal, was alle anderen davon halten«.

»Was ist so lustig?«

»Wie wenig es mich stört, ob die anderen wissen, dass wir miteinander schlafen. Ich bin jetzt im Land von ›Ist mir völlig egal‹ angekommen.«

Lächelnd fasste er sie an den Hüften und küsste sie. »Ich liebe dieses Land. Es ist das beste Land überhaupt. Wie Oz.«

»Ja, nur besser, weil es echt ist.«

Er strich ihr über den Hintern und zog sie an sich und seine Erektion. »Mhm, so echt und so gut.«

»Warte mal eine Sekunde, okay?«

»Solange es wirklich bloß eine Sekunde ist.«

»Du musst mich loslassen.«

»Will ich aber nicht.« Er küsste sie auf den Hals und auf die Lippen, bevor er sie freigab. »Bitte beeil dich, bevor ich vor unerfüllter Lust einen Schlaganfall erleide.«

Maggie lachte, während sie ihm den Rücken zuwandte und auf ihren Reißverschluss deutete. »Das gibt es gar nicht.«

Er öffnete den Reißverschluss, küsste sich ihren Rücken hinab und biss sie leicht in die linke Pobacke. »Aber das wird es geben, wenn du mir nicht bald Erleichterung verschaffst. Es kann nicht gesund sein, so lange eine Erektion zu haben.«

Sie lächelte ihn über die Schulter hinweg an, während sie sich von ihm entfernte. »Immer langsam mit den jungen Pferden, Cowboy.«

»Lange geht das nicht mehr gut.«

Maggie verschwand in ihrem Schlafzimmer, schloss die Tür und zog alles bis auf den Schmuck aus. Nach einem kurzen Zwischenstopp im Badezimmer, wo sie sich die Zähne putzte, zündete sie zwei Kerzen auf dem Nachttisch an und streckte sich in provokanter Pose auf dem Bett aus. »Komm rein.«

Die Tür öffnete sich so schnell, dass Brayden direkt davorgestanden und auf ihre Worte gewartet haben musste. Er hatte sich bis auf seine Hose entkleidet, die er schon aufgeknöpft hatte.

»O ja«, sagte er, und seine Augen funkelten bewundernd. »Ja, ja, ja.«

»Sollte das nicht eigentlich von mir kommen?«

»Du bist so süß und so lustig und so sexy, und ich lie…«

Maggie hielt den Atem an.

Er drückte sie aufs Bett. »Ich liebe es, mit dir zusammen zu sein.«

Ihre Atmung setzte wieder ein, und sie streckte ihm die Arme entgegen. »Ich liebe es auch, mit dir zusammen zu sein.«

Er hielt sie an sich gepresst und barg sein Gesicht in ihrem Haar. »Ich bin noch nie so gerne mit jemandem zusammen gewesen wie mit dir.«

Maggie seufzte vor Erleichterung tief auf. Er liebte sie auch, hatte jedoch wahrscheinlich die gleichen Vorbehalte wie sie, das so schnell laut auszusprechen. »Geht mir genauso, Cowboy. Jemanden wie dich findet man nur einmal in einer Million.«

Danach gab es keine Worte mehr, sondern bloß sinnliche Küsse, zärtliche Berührungen, heiße Leidenschaft und Liebe. So viel Liebe.

Doch als sie am Morgen aufwachten, war Braydens schlimmster Albtraum wahr geworden.

* * *

Brayden tauchte langsam aus dem Schlaf auf, genoss noch ein paar Minuten Maggies süßen, weichen Körper, mit dem sie sich an seinen schmiegte. Nachdem er jahrelang nur belanglose Begegnungen mit Frauen gehabt hatte, hatte er sich angewöhnt, sich seine Stiefel zu schnappen und nach dem Sex zu verschwinden, da er lieber allein schlief. Aber wie alles andere hatte sich das geändert, seit Maggie in sein Leben getreten war. Nach drei kurzen Wochen mit ihr war die Vorstellung, nicht das Bett zu teilen, unvorstellbar geworden.

Sie schlummerte immer noch fest, also küsste er sie auf die Schulter und stand auf.

Während er seine Hose vom Boden aufhob und sein Hemd vom Couchtisch fischte, dachte er über die letzte Nacht nach und darüber, wie perfekt sie gewesen war. Ins Schlafzimmer zu kommen und Maggie bis auf den quietschbunten Schmuck nackt vorzufinden, war einer der besten Momente seines Lebens gewesen. Es war so großartig gewesen, dass er ihr beinahe gestanden hätte, dass er sie liebte.

Was er tat. Natürlich liebte er sie. Wie auch nicht?

Doch es war zu früh dafür, das auszusprechen, oder wenigstens glaubte er das. Bloß wie sollte er wissen, wann der richtige Zeitpunkt dafür gekommen war? Er war noch nie verliebt gewesen. Nicht so wie jetzt. Alles daran, an ihr, war anders. Wenn sie ihn anlächelte, verschwand die Unruhe, die er so lange mit sich herumgetragen hatte, und ein Gefühl von Zufriedenheit überkam ihn, das er unbedingt festhalten wollte.

Als er angezogen war, begab er sich in die Küche, um sich etwas von Mitchs Kaffee zu holen. Er hätte ein paar Klamotten mit in Maggies Apartment bringen sollen, damit er nicht in seinem Smoking von gestern Abend durchs Haus laufen müsste. Na ja, es war nur Mitch, und der fand es gut, dass Brayden und Maggie ein Paar waren.

Mitch arbeitete sieben Tage die Woche, auch wenn Maggie ihm gesagt hatte, er solle sich einen Tag freinehmen. Er hatte ihr versichert, dass er das nicht wolle, dass er sich langweilen würde, wenn er bloß zu Hause rumsäße, und dass ihm die Arbeit einfach Spaß mache. Er hatte Brayden anvertraut, dass er und seine Frau keine Kinder bekommen konnten, und er liebte es, hier bei den vielen Kindern zu sein.

»Morgen«, sagte Brayden, als er in die Küche trat, in der wenig los war, weil Sonntag war.

»Morgen.«

Brayden ging direkt zur Kaffeemaschine.

»Wie war es gestern Abend?«

»Super. Wir hatten jede Menge Spaß.«

»Das ist schön.«

Brayden füllte sich einen Becher, goss Milch hinein und nahm den ersten lebensrettenden Schluck, bevor er sich zu Mitch umwandte.

Der andere Mann musterte ihn mit einem merkwürdigen Ausdruck in seinem sonst so stoischen Gesicht.

»Was?«

»Da steht irgendwelcher Mist über dich im Internet.«

Das klang nicht gut, und bevor er auch nur ahnte, wovon Mitch redete, wusste Brayden irgendwie, dass diese Neuigkeiten alles für ihn ändern würden – ein weiteres Mal. »Welche Art von Mist?«

»Eine dieser Entertainment-Websites hat ein Bild von euch vieren gepostet und darüber berichtet, dass Maggie und ihre Schwester Jill Kate bei Buddys und Taylors jährlicher Gala vertreten haben.«

»Okay …«

»Jemand hat in einem Kommentar daruntergeschrieben, dass er dich aus dem Jugendknast kennt und dass du einen Typen fast totgeschlagen hättest und jetzt mit Kate Harringtons Schwester abhängst. Er hat ein Interview gegeben …«

Brayden hob eine Hand. Er hatte genug gehört. Er stellte den Kaffeebecher ab, ging aus dem Haus und zu den Ställen, wobei seine Schritte immer länger wurden. Er musste hier weg, aber er konnte nicht ohne Sunday verschwinden. Also sattelte er sie schnell und effizient und führte sie nach draußen.

Verdammt, er konnte nicht ohne Stiefel reiten.

Er band Sunday fest und lief nach oben, schlüpfte so schnell wie möglich in Jeans, Arbeitshemd und Stiefel und kam wenige Sekunden später wieder die Treppe runtergelaufen.

Derek öffnete seine Wohnungstür. »Brayden? Was ist los?«

»Nichts. Nichts ist los.« Er fühlte sich innerlich wie tot. All die Liebe, die er für Maggie verspürt hatte, als er aufgewacht war, war zu Eis erstarrt, zusammen mit jeder Hoffnung und jedem Traum, den er je für sich gehabt hatte. Die Leute würden wissen, was er getan hatte, und sie würden ihre Kinder nie wieder in seine Nähe lassen. Seine Karriere und sein Auskommen waren ruiniert, zusammen mit seinem Ruf, für den er so hart gearbeitet hatte. Maggies Familie würde zu Recht ausflippen, wenn sie herausfanden, was er getan hatte, und sie würden ihn nie wiedersehen wollen.

Er musste weg, und zwar jetzt sofort.

Brayden schwang sich auf Sundays Rücken und lenkte sie zu dem Weg, der zu der hinteren Straße vom Matthews-Besitz führte, trieb das Pferd dazu an, ihn so schnell wie möglich von hier wegzubringen. Er würde später nach seinem Pick-up, dem Anhänger und den anderen Sachen schicken. Im Moment war ihm nur wichtig, von hier zu verschwinden.

Als er vom Hof ritt, hörte er, wie Mitch ihm hinterherrief, aber er wurde nicht langsamer und blickte nicht zurück zu dem Ort, an dem er so glücklich gewesen war.

Hier gab es nichts mehr für ihn außer den Erinnerungen, die er für immer mit sich tragen würde.

Kapitel 28

Maggie wachte davon auf, dass Mitch Braydens Namen rief. Sie schüttelte den Kopf, um wach zu werden, und setzte sich auf, versuchte, sich zurechtzufinden. Irgendetwas stimmte nicht. Es passte überhaupt nicht zu Mitch, so zu schreien. Sie ging ins Badezimmer, um sich, so schnell sie konnte, zu waschen und anzuziehen, und eilte dann in die Küche, wo sie Mitch und Derek vorfand, die beide grimmig dreinschauten.

»Was ist los?« Dabei wollte sie es eigentlich gar nicht wissen. Sie wollte nicht, dass irgendjemand einen Schatten auf das Licht warf, das nach dem wunderbaren Abend mit dem Mann, den sie liebte, so hell in ihr schien.

»Brayden ist weg.«

»Wie ›weg‹?«, fragte sie verwirrt.

Die zwei Männer wechselten einen Blick, und Maggies Nerven spannten sich zum Zerreißen. »Würde einer von euch mir jetzt bitte verraten, was zur Hölle los ist?«

»Da stand was im Internet«, begann Mitch zögernd, brachte die Worte offenbar nur mit Mühe heraus. »Jemand, der mit Brayden im Jugendknast war, hat ihn auf einem Foto erkannt …«

In zwei Sekunden hatte Maggie die Puzzleteile zusammengesetzt. »Wo ist er hin?«

»Er ist mit Sunday vor etwa zehn Minuten vom Hof geritten.«

»Derek, helfen Sie mir, Thunder fertig zu machen. Schnell.« Während er sich zur Tür wandte, rannte Maggie zurück in ihr Apartment, stieg in ihre Reitstiefel, steckte sich ihr Handy in die Gesäßtasche und war keine halbe Minute später wieder in der Küche.

»Sei vorsichtig, Maggie«, rief Mitch ihr hinterher.

Sie winkte ihm zu, damit er wusste, dass sie ihn gehört hatte. Derek wartete mit Thunder glücklicherweise schon in der Auffahrt und hielt die Zügel, während sie sich in den Sattel schwang.

»Er ist in die Richtung verschwunden«, sagte Derek und zeigte auf den Pfad hinter den Ställen. »Wahrscheinlich will er den Feldweg vom Gelände runter nehmen.«

»Danke.« Sie ließ Thunder weit ausgreifen, hoffte, dass er noch Feuer im Hintern hatte, denn sonst würden sie es nicht schaffen. Aber das mussten sie. Und dann würde sie ihre ganze Liebe brauchen, um Brayden da hindurchzuhelfen. Doch es würde ihr gelingen, denn sie durfte ihn nicht verlieren.

Auf keinen Fall.

Sie ritt, als würde ihr Leben davon abhängen, was ja vielleicht auch tatsächlich der Fall war. Nach den wundervollen Wochen, die sie miteinander verbracht hatten, war ein Leben ohne Brayden für sie inzwischen unvorstellbar.

Thunder gab alles, und nach einer Viertelstunde entdeckte sie Brayden vor sich, auf dem Weg zur Grenze des Besitzes. Vor ihm befand sich ein Gatter, das er öffnen musste.

Glücklicherweise musste er dafür absteigen, was ihr die Gelegenheit gab, zu ihm aufzuschließen. »Brayden, stopp!«

Er schaute sie nicht an und verriet auch nicht durch irgendeine andere Reaktion, dass er ihre Anwesenheit bemerkt hatte.

Maggie beugte sich vor und griff nach Sundays Zügeln, ein riskantes Manöver, bei dem sie fast den Halt verloren hätte. Es gelang ihr mit Mühe, im Sattel zu bleiben, ohne Braydens Pferd loszulassen. Sie wusste, dass er niemals ohne Sunday gehen würde.

Vor einer Stunde hätte sie ihr Leben darauf verwettet, dass er auch nicht ohne sie gehen würde. Doch da hatte sie sich offenbar getäuscht.

»Gib mir die Zügel, Maggie.«

»Erst wenn du mit mir redest.«

»Da gibt es nichts zu bereden.« Er sah sie nicht an, warf nicht mal einen Blick in ihre Richtung. Er strahlte nichts als Hoffnungslosigkeit und tiefe Verzweiflung aus.

»Brayden, bitte. Wir können das gemeinsam durchstehen.«

»Bist du übergeschnappt? Wir können da nichts durchstehen. Mein Leben ist ruiniert, und ich will verdammt sein, wenn ich dich mit in den Abgrund reiße. Jetzt gib mir mein verdammtes Pferd, und reite nach Hause. Es gibt nichts mehr zu sagen.«

»Ich habe aber noch einiges zu sagen.« Maggie zwang sich, den Schmerz, den ihr seine rau hervorgestoßenen Worte zugefügt hatten, beiseitezuschieben. »Ich liebe dich. Ich liebe dich bedingungslos, und es gibt nichts, was ich nicht für dich tun würde. Meine Schwester und Buddy werden wissen, was man da macht. Sie müssen sich ständig mit solchem Mist auseinandersetzen. Bitte geh nicht. Lass uns kämpfen. Wenn die Leute deine Seite der Geschichte hören …«

»Nein.« Das eine Wort klang so hart, dass es sie wie ein Schuss traf.

»Das ist es? Einfach nein?«

Endlich sah er sie an. »Was wird dein Vater sagen, wenn er herausfindet, dass du mit einem Mann schläfst, der einen anderen halb totgeschlagen hat?«

»Wenn er herausfindet, warum du es getan hast, wird er es verstehen. Alle werden das.«

Brayden schüttelte den Kopf und strich sich mit einer zitternden Hand über die Bartstoppeln. »Das werden sie nicht, und alles, was du und deine Schwester und dein Schwager hier aufbaut, wird zerstört sein, Maggie.«

Sie wagte es und ließ Sunday los, damit sie von Thunders Rücken gleiten konnte. Der Hengst war verschwitzt und keuchte immer noch. Sie musste sich um ihn kümmern, aber das ging erst, wenn sie zu Brayden durchgedrungen war. Sie trat vorsichtig zu ihm, wie sie es bei einem wilden Pferd tun würde, legte ihm die Hände auf die Brust und schaute ihn an.

»Ich liebe dich.«

Er schloss die Augen, atmete tief ein und lehnte seine Stirn an ihre. »Halt mich nicht auf, Maggie. Das ist das Beste für dich.«

Erleichtert, dass er keinen direkten Widerstand mehr zu leisten schien, wiederholte sie: »Ich liebe dich. Wir werden damit klarkommen. Bleib bei mir.«

Er sagte nicht Ja, ging allerdings auch nicht.

Maggie hielt ihn mit einer Hand fest, während sie ihr Handy aus der Tasche zog und Kate anrief.

»Gott sei Dank meldest du dich. Meine PR-Frau hat mich vor einer Stunde kontaktiert. Ich hab seitdem die ganze Zeit versucht, dich zu erreichen.«

»Mein Handy war lautlos gestellt, daher habe ich nichts davon mitbekommen. Wir brauchen deine Hilfe, genau wie die von Buddy und allen anderen, die du zusammentrommeln kannst.«

»Ist es wahr? Saß er wegen schwerer Körperverletzung im Knast?«

»Ja, das stimmt, aber wenn du die ganze Geschichte kennst, wirst du verstehen, warum. Bitte vertrau mir in dieser Sache, Kate.«

»Okay. Ich habe meine und Buddys PR-Frau schon darum gebeten, sofort herzukommen. Buddy und Taylor sind auch bereits unterwegs. Wie schnell kannst du hier sein?«

»In einer knappen Stunde.«

»Gut. Bis dann.«

Maggie erinnerte sich daran, dass ihr Auto bei Kate stand, und glaubte nicht, dass Brayden in der Verfassung war, sich hinters Steuer seines Pick-ups zu setzen. »Tu mir bitte einen Gefallen. Kannst du Ashton rüberschicken, damit er uns abholt? Und sag ihm, er soll sich beeilen.«

»Mach ich. Und Maggie, eins musst du noch wissen: Dad hat sich bei mir gemeldet. Ich hab versucht, ihm auszureden, herzukommen, doch du weißt ja, wie er ist.«

Maggie schloss die Augen und wusste, dass ihr Vater bereits auf dem Weg war. »Ja, ich weiß. Wir sehen uns gleich.«

»Dein Vater kommt her«, sagte Brayden, der sich wie innerlich erstarrt anhörte. »Weil er durchdreht, weil dein neuer Freund ein verurteilter Gewalttäter ist. Du musst dir das nicht antun, Maggie. Ich hab dir versprochen, wenn die Sache zwischen uns je untragbar wird, gehe ich. Ich werde mein Versprechen halten.«

»Nein.«

»Einfach nein?«

Sie sah ihn an, hoffte, dass er erkennen konnte, wie sehr sie ihn liebte. »Einfach nein.« Sie ergriff seine beiden Hände und schaute in das gequälte Gesicht des Mannes, der der wichtigste Mensch in ihrem Leben geworden war. »Kämpfe, Brayden. Kämpfe für dich, für mich. Kämpfe für uns beide.«

Er nickte kaum merklich, eine winzige Bewegung, aber das war alles, was sie brauchte.

Sich bewusst, dass sie die erste Schlacht in einem Krieg gewonnen hatte, der gerade erst begann, sagte sie: »Lass uns nach Hause reiten.«

* * *

Nachdem sie Derek die Pferde übergeben hatten, der sich um sie kümmern würde, fuhren sie in angespannter Stille mit Ashton in dem Mercedes, den Kate Jill gekauft hatte und der im Gegensatz zu Ashtons Sportwagen eine Rückbank hatte. Es war schwer vorstellbar, dass Brayden und Ashton vor nicht einmal zwölf Stunden miteinander gescherzt und geflachst hatten, wie es langjährige Freunde tun. Jetzt waren beide still, während Maggie auf der Rückbank saß und versuchte, für sich und Brayden ruhig und konzentriert zu bleiben.

Den vielen Autos auf der Auffahrt nach zu urteilen, waren die Leute, die Kate angerufen hatte, schon da. Maggie erkannte auch Buddys schwarzen Escalade.

Sie hatte einen Kloß im Hals, und ihr Magen schmerzte, als sie Braydens Hand nahm und sie Ashton nach drinnen folgten.

Alle waren in dem großen Wohnzimmer versammelt: Kate saß mit Poppy auf dem Sofa, Reid stand hinter ihr und wirkte genauso angespannt wie sein Sohn. Ashton ging zu Jill, die auf und ab lief, und legte beruhigend einen Arm um sie.

Maggie wurde bewusst, dass ihr Schwager und ihr zukünftiger Schwager in einen Beschützermodus verfallen waren, selbst wenn sie ihren Schutz nicht brauchte. Sie war sich vollkommen sicher, dass sie nichts von Brayden zu befürchten hatte, dass *niemand* irgendetwas von ihm zu befürchten hatte. Jetzt musste sie bloß alle anderen davon überzeugen.

Ihr morgendlicher Koffein-Energieschub fehlte ihr schmerzlich, und dass sie überhaupt irgendwie funktionierte, lag an ihrer Verzweiflung und ihrer Gewissheit, dass für Brayden, seinen Ruf und ihre Beziehung zu kämpfen jedes Opfer wert war, das sie bringen musste.

»Ich fasse mal kurz zusammen.« Maggie sprach für Brayden, denn sie spürte, dass er, nachdem er so überrumpelt worden war, nicht in der Lage war, das für sich selbst zu tun. »Brayden hatte schon von frühester Jugend an immer eine spezielle Beziehung zu Pferden und eine natürliche Art, mit ihnen umzugehen. Er und seine Mutter haben bei seinem Großvater auf der Ranch gelebt. Sein Großvater hat ihm alles beigebracht, was er über Pferde wusste, und ihm Liebe und Respekt für die Tiere vermittelt. Er hat ihm auch beigebracht, seinen Instinkten zu vertrauen und seinem Bauchgefühl zu folgen, ob es um Pferde ging oder sein Leben. Als sein Großvater starb, war Brayden dreizehn. Kurze Zeit später hat seine Mutter sich in einen ehemaligen Rodeoreiter verliebt, hat ihn geheiratet. Danach lebte er mit ihr und Brayden auf der Ranch. Sie dachte, er würde ihnen helfen, die Ranch zu führen.

Vom ersten Moment an konnte Brayden Clive nicht leiden. Jeder Instinkt, den er hatte, sagte ihm, dass sein Stiefvater kein guter Mensch war, aber seine Mutter brauchte die Hilfe und glaubte, diesen Mann zu lieben, also hat Brayden sich so weit wie möglich von der Ranch ferngehalten und ist nur nach Hause gefahren, um sich um die Pferde zu kümmern. Als er fünfzehn war, kam er eines Tages nach der Schule nach Hause und musste feststellen, dass Clive die Pferde auf der Koppel mit einer Bullenpeitsche brutal misshandelte. Er konzentrierte sich dabei besonders auf das Pferd, das Braydens Großvater gehört hatte, weil er wusste, dass das Braydens Liebling war. Er wusste, dass Brayden um diese Zeit da sein würde, um die Pferde zu versorgen, sodass er sie leiden sehen würde.«

Kate wischte sich Tränen weg, während Jill fassungslos den Kopf schüttelte.

Buddy murmelte: »Was für ein Mistkerl.«

»Brayden hat nicht weiter nachgedacht. Er hat gehandelt. Er ist über den Zaun gesprungen und hat den Mann zusammengeschlagen, der sein Leben zur Hölle gemacht hatte, schon bevor er Braydens geliebte Pferde attackiert hatte. Glücklicherweise kam seine Mutter nach Hause, bevor er Clive tatsächlich umbringen konnte. Brayden wurde zu drei Jahren Jugendhaft und fünf Jahren auf Bewährung verurteilt. Seine Mutter hat die Ranch und die Pferde verkauft, um die Anwälte zu bezahlen, die Brayden verteidigt haben, und hat sich von Clive scheiden lassen. Sie hat sich danach sehr für straffällig gewordene Kinder und Jugendliche engagiert und ist vor Kurzem bei einem Autounfall ums Leben gekommen, sodass Brayden keine weitere Familie hat. *Ich* bin jetzt seine Familie, und ich werde mit allem, was ich habe, für ihn kämpfen.« Sie schaute die Leute an, die sie nicht kannte, die auf Sofas und Stühlen saßen. »Sagen Sie mir, was wir tun müssen.«

»Wir müssen sofort seine Seite der Geschichte in Umlauf bringen«, erwiderte eine der Frauen.

»Am besten über meine Social-Media-Kanäle«, bot Kate an.

»Und meine«, ergänzte Buddy.

»Meine auch«, fügte Taylor hinzu.

»Ihr müsst das nicht tun«, erklärte Brayden mit gequälter Miene.

»So wird es gemacht.« Kate warf ihm einen Blick zu, der jeden Widerspruch unterband. »Lenore, du hast die Geschichte gehört. Schreib sie auf.«

Die Frau, die auf einem Laptop tippte, nickte. »Schon dabei.«

»Und nimm Folgendes mit auf.« Kate wartete, bis die andere Frau sie wissen ließ, dass sie bereit war: »Brayden Thomas hat meine Unterstützung und die meiner gesamten Familie. Ich fühle mich geehrt, einen Mann mit seinen Fähigkeiten und Talenten und seinem Engagement als Leiter meines Reittherapie-Programms in Matthews House zu haben und dass ein Mann von seiner Integrität mit meiner Schwester ausgeht. Das Jugendstrafregister wird aus gutem Grund unter Verschluss gehalten, und diese Verletzung seiner Privatsphäre ist ein Unding. Ich habe nichts Weiteres dazu zu sagen und bitte darum, dass man wenigstens jetzt die Privatsphäre meiner Schwester respektiert. Weder sie noch Brayden sind Figuren des öffentlichen Lebens und sollten daher auch als Privatpersonen behandelt werden.«

Maggie hatte ihre Schwester nie mehr geliebt als in diesem Moment. »Danke, Kate«, flüsterte sie und blinzelte Tränen zurück.

»Bitte dank mir nicht. Nichts davon wäre passiert, wenn wir nicht dieses dumme Interview gegeben hätten. Sie hätten nicht einmal gewusst, wer du bist, und ich hätte das so lassen sollen. Es tut mir leid, Maggie und Brayden.«

»Das ist nicht deine Schuld, Kate«, antwortete Brayden. »Es ist passiert, und ich stehe zu dem, was ich getan habe. Wenn ich noch einmal vor derselben Entscheidung stehen würde, würde ich nichts anders machen.«

Lenore betrachtete ihn über den Rand ihrer Hornbrille hinweg. »Bitte sagen Sie das zu niemandem außerhalb dieses Zimmers.«

Zum ersten Mal seit diesem Morgen lächelte Brayden schwach. »Okay.«

Dieses kleine Lächeln trieb Maggie die Tränen in die Augen, denn es verlieh ihr Hoffnung.

Sie arbeiteten eine weitere Stunde an dem Statement, bis alle damit glücklich waren, vor allem Brayden. Es war seine Geschichte, und sie musste korrekt erzählt werden.

»Bist du dir sicher?«, fragte Brayden Kate und blickte auch zu Buddy und Taylor.

»Absolut«, erklärte Kate für sie alle drei. »Poste es, Lenore.« An Brayden gewandt fügte sie hinzu: »Lenore arbeitet für uns alle drei.«

»Ihr seid echt ziemlich beeindruckend«, stellte er fest.

»Wir sorgen dafür, dass die Dinge passieren«, verkündete Taylor.

»Danke«, sagte er leise. »Ich danke euch allen sehr.«

»Wir sind jetzt deine Familie, Brayden«, erwiderte Jill. »Wir stehen immer zu dir.«

Maggie spürte, dass er überwältigt war, legte den Arm um ihn und drückte ihn.

»Jetzt musst du dich nur noch mit Jack auseinandersetzen«, meinte Reid. »Mein herzliches Beileid.«

* * *

Als das Statement gepostet war und auf Instagram viral ging, machten die anderen Essen, Kaffee und Bloody Marys. Sie taten alle so, als wäre nichts Besonderes geschehen, während Braydens Leben so sehr außer Kontrolle geraten war, dass er keine Ahnung hatte, wie er mit den Ereignissen der letzten beiden Stunden umgehen sollte. Er hatte keine Ahnung mehr, was normal war.

Die Leute wussten, was er getan hatte. Bevor der Tag vorbei war, würde *jeder* wissen, was er getan hatte. Maggies Familie wusste es, und sie waren für ihn in den Ring getreten, hatten ihren eigenen Ruf riskiert, um seinen zu retten.

Niemand hatte je etwas Vergleichbares für ihn getan.

Und Maggie, mein Gott, Maggie … Sie als seine Königin zu bezeichnen war nicht genug. Sie war eine Kaiserin, und er liebte sie wie verrückt. Ihm fiel auf, dass er vergessen hatte, ihr das zu sagen, als sie ihm ihre Liebe gestanden hatte. Sobald er mit ihr allein war, würde er das nachholen.

Über ihm schwebte noch drohend die unmittelbar bevorstehende Ankunft ihres Vaters, der offensichtlich dafür bekannt war, jedes Mal, wenn eine seiner Töchter in irgendwelche Schwierigkeiten geriet, alles stehen und liegen zu lassen und ins Flugzeug zu steigen.

Er war die Schwierigkeiten, in die Maggie geraten war, und jetzt war Jack Harrington auf dem Weg nach Nashville, um sich zu vergewissern, dass er gut genug für Maggie war – oder um ihn umbringen zu lassen.

Natürlich war er nicht gut genug für sie. Das hatte er immer gewusst, aber er hatte sich trotzdem nicht von ihr fernhalten können.

Sie kam mit einer Tasse Kaffee in der Hand zu ihm und setzte sich neben ihm aufs Sofa. »Wie geht es dir?«

»Okay, denke ich.«

»Lenore sagt, dass die Reaktion auf die Postings gut ist.«

»Schön.«

»Ich weiß, das ist jetzt eine Menge, doch vielleicht ist das alles gar nicht verkehrt. Die Leute wissen es, das Leben geht weiter. Du musst keine Geheimnisse mehr hüten.«

»Vielleicht, aber es waren meine Geheimnisse, die ich erzählen oder für mich behalten konnte. Ich wette, ich weiß genau, wer da die Klappe hat aufreißen müssen.«

»Es ist egal, wer es war. Der Schaden ist angerichtet, und wir haben getan, was wir konnten, um ihn einzudämmen.«

»Du hast mehr für mich getan als jeder andere zuvor in meinem Leben, Maggie, mit Ausnahme meiner Mutter.«

Sie trank einen Schluck von ihrem Kaffee und schaute ihn über den Rand der Tasse hinweg mit ihren atemberaubend blauen Augen an. »Ich habe dir vorhin gesagt, warum.«

»Darüber müssen wir sprechen.«

»Das werden wir. Später. Doch du sollst wissen, wenn ich noch einmal vor derselben Entscheidung stehen würde, würde ich nichts anders machen.«

Er lächelte über die Art, wie sie seine Worte aufgriff. »Ich habe so viel, was ich dir sagen will.«

»Dazu kommen wir noch. Nachdem wir die Begegnung mit meinem Vater hinter uns haben.«

»Wie schlimm wird es werden?«

»Schwer zu sagen. Mit dem Alter ist er etwas milder geworden …«

»Wen nennst du hier alt, Mags?«

Maggie zuckte sichtlich zusammen, als ihr klar wurde, dass ihr Vater direkt hinter ihr stand. »Meine Güte, wie bist du denn so schnell hergekommen?« Sie reichte Brayden ihre Tasse und erhob sich, um ihren Vater mit einer Umarmung und einem Kuss zu begrüßen.

»Egal. Was war das, von wegen, dass ich im Alter milder werden würde?«

»Sei nett, Dad. Ich meine es ernst. Dass hier ist Brayden Thomas. Brayden, mein Vater Jack Harrington.«

Brayden stand auf, um dem Mann die Hand zu schütteln, sah ihm direkt in die Augen, wie sein Großvater es ihm beigebracht hatte. Maggies Vater hatte dunkles Haar, das von Grau durchzogen war, und war eine beeindruckende Erscheinung. »Freut mich, Sie kennenzulernen, Sir. Es tut mir leid, dass es unter diesen Umständen geschieht.« Brayden konnte nicht glauben, wie sehr Jill ihrem Vater ähnelte. Maggie tat das auch, aber Jill war ihm wie aus dem Gesicht geschnitten.

»Ja, die Umstände sind durchaus unglücklich«, sagte Jack.

»Dad, du musst die ganze Geschichte erfahren.«

»Ich kenne sie schon. Ich hab Kates Posting gelesen.«

Maggie blieb der Mund offen stehen. »Du weißt, was Instagram ist?«

Jack warf ihr einen vernichtenden Blick zu. »Ich lebe mit einem Teenager und zwei jüngeren Kindern zusammen. Ich weiß, was Instagram ist, und wenn zwei meiner Töchter mir Links zu etwas schicken, was ich mir ansehen soll, bevor ich hier wie eine Granate aufschlage, bin ich fähig, zu tun, was man mir sagt.«

»Wir haben beide dasselbe geschrieben«, erklärte Jill Kate, als sie sich zu ihnen gesellten.

Die Schwestern klatschten sich ab, offensichtlich sehr zufrieden mit sich. Brayden würde ihnen und ebenso Buddy und Taylor für das, was sie heute für ihn getan hatten, bis in alle Ewigkeit dankbar sein. Aber Maggie … Sie war diejenige, die es möglich gemacht hatte, und seine Dankbarkeit für sie konnte man nicht in Worte fassen.

»Ich hab ja gesagt, dass er im Alter milder geworden ist«, stellte Maggie fest. »Früher hat er nie getan, worum man ihn gebeten hat.«

Jack bedachte Maggie mit einem weiteren gestrengen Blick, in dem gleichzeitig Erheiterung und unbeschreibliche Liebe lagen. »Brayden«, begann er. »Lass uns ein Stück gehen.«

»Dad …«

»Ich würde gerne einen Moment allein mit Brayden sprechen.«

Brayden wusste, dass es jetzt an ihm war, sich zu wappnen und für Maggie zu kämpfen, wie sie es für ihn getan hatte. »Ist schon in Ordnung, Maggie. Nach Ihnen, Sir.«

»Mein Name ist Jack. Bitte nenn mich so.«

»Ja, Sir. Ich meine, Jack, Sir.«

»Keine Panik«, sagte Reid. »Du wirst dich an ihn gewöhnen, und wenn du das erst mal tust, verliert er was von seinem Schrecken.«

»Du«, knurrte Jack und deutete auf Reid, »sei mal lieber ganz still. Du hast nicht nur meine Tochter geheiratet, nachdem ich dich lediglich gebeten hatte, ein Auge auf sie zu haben, du hast mich auch noch zum Großvater gemacht. Wo ist übrigens die süße Poppy?«

»Sie schläft, Dad«, erwiderte Kate. »Du kannst sie später sehen.«

»Sehr gut. Brayden, lass uns ein Stück gehen.«

Brayden schnitt eine Grimasse für Maggie.

»Stark bleiben, mein junger Padawan.« Maggie setzte einen komisch ernsthaften Gesichtsausdruck auf. »Soweit wir wissen, hat er schon seit einiger Zeit niemanden mehr gebissen, und er ist voll durchgeimpft.«

Jack verdrehte die Augen. »Hör nicht auf meine Töchter, Brayden. Sie kennen mich überhaupt nicht.«

Kapitel 29

Brayden folgte Jack durch die Terrassentür in Kates vierhundert Hektar großen Garten. Er musste daran denken, dass es hier jede Menge Platz dafür gab, eine Leiche zu verscharren, aber dann erinnerte er sich wieder daran, dass Maggie ihm vorhin nachgeritten war. Und er vertraute darauf, dass sie ihn wieder retten kommen würde, wenn es nötig wäre.

Eine lange Zeit gingen die beiden Männer nur schweigend nebeneinander her. Brayden fragte sich, ob Jack ihn einfach weit genug vom Haus wegführte, dass der Pistolenschuss dort nicht gehört werden konnte. Bei dem Gedanken schnaubte er halblaut.

»Möchtest du mich an dem Witz teilhaben lassen?«, erkundigte sich Jack.

»Ich hab bloß gerade überlegt, ob du mich weit genug vom Haus wegbringst, dass niemand den Schuss hören kann.«

Jack schmunzelte. »Verdammt, du hast mich durchschaut.« Auf dem Weg zu einem Wäldchen kamen sie an einem hölzernen Gebäude vorbei, das eine kleinere Version des Haupthauses war. »Das ist die ›Hütte‹, die Reid gebaut hat, als wir alle an Weihnachten zur Hochzeit angereist sind.«

»Wow. Die ist ja riesig.«

»Wir sind eben ziemlich viele.«

»Das wird mir langsam auch klar.«

»Hast du eine große Familie?«

»Nein. Es gab nur mich, meine Mutter und meinen Großvater. Er ist gestorben, als ich dreizehn war, und sie dann vor Kurzem.«

»Das habe ich gehört. Mein Beileid.«

»Danke.«

»Soweit ich es verstanden habe, kommst du gut mit Pferden klar.«

»Das stimmt. Ich habe das von meinem Großvater. Er hat mir alles beigebracht, was ich weiß.«

»Maggie liebt Pferde, seit sie ein kleines Mädchen war. Sie hat uns jahrelang wegen Reitstunden in den Ohren gelegen, bevor wir schließlich nachgegeben haben. Sie war noch so klein. Ich hatte Albträume, dass sie bei einem Sturz vom Pferd zerquetscht werden würde. Aber sie war in echter Maggie-Art völlig furchtlos. Sie ist auf das Pferd geklettert, als wäre nichts dabei, und einfach losgeritten, als hätte sie das schon ihr ganzes Leben lang getan. Der arme Reitlehrer musste hinter ihr herlaufen, weil sie sich ja eigentlich erst mal mit dem Tier hätte vertraut machen und es am Zügel führen sollen, bevor sie auch nur in den Sattel durfte, doch bis er sie eingeholt hatte, war es schon zu spät.«

»Warum überrascht mich das nicht?«

»Sie ist nicht nur furchtlos, sie hat außerdem ein großes Herz. Ihre Mutter und ich waren besorgt, als sie den Job in Matthews House übernehmen wollte, weil wir wussten, es würde sie schwer treffen, wenn es nicht so liefe wie vorhergesehen.«

»Das hat es auch. Die Frauen und Kinder, mit denen sie arbeitet, liegen ihr sehr am Herzen.«

»Ich weiß«, antwortete Jack mit einem Seufzen. »Und wenn Maggie etwas an einem liegt, ist man ein echter Glückspilz.«

»Ich war in meinem ganzen Leben nie glücklicher, als ich bin, seit ich sie kenne.«

»Ach ja?«

»Ja, Sir.«

Jack blieb stehen und drehte sich zu Brayden um. Der eindringliche Blick seiner grauen Augen erinnerte Brayden an Jill, wenn sie im »Anwältinnen-Modus« war, wie ihre Schwestern das nannten. »Liebst du meine Tochter?«

Brayden musste daran denken, wie Maggie vorhin für ihn gekämpft, ihm alles gegeben hatte. Er konnte im Gegenzug nicht weniger für sie tun. »Ich liebe sie mehr als alles andere auf der Welt, selbst mehr als mein Pferd. Wenn du mich besser kennen würdest, wüsstest du, dass ich Maggie keine größere Ehre erweisen könnte, als sie über mein Pferd zu stellen. Sie ist ein unglaublich wunderbarer Mensch. Ich wünsche mir nichts mehr, als sie zu heiraten und mir ein Leben mit ihr aufzubauen.«

Jack nickte, wirkte hochzufrieden mit Braydens Antwort. »Und du bist ein verurteilter Straftäter.«

Brayden blickte ihm geradewegs in die Augen. »Das bin ich, Sir. Ich meine, Jack. Sir. Ich wurde unter Jugendstrafrecht verurteilt und habe meine Zeit abgesessen und die fünf Jahre Bewährung danach hinter mich gebracht. Ich versuche schon lange, den geschlossenen Eintrag im Jugendstrafregister löschen zu lassen, bislang erfolglos.«

»Hmm.« Jack setzte sich wieder in Bewegung.

Brayden folgte ihm, versuchte zu ergründen, was das »Hmm« bedeutete. Würde Jack ihm sagen, er solle sich verdammt noch mal von seiner Tochter fernhalten? Brayden war sich nicht sicher, ob er das könnte, nicht nachdem sie ihm vorhin ihre Liebe gestanden hatte. Bevor er gewusst hatte, dass sie seine Gefühle erwiderte, hatte er gedacht, er könne gehen und einfach nicht zurückschauen. Jetzt jedoch hatte sich alles geändert.

Dieser Tag erinnerte ihn an vier andere, die sein Leben für immer verändert hatten – als sein Großvater gestorben war, als er sich auf Clive gestürzt hatte, als seine Mutter verunglückt war und als er Maggie kennengelernt und sich sofort zu ihr hingezogen gefühlt hatte.

»Ich möchte, dass du weißt, ich bereue nichts von dem, was ich meinem Stiefvater angetan habe. Den Schmerz, den ich meiner Mutter mit meinem Tun zugefügt habe, schon, aber wenn ich mich noch einmal in der gleichen Situation befände, würde ich vermutlich nicht anders reagieren.« Vielleicht war es dumm, Maggies Vater so etwas mitzuteilen, doch es war nun mal die Wahrheit.

»Als ich zuerst online von dem Ganzen erfahren habe, das muss ich zugeben, bin ich fast ausgeflippt.«

»Das ist verständlich.«

»Wenn es um meine Kinder geht, passiert mir das ziemlich leicht. Ich bilde mir gerne ein, das mit dem Vatersein inzwischen besser hinzubekommen und insgesamt etwas gelassener zu reagieren. Wenn allerdings eins meiner Kinder in einer Klemme steckt, neige ich dazu, erst zu handeln und dann nachzudenken.« Jack warf ihm einen Blick zu. »Hat Maggie dir erzählt, was passiert ist, als Kate und Reid anfangs zusammen waren?«

»Ich habe die Höhepunkte gehört.«

»Dann weißt du ja, dass er einer meiner besten Freunde vom College war, und als ich mitbekommen hab, dass er was mit meiner achtzehnjährigen Tochter angefangen hat … Na ja, du kannst dir sicher vorstellen, dass ich damit nicht gut umgegangen bin.«

»Ja, aber andererseits, wer würde das tun?«

»Zu der Zeit habe ich eine Menge vorschnelle Schlüsse gezogen, nur um später rauszufinden, dass ich mit den meisten völlig falschlag. Weil ich sofort davon ausgegangen bin, dass mein alter Freund meine Tochter ausgenutzt hatte, habe ich völlig übersehen, dass sie ihn aufrichtig geliebt hat. Ich war dann letztlich nicht der Grund dafür, dass sie sich getrennt haben, doch mein Verhalten hat sicher nicht geholfen. Und jetzt, wo sie wieder zusammen sind, ist sie glücklicher, als ich sie je erlebt habe. Hätte ich mir einen Mann für sie ausgesucht, der achtundzwanzig Jahre älter ist als sie? Ganz sicher nicht. Kann ich abstreiten, dass er sie von ganzem Herzen liebt? Da gibt es keine Frage für mich.«

Nach einem längeren Schweigen fügte Jack hinzu: »Nachdem ich die ganze Geschichte gehört habe, kann ich nachvollziehen, warum du so gehandelt hast. Ich kann nicht behaupten, es gefiele mir, aber ich kann es verstehen.« Er hielt an und wandte sich erneut zu Brayden um. »Muss ich mir um die Sicherheit meiner Tochter Sorgen machen, wenn sie mit dir zusammen ist?«

»Himmel, nein. Ich würde nie …« Der Gedanke, dass irgendetwas oder irgendjemand Maggie wehtun könnte, brachte Brayden schier um. »Nein, du musst dir keine Sorgen um sie machen. Darauf gebe ich dir mein Wort.«

»Und ihr großes, vertrauensvolles Herz wird bei dir sicher sein?«

»Ja. Auch darauf gebe ich dir mein Wort.«

Jack nickte und wirkte zufrieden. »Gut«, sagte er. »Dann kann ich die Pistole ja stecken lassen.«

* * *

Währenddessen starb Maggie tausend Tode. Sie stand, die Nase an die Scheibe gepresst, an einem Fenster, das auf den Bereich des Gartens hinausging, in den die beiden Männer verschwunden waren. Sie hoffte nur, ihr Vater würde Brayden nicht zu sehr in die Mangel nehmen. Er hatte auch so schon einen schlimmen Tag hinter sich, ohne dass ihr Vater noch eins draufsetzte.

Ihre Nerven waren zum Zerreißen gespannt. Als sie darüber nachdachte, wie sie Brayden angefleht hatte, zu bleiben, beteuert hatte, wie sehr sie ihn liebte …

Sie seufzte.

»Alles wird gut«, sagte Jill und stellte sich zu ihr ans Fenster.

»Du klingst, als seist du dir echt sicher.«

»Du wirst schon sehen. Er liebt dich. Das ist für alle offensichtlich. Du hast für ihn gekämpft, und jetzt wird er das Gleiche für dich tun.«

»Vorhin wollte er noch gehen.«

»Weil er dachte, das sei das Beste für dich, nicht weil es etwas war, was er tun wollte.«

Maggie schaute ihre Schwester an. »Wann hast du so viel über solche Sachen gelernt?«

»Als die Älteste und Klügste von uns habe ich mich schon immer bestens mit allem ausgekannt, wie inzwischen auch du begriffen haben solltest.«

Maggie lachte und lehnte sich an ihre Schwester, so wie sie es schon ihr ganzes Leben lang tat. Sie konnte sich eine Welt ohne Jill und Kate einfach nicht vorstellen, die sie unterstützten und liebten. Sicher, sie hatten sich früher oft gezankt, wie es unter Geschwistern üblich war, doch nach dem Unfall ihrer Mutter waren sie enger zusammengerückt und hatten sich gegenseitig immer beigestanden. Sie jetzt in der Nähe zu haben war einfach wunderbar.

»Du glaubst nicht, dass Dad ihn vertrieben hat, oder?«, wollte Maggie wissen.

»Nein, er vergewissert sich nur, dass Brayden dich auch verdient.«

»Das tut er.«

»Uns ist das klar, aber Dad muss es selbst erkennen. Und das wird er.«

»Es war viel lustiger, als er das bei dir und Kate gemacht hat.«

Jill lachte. »Da bin ich mir sicher.« Sie drückte Maggie an sich. »Lass uns mit Poppy spielen. Das wird dich ablenken.«

Nicht einmal ihre geliebte Nichte vermochte das in diesem Moment. »Geh du nur, ich bleib hier.«

»Vergiss nicht, weiterzuatmen, Maggie.«

»Ich geb mir Mühe.«

Während sie wartete, las sie die Textnachrichten von ihrer Mutter, Andi und Eric, die alle Kates Post zu Brayden gelesen und Maggie daraufhin tröstende Worte gesandt hatten.

Ich kann's gar nicht erwarten, den Typen kennenzulernen, schrieb Eric. Kate und Jill sagen, er sei cool, doch davon muss ich mich mit eigenen Augen überzeugen, bevor ich entscheiden kann, ob er gut genug für dich ist.

Maggie musste über diesen Beweis dafür lächeln, dass Eric in der Beziehung ganz nach seinem Stiefvater geriet, obwohl die beiden gar nicht blutsverwandt waren. Erziehung stach Biologie offenbar aus, denn die beiden glichen sich in dem Punkt wie ein Ei dem anderen.

Reg dich nicht auf, Süße, hatte Clare geschrieben. Du schaffst auch das. Ich hab gehört, Dad ist schon unterwegs. Alles Gute und nur die besten Wünsche für das Gespräch mit deinem Vater. Haha!

Maggie, alles Liebe, hatte ihr Andi geschickt. Tut mir leid wegen deinem Vater. Ich hab versucht, ihn dazu zu bewegen, zu Hause zu bleiben und sich um seinen eigenen Kram zu kümmern, aber du weißt ja, wie er ist. LOL. Ich bin da, falls du mich brauchst. Immer.

Maggie steckte ihr Handy zurück in die Tasche. Sie würde später darauf reagieren. Für den Moment konnte sie bloß warten und aus dem Fenster zu den Bäumen starren.

Kurz darauf erschien Reid neben ihr und reichte ihr ein Glas Eistee mit einer Zitronenscheibe.

»Danke«, sagte sie.

»Ich hab genau das durchgemacht, was Brayden gerade erlebt. Wenn ich es überstanden habe, wird er das auch tun.«

»Vermutlich schon.«

»Im Vergleich zu meinem Vergehen ist eine Freiheitsstrafe ein Klacks.«

Maggie lachte, obwohl sie eigentlich gedacht hätte, das sei gar nicht möglich.

»Unterm Strich will dein Dad einfach nur, dass seine Mädchen glücklich sind, gesund und sicher … und geliebt werden. Das kannst du ihm nicht vorwerfen.«

»Du klingst schon wie der Vater einer Tochter.«

»Ich kann deinen Dad jedenfalls erheblich besser verstehen, seit Poppy auf der Welt ist. Ich hoffe, ich kann ihr wenigstens halb der Vater sein, der dein Dad für dich und deine Schwester gewesen ist.«

»Du wirst das prima hinkriegen.«

Reid nickte in Richtung Fenster. »Da kommen sie. Sieht ganz so aus, als wäre Brayden noch im Besitz seines Kopfes und all seiner Gliedmaßen.«

Als sie Brayden erblickte, machte Maggies Herz einen glücklichen kleinen Satz.

»Ganz cool bleiben, Liebes«, riet Reid ihr, bevor er das Zimmer verließ.

Maggie versuchte, seinen Rat zu befolgen, wirklich, aber wenn es um Brayden ging, konnte sie nicht cool bleiben. Sie lief ihnen entgegen.

Als er sie sah, zwinkerte Brayden ihr zu und lächelte, und sie war unglaublich erleichtert.

Er war okay. Alles war okay, ihnen stand nichts im Wege.

Draußen roch es frisch und nach jungem Gras.

Brayden ging direkt zu ihr, legte einen Arm um sie und zog sie an sich. Dass er das direkt vor ihrem Vater tat, verriet viel über das, worauf sie sich verständigt hatten.

Jack blickte von Maggie zu Brayden und wieder zu Maggie zurück. »Ich freu mich für dich, Maggie.«

Sie machte einen Schritt nach vorn, um ihren Vater zu umarmen. »Ich würde mich ja dafür bedanken, dass du gekommen bist, aber …«

»Ich werde immer kommen. Das ist eine von den Gewissheiten in deinem Leben und das, worauf du dich immer absolut verlassen kannst.«

Maggie drückte ihren Vater noch fester. »Ich hab dich ganz doll lieb, Dad.«

»Ich dich auch, Süße.«

* * *

Maggie wollte sich Brayden schnappen und so schnell wie möglich von hier verschwinden, damit sie allein sein konnten, doch ihr Dad war von so weit her gekommen, und Jill bereitete das Dinner zu, daher blieben sie lang genug, um mit ihnen zu essen. Sobald der letzte Teller in der Spülmaschine stand, erklärte Maggie: »Wir müssen los.«

»Du hast es ungefähr zwei Stunden länger ausgehalten, als ich es an deiner Stelle geschafft hätte«, erwiderte Kate. »Geh nur. Verbring Zeit mit deinem Mann. Erhol dich von diesem Tag, und schmiede Pläne.«

»Und lade ihn zu meiner Hochzeit ein«, fügte Jill hinzu.

»Danke, und bloß für den Fall, dass ich es sonst vergesse: Ich hab keine Ahnung, was ich ohne euch täte.«

»Ebenfalls«, antwortete Kate. »Die Harrington-Schwestern, eine verschworene Gemeinschaft.«

»Daraus müssen wir einen Hashtag machen«, meinte Jill.

Maggie umarmte sie beide gleichzeitig. »Ich habe euch so lieb.«

»Wir dich mehr«, erklärte Kate. »Du warst gewissermaßen unser erstes Baby. Vergiss das nicht.«

»Wie sollte ich, wo du es mir doch immer wieder unter die Nase reibst?«

Brayden betrat die Küche und blieb abrupt stehen, als er sie so dicht beieinander sah. »Oh, sorry für die Störung.«

»Du störst nicht«, widersprach Maggie. »Wir haben uns bloß verabschiedet. Bist du bereit?«

»Wann immer du es bist.«

»Brayden«, wandte sich Jill an ihn, »ich hab mir überlegt, dass Ashton und ich dir vielleicht gemeinsam helfen können, den Eintrag im Jugendstrafregister ein für alle Mal zu löschen. Wir würden das sehr gern tun, wenn du es möchtest.«

»Auf jeden Fall, ich nehme jede Hilfe an, die ich kriege. Ich versuche es seit Jahren, ohne dass es irgendwohin führt.«

»Nun, wir werden sehen, was wir erreichen.«

»Danke.«

Sie verabschiedeten sich und waren ein paar Minuten später in Maggies Auto, das noch von gestern dort stand, und auf dem Rückweg zu Matthews House. Brayden hatte angeboten zu fahren, und sie hatte ihm die Schlüssel gern überlassen.

»Reden sie jetzt über uns?«, erkundigte er sich und hielt ihre Hand, wie er es beim Autofahren immer tat.

»Was meinst du?«

»Wir haben ihnen heute Gesprächsstoff für mehr als ein Jahr geliefert.«

»So lange wird es nicht dauern. Mein Dad hat sechs Kinder. Etwas anderes wird passieren und uns von der Titelseite verdrängen. Schließlich weiß er beispielsweise noch gar nicht, dass Eric zum Friedenskorps will anstatt ans College. Die Bombe wird jeden Moment platzen.«

»Und wie findest du das?«

»Ich glaube, dass es großartig für ihn ist. Er will freiwillige Helfer im Friedenskorps in Englisch als Fremdsprache sowie in Gebärdensprache unterrichten. Er hat gehört, dass es dafür durchaus Bedarf gibt.«

»Aber seine Eltern werden ausflippen.«

»Vermutlich. Er hat einen Platz an der Northwestern in Chicago bekommen, wo Andi herstammt. Ihre Mutter und ihre Tante wohnen in der Nähe. Andi war wirklich glücklich über den Plan.«

»Und jetzt stellt er alles auf den Kopf.«

»So sieht's aus.« Sie blickte ihn an. »Verrätst du mir bitte, was mein Dad gesagt hat, bevor ich vor Neugier sterbe?«

»Alles war prima. Er hat mir von Reid und Kate erzählt, als sie das erste Mal zusammen waren, und dass er das Gefühl hat, dass er damit nicht so gut umgegangen ist, wie er es hätte tun sollen. Er versucht, aus seinen Fehlern zu lernen.«

»Wow. Das ist aber wirklich vernünftig von ihm.«

»Er hat nicht lange um den heißen Brei rumgeredet, sondern einfach gesagt: ›Du bist ein verurteilter Straftäter.‹«

»Argh.«

»Später hat er erklärt, er verstehe, was ich getan hätte und warum, und ich habe darauf geantwortet, dass ich es wieder tun würde, wenn ich noch einmal in der gleichen Situation wäre. Daraufhin hat er gefragt, ob er sich Sorgen machen müsse, dass ich dir wehtue.«

»Nein«, erwiderte sie entsetzt. »Das hat er nicht gefragt.«

»Doch, natürlich, und das kann man ihm auch nicht vorwerfen, Maggie. Er wollte wissen, ob seine wunderschöne Tochter bei mir in Sicherheit ist. Und ich habe ihm versichert, dass das so ist. Für immer.«

»›Für immer‹ ist eine ziemlich lange Zeit.«

Er hob ihre verschränkten Hände an seine Lippen und küsste ihren Handrücken. »Für mich wird es nicht lang genug sein.«

Maggie erschauerte unter dem Versprechen, das sie in den rau hervorgestoßenen Worten hörte.

Sie kehrten nach Hause zurück, als die Sonne hinter den Bäumen in der Ferne zu versinken begann.

»Lass uns noch ein wenig spazieren gehen«, schlug er vor, nachdem er das Auto hinter den Ställen geparkt hatte.

Sie schlugen den Weg ein, den sie auch für ihre Ausritte benutzten, aber nachdem sie die Pferde vorhin so ausgepowert hatten, ließen sie sie unbehelligt.

Brayden legte den Arm um Maggie und passte seine Schritte ihren an. »Was für ein Tag.«

»Einer, den wir nicht vergessen werden. Das ist schon mal sicher.«

»Ich jedenfalls werde nie vergessen, wie du mir nachgeritten bist oder wie stark du warst, als ich vor Panik nicht klar denken konnte.«

»Ich hatte innerlich genauso viel Panik.«

»Das hätte ich nie vermutet.«

»Aber es stimmt. Ich hatte solche Angst, dass du einfach wegreiten würdest und ich dich nie wiedersehen würde.«

»Du hast es mir unmöglich gemacht, das zu tun, auch wenn ich immer noch glaube, dass es das Beste für dich wäre.«

»Nein, auf keinen Fall.«

Sie schlenderten weiter in den Wald, über den Weg zu der Lichtung am Teich, wo sie sich ins Gras setzten, um den Sonnenuntergang zu beobachten.

»Es gibt da etwas, was ich dir vorhin nicht hab sagen können, etwas, das du wissen solltest.«

Maggie warf ihm einen misstrauischen Blick zu. »Ich hab fast Angst, zu fragen.«

»Es ist eigentlich sogar etwas Gutes. Das Beste überhaupt.«

»Was denn?«

»Ich liebe dich auch. Schon eine ganze Weile. Ich wollte es dir längst sagen, aber ich dachte, es sei noch zu früh.«

Das waren die besten Worte, die Maggie je gehört hatte. »Ging mir genauso. Ich wollte es dir unbedingt sagen, hatte allerdings Angst, du würdest erschrecken und finden, es sei zu schnell zu viel.«

»Ich kann niemals zu viel von dir haben, Maggie.« Er küsste sie voller Leidenschaft, und sie vergaßen alles um sich herum, bis sie beide atemlos waren. »Wow.«

Maggie lachte über seine erstaunte Miene.

»Wir sollten heiraten«, erklärte Brayden.

»Was?«

»Du hast mich gehört. Wir sollten heiraten und zusammenziehen und dein Programm gemeinsam führen und wunderschöne dunkelhaarige Babys machen. Wir sollten alles haben. Ich liebe dich. Du liebst mich. Dein Dad hat mich nicht umgebracht. Was mehr brauchen wir noch?«

»Nichts«, antwortete Maggie, deren Herz so übervoll war von Liebe und Aufregung, dass sie fürchtete, es könne bersten. »Das ist alles, was ich mir je gewünscht habe.«

»Ist das ein Ja?«

Sie konnte gar nicht glauben, dass all das gerade passierte. »Hast du mich eben wirklich gebeten, dich zu heiraten?«

Er kniete sich vor sie und griff nach ihrer Hand. »Maggie Harrington, ich liebe dich. Ich werde dich immer lieben, meine Traumfrau, von der ich schon dachte, ich würde sie niemals finden. Für den Rest meines Lebens werde ich nicht vergessen, wie du mir nachgejagt bist, mir die Stirn geboten hast und mich gezwungen hast, für mich und für uns zu kämpfen. Heiratest du mich bitte und lebst mit mir zusammen und lässt dir von mir dabei helfen, das Leben von Menschen zu verändern, die hier in dieser wunderbaren Einrichtung einen Platz gefunden haben? Lässt du mich der Vater deiner Kinder und Teil deiner wunderbaren, wenn auch vielleicht manchmal etwas übergriffigen Familie sein?«

Maggie lachte unter Tränen. »Ja, Brayden. Das ist ein eindeutiges Ja. Ja zu allem.«

Epilog

Jack Harrington schritt in seinem schwarzen Smoking durch das kunstvoll verzierte Eingangsportal des Infinity Hotel in Newport, das er und Jamie vor zwölf Jahren entworfen und gebaut hatten. Heute hatte Jacks Aufgabe einzig und allein darin bestanden, seine drei Söhne in ihre Smokings zu stecken und sie pünktlich um zwei Uhr im Hotel abzuliefern. Sie waren sogar ein paar Minuten früher da.

Nachdem er sie ermahnt hatte, zu tun, was man ihnen sagte, überließ er sie einem von Andis Angestellten und atmete auf, als er die riesige Empfangstreppe, die den Mittelpunkt der eleganten Hotellobby bildete, emporstieg. Auf halbem Weg nach oben teilte sie sich in zwei Treppen, die in die jeweiligen Flügel des Gebäudes führten.

Er hatte hier oben auf den Stufen Andi seinen Heiratsantrag gemacht, gleich bei dem großen Panoramafenster, das einen atemberaubenden Blick auf Narragansett Bay bot, und hatte sie hier an exakt dem Tag geheiratet, an dem ihre Zwillingssöhne geboren worden waren. Was für ein außergewöhnlicher Tag das gewesen war, und was für ein außergewöhnlicher Tag der heutige zu werden versprach.

Seit Eric nach seinem Highschoolabschluss Vorbereitungen dafür getroffen hatte, nach Thailand zu gehen, war Jack nervlich ein Wrack. Thailand war wirklich, wirklich weit weg von zu Hause, aber Jack hatte versucht, sich damit zu arrangieren und die Entscheidung seines Sohns zu unterstützen, selbst wenn sein Herz bei dem Gedanken brach, dass Eric in die Ferne zog. Loszulassen war weiterhin das, was ihm als Vater am schwersten fiel. Vielleicht hatte er den Bogen ja raus, wenn es bei den Zwillingen so weit war.

Das Hochzeitswochenende hatte am Donnerstagabend mit einem ungezwungenen Beisammensein für die gesamte Familie bei Clare und Aidan begonnen, gefolgt von einem fantastischen Polterabend-Dinner, zu dem Reid gestern Abend in die Tennis Hall of Fame eingeladen hatte. Und heute wurde von Jack erwartet, eine weitere seiner geliebten Töchter in die Verantwortung eines anderen Mannes zu überstellen.

Er hatte immer wieder mit Jill darüber diskutiert und sie letztendlich davon überzeugt, dem Brautvater zu erlauben, die Hochzeitsfeier zu bezahlen. Das hatte sie nicht gewollt, doch er hatte darauf bestanden, und sie hatte schließlich eingelenkt, weil sie begriff, dass es ihm wirklich wichtig war.

Es war beinahe zu viel für einen liebevollen Vater. Seine Kinder waren so schnell erwachsen geworden, wurden das immer noch. Wie war es möglich, dass die Zwillinge im August elf werden würden?

Seine Schwester Frannie und ihr Ehemann Jamie kamen mit ihren Zwillingen Owen und Olivia, die kürzlich zwölf geworden waren, durch den Haupteingang.

»Onkel Jack.« Olivia eilte zu ihm. »Hör mal, was für ein Geräusch mein Kleid macht, wenn ich mich im Kreis drehe.«

Beide Kinder hatten Frannies Haar geerbt, und Jamie bezeichnete sie immer liebevoll als seine Rotschöpfe.

»Das ist ja toll. Du siehst einfach umwerfend aus, Süße.«

Owen warf sich in Pose. »Ich habe einen neuen Anzug.«

»Schneidig wie immer, mein Freund.« Owen und Jack ergingen sich in dem ausgeklügelten Handschlag, den Owen sich vor einem Jahr für sie ausgedacht hatte.

»Kommt schon, Leute«, sagte Frannie zu ihren Kindern. »Lasst uns herausfinden, wo genau ihr hinsollt.«

Jill hatte Owen und Olivia gebeten, den Gästen die Programmhefte auszuhändigen.

»Wir sehen uns gleich draußen«, erklärte Jack, während Frannie sich mit den Kindern entfernte.

»Na, wie schlägst du dich?«, erkundigte sich Jamie.

»Ach, du weißt schon. Einfach ein weiterer ganz normaler Tag.«

»Richtig«, erwiderte Jamie lachend. Der Bastard hatte kaum ein graues Haar, anders als Jack, der dreimal so viel Kinder hatte und entsprechend ergraut war. »Nur ein weiterer ganz normaler Tag. Unsere kleine Jill heiratet.«

»Ich weiß. Ich verkrafte das kaum. Und Maggie folgt ihr auf dem Fuße.«

»Mein Herz kann es nicht fassen. Ich kann mir bloß vorstellen, wie du dich fühlen musst. Und Eric geht nach Thailand.«

»Mann, erinnere mich nicht daran.« Sein Sohn würde in den nächsten beiden Jahren thailändische Studenten in Englisch unterrichten und amerikanische Freiwillige in Gebärdensprache. Nach vielen nächtelangen Diskussionen hatten Jack und Andi sich schließlich geschlagen geben müssen. Sie hatten seinem Plan unter der Bedingung zugestimmt, dass er versprach, nach seiner Rückkehr das College zu besuchen. »Das ist so wie bei Kate, als sie unbedingt nach Nashville wollte. Weißt du noch?«

Jamie schnitt eine Grimasse. »Wie könnte ich das je vergessen? Und schau dir nur an, was daraus geworden ist. Ich muss glauben, dass Eric sich großartig schlagen wird.«

»Es ist trotzdem angsteinflößend, sich vorzustellen, dass er so weit weg ist.« Eric hatte nie zugelassen, dass seine Behinderung sein Leben bestimmte oder ihn einschränkte, und Jack ertrug es einfach nicht, ihn davon abzuhalten, seinen Traum zu verwirklichen. Trotzdem würde er sich jeden Tag, an dem er fort war, um ihn sorgen.

»Ich weiß, aber es wird schnell vergehen, so wie alles andere auch.«

»Das hoffe ich.«

»Das wird es.«

Aidans Brüder Brandon und Colin trafen mit ihren Ehefrauen Daphne und Meredith und Brandons Tochter Michaela ein. Brandon schob den Rollstuhl mit seiner Mutter Colleen O'Malley vor sich her. Jedes einzelne ihrer schneeweißen Haare war an Ort und Stelle, und ihre Fingernägel waren pinkfarben lackiert, im gleichen Farbton wie ihr Haus in Massachusetts. Wenigstens hatten Jacks Mädchen ihm das erzählt.

Jack und Jamie begrüßten sie herzlich. Seit Aidan Clare geheiratet hatte, hatten die O'Malleys Jakes Töchter liebevoll aufgenommen, weshalb sie für ihn zur Familie gehörten.

Jack bückte sich, um Colleen O'Malley auf die Wange zu küssen. »Es ist so schön, dass Sie gekommen sind, Colleen. Sie sehen wirklich gut aus.«

»Ich schlage mich tapfer«, antwortete sie mit ihrem weichen irischen Akzent. »Meine Enkel halten mich jung.«

»Ich höre, dass die ganze Bande heute kommt«, sagte Jack.

»Ich fürchte schon. Und ich entschuldige mich im Voraus für das Chaos, das die O'Malleys immer zu verbreiten scheinen. Aber ich hab getan, was ich konnte.«

Jack lachte und erklärte ihnen, wie sie zur südlichen Veranda gelangten, wo in vierzig Minuten die Trauung stattfinden sollte.

Himmel, vierzig Minuten, bis Jill heiratete. War es nicht erst fünf Minuten her, dass sie bei ihrer ersten Ballettaufführung getanzt oder segeln gelernt hatte? »Ich nehme an, wir sollten uns dann ebenfalls dorthin begeben, bevor sie noch einen Suchtrupp losschicken.«

Jamie drängte ihn in die richtige Richtung, wie gewohnt. »Dann mal los.«

Während sie durch das Hotel liefen, gab es für Jack in jeder Ecke Erinnerungen. Er hatte während der schwierigsten Zeit seines Lebens an diesem Projekt gearbeitet, hatte wegen dieses Hotels Andi kennengelernt, und sein Leben hatte sich für immer verändert durch die Kette von Ereignissen, die sich auch nach all dieser Zeit, die inzwischen verstrichen war, irgendwie unwirklich anfühlten.

Er war stolz auf die Familie, die er mit Andi, Clare und Aidan geformt hatte. Sie hatten als Team zusammengearbeitet, um die drei Mädchen zu unterstützen, die er und Clare zusammen hatten, ebenso wie die Kinder mit ihren jeweiligen neuen Partnern. Die Leute sagten ihm, er und Clare seien der Goldstandard dafür, wie man eine Scheidung richtig durchführte. Er sah das etwas anders. Sie hatten einfach ihre Kinder an die erste Stelle gesetzt – *all* ihre Kinder –, und das Ergebnis war eine große, glückliche Familie, die sich heute für Jills Hochzeit hier eingefunden hatte.

Ein Mitarbeiter der Hochzeitsagentur geleitete ihn zu dem Zimmer, in dem Jill mit Clare und Andi auf ihn wartete. Er hatte dieses »Braut-Übergeben« schon einmal gemacht, daher hatte er gemeint, dieses Mal besser damit klarzukommen, aber er hatte sich geirrt. Bei Jills Anblick in ihrem Hochzeitskleid blieb ihm fast das Herz stehen. Das Kleid war schlicht und doch elegant, betonte die Schönheit der Braut, die es trug.

»Du siehst toll aus, Süße.«

»Danke, Dad.«

»Bist du bereit?«

»Ich kann es gar nicht erwarten.«

Jack umarmte Clare, hielt sie für einen langen Moment, der nur ihnen beiden gehörte, während sie sich darauf vorbereiteten, zuzuschauen, wie ihre älteste Tochter heiratete. »Bei ihr haben wir alles richtig gemacht«, flüsterte Jack ihr zu.

Clare löste sich ein wenig von ihm, lachte und wischte sich die Tränen weg. »Das haben wir bei allen dreien.«

Er nickte und küsste sie auf die Wange, bevor er sich zu Andi umdrehte, die ihn in ihre Arme zog. »Alles bereit, Daddy?«

»Ja sicher, keine große Sache.«

Andi, die ihn besser kannte, als irgendjemand das je getan hatte, lachte, wie er es erwartet hatte. »Genau. Was immer du sagst.«

»Wir sehen uns draußen, richtig?«

»Ich werde auf dich warten, Liebster. Mach mich stolz.«

»Ich werde es versuchen.«

Nachdem Clare und Andi den Raum verlassen hatten, bot Jack Jill seinen Arm. »Wollen wir?«

»Ja, bitte.« Sie legte ihre Hand auf seinen Unterarm, nahm den Brautstrauß von der Hochzeitsplanerin entgegen und lächelte ihren Vater an, strahlte vor Glück. »Ich hab dich lieb, Daddy.«

Er musste die Tränen runterschlucken. »Ich dich noch viel mehr, meine Süße.«

* * *

Jill hatte alles an diesem Tag bis ins Kleinste geplant, und als alles an Ort und Stelle war, begann die Zeremonie damit, dass Brayden Clare zu ihrem Platz in der ersten Reihe begleitete, gefolgt von Eric und Owen, die Andi und Frannie zu ihren brachten. Jack war zutiefst gerührt, dass seine Schwester wegen der besonderen Rolle, die sie nach dem Unfall im Leben seiner Töchter gespielt hatte, ebenfalls einen Ehrenplatz erhalten hatte.

Jacks Eltern, Jamies Eltern, Clares Mutter, Andis Mutter und ihre Tante, Martha Longstreet sowie Colleen O'Malley saßen in der Reihe hinter Clare und Andi, hatten alle Ehren-Ansteckblumensträuße. Seine Mädchen konnten sich glücklich schätzen, von so vielen wunderbaren Großeltern geliebt zu werden.

Einer der Musiker des Hotels spielte während der Zeremonie, weil Jill nicht gewollt hatte, dass irgendeiner ihrer berühmten Gäste dazu verdonnert wurde. Kate, Buddy und Taylor würden beim Empfang nachher zusammen auftreten, und alle freuten sich schon darauf.

Ashton erschien mit seinem Vater und Buddy vorn vor den Gästen.

Ashley, Chloe und Georgia Longstreet mit ihrem Bruder Harry, Ashtons Geschwister im Herzen, wie er sie beim Dinner am Tag vor der Hochzeit vorgestellt hatte, waren die ersten Mitglieder der Hochzeitsgesellschaft, die aus dem Zimmer am anderen Ende kamen, gefolgt von ihrer Mutter Taylor, die eine von Jills Ehrendamen war. Die Frauen in der Hochzeitsgesellschaft waren gebeten worden, verschiedene Schattierungen von Lila zu tragen, hatten dazu Sträußchen aus Flieder und anderen violetten und weißen Blüten.

Dahinter kamen Jills Brüder Eric, Rob und John Harrington gemeinsam mit Max und Nick O'Malley, die in ihren Smokings alle miteinander einfach unglaublich fesch aussahen.

Jack fiel auf, dass Robs Haare einen Kamm hätten gebrauchen können und Johns Fliege inzwischen leicht schief hing, aber na gut. Dafür war es jetzt zu spät.

Als Nächstes war Maggie an der Reihe, die in einem fliederfarbenen, schulterfreien Kleid und mit einem funkelnden Diamantring an der linken Hand strahlend schön war. Sie fing seinen Blick auf und zwinkerte ihm zu, bevor sie weiter den Gang zwischen den Sitzplätzen entlangschritt.

Brayden stand ein Stück seitlich, die Augen auf Maggie gerichtet, und lächelte breit, während sie auf ihn zukam. Je mehr Zeit Jack mit den beiden verbrachte, desto zufriedener war er mit Maggies Wahl. Brayden war ein guter Kerl, und er machte Maggie unglaublich glücklich. Das war alles, was für Jack zählte.

Kate war als Nächste dran, ihr Kleid hatte eine dunklere Lilaschattierung als Maggies. Statt eines Blumenstraußes trug sie Poppy, die ein Kleidchen anhatte, das über und über mit lila Stiefmütterchen bedruckt war, und deren Kopf ein Kranz aus Schleierkraut zierte. Seine wunderbare mittlere Tochter war sogar noch schöner geworden, seit sie Mutter geworden war. Kate verströmte reines Glück, während sie durch den Gang zu ihrem Ehemann schritt, der beim Anblick seiner Frau und seiner Tochter aufstrahlte.

Wahre Liebe, dachte Jack. All seine Mädchen hatten die wahre Liebe gefunden, und er hätte darüber nicht froher sein können, selbst wenn nichts davon so passiert war, wie er gedacht hätte.

Jack geleitete Jill an den Anfang des Ganges, wo sie sich mit Aidan trafen, der sie begleiten würde.

»Das hier ist eine der größten Ehren meines Lebens«, erklärte er. »Danke, dass ihr mich darum gebeten habt.«

Jack lächelte Clares Ehemann an, der entgegen aller Wahrscheinlichkeit einer seiner besten Freunde geworden war. »Wir hätten es nicht anders haben wollen, nicht wahr, Jill?«

»Auf keinen Fall.« Sie schob ihre linke Hand unter Aidans Ellbogen und hielt ihren Blumenstrauß aus weißen Rosen und Lilien in der rechten Hand, die auf Jakes Unterarm ruhte.

Ashton schaute Jill entgegen und lächelte überglücklich.

Als Jack und Aidan ihre Tochter zu ihrem Bräutigam brachten, waren alle, die Jack liebte, an dem Ort versammelt, der sein Leben für immer verändert hatte. Mehr konnte er sich gar nicht wünschen.

Danksagung

Puh. Da ist es also. Ich habe endlich Maggies Buch fertig, und ich kann gar nicht ausdrücken, wie emotional es für mich war, dieses Buch zu schreiben, bei dem ich immer wieder von Erinnerungen an die frühesten Tage meiner Karriere als Schriftstellerin überfallen wurde. Es war so eine unvorstellbare Freude für mich, noch einmal über Jack und seine Familie zu schreiben und den Epilog aus seiner Sicht zu schildern. Ich war so glücklich, als mir die Idee kam, die Serie so zu beenden, wie sie begonnen hat – mit ihm. Ach, was für eine Achterbahnfahrt der Gefühle. Unfassbar.

Für die Leser, die mich hartnäckig jahrelang darum gebeten haben, dieses Buch zu verfassen: Danke, dass Sie nicht nachgelassen haben, bis ich dieses Buch tatsächlich geschrieben habe. Obwohl ich weiß, dass die Wartezeit manchmal endlos erschien, bin ich doch froh, dass ich so lange gewartet habe, bis ich dieser Geschichte Gerechtigkeit widerfahren lassen konnte. Ich hoffe, Sie lieben sie so sehr wie ich. Und ja, das hier ist endgültig das Ende der Reihe, daher fangen Sie bitte nicht an, nach einem weiteren Band zu fragen. Lalala, ich kann Sie nicht hören! LOL.

Ein ganz besonderer Dank gilt meiner fabelhaften Assistentin, leitenden Geschäftsführerin und lieben Freundin Julie Cupp, die so lange mit mir in einem Boot sitzt, dass sie den ersten Teil der Neuengland-Reihe schon gelesen hat, als ich ihn von 2004 bis 2005 geschrieben habe. Damals waren wir Arbeitskolleginnen, und keine von uns hätte sich je träumen lassen, was wir mit diesem Buch in Gang setzen würden oder dass es unsere Leben so miteinander verknüpfen würde, wie es das getan hat. Julie, du darfst mich niemals allein lassen. Danke, für alles.

Danke auch an den Rest des wunderbaren Teams, das mich jeden Tag unterstützt: Lisa Cafferty, Holly Sullivan, Nikki Haley, Ashley Lopez und Tia Kelly. Danke an Dan, Emily und Jake, die die Neuengland-Reihe von Anfang an miterlebt haben und Anfang der 2000er-Jahre feststellen mussten, dass ein Mann namens Jack Harrington Mitglied unserer Familie geworden war – und zwar offensichtlich dauerhaft. Meinen inzwischen verstorbenen Eltern George und Barbara Sullivan, die immer wussten, dass ich eines Tages ein Buch schreiben würde, und nicht zulassen wollten, dass ich diesen Traum aufgab, so lachhaft außerhalb meiner Reichweite er auch zu sein schien, verdanke ich, dass ich heute die bin, die ich bin.

Ein Riesendankeschön meinen Beta-Leserinnen Anne Woodall und Kara Conrad, die ebenfalls von Anfang an dabei waren und mir bei jedem Buch so sehr helfen, und manchmal auch zwischen zwei Büchern. Den Beta-Leserinnen der Neuengland-Reihe, Gwen, Kasey, Tammy, Melanie, Kelly und Mona: Vielen Dank, dass ihr für mich all die Details überprüft. Ich bin so froh, euch in meinem Team zu haben! Meinen wunderbaren Lektorinnen Linda Ingmanson und Joyce Lamb sage ich ebenfalls Danke, weil ihr immer Zeit für mich findet, wenn ich angerannt komme, und Tracey Suppo, die das Buch gelesen hat, während ich es geschrieben habe, und die mich angefeuert hat. Du bist die Beste!

Es hat mir solchen Spaß gemacht, Joye M. Briggs und ihre Tochter Emily Cournoyer, Mitbegründer von Yellow Horse,

Inc., in Ashaway, Rhode Island, zu besuchen, um alles zu Reittherapien und Sozialprogrammen zu recherchieren. Ich bin so dankbar für die Zeit und die Informationen, die Joye und Emily mir geschenkt haben. Ich möchte auch meine Cousine und enge Freundin Jennifer Barrera nicht vergessen, die dreizehn Jahre lang als Leiterin von Lucy's Hearth, einem Heim für Familien in Krisensituationen in unserer Heimatstadt Middletown, praktisch Maggies Job gemacht hat. Jennifers Hingabe an ihre Schützlinge hat mich für Maggie in diesem Buch inspiriert, und ich danke Jen für ihren wertvollen Beitrag zu dieser Geschichte.

Und last, but not least gilt mein Dank den Lesern, die jeden Traum, den ich je geträumt habe, wahr gemacht haben. Ohne Ihre unermüdliche Unterstützung für mich und meine Bücher wäre ich nichts. Ich liebe Sie alle so sehr, selbst wenn Sie mich sieben Jahre lang bitten, ein bestimmtes Buch zu schreiben. Haha! Besonders dann. Es ist immer schön, sich gebraucht zu fühlen, und Sie geben mir dieses Gefühl. Danke so sehr für alles.

Mit ganz viel Liebe
Marie

FSC
www.fsc.org
MIX
Papier aus verantwortungsvollen Quellen
Paper from responsible sources
FSC® C141904

Druck:
Customized Business Services GmbH
im Auftrag der
KNV Zeitfracht GmbH
Ein Unternehmen der Zeitfracht - Gruppe
Ferdinand-Jühlke-Str. 7
99095 Erfurt